深圳向上

雷贤平 著

南方传媒 花城出版社

中国·广州

图书在版编目（CIP）数据

深圳向上 / 雷贤平著． -- 广州：花城出版社，
2022.7
 ISBN 978-7-5360-9202-0

Ⅰ．①深… Ⅱ．①雷… Ⅲ．①长篇小说－中国－当代
Ⅳ．①I247.5

中国版本图书馆CIP数据核字(2020)第189643号

出版人：张懿
策划编辑：张瑛
责任编辑：张旬　张瑛
技术编辑：林佳莹
封面绘图：林之韵　加菲
装帧设计：杨亚丽

书　　名	深圳向上 SHENZHEN XIANGSHANG
出版发行	花城出版社 （广州市环市东路水荫路11号）
经　　销	全国新华书店
印　　刷	佛山市浩文彩色印刷有限公司 （广东省佛山市南海区狮山科技工业园A区）
开　　本	787毫米×1092毫米　16开
印　　张	19.25　1插页
字　　数	350,000字
版　　次	2022年7月第1版　2022年7月第1次印刷
定　　价	80.00元

如发现印装质量问题，请直接与印刷厂联系调换。
购书热线：020-37604658　37602954
花城出版社网站：http://www.fcph.com.cn

目录
contents

上 部

003　第一章　相见欢
024　第二章　定风波
053　第三章　行路难
072　第四章　燕归梁
089　第五章　谒金门
115　第六章　踏莎行
138　第七章　如梦令
165　第八章　步蟾宫

下 部

183　第九章　乳燕飞
216　第十章　好女儿
265　第十一章　朝天乐
290　第十二章　沁园春
303　尾　声

上部

第一章　相见欢

1

2001年7月10日，星期二，高考结束后的第一天，一大早福建省怀远市青石县第一中学青年教师王小谦登上校园后山，俯视眼前这座历史文化古城。对清代张静可修编、乾隆十六年刊本《青石县志》的这一段修城记载，他早已烂熟于心。

邑历三千二百十年到唐开元间而后县，县后历七百五十四年到明弘治间而后城，先是邓茂七、陈亮五之变，县数被其毒。故老诣阙，请时邑人尚书郎罗荣仁协力期间，乃得请，事下巡按御史陆称，会议监司郡守，檄永福令姚桢相地卜基，方兴而姚去，本邑令萧谦继之，逾五载乃成。

城西北跨山，东南濒溪，广袤九里，高一丈八尺，厚一丈，周延一千六百丈有奇，为门四，东曰万安，西曰永丰，南曰迎恩，北曰望阙；水关四，曰金井，曰朝阳，曰玉滩，曰观澜。嘉靖中倭警，署令陈翀建敌楼西北隅，阅岁，令王所增高城垣三尺，倭薄城坚壁挫之。

水关上四桥，曰石平，曰万安，曰鸣玉，曰云津。

……

如今的青石城基本上还保留着原来的模样。青砖黛瓦安静古朴的古城正沐浴在盛夏的阳光之下，古建筑群与散落其间的大榕树，正在用素雅的黑白与生机勃勃的新翠勾画出诗意的画卷，令王小谦有说不出的眷恋……

他即将离开。

他将乘坐下午三点的长途卧铺大巴前往深圳，奔赴一场人生考试。

从后山回来，他躺在学校简陋的宿舍里挨着时间，午饭泡了一包方便面草草了事，午休没睡成，下午两点提着昨晚就准备好的一个旅行包——包里是两套换洗的衣服、洗漱用具、几本书（书里夹着五百块钱，身上也放着五百块钱）、存折、水杯，顶着烈日步行到青石汽车站。候车室里人不多，但很热，高大的电风扇在高空"吱吱"作响,透过检票栅栏可以看到站内的客车,去深圳的只有一部,它比别的车要高大很多。

两点半,检票上车前王小谦又上了趟洗手间,最后一个上车,上车时售票员给每人一个红色塑料袋装鞋子,自己提着放到铺位边上。大巴铺位三纵上下铺,过道只能容一人侧身通过,王小谦的位子在四排下铺中间,他把旅行包放到枕头边坐下。右边是一位六十多岁的大爷,身上有很浓烈的旱烟味。王小谦把头转向左边,靠窗是一位三十岁模样,不是特别漂亮,但眉清目秀让人舒畅的女人。女人看到王小谦在注视她,就笑一笑说:"去深圳?"

她的笑容特别甜美,王小谦感觉脸一烫,点点头说:"你也是?"

"是呀。"女人依然微笑。

"车站到市里是不是很远?"王小谦停顿了一下,犹豫地问了。

"要看去哪。"

"哦。"王小谦又点了点头,"我是第一次去……"

女人手机铃声响了,她冲王小谦歉意地笑笑。王小谦从旅行包里掏出《全唐诗》第三卷,随手翻到崔知贤的《三月三日宴王明府山亭得鱼字同赋六人,孙慎行为之序》:"……而岁不我与,人生若浮。挥鲁阳之戈,奔曦可驻;骋山公之骑,余兴方遒。"鲁阳公挥动长戈,能使太阳倒退三舍,虽是传说,但可励志。王小谦喜欢随身带本《全唐诗》,读诗节省时间,也节省视力,看一句琢磨一句,然后下一句,过程就是享受。

大巴三点准时出发,车厢里慢慢地安静下来,只有空调的声音。

……

晚上七点,到达泉州境内,售票员催乘客下车吃大巴提供的免费晚餐。小镇的停车场里,停满了南来北往的大巴,人头攒动,声音嘈杂。两边小饭馆排比成列,广场灯光白炽,地上随意丢弃的白色塑料袋、方便面袋十分扎眼。王小谦小心地避开它们,跟着售票员在人流中拐来拐去,来到简陋的小饭馆。乘客们抢着位子坐下,孤零零站着的王小谦被售票员拉到一张桌子边,八个人围成一桌,简单的八菜一汤已经凉了。人一坐下,碗筷盆勺的声音就响起,王小谦左右看看没有发现同车的女人,却意外发现一个小偷正在掏邻桌同车大爷的背包。王小谦一愣,大声说:"哎呀!我的钱包不见了。"

乘客们纷纷摸自己的口袋。

小偷瞪着王小谦一眼悻悻地走了。

吃过晚饭,有人要上厕所,售票员说:"别上了,车上不是有吗?"

那人说:"车晃得厉害……"

乘客在大巴旁边聊天、抽烟、剔牙……

重新上车,虽然开着空调,王小谦仍能感觉到车厢空气里混合着柴油、人体气味的浑浊。售票员说:"大家注意看好钱包。"

大爷对王小谦说:"谢谢你,不然……"

王小谦说:"好在没丢东西。"

乘客议论纷纷:"现在的小偷真猖狂。"

在车上睡觉的女人说:"怎么回事?"

"遇上小偷,多亏他了。"大爷指指王小谦说。

天已经完全黑了,大巴内开着昏黄的小灯,车开动后,原本还有说话的车厢便安静下来。王小谦睡了一会儿,醒来瞥见左边的女人青丝蓬松的睡姿,想起了"云鬓花颜金步摇,芙蓉帐暖度春宵",又暗骂自己下流。又睡了一会儿,有人从他的身边过去上厕所,又醒了一会儿。一个晚上就在摇摇晃晃、醒醒睡睡中过去了。

大巴到惠州淡水镇有人下车,车内喧闹了一阵子,王小谦再也没睡。去过深圳的人告诉他,到淡水镇离深圳就近了,他有一些忐忑。深圳,那是一个陌生、遥远的大城市,他是瞒着所有人孤身前往的。

凌晨四点,大巴到达深圳布吉长途汽车站。王小谦提着旅行包准备随大家下车,门口堵成一团,大家都集中在车门口换鞋,他又重新坐下。左边的女人坐着没动,直到那女人起身之后,王小谦才起来,已经是最后一个。

搬行李的,接车的,还有上前问要不要坐车的……停车坪喧闹了一会儿又安静了。也有人问王小谦要不要坐车,王小谦只摇头不说话。

下车后没见到城市的繁华,只见不远处稀稀朗朗昏黄的路灯,照着公路明一段暗一段,有几部亮着红光或前灯的车在上面奔跑。周围的房子还湮没在一片淡淡的夜色当中,远远近近、高高低低的灯光在提醒着这里是城市。

深圳比他想象得要热,候车室外的石阶似乎还有余热,王小谦想起同车的女人,有点后悔没有多问她几句,看得出那女人是老深圳了,说不定此刻早被接走了。

"你没走呀?"是青石方言。王小谦抬头,以为是看花了眼——真的是同车女人,他高兴地一跃而起:"你也没走?"

女人说,她老公原本要来接她,但误了时间,干脆就不让他来了,准备打车回去。

"我去南山。"女人说,"你去哪?"

"华侨城香山学校。"王小谦干脆利落。

女人笑着说:"我住白石洲,香山学校在白石洲边上,你是老师?"

王小谦点点头说:"来应聘。"

"搭我的车吧。"女人说着招手叫的士。

"多少钱?"

"一个人也是一部车。"女人依然笑着,"顺路带你一把。你叫什么?"

"王小谦,'谦虚'的'谦',你呢?"

"林小洁,叫我林姐好了。"

王小谦手脚麻利地把林小洁的三包行李放到的士后备箱,提着自己的旅行包坐到后排。车没有空调,开的时候热风涌了进来,但很舒服,望着昏黄的路灯从车窗外一闪一闪而过,高高低低的黑压压的房子一片片地过来又一片片地过去,王小谦非常兴奋;车子过了一片只有灯光没有房子的地方后慢了下来。

林小洁扭头说:"边防证准备好。"

车缓慢地进了边检站,两名解放军战士检查了他们的边防证,王小谦扭头看了一眼,后面还有几部车。

过了一片青山,出现了城市的高楼。车子在一段繁华一段安静中行驶了近四十分钟,进入一片灰色的建筑群落。

司机问:"在哪儿下车?"

"往前开。"林小洁指引着司机。

车子在灰色的连片楼房中又走了一段,王小谦看到车外有不少行人。林小洁说:"王老师,到我店里歇会儿,早餐之后再去学校。"

"到了?"

"快了,已经过了沙河汽配厂。"不到三分钟,林小洁说,"停车,师傅。"

下车,王小谦要给钱。

林小洁说:"不用,你帮我拿拿行李。"

街道很脏,与老家的街道极像。王小谦把一个大包背了起来,左右手各提一个,脖子上吊着自己的旅行包。

林小洁说:"给我一个。"

"不用,不用。"王小谦想人家出钱,我就该出力。

天空有些灰暗,似乎是一个盖子,闷热得很,王小谦感觉后背都是湿的。司机把车开走了。

"提到店里就可以。"林小洁说。

王小谦看到"申记肠粉店"。店外摆着五六张小方桌，几个顾客在埋头用餐，店里的货架上摆着不少食品，一个赤着上身穿白围兜的男人正在煤气灶前忙碌着，一个四十多岁的女工正端着盘子，一个女孩站在柜台前。

林小洁叫了声："陶姐。"

女工抬头："老板娘回来了。"

女孩叫声"姐"就跑出来。

煤气灶前的男人也抬头说"这么快呀"，看到"全副武装"的王小谦问道："他谁呀？"

"王老师，拼车来的。"林小洁回头对王小谦说，"我老公，叫申哥好了，我妹小霞。"

申哥说："好，好，进来吧。"

说着话，他们已经进了店。

店很小，王小谦放下东西，就走到外面，打量起白石洲。一条不宽的马路两侧，胡乱地长着两排比碗口略粗、树叶繁茂的榕树，可见一开始就没有规划好。榕树后面是随意堆砌起来的高高低低、颜色不尽相同的房子，门窗也是大小随意，街道上每隔一段就有一条狭窄、幽深、潮湿的小巷往里延伸。小巷两侧的阳台几乎要挨上，留下了一线天，"麻将出租""盲人推拿""打印复印"等灯箱广告，异常醒目，密密麻麻的电线穿过那黑暗的一楼向前延展……

这就是深圳？王小谦有些错愕。

"王老师，吃点什么？"林小洁的问话打断了王小谦的思索。

王小谦看到店里的招牌上用粉笔写着很多早点的名字，主角是肠粉。王小谦不知道肠粉是什么，也不好意思问，就说："不饿，先歇一会儿。"

申哥一边忙着一边问："你是哪个镇的？"

"大桥的。"

"我大岗的。"

林小洁说："带你到楼上洗把脸吧。"

王小谦随林小洁到小店旁边的小门，进门是一个狭窄的楼梯，电灯一片昏暗，能闻到潮湿的味道。上了二楼，走廊里灯光同样昏暗，堆着不少大大小小陈旧的纸箱，两边是房间，都贴着对联，有的已经残破。

林小洁走到其中的一间，掏出钥匙，说："我们就住这里。"进屋，开了灯，是一个小客厅，有电视，有沙发，虽然挤一点，但很干净。

林小洁说:"小孩还在睡觉呢。"

这是两房一厅的套房。

"洗手间在这里。"林小洁给王小谦开了灯,"你带毛巾了吗?"

"带了。"王小谦往旅行包里掏毛巾。

洗手间很小,一个洗脸台,一个蹲式马桶。王小谦洗了脸出来,林小洁正在整理沙发上凌乱的衣服。

王小谦说:"林姐,包放你这儿可以吗?我到楼下看看。"

"行,当然行。"

王小谦下楼。太阳仿佛一下子就出来,灰黄的热气扑面而来,来小店吃肠粉的人排成小队,申哥身上的白围兜汗湿贴在身上,煤气灶正上方的肠粉蒸汽小匣子在冒着热腾腾的蒸汽。申哥从匣子里抽出一屉蒸熟的肠粉,用不锈钢片飞快地切了几下,倒在一个铺着一张一次性塑料薄膜的小盘子上,然后又动作麻利地往空屉里倒上一勺白色的生米浆,打上一个鸡蛋,调匀,飞快地推进蒸汽匣子;陶姐端起肠粉,加上棕色的调料,给顾客端过去。小霞站在一边招呼顾客。

顾客说:"鸡蛋肉肠。"

小霞就大声地喊:"鸡蛋肉肠一份。"回头对顾客说"三块",动作干净利索地收钱、找回零钱。

王小谦觉得好奇。他看了一会儿,就学着陶姐的样子动手收拾顾客用过的盘子。

陶姐说:"你忙这个,我帮忙申老板先。"原来肠粉蒸汽匣子两边都可以工作,陶姐帮上,制作肠粉的速度就快了一倍。

申哥抬头说:"谢啦。"手头的活并没有停下来。

王小谦一边给顾客加佐料送肠粉,一边收拾盘子,动作利索,一忙碌就把原本紧张的心情放到一边。

虽然是两个人制作肠粉,但排队的人似乎并没有减少。王小谦想,肠粉的生意这般好,人家说深圳遍地是黄金还真没说错。有的顾客在小店里吃,有的打包带走。一会儿,林小洁也从楼上下来,头发还是湿的,穿一条褐色的短袖短裙,露出白皙洁净的胳膊与小腿,王小谦感觉与大巴上的林小洁判若两人,他有点走神。林小洁挂起了一个白色的围裙,要接陶姐手里的活。

陶姐说:"老板娘,还是我来吧,坐车累着呢。"

林小洁说:"你收拾桌子去。"

……

时间在忙碌中过去。

林小洁问:"王老师,你几点去学校面试?"

"十点。"

"九点半,让小霞带你去。"

"十分钟时间就可以到。"林小霞回应道。

大家又埋头干活。

九点,吃肠粉的人渐渐少了,忙碌了一个早上,大家围在一起吃早餐,也就是肠粉。王小谦第一次吃肠粉,肠粉的味道全在调料上,他问申哥:"每天都这么忙吗?"

"差不多,本来可以开车接我老婆,但早上生意好,不想耽误。"申哥看了一眼林小洁。

林小霞冲着王小谦挤挤眼。

九点半。

林小洁对王小谦说:"王老师,换一下衣服。"

王小谦突然想到自己穿一身皱巴巴的衣服,去学校面试肯定不合适,又到林小洁的屋,换上白短袖衬衫黑裤子。

林小洁笑着说:"精神多了。小霞,顺便带点菜回来。"

林小霞背起小包,出了店,太阳很晒。林小霞撑开伞说:"王老师,到伞下来吧。"

"经常晒太阳,不怕。"王小谦害怕与林小霞共撑一把伞。

"白石洲房子太密,环境差,树还是蛮多的。"林小霞带着王小谦沿着街道的树荫走,"听说这条街在楼房没有建成之前,就是一条尘土飞扬的沙土路,周围都是稻田与菜园,现在完全找不到原来的模样了。要不是改革开放,估计与我们老家差不多。"说完自己先"咯咯"地笑起来。

"改革开放了,全国各地的人都来了。"王小谦还是有些紧张。

"听说这里居然住着近十万人。"

"这么多呀。"王小谦随口应道,心想,住在这里还不如青石呢。

"给你普及一下白石洲,如果把白石洲看成一株大树,我们脚下的沙河街就是树干:第一个枝干是轮生的双枝,向东一枝是银河街,叶子就是各种各样密密麻麻三层以上的'握手房',一层是各种杂货店、饮食小店。向西一枝沙祥街,街南是中海湾畔花园,街北是祥祺花园群体建筑;第二个枝干是侧生,叫天河街,有超市、各种旅馆、小吃店、火锅店、理发店、肠粉店,等等。天河街是白石洲最热闹的街道，白天上班时间，人流涌出；晚上人来人往，熙熙攘攘，各种小店也是生意兴隆，最具烟火气息……天河街里有一条南北走向、只供两人并肩而过的小弄，小弄是一个长长的市场，各种海产品、鲜禽产品、新鲜蔬菜水果一应俱全；第三个枝干同样是轮生的，往东可到达沙河工业区与露天文化广场，往西是明珠街……沙河街的树梢是一段上坡路，连接香山街，你要去的香山学校就在香山街上，我们马上就到了。"

"听起来就像一个村子。"

"深圳原本就是农村。"林小霞突然换了话题，"你原来在哪个学校当老师？"

"一中。"

"一中？"

"是呀。"

"那你还跑来干吗？一中多好，我中考就差两分，结果去读幼师，现在想起来就后悔，要是当时花点钱做个择校生，现在也是大学生了。"

"人家都想来深圳。"

"我想读书。"林小霞又好奇地问，"你为什么要离开一中？犯错误了？"

"今年中央、省里都下文件，不能办完全中学，凡是完全中学都得分离，初中部的老师要么参加考试上高中，要么分流出去。我投了简历到香山学校，学校通知我来面试。"

"哦。"林小霞笑着说，"一中的老师一定能过。"

"希望如此，好多老师都往厦门跑。"

"厦门挺好呀。"

"听说深圳的工资是厦门的翻一番。"

林小霞"咯咯"地笑了："原来想发财呀。"

出了白石洲，到了香山街，天似乎一下就疏朗了，宽大的公路两侧是整齐的马尾松，还有整齐的绿地，王小谦有一种被人掐住脖子突然放开后的感觉。

"前面就是香山学校了，那边是高尔夫球场，再往前就是华侨城高档生活区。"林小霞调皮地说，"深圳有城中村，更有高楼大厦。"

到了校门口，林小霞说："留个电话吧，好联系。"而后说句"祝你成功"，马尾巴一甩一甩地走了。十七岁的林小霞心里高兴，姐姐早上带来的这个高高瘦瘦的王老师虽然不是玉树临风，但也儒雅温和，在与你交谈的时候，一双笑眯眯的眼睛总是那么亲切。

2

　　王小谦挺了挺胸向学校的大门走去，到校门口对保安说："师傅，我来应聘的。"

　　保安看了看他说："身份证。"

　　王小谦给了他身份证。保安说："谁叫你来的？"

　　"校长。"

　　"我要给校长打个电话。"

　　保安打了电话之后说："你可以进去了，从这里的台阶上二楼，校长室在二楼的左边。"

　　王小谦很快就找到了校长室，敲了一下敞开着的门。校长头也没抬直接说："请进。"

　　王小谦进了干净整洁的办公室。校长这才抬起头，他似乎四十岁的样子，戴眼镜，有点胖。他看到王小谦，说："王老师是吧？"

　　王小谦习惯性地大声说："王小谦。"

　　"你坐。"校长起身给王小谦倒了一杯水，说，"我把董主任叫来，董主任会安排你讲一堂课。"

　　校长打完电话问道："你是福建的？"

　　王小谦站起来说："是的。"

　　"坐坐，路途很辛苦吧？"校长招招手。

　　王小谦坐下说："坐了十三个小时的大巴。"

　　"都是从四面八方来的，路途都很远。"

　　王小谦事先从网络上了解过校长，知道校长是著名的特级教师，也知道他是从北京来的。

　　董主任很快就来了，也是四十岁左右。董主任进门说："校长。"

　　校长说："来，董主任，这位是王老师，你带他去安排一下。"

　　"好的。"董主任对王小谦说，"王老师，请跟我来。"

　　王小谦随董主任穿过一个个办公室：副校长室，人事科，教科处，教务处，学生处……到了一个小型办公室，里面是红色厚木板做成椭圆形的办公桌，真皮靠背椅。办公室开着空调，一进办公室就有神清气爽的感觉。王小谦想，能在这么好的地方教书，真是幸福。他握了握拳头，告诫自己要努力，这是一次好机会。

董主任请王小谦坐下，说："王老师，是这样安排，你准备三十分钟，然后试讲。"

"行。"王小谦问，"有学生吗？"

董主任摇头说："没有，但有我们几位老师，你讲课的时间是十五分钟。"

"明白。"王小谦想给董主任一个干脆利索的印象。

"我给你选了一篇课文，孙犁先生的小说《芦花荡》。"

深圳使用的教材与福建不一样，他读过孙犁先生的小说，当然包括《芦花荡》《荷花淀》，但没有教过这篇课文。三十分钟的备课时间不短，如果是自己的学生没有问题，但在没有学生的情况下试讲，这是第一次。王小谦心里没底。

董主任轻轻地把办公室的门带上，走了，又留下王小谦一人。这次王小谦不是忐忑，而是兴奋，他开始认真备课。

三十分钟过得特别快。上课的地点是一间教室，校长也来了，一共是五位老师，董主任与校长坐在一起，边上还有三位老师，这些老师穿着统一的校服，白色短袖衬衫、黑色长裤，模样斯文，文质彬彬。这让王小谦很惭愧，虽然自己也是一样的校服，但感觉穿在身上就大不如人家。

董主任说："王老师，你现在可以开始试讲了，你就把我们当作学生，觉得该怎么讲就怎么讲。"

王小谦说："同学们，今天我们上小说课，这篇小说的标题叫《芦花荡》，请同学们快速浏览课文，思考：这篇小说讲什么故事，请用最简洁的语言来概括……同学们已经读完课文了，哪位同学回答老师的问题？"

……

十五分钟过去了。

董主任说："王老师，时间到了，你的试讲到此为止。"

王小谦有点遗憾，再给两分钟，课就完整了。

董主任说："你先看看校园，我们讨论一下给你意见。"

王小谦鞠躬退了出去。

"王老师，你先带上餐券，十一点半可以到一楼食堂用餐。"校长递给王小谦一张餐券。

王小谦谢过校长，下楼，心想："我已经很努力了，一切只能看天意，这里也许是我以后生活的家园，也许是第一次来，也可能是最后一次。"

校园是新建的，非常漂亮，树木都是移植的大树。如果说青石一中的校园是村姑，这里就是一个纤细优雅的大家闺秀。教学楼的一层是隔空的学生活动中心，红色的木格子隔着不同的区域，有水池，小池中有红色鲤鱼。王小谦就在小池边坐下，露天的地方铺着白色鹅卵石，边上有柔和的小花、小草。放假期间，校园安静得似乎可以听到游鱼的声音。坐了十多分钟，他看了三次手机，手机里没有来电显示。

走出教学楼，到塑胶建成的操场上，四百米红色跑道，绿色假草皮的足球场。王小谦第一次看到假草皮的球场，他坐了下来，因为太阳晒过，很热，但也柔软，正好一片白云过去，把太阳遮住了。王小谦想，多么美丽的环境呀。操场同样安静，只听到远处的汽笛的声音，应该是汽车在他看不见的地方过去，操场边上高大的马尾松把一切都过滤了。

又二十分钟，他的手机依然没有响。他们应该记得我的电话，王小谦想，投递的简历上有电话号码，而且之前他们也给我打过电话。

在王小谦忐忑不安的时候，学校就录用不录用王小谦的争论刚刚结束。三位语文老师认为王小谦课上得好，生动活泼，切入点好；董主任认为王小谦的普通话不行，带有太浓的福建口音。于是他们就语文老师的普通话问题争论了一番，最后校长认为初中毕竟是义务教育阶段，老师的普通话还是要标准的，如果是高中就另当别论……

王小谦并不知道学校已经不录用他了，他离开操场，去找食堂。食堂里有两位老师在用餐。王小谦用餐券打了饭菜，一荤一素，一米饭，一碗汤外加一个水果，在边上桌子坐下。隐约地听到两位老师谈分期付款买车的事，他们似乎比王小谦还年轻。王小谦想，一中还没有一位老师有小车。

王小谦又对这所学校多了一份羡慕。但他的手机铃声一直没响，午餐之后，王小谦又在学校逛了一圈，已经是午后一点了。王小谦终于可以确认，他与这所学校无缘。他最后看了一眼这所美丽的校园，向大门走去，他很是沮丧。这时裤兜里的手机突然响了，王小谦飞快地掏出手机，打开。手机里传来的是女孩的声音："王老师，面试得怎么样？"是林小霞打来的。

王小谦兴奋的心情一下子落了下去，说："没录取。"

"哦。"林小霞在电话里停顿了一会儿说，"没关系，我们都在店里，你回来吃饭吧。"

"已经吃过了。"王小谦说，"现在就回你们店。"

3

中午,太阳晒得王小谦头昏脑涨,他十分沮丧。申记小吃店很冷清,偶尔有人买点水,申哥正袒胸躺在躺椅上歇着,林小洁坐在柜台里,林小霞陪着一个小女孩在写作业。林小洁最早看到王小谦,说:"王老师,回来了?"

王小谦的脸色一定不好。

"先喝杯茶吧。"林小洁给了王小谦一盒菊花茶。

申哥从躺椅上坐起来,说:"不顺利?"

王小谦点点头。

"还可以到别的学校试试,没什么大不了的。"林小霞安慰道。

王小谦笑了笑,说:"不知道能不能赶上回去的大巴。"

大家都愣了一下。

申哥说:"王老师,你有校长的电话吧,晚上邀他到华侨城酒店吃饭。"

"这行吗?"

"你刚从老家来,不了解深圳,把他邀出来,我们请客。"

"不妥吧,还是我课上得不好。"王小谦摇摇头说。

"我们一中的老师哪有课讲不好的,明明是你没有请他嘛。"申哥坚定地说。

林小洁说:"你申哥说得也没错,看看能不能把校长请出来。"

"算了。"王小谦还是摇摇头,应聘失败对王小谦打击很大,他是带着满满的自信来的,这份自信来自他这几年的成绩,他参加过县、地、省青年教师课堂比赛,拿过地区一等奖、省二等奖第四名,结果名落孙山,还有什么比这个更痛彻心扉的呢?王小谦不知道,面试的结果,校长以为董主任会通知王小谦,董主任又以为校长会亲自向王小谦说明。

大家沉默了一会儿,就不勉强王小谦了。

"现在估计没车了。"林小洁说,"既然来了,也应该看看,总不能来白石洲就说来到了深圳。"

林小霞说:"玩一两天吧,我问一下幼儿园要不要老师。"

"对。"申哥说,"小霞,打电话问一下园长。"

"幼儿园可不行。"王小谦急忙摇头说,"干不了这个。"

林小洁说:"这边学校多,育才、南中、华侨城、北师大附中;初中校更多,也许这些学校也要老师呢。既然来了就找找,说不定就找着了。"

王小谦沉默了，白石洲真的太让人喘不过气来，完全不是他想象中的改革开放的前沿阵地。

申哥站起来说："你先坐下，王老师。我没有读过书，也不懂书上的道理，但在深圳找份工作是很容易的。"

低头写作业的小姑娘抬起头来问王小谦说："你是老师？"

"是呀。"

林小洁说："圆媛，王老师是我们一中的老师。"

"王老师可以教我一下吗？"申圆媛眨着大眼睛问道。

"好。"王小谦突然心动了，"圆媛几年级了？"

"下学期上三年级。"申圆媛甜甜地答道。

王小谦的确想回赠一下林小洁一家的关心，蹲下身子辅导申圆媛写作业。申圆媛很聪明，一点拨就明白了。写完作业，申圆媛高兴地说："王老师，你比我小姨教得好。小姨，带我去游泳吧。"

"你这小丫头，看我收拾你。"林小霞嘴上这么说，心里却高兴，王小谦没有坚持今天回去。

林小霞与申圆媛走了。小店里就三个人，王小谦说："下午没有什么生意？"

申哥说："主要做早上的，晚上做一点小炒，白天挺闲。"

"这也好，劳逸结合。"

"做小吃就是这样，忙起来十个人嫌少，闲下来，两个人觉得多；早上十张桌子都不够，下午两张桌子还多余。"申哥似乎不吐不快。

林小洁说："旁边的小店原来是卖小商品的，现在办不下去，要转让，我想租下来，你申哥不同意。"

王小谦瞄了一眼紧挨着申记小店的那家小店，卷帘门关着，门上贴着"本店出租，联系电话138……"的红纸黑色大字。

"一个月要两千租金，得做两千碗的肠粉。"

林小洁不说话了。

王小谦说："如果能扩大规模还是可以。"

"要不你租下来开个店。"林小洁突然提出这样的想法。

王小谦笑了，说："我做不了餐饮。"

"你可以在这里招几个学生办一个补习班。"林小洁思路清晰，"说不定你一边补课，一边还能找到工作呢，要回去就等到开学。"

看到林小洁关切的眼光，王小谦动了心，在一中他带过补课的学生，虽然那是应家长要求的。

林小洁接着说："一放假，白石洲里全都是孩子，贴一个广告，说不定明天就有人来了。"

"小洁说得对，你办了补习班，把圆媛带上，省得她中午才起床。"申哥帮腔道。

"其实也就是帮助辅导一下暑假作业，我有熟悉的家长，可以联系。"林小洁说这话是为了打消王小谦的顾虑，她自己也不明白怎么突然对这个昨天还是陌生的年轻人关心起来了，"我们把店租下来，早上餐饮，白天上课，晚上住宿。"

王小谦想想也对，来一趟深圳不易，为什么要急切回去呢？除了香山学校，难道就没有别的学校吗？留下来就有机会。王小谦说："我试试。"

林小洁很高兴，好像是自己完成了一桩大事，说："我联系学生，你能上什么课呢？"

"废话，一中的老师，什么课上不了？"林小洁的热情也影响了申哥。

王小谦笑了："也不是什么课都可以上，小学、初中的语文、数学、英语可以对付，书法也可以。"

林小洁说："小学的、初中的都可以收，人多办个大班，人少办个小班。"

申哥说："人少还能办大班吗？"

林小洁不与申哥计较，站起来指挥申哥说："你联系纪老板，我联系家长。"

看着他们夫妻这么热心，王小谦很感动，面试失利的阴影淡去了不少。

"我没文化，要不是小洁一直要过来，我还在家种田呢，我要让圆媛上清华北大。"申哥突然爆出他宏伟的目标。

林小洁打了半个小时的电话，初步确定十个孩子来补课，谈好了补课的费用，一小时一百块，一天上两小时，一期二十天。

王小谦担心两千块太贵，老家补一个学期也不过五百元。林小洁说："一节课一百块钱已经很便宜了。"

申哥说："王老师，这是深圳。"

桌椅是现成的，早餐之后，把桌子一抹，就可以成为课桌。

一个小时后，房东来了，谈妥了租金。小店铺过瓷砖，打扫之后还干净，放六张小餐桌还有余地。

申哥拊掌说:"小洁一直想租这个小店,王老师,你给我们带来财运。"

王小谦也把面试失利暂时忘却了,说:"感谢你与林姐,要不是你们,我还不知道在哪里容身呢。"

王小谦突然想起晚上睡觉的地方,说:"申哥,附近有旅馆吗?"

"要旅馆干吗?睡我家客厅。"

王小谦摇手推辞,毕竟还没熟悉到睡人家客厅的地步。

"店里也可以睡呀,花那冤枉钱干吗!"

"想到旅馆洗洗,明天把小店再收拾一下。"一想到全是水渍、油渍的申记小店,王小谦怕是难以入睡。

"周围小旅馆多着呢,晚上我带你去。"

林小洁在喊申哥,有客人来吃饭,申哥要掌勺。王小谦又把小店里的六张桌子抹了一遍,拖了地,把胶在地上的泡泡糖之类的污渍全都挖走,还原了瓷砖地板本来的面目,屋内清爽了很多,与申记小店相比就是天上地下。

六点,太阳还是老高。申圆媛游泳回来看到王小谦站在小店里,说:"王老师,你要开店呀?"

林小霞也进店说:"不回去了?开店啦?"

王小谦三句两句说了经过。

林小霞满脸红光地说:"太好了,一举两得。"

王小谦说:"圆媛,喜欢在这里上课吗?"

申圆媛说:"没有黑板。"

晚上,申记小店生意不错,王小谦这边的六张桌子都坐满了,走了一批客人,又来一批,一直到十二点申哥才歇下来。

申哥问起找旅馆的事。

王小谦说:"已经在南南旅馆登记了。"

申哥问:"多少钱?"

"六十元。"

"不贵,把门关紧,注意安全。"林小洁叮嘱道。

"明天收拾一下,就不必住旅馆了,省一点钱。"

"住得舒服多花点钱也不要紧。"

"不要听小洁的,她有钱就花,不会过日子。"

"申哥说得对。"王小谦笑着说。

"十二点了,去吧,今天也累了。"林小洁再次叮嘱王小谦保管好随身物品。

4

从申记小店到旅馆不过百米。旅馆狭小，旅客登记处就一个灯光昏暗的小小服务台，一个中年妇女坐在台后昏昏欲睡。王小谦轻轻地走过，她突然警觉地睁开眼。

王小谦满脸堆笑地说："我住313房间。"

她把王小谦叫住，神秘地问："要服务吗？"

王小谦没明白，她就做了一个猥琐的动作。王小谦摇摇手，沿着贴满小广告的楼梯上楼。在昏暗的廊灯下来到313房间，两张床上的被子还是叠得整整齐齐，王小谦高兴地开了空调去洗澡，洗了衣服之后，穿着短裤短袖坐在床前，他要读一会儿《全唐诗》。

电视开着，王小谦也没怎么看，有人敲门。王小谦问："谁呀？"并没有放下书。

没有回答。

王小谦心想也许是另一个房客，赶紧下床开门。门外是一个三十岁左右的女人，笑吟吟的，穿着一件白色的工作服。

"找谁？"

"先生要洗脚吗？"

"不用。"说着要关门，王小谦突然想起服务台中年女人的问话。

女人却飞快地挤了进来，手里拎着一个盆子，没等王小谦反应过来，就把门关上，说："洗个脚吧，保证你舒服。"

王小谦推辞说："真的不用，我准备睡觉了。"

女人并不理会，跑到洗手间盛一盆热水放到床边的地上，然后往里倒入一包棕色的粉末，说："来吧，你坐在床沿，我帮你洗洗，保证舒服。"

王小谦没见过这场面，但他知道这洗脚不可能是免费的，就问："多少钱？"

"三十元。"

王小谦知道不给钱已经不能让她走了，于是就坐到床沿，把脚放到盆子里。反正就洗脚又不干别的，但还是有点忐忑。

女人蹲下身子，一边按着王小谦的脚底，一边问："是不是很舒服呀？"

"是。"王小谦老实地说，第一次有人侍候洗脚。

女人做脚底按压，王小谦的确感到舒服。

女人抬起头来笑眯眯地看着王小谦说："还有更舒服的。"突然用她湿漉漉的手摸到了王小谦的大腿根。王小谦吓了一跳，赶紧说："不用了，不用了。"脚从洗脚盆里抽了出来，"可以了，可以了。"

女人站起来，一拉身上白色工作服的腰带，整个身子就暴露在王小谦面前。她居然什么也没穿！在王小谦发愣的时候，那个白色的身体一下子把他扑倒，趴在他身上。

王小谦急了，说："不可！不可！"

"姐给你舒服舒服。"一边说，手也没闲下来。

王小谦一下子把对方掀翻，站了起来，大声地说："出去！"

女人却不着急，干脆把身上的衣服抖了下来，说："这样吗？"

王小谦害怕到极点，嗫嚅地说："你怎么能这样呢？"

"你要哪样呢？"这应该是一个久经沙场的老将，对付王小谦那是轻而易举，她扭动着身躯，展示着自己。

"你别动了。"王小谦侧过脸。

"两百。"她把手伸向王小谦。

"两百？我报警。"

"你报呀。"

"我什么也没做，你要两百？"

女人笑吟吟地说："要不，做一个，也是两百。"她赤裸裸的身段在日光灯下特别地耀眼。王小谦感觉自己的身子在发烫，他是第一次这么真切地看到一个女人光滑的身体，恐惧的念头让他不能平静，连忙慌张地说："给你钱。"

女人这才把衣服穿上。王小谦手忙脚乱地给了她两百块钱，女人拿起盆子走到门口又回头笑眯眯地说："年轻人，你真的不想来一个吗？不另收费的。"她摇摇手里的钱。

"赶快走。"

"想的时候找我。"女人这才走了。

王小谦赶紧把门关上，心怦怦怦地跳个不停。这一折腾已经是凌晨一点了。王小谦躺在床上，已无半点睡意，刚才的一切还都在眼前。

他喝了点冷水，才渐渐平复下来。

这是他来深圳的第一天。

5

12日六点，王小谦到申记小店，已经有客人在吃肠粉。与昨天早上一样，申哥、林小洁在制作肠粉，林小霞在登记、收钱，陶姐在收拾盘子。

林小霞最早叫道："王老师，早呀。"

王小谦说："你们都忙碌起来了。"

申哥说："你吃肠粉还是别的？"

"先客人。"王小谦去端盘子。有了昨晚的遭遇，王小谦忍不住偷看林小洁一眼，林小洁个子不算高，但匀称丰满，像成熟的桃子，王小谦掐了一下自己。

九点半，肠粉买卖基本结束，大家在一起吃肠粉。王小谦对申哥说："这附近有卖床的吗？"

"有呀，白石洲没有什么买不到的，等一会儿，我带你去。"林小霞接口说。

林小洁说："不要在白石洲买，都是旧的，买一个新的。"

"能睡觉就行。"王小谦想他在深圳不会待久，暑假一结束就回老家，去乡下中学也认了，他努力过了。

他笑着说："被子新，床铺旧也没关系。"

"行。"林小洁说，"小霞不懂，我带你去。"

林小霞歪着头问道："我怎么不懂？欺负人！"说着大家都笑了。

王小谦随林小洁从东一窝西一摊脏水的小巷里的旧家具店买了一张折叠的小床，到百货买了一套薄被子，以及红纸、墨水、毛笔、小黑板。回到店里后写几份招生宣传单贴到附近。给小店取了名字"谦谦书屋"。

中午，申记小店闲了下来，林小霞带申圆媛去游泳，林小洁看店，申哥又躺在躺椅上休息。对申哥而言，生活也许就是这样；对王小谦来说，是新的开始。

晚上，王小谦住进了谦谦书屋，虽然简陋的只有一张折叠床，但踏实。已经十二点了，还没有睡意，想起昨晚的那个女人，王小谦一下子烦躁起来。卷帘门外行人的声音是一声不落地传进他的耳朵，于是他用心地听着行人的声音，结果睡着了。

补课班顺利开班，加上申圆媛一共是十二个孩子，林小洁对家长说："让孩子们来试听两节课，如果孩子高兴，再交费。"

王小谦的课是挺好的，就是普通话差点，孩子们倒是很高兴听到带有福州口音的普通话。家长把学费送来，王小谦让林小洁代收。

有家长电话咨询书法班，林小洁说："王老师书法很厉害的，你们知道书法家朱以撒老师吗？他的书法是一个字几万块呢，王老师就是他的学生。"

王小谦在旁边听着，忍不住笑了，他的字写得不错，在福建师范大学时的确师从书法家朱以撒先生，虽说师出名门，但没到林小洁说得那么好。林小洁说："广告还得做大点，他们也不懂书法，你说对不对？"

三天下来，报名书法班的孩子有十五个。小学课程的学生由原来的十二个增加到二十个，是同学带同学来的。三十五个孩子，收了七万块钱，差不多是王小谦三年的工资。有五个初中学生想来补数学，王小谦推辞了，没有时间，也没有场所。

王小谦非常满足，心想，这叫失之东隅，收之桑榆。

热心的林小霞给王小谦找来了几所高中的招聘信息，其中有深圳实验中学、深圳高级中学、南头中学、育才中学、华侨城中学，初中岗位有翠园中学、滨河中学，等等。

林小洁说："哪个最好？"

林小霞说："深圳实验中学。"

"既然选择就选择最好的。"林小洁毫不犹豫地说，"王老师，下午送你去深圳实验中学。"

林小霞说："我也去。"

"好呀，给我壮胆。"王小谦很乐意，这姐妹俩年龄相差不小，但都长得俊俏，与她们任何一个独处，王小谦多少有点尴尬。

王小谦想，如果被深圳实验中学录取了，就一步迈入名校的行列，他既紧张又兴奋。

下午，林小洁开车带着王小谦、林小霞、申圆媛去深圳实验中学。学校保安拦住车，林小洁连墨镜都没摘用粤语说："来应聘的。"

保安没有登记身份证，林小洁又问："办公楼在哪？"

"前面的楼就是，你们上三楼就可以看到了。"保安给指点了方位。

林小洁停了车，王小谦他们下车，眼前是壮观的图书楼，用隶书题写着"博学、审问、慎思、明辨、笃行"十个金色大字。楼前是宽阔的铺着花岗岩的广场，两侧的花坛开着红色与紫色的鲜花。透过图书楼一楼架空层可以看到办公楼，两侧是教学楼，操场应该在后面什么地方。

申圆媛说："哇，好漂亮的学校呀！"一个人先往前面跑去。林小洁说："小霞，看好圆媛，我陪王老师到办公楼。"

王小谦紧张地对林小洁说:"林姐,香山学校都去不了,这一流的高中,更是没门。"

"去不了香山学校不等于去不了这里呀。"林小洁微笑着说,"再说了,事在人为,不试试怎么就知道自己行不行呢。"

在三楼办公室见到了办公室华主任。华主任很温和,他请林小洁与王小谦坐下,又倒了水,开始看王小谦的简历,之后说:"王老师,你的学历与我们的要求有点差距,我们要求的是教育部直属师范院校,你是福建师范大学毕业的,福建师范大学还不属于教育部直属行列。"

王小谦欠身说:"是的。"

林小洁说:"华主任,在我们福建最好的大学就是厦门大学与福建师范大学,王老师能考上师大,不简单呀。"

"那也是,上师大起码说明对教师职业的认同,有教育情怀。"华主任说得不温不火。

"是呀,学历重要,能力更重要,王老师参加过省里比赛拿到第四名的好成绩,这成绩货真价实;当老师关键在课堂,课上好了,教育部不教育部就不重要了,您说呢?"林小洁笑盈盈地盯着华主任说,"王老师一直在我们一中教书,一中是我们全县最好的学校,每年都有两三个考上清华北大。"

华主任笑了:"能取得青年教师课堂比赛省级第四名是不简单。王老师一直教初中吗?"

"是的,一直教初中。"

"我们初中部也需要教师,简历与复印件我收下,讨论之后通知你是否来面试。"

"行,谢谢主任。"王小谦站起来。

林小洁还坐着,她说:"华主任,王老师来一趟不容易,往返车费、住宿费就得近千元,给他一个机会,也许你们就招到一个优秀的老师了。"

"行呀,你来面试,我就收下。"华主任开玩笑地说。

"我想当老师,可哪是当老师的料呀。"林小洁笑着说。

"当老师就是要能说会道,你就是这个料。"

"就这么定了,面试时,我与王老师一起来。"

"行,回去等通知吧。"

出了办公室,王小谦松了一口气,说:"林姐,我紧张得不行。"

"来的时间长了,胆量就有了。学校招人,我们来应聘,是对他们工作的支持，他们乐意招我，我就来；不招我，另找呗。深圳这么大，这么多人，每个人都有选择的机会，我们得有胆识对不对？"

"你说得太对了，可我过不了这一关。"

林小洁笑着说："来深时间一长，不知不觉你就自信了。听口音，这华主任是湖北来的，也许当初还不如你呢。"

他们在校园转了一圈，足球场上有几个大大小小的孩子在踢球，林小霞带着申圆媛在观看。看到他们来了，林小霞问："怎么样呀？"

王小谦大声地说："收下简历了，等待通知。"

"还好没有回去吧？"林小霞笑嘻嘻地说，"来深圳就得乐观，不能苦着脸。"

王小谦寻思着这几天接触的人还真的不一样，乐观、大方、儒雅、有胆识，自己真的不如他们，你看申圆媛一点都不惧生，都踏进球场了。

傍晚，他们回到白石洲。

几天后，王小谦去了一趟南头中学，从白石洲到南中坐公交也就五个站，王小谦决意不让林小洁送。南中的保安连门都不让他进，保安说："来应聘的人很多，材料都放在这里。审核通过了会电话通知，留电话就行。"

王小谦刚建立起来的一点自信又遭遇无情的碾压，他有些沮丧，只好返回白石洲。这个南中比深圳实验中学还牛，连门都不让进。后来想想不对，能顺利进入实验中学大门估计还是林小洁开了车。王小谦回到白石洲，但没有即时回到申记小店，他在深南大道的人行道上走了近一个小时才返回，林小洁说："还顺利吧？"

王小谦微笑地说："还顺利。"他撒了谎。

第二章 定风波

6

周五晚上，申圆媛说："妈妈，我游泳班毕业了，想去大梅沙玩，你带我去吧。"

林小洁说："行呀，可是妈妈不会游泳，怎么陪你呢？"

"要不，小姨陪我去吧。"

"小姨可不行，周末我得去当家教。"林小霞摊开双手，无奈的样子。

"那就让爸爸陪我去。"

中哥说："还是让你妈陪你去，爸爸还得做肠粉呢。"

"都不陪我去。"申圆媛嘟努着嘴。

王小谦觉得自己应该给他们做点事，游泳这事可以做到，于是说："大梅沙远吗？王老师陪你去，怎么样？"

"真的吗？"申圆媛高兴得跳起来。

林小霞说："王老师，你会游泳吗？"

"很小的时候我就在村里的小溪游泳。"

"可大梅沙是海。"小霞大声地说。

"海也游过，我还参加过冬泳。"

林小洁说："明天妈妈开车，王老师带你下海。"

夏天，深圳很少下雨，太阳一出来就咬人。周六，王小谦不补课，申圆媛迫不及待地催林小洁出发。从白石洲上深南大道，一路向东，路上不堵车，但也不快。到达大梅沙海滨浴场已经是十二点了。

申圆媛打开车门，一片灼热之气扑面而来。申圆媛说声"好热呀"，缩回车里。

王小谦说："到大海里就凉快了。"

海滩很辽阔，也扎满了人，全都是花花绿绿的泳衣，在他们间隙当中阳光毫不吝啬地投向沙滩，发出闪闪的光芒。

在黄色的沙滩与花花绿绿的人群外是一片蔚蓝的大海，像一块硕大的蓝宝石，在阳光下跳跃着粼粼光点。三人在更衣室换了泳装，趿着人字拖，向沙滩进发。见到大海，申圆媛忘记了炎热，瞬间兴奋起来，一个人跑向大海。

林小洁喊："慢点，圆媛。"

申圆媛似乎没有听见，王小谦与林小洁只好跑了起来。林小洁跑在前面，两条匀称白皙的腿就在王小谦眼前晃动，他的心也跟着晃动……

一湾湿湿的沙滩上都是热烘烘的人，他们随着浪花一起向前，又哗啦啦地随着浪花后退，丢下一片快乐的欢呼声。申圆媛看到大海涌上的浪花，惊叫着后退。

王小谦说："圆媛，怎么样，要不要下海呢？"

申圆媛瞪大眼，没有开口。

林小洁说："被吓着了吧。"

"有王老师在。"王小谦说着向大海跑去，一下子扑进了大海，大海中有不少人随着浪头扬起又随着浪头落下，王小谦一边随着浪花起伏，一边向申圆媛挥手。

"妈妈，王老师好厉害呀。"

一会儿，王小谦随着浪花回来，抹了一把脸上的海水，笑着牵着申圆媛小跑进入闪闪发光的大海，一下子扑入大海的怀里。林小洁坐在沙滩上看着女儿与王小谦在海水里嬉戏游玩，眼前的海让她心旌荡漾，看着看着心里有一种说不出的痒痒的感觉，有一种投入大海怀抱的冲动，她仿佛听见一个声音在呼唤：小洁快来，来追赶我呀。是尚小光的声音，但一激灵，又什么都没有了，只有沙滩上人们快乐的嬉闹声。她叹了一口气，迷惘了好一会儿。

申圆媛游累了，王小谦把她带回来，在林小洁的对面坐下。

申圆媛说："真好玩。"

"还不谢谢王老师。"

"谢谢王老师。"

林小洁说："我在沙滩上租了一把遮阳伞。"

回到伞下，喝着饮料，看着潮起潮落的大海，的确十分惬意。

申圆媛说："妈妈，你也去游泳吧。"

林小洁说："妈妈不会。"

"让王老师教一下。"

王小谦希望林小洁能跟他下水，但又怕跟她下水，毕竟要接触肌肤，老祖宗说过，男女授受不亲。

林小洁看着王小谦笑而不语。

申圆媛说："妈，你不用害怕。"

"总不能让我女儿瞧不起我吧。"林小洁说，"王老师，你说呢？"

王小谦站起来，林小洁回头对申圆媛说："你在遮阳伞下不要乱跑，回头找不着你呀。"

林小洁抓住王小谦的手小心翼翼地走到海里，到了齐腰深的海水里，就感觉到气喘，不敢往前走。王小谦说："你抓住我胳膊，人慢慢地趴在水上。"

林小洁很紧张，她仿佛又听到尚小光的声音："小洁，抓住我。"她仿佛看见尚小光的笑脸，一下子投入他的怀里。

"林姐，你怎么啦？"是王小谦的声音，"别紧张。"

林小洁甩了甩头发，发现自己已经扑在王小谦的怀里，她忙推了推王小谦，却发现自己的脚够不着海滩，一下子就沉了下去，慌乱中接连呛了海水。王小谦从背后一手抄起她，一踩海水升出了海面。林小洁呛得直咳嗽，紧紧地抱着王小谦。

两人退回海边，坐在海水里，林小洁平静下来，把湿漉漉的头发向后甩了甩。阳光与海水把林小洁的肌肤映得雪白，王小谦不敢直视，望着大海说："多练几次就好了。"

林小洁不安地说："吓着你了吧。"

王小谦转过头来说："你怕水？"

林小洁并没有立即回答，只是直勾勾地看着眼前的大海说："是的。站着看海，大海是在脚下；坐着看海，大海与我们平起平坐；入了大海怀抱却是恐慌，唉。"

王小谦不知道林小洁为什么有这样的情绪，只好说："你常来吗？"

"不常来。"

"开店还真是忙。"

"申哥不喜欢。"

王小谦说："我也不怎么喜欢玩。"

"放松一下还是应该的，每天都绷得紧紧的，就没意思了。你说呢？"

"在一中，每天就是上课，看晚修，有时周末还得改作业，生活就是围着学生转。"

"老师的生活也是单一。"

"当成谋生的手段，干什么可能都是辛苦的。"

林小洁看了看王小谦说："王老师说得很有道理。"

王小谦说："这大梅沙很漂亮，但如果是一个人来，可能就不见得，还得有相处好的人。"

"王老师的爱人也是老师吗？"

"还没有女朋友呢。"王小谦腼腆地说，"如果结婚了，也就不来深圳了。"

"来深圳与是否结婚关系不大，我来深圳时十六岁，回去结了婚又来了，申哥不想来，是我一个人来，后来申哥才来。"

"来深圳多少年了？"

"十多年了，申哥也来五年了，我想留在深圳，深圳环境好，发展空间大，申哥想赚点钱回到老家建房子。"

"回家建房子不错。"

"老家的房子有什么用呢？除非回家当农民。"林小洁无奈地摇摇头，"每说这事，两人的意见就不一致，我们有时也争吵，来深圳就应像深圳人一样生活，申哥不一样，就守着钱。这车还是他来深圳之前买的，如果是现在估计是买不成喽。"林小洁自嘲地说，这片大海似乎触发了林小洁太多的往事。

"申哥人挺好。"

"挺好。"

"也许时间长了申哥的观念就会发生变化。"

"希望吧。"

他们从海水中站了起来，大海仿佛一下子变矮小了。

申圆媛在建造长城，还有她的小王国，玩得高兴，见他们回来，抬头说："妈妈，会游了吗？"

"还没呢，没有我们家的圆媛厉害。"

"王老师，我们再去游泳吧。"

"让王老师休息一下吧。"

"没关系。"王小谦带着申圆媛又走向大海。林小洁望着他们慢慢地从人群中穿插前进，又迷茫了一阵子。

林小洁在遮阳伞下躺着，海风把热气带来又带走，因此并不觉得炎热。周围很多人与她一样，要么是一家三口，要么是一对年轻男女，这里虽然都是人，但都是独立的，谁也不认识谁，也不会在意你是谁。左边一男一女带着一个比申圆媛小点的男孩，他们相拥而卧，男孩在玩沙子。林小洁别过头，戴上墨镜，想休息一下，有点累了。

申圆媛回来，高兴地牵着王小谦的手，老远就喊："妈妈，我可以游好远了。"

林小洁坐起来说："我家圆媛厉害呀，赶快请王老师坐下。"

王小谦与申圆媛坐下，林小洁递了一瓶饮料。

"妈妈，现在到你游泳了。"

"你也得让王老师休息一下，他陪我们很辛苦。"

"王老师，你也休息吧，我还得建长城。"

林小洁说："你不累吗？"

"不累，一点也不。"

"你玩吧。"林小洁说，"王老师，你坐这边。"

王小谦与林小洁并肩坐着看申圆媛用沙子修建长城。时间在喧闹又安静中慢慢流逝。

"怎么还不去游泳呀？"申圆媛催促道。

林小洁说："行，我们再去游一圈，你不要跑远。"

他们穿过人群又一次走向大海。林小洁说："王老师，你先托我一下。"

在齐胸深的水域，王小谦托起林小洁慢慢地向前游去，王小谦惊讶地发现林小洁不但会游，而且姿势相当标准，他放手了，浮在海水上陪着林小洁一起游向大海远处……

坐回海边，眼前的海水在阳光下跳跃着点点光芒，钻石一般。周围的人声似乎也不复存在了。

王小谦没有问林小洁会游泳的事，他想那一定是有原因的。林小洁转头看着王小谦说："如果应聘不成，准备回去吗？"

"补课结束之后再看看吧，找不到学校，只能回去。"

"替你收的补课费要给你，一共是七万。"

"你先保管着。"

"我有一个想法，你可以考虑一下。"

"你说。"

"你可以在华侨城买一个房子。"

"不在深圳工作，买房子做什么？"王小谦不明白林小洁为什么突然让他买房，对这位漂亮的同乡，他知道得甚少。

"你一定奇怪。"林小洁狡黠地笑了笑说,"我有预感深圳的房子会涨价。我也想在华侨城买一个房子,那里的房子都很漂亮。我不想一直住白石洲,你这笔钱放着也是放着,不如赌一把。"

"你用这些钱先买。"

林小洁摇头说:"这是你的钱。"

王小谦说:"你想不想买呢?"

"当然想。"

"我不是一定要买。"

"担心亏本了?"

"不是,我不知道在深圳购房有什么用。"

"你的想法与申哥一样,只想在老家盖房子。"林小洁似乎有点失望。

王小谦说:"行,明天你陪我去看房。"

林小洁笑着说:"怎么突然改变主意了?"

"你来深圳早,见识比我长。"

"几万块钱,我有,主要还是担心申哥不同意。"

王小谦说:"说定了。"

"说定了。"

傍晚,太阳还是很晒,林小洁给申哥打了电话,说要带圆媛吃海鲜,不回家吃饭。之后开车到盐田美食街,这里的海鲜比老家要贵许多,林小洁说:"图一个鲜,也难得出来一趟。"

暮色降临,林小洁开车返回白石洲。到罗湖,申圆媛就睡着了。

林小洁说:"这孩子玩累了。"一边开车一边拨通了电话,联系中介,约好明天上午十点看房。

到白石洲已经晚上九点,申圆媛醒了,停车后,申哥说:"圆媛,玩得高兴吗?"

申圆媛说:"可好玩了,以后我还要与王老师一起去。"

申哥说:"一中的老师就是不一样,圆媛喜欢你。吃过了吗?"

王小谦说:"在盐田吃过了。"

"王老师,辛苦了,早点休息。"林小洁带着申圆媛回到出租房。

小店里还有几位顾客,王小谦不好洗漱,就坐下来陪申哥。

申哥说:"我炒两个菜,喝点啤酒。"顾客在谦谦书屋喝酒,申哥与王小谦在申记小店,方便招呼顾客。

喝了两瓶啤酒，王小谦与申哥的话语慢慢地多了。王小谦说："申哥，我想在华侨城买套房子，你怎么看？"

申哥说："如果在深圳工作，那是一定要买，不买住哪儿？如果回去的话，买了也没用，空着，不是浪费吗？"

"申哥想不想买房子？"

"不想买，这里的房子贵，再过几年，圆媛上初中，我们就回去。"

"你留着钱干吗？"王小谦开玩笑地说。

"在大岗建房子呀，准备今年建。以后圆媛到城关读书，还要在城关买个房子。"

"不想留在深圳？"王小谦追问。

"一切都得花钱，开销太大。"申哥掏心地说，"你林姐又大手大脚。"

王小谦想到林小洁在盐田海鲜街就花了四百元。

"如果圆媛不想回去呢？"

"户口不在深圳，都得回福建高考，晚回不如早回。"

王小谦点点头，靠一个小店维持一家人的生计不容易。

"你要买房，让小洁陪你去，她老早说要买房，我不同意。"

小店十二点关门，王小谦关上卷帘门，冲个凉已经十二点半了，上床休息时，他又一次失眠了。想起了申哥的话，申哥来深圳都这么多年了，还想着回福建，自己这样终究不是办法，还是早点回去吧。

他睡着了。

7

周日早上，申记小店与以往一样；但王小谦感觉气氛有点不同。难道是因为昨天自己自告奋勇陪林小洁母女去游泳吗？不对，昨晚申哥对自己的态度不是挺好吗？一定是林小洁说起买房的事。林小霞九点出去当家教。十点，林小洁说："王老师，我们去看房子。"

王小谦与申哥告别，申哥没说话，只挥一下手。

从白石洲到华侨城开车就十分钟，中介小王已经在等候他们了。林小洁说："这是王先生，你的本家。"

小王握着王小谦的手说："你们是想看新房还是二手房？"

"新房。"王小谦回答得干脆，他想买房子肯定要买新房。

"我先带你们去看看，满意就可以与售楼部签约。"

样板房在三楼，九十八平方米的三房二厅，王小谦是第一次真正意义上看到漂亮的房子，在一中他住的是学校提供的平房，就一个房间；学校也有套房，是给有高级职称有家庭的教师。一中的套房与这个房子相比，相差太远，客厅小得只比这里的洗手间大一点。样板房客厅设计、装修都讲究，黑白搭配、色彩简洁的客厅，温馨的主人房，亮丽的儿童房，舒适的书房……王小谦算是开眼了。

王小谦用方言对林小洁说："这房子真好，要多少钱？"

"每平方米六千元左右吧，楼层不同，价格也不同。房子你满意吗？"

"满意。"王小谦说，"太满意了！"

"买吧。"

"你不买了？"王小谦还是有点诧异。

"申哥不同意。"

王小谦猜对了，一下子思绪万千，这申哥还真是，有能力住华侨城干吗住白石洲？林小洁想买，我应该支持一下她，终究欠她一个人情，要不是那天她主动打招呼，我恐怕是"飘飘何所似"呢，人得知恩图报。

王小谦笑着用方言说："我存折里有六万元，教了五六年书就积这么多。补课费七万元，加起来十三万，买两套，我给你垫首付。"

"不行。"林小洁回答很坚决。

"借给你总可以吧。"王小谦坚持说，"以后还。"

"按揭每月都得有一大笔支出，申哥不同意，就没办法。"

"先了解一下每月要还多少。"

小王很快算出，按均价，三十年按揭，就眼前这一套月供2833元。

"三千元左右对你不是一个大数目吧，而且小霞也有工资。"现在是王小谦劝说林小洁，他的确被眼前的样板房迷住了。他住不惯白石洲，也不想让林小洁一辈子都住在白石洲。

林小洁被王小谦说动了，说："行，就按你说的。"对中介小王说，"我们看中这房子了，首付一成对不对？"

小王说："没有首付要求，付一成也行。"

他们回到大堂，同一户型的还有四楼、五楼、十四楼与二十四楼。王小谦说："我生日就是二十四，林姐，你选择五楼吧。"

"我想与你住一楼层。"林小洁说，"二十四楼还有别的户型吗？"

售楼部小姐说："有，面积是一百一十八平方米。"

林小洁问王小谦:"你是要大的还是小的?"

"我无所谓。"

林小洁说:"我就一百一十八平方米的。"

与售楼部签订协议,各预收一万元定金。周末时间,银行办理按揭贷款的工作人员不上班,后续手续得到周一办理。

回到白石洲十二点了,阳光特别强烈,仿佛要把人晒熟。小店中午还是冷清,申哥却没有与往常一样躺下休息,见他们回来,急忙问道:"怎么样?"

"交了定金。"王小谦眉飞色舞地说。

"多少钱?"申哥急忙问。

"六十万。"

"很贵呀。多大?"申哥脱口而出。

"一百平方米。"

"还是贵。"申哥摇摇头说。

林小洁突然说:"我也签了一套。"

申哥一下子愣住了,好久才说:"昨天晚上不是说好了,不买吗?"嗓音有了明显的提高。

"房子的确漂亮。"林小洁的声音很低。

"漂亮顶个屁用!"申哥突然喷出脏话,接着把锅勺"哐"的一声丢进了锅里。

王小谦愣了。

林小洁也愣了,说:"什么意思呀?"

"什么意思?不是说好了,不买吗?六十万!哪来那么多钱?"申哥是一连串地吐出。

林小洁声音也提高了:"按揭还,不是让你一下子就还。"

"按揭不还是要还吗?我们这么辛苦地从早忙到晚,一天才赚多少钱?六十万多少年才能还清?"

"就想着回家建房子!"

申哥挥舞着粗胳膊说:"是呀,我就是想着回家造房子,六十万,都可以建十座房子啦!"

"在乡下建十座房子有什么用?一百座都没用!"林小洁也很激动。

"深圳就有用啦?"

"起码我们不用住白石洲,我早就厌倦了白石洲。"林小洁突然提高了嗓子，有着明显的哭音。

"白石洲不是挺好吗？买什么不方便？过三四年我们就回去，这房子还不是空着吗？"

"天天嚷嚷着要回去，回去干吗？深圳不好吗？"

申哥一脚踢翻椅子说："深圳好，你就留下！"说着扯下围裙。

王小谦赶紧拉住他，说："申哥，申哥，你听我说，林姐也只是交了定金，如果你真的不想买，我们把定金给要回来，不用生这么大的气。"

王小谦没想到申哥脾气这么大，不管怎么生气，对自己的妻子可不能这样。林小洁上午的担心不无道理，王小谦有点后悔，也有点后怕，但也促使他下决心帮助林小洁买房子。

"王老师，让他走吧，这房子我一定要买。"林小洁突然变了个人似的。

申哥一下子又跳起来，叫嚷道："好，你买！我走！"

王小谦又把他抱住，说："林姐，你先别说，可以商量，可以商量，外面很多人围观呢。"

小店外有七八个人向里张望，阳光下可见他们流淌着汗水的脸上满是好奇，他们没有听懂方言，但知道是吵架。

林小洁转身上楼。王小谦把气呼呼的申哥给截下了，说："申哥，我不知道怎么劝你，你们是夫妻，很多事可以商量。"

"你也看到了，买房子这么大的事，说买就买，也不跟我商量，我已经安排好了，年底就回家建房，如果在这里买了房，钱都花了，家里怎么办？"

王小谦明白，还是钱的问题，如果仅仅是钱的问题，这倒好解决；他们不是没钱，重点是夫妻想法不一致。王小谦想，如果我妻子想买房子，我是支持还是不支持？答案很明确。看来还得给申哥做点思想工作，前提是先稳住申哥，攘外必先安内。王小谦说："申哥，这样吧，定金能退就退，实在退不了，我想办法。"

"你来深圳才多长时间？有什么办法？"

王小谦笑着说："我当老师多年，有一些积蓄，可以解决的，关键是你们不再争吵。"

申哥说："行，你帮助我把定金要回来。"

"这事包在我身上。"王小谦拍着胸脯说。

申哥叹息道："唉，命里犯太岁，遇上这个只懂花钱的女人。"

王小谦看到申哥情绪平息下来，放心了。

林小霞去当家教时把申圆媛带走了，围观的人也散了。王小谦回到谦谦书屋，拉下卷帘门，躺在折叠床上想着怎么解决林小洁与申哥的冲突，申哥无非是舍不得钱，如果不动用他的钱，问题不就解决了吗？如果我给林小洁付了首付，林小洁也有一笔私房钱，那申哥就无话可说了。王小谦拿定了主意，这个女人我一定要帮。但怎么帮呢？王小谦没有想出好主意，他出了谦谦书屋，到附近转转，当他看到小巷的广告栏里出租房子的信息时，他一拍脑门，有办法了。

傍晚，申记小店晚上的生意开始了，王小谦去帮忙，没见林小洁，他问申哥。申哥说："你帮我打个电话问问。"

王小谦给林小洁打了电话。林小洁说："睡觉呢。"

王小谦说："下来吃饭吧。"

林小洁说："不饿。"

王小谦说："等一会儿，圆媛就回来了。"

"一会儿，我会下去。"

申圆媛与林小霞回来了，申圆媛还是一如既往地蹦蹦跳跳，林小霞也还是快人快语问王小谦说："房子看得怎么样呀？"

王小谦打着哈哈说："挺好，挺好。"

"挺好是什么意思？"林小霞穷根究底。

"就是买卖成功喽。"王小谦说。

"哇。"林小霞夸张地说，"两周前谁黑着脸说能不能赶上回青石的大巴呀？"

"谢谢你还不行吗？"王小谦被林小霞的情绪感染了，这小姑娘似乎没有多少忧愁。

王小谦见到林小洁下楼，申哥又忙碌起来了，在一片的忙碌中，一切似乎都过去。晚上十二点，小店关门打烊。

白石洲又在一片嘈杂中慢慢地安静下来，就像个婴儿，一会儿醒来，闹了一会儿，又睡着安静了。

8

周一上午，去办理银行按揭贷款业务。林小洁一个上午没说话，申哥也不说话。到点了，林小洁说："王老师，我们走吧。"

王小谦让林小霞维持一下孩子们的纪律，幼师毕业的林小霞，对付低年级的学生有办法。王小谦与林小洁一起去华侨城，临走，他小声地对申哥说："申哥，你放心。"而且晃了晃拳头。

申哥看了看林小洁，也没什么表示。

林小洁开车，王小谦笑嘻嘻地说："林姐，申哥也不容易。"

"不用说了，房子不买了。"

"补课的钱带了吗？"

"带了。"

"你把钱给我。"

"后面包里。"

王小谦笑着说："还在生气呀？"

"生什么气呀。"

"你带我先到农业银行。"

在农业银行营业点，王小谦说："林姐，你就在车上等我，我去去就来。"

"要我陪你上去吗？"林小洁并没有动身。

"不用。"王小谦一下车就向营业厅跑去，他把存折里的六万多元钱全部取出，和先前的七万元一起包起来，回到车上。

"把钱存入存折了？"

王小谦笑嘻嘻地说："你猜。"

林小洁没猜，开车去了售楼部。

接待他们的还是小王，小王把他们带到银行临时办事处。林小洁说："小王，我想退一套……"

"别退。"王小谦打断林小洁的话，"不用退。"拉着林小洁到银行临时办事处。

小王把之前签订的资料都送来了。

银行工作人员已经把他们的资料都做好，说："把你们的身份证给我们。"

王小谦把身份证给了他们，还是用方言对林小洁说："林姐，不用退，首付一成，两套也就是十三万，这里不是有吗？"说着拍拍一大包钱。

林小洁有点诧异。

王小谦说："林姐，你想买就买，与申哥意见不一，但不一定非要让申哥知道，你不动银行里的钱，申哥就不反对，按揭的事以后再想办法，你不会告诉我，你一点私房钱都没有吧。我已经想好了，房子做个简单的装修出租，每月收取三千元的租金没有任何问题。如果租到四千元还赚钱呢，困难只在前面的三四个月。"

林小洁很惊讶，自己为什么没想到出租呢？瞬间有说不出的高兴，因为买房留下的阴霾瞬间被一扫而光。如果他能长期留在深圳，那该多好呀，林小洁对王小谦好感之外又多了一分喜欢。

"这计划怎么样？"王小谦有些得意地看着林小洁。

"听你的。"林小洁没有用更多的语言来表达对王小谦的感谢，从心里升起来的温暖让她没有更多的语言。

银行按揭的业务办好了，林小洁问："贷款什么时间可以批复？"

工作人员说："快则一周，迟则一个月。"

林小洁说声谢谢，挽起王小谦的胳膊走了出去。坐到车上，林小洁仰头闭目坐了许久，王小谦坐到副驾驶的位置，说："林姐，你……"

林小洁摇摇头，又过了一会儿，睁开眼说："好了，我们到海鲜酒楼吃饭。"

她把车停在生态广场。

午餐，林小洁点了三样海鲜、两碗米饭。王小谦笑着说："要祝贺一下我这个明修栈道、暗度陈仓的计划？"

"为什么不呢？来点酒？"

"可以，来一瓶啤酒。"

"一人一瓶。"

林小洁倒了一杯啤酒说："敬你。"

"敬你，要不是遇上你，估计我已经回老家了，哪能与你坐在这里？"

"想起来了，在大巴上你一直在看什么书？"

"《全唐诗》。"王小谦心中暗喜，原来林小洁也在暗中留意自己，怪不得能让自己坐顺风车到白石洲呢，看来读书还是好的，哪怕假装读书。

"你笑什么？"

"没有。"

"你笑话我暗中看你？"

"是的。"王小谦老实地承认。

"你与同车人不一样，一看就是读书人。"林小洁转个话题，"《全唐诗》是什么书？"

"清代人编的整个唐朝的诗歌。"

"那不是古文吗？都能看得懂？"

"遇到看不懂的就慢慢琢磨，有时也查字典。"

"有学问真好。"

"我离有学问的人还远呢。"

"你离有学问的人还远？"

王小谦点头说："是呀，我最大的理想就是一边教书，一边读书，做一个有学问的人，然后有自己的一个书房，最好还有红袖添香。"说着自己乐了。

林小洁真诚地说："王老师，你一定会实现的。"

王小谦说："来，干了这杯。"

午餐之后，林小洁并没开车，与王小谦一起沿燕晗山走路回到白石洲。

到了申记小店，申哥悄悄地问王小谦："怎么样？"

王小谦笑着说："你问林姐。"

申哥没有问，林小洁说："没有花你的钱，你放心。"

"没花钱是什么意思？"

"你说什么意思？"

申哥说："好，好。"

下午，王小谦还要上书法课，就回到谦谦书屋。

生活又回到了原来的状态。

周六到大梅沙，周日看房，周一银行签订贷款合同，王小谦感觉这日子像是做梦一般，也许这就是深圳速度吧，王小谦安慰自己。

9

周末，初中补习班也开始，王小谦想利用这点时间多赚点钱补贴林小洁，他惊奇地发现林小洁居然没有私房钱，所有的钱都放在一张存折上。他想帮助林小洁渡过三四个月的困难期，半年后有了房租收入，一切问题都解决了。

周六上午补数学，本来是九个学生，三个觉得环境不好又走了。下午补英语，八个学生。王小谦的专业是语文，但没有招到学生，有一个想补作文，王小谦没收。

周日的课程与周六一样，每节课还是一百元。这个周末王小谦赚了两千元，补课期限暂定到开学前，这样能补五到六个周末，一万多元的补课费可以交上三个月的月供。只是这一切他还没告诉林小洁，想在交房之后或者他返回青石之时给林小洁一个惊喜。林小洁以后一定会经常想起他这个邂逅的朋友，想到这些王小谦不禁乐了。

必须努力工作。最让王小谦高兴的是他们的购房计划没有被申哥发现，连林小霞都不知道，不然这个快嘴姑娘早就捅给了她姐夫。林小洁与申哥的生活也似乎恢复到原来的状态。

8月7日，王小谦来深二十五天，他接到售楼部打来的电话，告诉他可以去办理房产登记了。王小谦接到电话后很高兴，继续上课。

几分钟后，卷帘门突然响起剧烈的"嘭嘭嘭"的击打声，王小谦与里面的孩子都吓了一大跳。王小谦急忙打开卷帘门，一个拳头猛地砸到他脸上，申哥歇斯底里地叫喊："让你们骗我！让你们骗我！"

王小谦捂住脸，一松手，手上都是血，他按着鼻子说："申哥，这是怎么啦？"他一时没明白过来。

申哥挥舞着手中的手机冲王小谦吼道："我让你们合伙骗我！"说着把手机狠狠地摔到地上，手机瞬间就四分五裂了。

"申哥，你……"王小谦认出了那是林小洁的手机，一切都明白了，肯定是申哥接到了售楼部打来的电话。

"申哥，你听我说，林姐真的想要那房子，再说你不用出钱……"王小谦忍着痛大声解释。

"所以你们就合伙骗我，对不对？要不是她手机落在店里，你们是不是要永远骗下去呀？"申哥的胖脸因愤怒而变形。

"申哥，你别急，孩子都在这里，我上完课，慢慢给你解释。"

"生米都煮成熟饭了，还解释个屁。"申哥一扭身走了。

王小谦鼻血又出来，赶紧又用手去按住。

孩子们看到王小谦满脸鲜血，全都惊叫起来说："王老师流血了。"懂事的孩子忙给王小谦纸巾。王小谦担心申哥与林小洁又吵起来，赶紧跑到申记小店，店里没人。

申哥从楼上的出租房跑下来，手里拎着一个背包。

王小谦喊道："申哥，这是干吗？"

"回家！"申哥头也不回地说。

"申哥，你可不能走，你走了，小店怎么办？"王小谦大声地叫起来，但他不敢拉住申哥，怕又挨打。

申哥头也不回地走了。

王小谦不知所措地愣在那儿，身上的白衬衫都是血，二十个孩子都跑出来围着王小谦。

申圆媛睁大眼睛说:"王老师,爸爸怎么啦?"

"没事,你们先回去,老师继续给你们上课。"王小谦把孩子们送回去,在洗手间洗了手,鼻子不再流血了,又换了件干净的衣服。之后就站在两个小店之间,因为申记小店没人看管。林姐去哪儿了?小霞怎么也不见了?

好一会儿,林小洁才回来,她与小霞一起去买菜。看到王小谦惊慌的样子,林小洁说:"怎么啦,王老师?"

"你终于回来了,申哥知道了,他回老家了。"王小谦着急地说。

"姐,什么事呀?"林小霞疑惑地问道。

"没什么事。"

"王老师,到底怎么回事?"林小霞急了,她想会不会她姐与王老师有什么见不得人的事。

"房子的事。"王小谦说。

"小霞,王老师替我付了首付,原想不让你姐夫知道。"

"姐,就这事呀?我还以为什么大不了的呢!"林小霞笑着说,"王老师替你付了首付是好事,姐夫干吗生气呀?我明白了,姐夫痛心钱!"

"小霞,胡说什么呢?"林小洁又急又气。

王小谦急切地说:"林姐,我的确考虑不周。"

"他就是守财奴,"林小霞抱怨道,"为了多赚几块肠粉的钱,居然骗你说起床迟了,让你拼车回来。姐,我就不明白,你这么聪明的人怎么会看上他这个二百五。"

"小霞,怎么说话?"林小洁阻止道。

"哈,一对相处七八年的夫妻还不如一个萍水相逢的老乡,房子早就该买了,这白石洲哪是人住的呀?姐,趁着他回去,干脆离了。王老师,你说呢?我姐可都是因为你呀。"林小霞依旧机关枪一样,可见平日里对她的姐夫就很不满意。

"林姐,对不起,我这就去把申哥追回来。"王小谦不在乎林小霞的话。

"怎么追呀?"林小霞幸灾乐祸地说,"姐夫要回就让他回去呀,大不了王老师当我姐夫。"

"小霞,你还有心思开玩笑!我这就打车到布吉汽车站,回老家的车只有两部,能赶得上,麻烦你帮我看一下学生。"王小谦说完要走。

"王老师,回来,你去了他也不会回来。"林小洁拦住王小谦。

"只是姐夫回去了，肠粉店怎么开呀？"林小霞突然回到实际问题上了。

林小洁平静地说："他又不是小孩。走了我倒是清静了。"

林小霞笑了说："姐，你现在成熟了，留下的是你们俩的事，自己解决吧。"说罢转身走了。

申圆媛与同学已经把地上的手机碎片捡起来，申圆媛捧着手机碎片说："妈妈，你的手机。"

王小谦搓着手不安地说："林姐，没想到事情会是这样。"

"王老师，我已经想到这一天了，还能指望他什么呢？"林小洁笑了笑，回到了店里，放下手里的菜，坐在椅子上不语。王小谦不知道该说什么，鼻子还疼，于是就退回到谦谦书屋。

孩子们都被刚才的一幕吓着了，都老老实实地坐着，也不写作业。王小谦休息了好一阵子，也没说话。十一点半，孩子们的家长来接孩子。这些孩子一出谦谦书屋就叽叽喳喳地说："妈妈，打人了。"

妈妈们说："什么打人了？"

孩子七嘴八舌地说："圆媛爸爸刚才打王老师了。"

"对呀，王老师流了很多血。"

"王老师都换衣服了。"

"圆媛爸爸跑了。"

孩子们的话把十多个家长都给说懵了，一会儿才听明白。

一个家长说："圆媛的爸爸打了王老师？你们说这会是什么事？"在场的家长全是女的，她们交换了一下眼神，似乎全明白的样子，说："这个王老师也太不像话了，能干出这样的事来。"

"对呀，这林小洁怎么能这样呢？"

"林小洁胆子也太大了，都养到家里来。"

"圆媛爸爸打得对，这样的老师人品不行！"

"怪不得呀，开学前林小洁说，王老师是如何如何的好，原来都是为了自己。"

说着都咯咯咯地笑了。

孩子们没听明白，说："妈妈，你们说什么呢？"

妈妈们说："小孩子不应该听这些。"

她们笑完之后，说："对呀，我们不能让孩子在他这里补课了。"

"有道理，让他们把补课费退了。"

"是呀，她养情人却让我们掏钱。"

……

她们越说越离谱，原来还往前走的她们这下不走了。有人说："是不是让他们退钱？"

"对呀，明天不来了，让他们退学费。"

也有家长说："这样不好吧，都补了快三周了。"

"也是，那就让他们退一半吧。"

"反正明天我是不让孩子来了，这样的老师谁放心呀，钱倒无所谓啦。"

……

她们达成一致意见，要求王小谦退钱，至少退一半。因为孩子们还都在现场，她们的意见是明天来退学费，先给林小洁打电话，说清这事，如果退款，这事就过去了；如果不退，举报他们。

人生的转折就是这样的无常，事情的发展是这样出乎王小谦的意料，虽然他还不知道这些家长要炒他的鱿鱼，停他的课。

王小谦最关心的是申记小店，申哥这一走，申记小店怎么办？申哥炒得一手好菜，晚上的生意可比早上要赚钱，早上一盘肠粉不过赚一块钱，晚上炒一份菜就可以赚十块。如果晚上生意没有了，申记小店生存都成问题。鼻子虽然疼，但他还是不停地给申哥打电话，申哥不接。后来林小霞也给申哥打了电话，申哥倒是接了，他说，他回去了，店就让她姐自己看着办。

林小霞说："姐夫，你走了，这店你是开还是不开呀？你说个意见。"

申哥电话断了，再打居然关机了。林小霞生气地说："他居然关机了，姐，你说怎么办？"

林小洁与王小谦都不吭声，林小洁是因为失望；王小谦则是暗自吃惊。他知道申哥生气，没想到他居然像一个以前的乡下女人动不动就回娘家，他感到可笑又可恨，这哪像在大城市待过的人？

王小谦下午的课还要正常进行。

晚上，林小洁只好早早地关了申记小店的门，贴张"暂停营业"小字条。八点，林小洁到谦谦书屋。王小谦安慰林小洁说，申哥一时缓不过气，一旦气消了就好了。末了，王小谦说："原来还打算等我回青石那天把周末补课的钱给你，还前几期的按揭，现在好了。"

"你周末补课是为了这个？"林小洁吃惊又感动说，"你真是……"

王小谦的手机响了，是一个男的，对方称是补课班的一位学生家长，要找林小洁，王小谦把电话给了林小洁。

林小洁说："您是哪位同学的爸爸呢？"

"林小姐，你不用管我是谁的家长，我们家长一致意见是明天不来补课了，让姓王的退学费。"

"为什么？不是说好了补一个月吗？"

"还用得上我们说吗？你们自己不是很清楚吗？"

"我清楚什么呀？"林小洁还真是摸不着头脑，不就是申哥摔了她手机跑回去了吗？这与王小谦补课有什么关系呢？

对方不耐烦了，说："我也不说你们乱七八糟的关系，退一半学费！"

"什么乱七八糟的关系？你说清楚了，都补了三周了，不能说不补就不补！"

"我只问你退不退？"电话里大声地质问。

"您这样也太不讲道理了。"林小洁本来就在气头上。

"好呀，这钱我们不要了，举报你们违规办学。"

"你举报好了。"林小洁气愤地把电话给挂断了，"都是些什么人？"

王小谦说："这里一定有误会。"

"什么误会？"林小洁狐疑地问。

"上午申哥打我，孩子们都看到了，我流了鼻血，问题可能出在这里。"

林小洁噌地跳起来，说："他打你？"

"不碍事。"王小谦笑了笑。

"申德义呀，申德义。"林小洁又"扑"地坐下。

"我想家长们之所以要退学，是以为我们……"王小谦欲言又止。

"真会联想呀。"林小洁苦笑地说，"身正不怕影子斜，明天给他们退钱。"

"我的钱都买房了。"

"我家里有几万块，你放心吧。"

"申哥会不会把存折带走了？"王小谦很冷静。

林小洁站起来，说："还真有可能，我先回去了。"她跑回出租房，正如王小谦所言，申哥真的把存折带走了，还带走了零用的两千元。林小洁真的傻了，她没了手机只好又跑下楼。

"怎么啦？"王小谦看到林小洁慌张的样子，知道申哥把钱带走了，但他还是问了一句。

"你猜对了。"林小洁此时不只是失望还有伤心。

王小谦也愣了一会儿，这申哥也太绝。但他还是安慰林小洁说："你别急，先回去休息吧。明天我给孩子们解释解释。"

林小洁回去后，王小谦有种不祥之感，要出事了，原来消失了的那种忐忑不安又回来了，他在辗转反侧中过了一夜。

10

申记小店还是依旧开门做肠粉，断了顾客就断了生计，林小洁在忙着做肠粉，王小谦在帮忙端盘子。

八点五十分，王小谦回到谦谦书屋，九点应该来补课的学生都没来，只有申圆媛站在王小谦身边。王小谦忐忑不安的情绪转变成了慌乱，站在谦谦书屋门口来回地走动，他记得家长们昨晚的威胁。这时来了两个穿蓝色制服的人，他们看了看书屋里的桌椅，又看看焦虑的王小谦，其中的高个子说："你是王小谦吗？"

王小谦说："是的。"

高个子说："有人举报你在这里办学，你不知道擅自开班补课是违法的吗？"

"不知道。"王小谦摇摇头又说，"知道，知道。"

"知道了还补课？"

"现在不补了。"王小谦低声地说。

矮个子说："你是哪个学校的老师？"

"我不是深圳的老师。"

"哇，你不是老师还敢补课！"高个子有点夸张地说。

"我是老师，只不过不是深圳的老师，我是来香山学校应聘的。"王小谦急忙解释。

矮个子说："有人举报，我们就不能不管，店我们先封了，你跟我们到街道办做个笔录。"

申哥走了，做肠粉的只有林小洁，她没有注意到执法队来到了谦谦书屋。直到申圆媛跑到她跟前说，有人找王老师，她立马停下手里的活。

王小谦过来对她说，街道执法队要带他去做笔录，林小洁才知道家长真的举报了。

"对不起呀，我们有要紧的事，不做了。"林小洁要打发正在排队等候肠粉的顾客。顾客不乐意了，说："你们怎么做生意？等这么久了。"

"没事，做个笔录就做个笔录吧。"王小谦倒是放下了心事，事情已经发生了，就坦然面对吧，大不了回青石，又上不了刑法，判不了刑。他对顾客说："肠粉继续，你们耐心等待。"

高个子对林小洁说："做个笔录就回来，你去干吗呢？"

林小洁只好作罢。

七拐八拐，王小谦跟着两人来到了街道办，虽然林小霞给他介绍过白石洲，但他还是没记住。街道办大楼进出的人很多，也很嘈杂，天气又炎热，王小谦虽然坦然，但感到身体发热，全身出汗。

工作人员把王小谦带到办公室，问了姓名、工作单位等相关情况，就回到违规补课上。

高个子问："王小谦，你补课多长时间了？"

王小谦答："快三周了，准备办四周就结束。"

问："你办几个班？"

答："两个班。"

问："招了多少学生？"

答："三十个。"

问："收了多少钱。"

答："每个学生两千元。"

"一共是七万元喽？"高个子想一想说。

"是。"

"这个数目相当大，按照规定，肯定要给予处罚。"

"怎么处罚？"王小谦就想知道这个答案。

"罚款。"矮个子说。

"那是……多少？"王小谦小心地问

"按10%的标准，罚款七千元，同时退还全部的补课费。"高个子不紧不慢地说。

王小谦愣住了，这么多！

两个工作人员商量之后说："王小谦，现在对你做如下的处理：一、停止补课班的课程；二、退还学生的全部学费；三、罚款七千元。你同意的话，就在这上面签字。"

"没有意见。"王小谦低头说，"可是我现在没钱。"

"什么意思？"高个子非常不满意，"你想耍赖？"

"你不是收了学生的补课费吗？"矮个子也插话了。

王小谦解释说:"我来深圳是因为香山学校通知我来面试,本想面试之后就回去,结果碰上老乡,要我给她孩子补课,后来孩子的同学也来了,就办了这个补课班。"

"这个我不管,你交了钱,我们的处罚也就完成了。"高个子武断地说。

"我是收了补课费,但这钱,昨天让老乡带回去了,现在电话也联系不上他。"王小谦只好把申哥扯上了,心想让执法队找申哥去。

"你说的是真的?"矮个子伸长脖子问道。

"我有他的电话,你们试着拨一下。"王小谦把申哥的电话号码给了他们。

果然,电话关机了。

"那这事就不好办喽。"高个子坐在靠背椅上,身子往后靠了靠。

"学生的钱,过两天退还给他们,罚款的钱,我也要筹措一下。"王小谦满怀希望地说。

"你这招数我们懂。"高个子突然嘲笑道,"你们这是团伙作案呢,如果现在放了你,估计下午就不见人影了,我们到哪儿找你呀?"

"你不退款就是我们工作失职,万一那些家长投诉我们,我们就得丢饭碗。"矮个子说。

"这怎么叫团伙作案呢?"王小谦说,"说我违规补课,我承认;说我是骗子,就不对,我也是受害者。"

"编,继续编。我们不跟你浪费口舌,你交了钱,就走人;不交钱就留下。"高个子拉着同伴出去,把门锁上。

王小谦呆坐在办公室里,脑子有点纷乱。

十二点,他们回来,高个子对王小谦说:"想好办法了没有?"

"真的没钱。"王小谦要对天发誓。

"发誓也没用,我们每天处理发誓的人多着呢。"高个子说。

矮个子说:"这样吧,我们吃饭先,回来时给你带个午餐,你好好想想吧。"

两人又锁上门走了。王小谦想,看来他们是动真了,这钱怎么办呢?王小谦不停地搓手,出了一身大汗,电风扇一点也不管用。

十二点半,矮个子回来时给王小谦带了盒饭,王小谦连忙说:"谢谢,谢谢你。"

"办法你还得想,我们也是按章办事。"矮个子说。

"知道,知道。"王小谦连连点头。

矮个子走了，王小谦对着盒饭却没动筷子。

林小洁好不容易忙完上午的活，用身上的零钱，还有林小霞身上的，买了一部手机。林小霞又开始骂申哥，林小洁不理会她，忙给王小谦打电话，电话没人接听。她稍作犹豫开始联系熟悉的同乡，打了一通电话，借到两万块钱。她再打王小谦的电话，电话通了，林小洁说："还在街道办吗？"

"在街道办，被关着呢。"王小谦无奈地说。

"没事。"林小洁安慰道，"在几楼？"

"三楼。"

林小洁赶到街道办，工作人员已经下班了，二楼的楼梯口也上锁了。她又给王小谦打电话。王小谦说："你上不来，他们说交了钱才可以走人。"

"放心吧。"林小洁又安慰道，"我去弄钱。"

王小谦只好在办公室里坐着等林小洁，看来这钱非还不可，只希望林小洁有办法。这申哥太狠了，这种人不能交往。王小谦开始胡思乱想。

下午四点，两个工作人员回来，高个子说："想好了吗？"

"同乡正在筹钱，可能很快了。"王小谦平静下来。

五点，高个子说："这样吧，我们这里不能留人，把你交给派出所，这事由他们处理。"

"这不行呀。"这完全出乎王小谦的意料，"我先写一份保证，把身份证也押在这里，我去向人借钱……"他有些语无伦次。

高个子还是打了派出所的电话。王小谦就这样被派出所的警车带走了。

五点半，林小洁带着四万块钱赶到街道办，行政执法科已经空无一人，她给王小谦打电话，电话关机了。她哪里知道，王小谦此时正在派出所做笔录。

虽然有街道办的笔录，派出所还是要走程序，派出所工作方式与街道办略有不同，他们先把王小谦的手机扣下，然后逐项问询。王小谦老老实实地回答了所有问题，他从没想过，他，王小谦——一个天天读《全唐诗》的人民教师会进派出所。

民警最后说："不是什么大事，你把非法收入退还家长，家长不再投诉，就可以结案了。"

"那罚款呢？"王小谦还是担心钱。

"罚款由街道办处理，我们不管这事。"民警说。

"我身上真的没钱。"王小谦满脸通红地说。

民警看着王小谦说："你是老师，我们相信你说的话，但是事情到了我们这里，就得处理。我联系你的工作单位，让他们把你领回去。"

"那钱呢？"

"你们单位来保释，我们就可以与你们单位的法定代表人协商，让他们先给你垫上，回去之后，把钱还了。"民警耐心地解释道。

王小谦虽然极不愿意牵涉青石一中，但除此之外，真的没有办法了。民警还是很温和，多少给王小谦一点安慰，民警当着王小谦的面给青石一中打电话，但是没有人接听。假期，办公室没有人。

王小谦在看守所过了第一个晚上，这是他人生最为难忘的夜晚之一，虽然看守所与监狱不同，但对王小谦而言真的没有什么区别。王小谦彻夜未眠，本来很简单的事，居然发展到进看守所。彻夜未眠的还有林小洁，她一直在拨打王小谦的手机，却一直关机，这让她极为焦灼。她担心王小谦，也心疼王小谦。

11

第二天，肠粉店不营业，林小洁早早地来到街道办，尽管知道街道办上班时间是九点。九点十分，行政执法科的人上班，她才知道王小谦已经被送到派出所了。林小洁匆忙赶到派出所，接待的民警看了记录，说："昨天是来了一个叫王小谦的人，你是他的什么人？"

林小洁说："我是他的家属。"

民警说："具体的事情得问余警官。"于是帮助林小洁联系了余警官。

余警官告诉林小洁说："王小谦其实没有什么事，退了补课费就可以走了。"

"我这就回去筹钱。"

"早上我已经联系上王小谦所在的学校，学校会派人来保释他，你也不用着急。"余警官倒过来安慰林小洁。

林小洁说："警官，你打了这个电话，他工作就完了。"

林小洁估计得没错，电话是青石一中办公室江主任接的。电话里余警官把王小谦的情况告诉他，最后强调让学校派人来深圳直接把王小谦领回去。

江主任一听是深圳派出所的电话，还得带七万块钱来保人，一下子就愣了。前不久，一中的洪老师在青石县城的一个按摩店被民警抓获，是他与陈校长一起到公安局把洪老师给保释出来，但毕竟在青石，公安局还是给一中很大的面子，悄悄地处理了；没想到只过了一个月，这个王小谦居然瞒着学校跑到千里之外的深圳犯事，江主任心里可谓五味杂陈，但他还是尽责地向陈校长做了汇报。他强调，王小谦老师在深圳被公安局抓起来，要学校派人去保释，并且要七万多元的保释金。

陈校长一听，生气了："王小谦丢人居然丢到深圳去，这不仅损害了自己的形象，也损害了一中的形象，甚至损害了青石县的形象。"

"现在怎么办呢？我们是派人还是不派人？"江主任忐忑地问。

"既然他王小谦不怕丢人，就让他在拘留所多待几天吧，反省反省。"陈校长敲敲桌子说，"原来还想把他调到高中部教学，看来不能让他留在一中了。"

"那就过几天了？"江主任弯腰问。

"对，那就让他待五天。"陈校长语气坚定地说，"还不到一周嘛。"

王小谦在看守所里默念着：林小洁一定是借不到那么一大笔钱，如果一中今天派人的话，明天早上就可以到达深圳，明天上午就可以离开看守所了，回到青石之后不管是留在一中还是调到乡下中学，一定要好好教书，好好做人，不再做不该做的事了，多读书，幸福地做老师……

第二天，王小谦没等到一中来人；第三天，还是没有等到。他失望了，本来还乐观的他开始吃不下睡不着，本来就瘦削的人一下子就形容枯槁了。

第四天早上，余警官对他说："收拾一下，可以走了。"

"是我们的校长还是主任？"王小谦有一种死灰复燃的希望。

"什么校长主任，你老婆！"余警官不客气地说，"她交了钱。"

"我老婆？"王小谦讶异地问，人立住了迈不开脚。

"想继续待在这里呀？"

王小谦赶紧跟上余警官，看到了林小洁，眼泪突然奔涌而出，在看守所里他以为保释他的一定会是一中的领导。

林小洁看到王小谦蓬头垢面、双目无神的样子，心窝像是被人掐了一下，也有想哭的冲动；但她还是笑了笑，她轻声地说："没事了，走吧。"

王小谦突然抱着林小洁哇哇哇地放声大哭起来。

余警官说："喂喂，别哭了，回去好好地当好人民教师。"

王小谦放开林小洁，擦去眼泪。

"谢谢余警官。"林小洁向余警官点点头。

"王小谦，你可得对得起你老婆呀，别非法补课了。"余警官还是很严肃地说。

"我不会让他补课了。"林小洁挽起王小谦的胳膊说，"走吧。"

出了派出所的大门，夏日的深圳骄阳似火，但也浓荫蔽日，王小谦平静下来，重重地吸了一口说："外面的空气真好呀。"

"是先吃点东西还是回去洗一洗？"林小洁关切地问。

"先回去。"

两人一起往白石洲走去。

"你没开车吗？"王小谦犹豫一下。

"来深圳没几天脚就金贵了？"林小洁笑着说，"走路不是很好吗？"

"没有。"王小谦有点尴尬地说，"你哪来那么多钱呢？"

"办法还是有。"林小洁依然笑着说，"今天下午我们还得去办理房产登记，他们等我们好几天了。"

"林姐，我一定要在深圳扎下根来……"王小谦的情绪波澜起伏。

林小洁笑着把他的话拦住了，说："事情都过去了，大富大贵忘不了我就行。"她一直紧紧挽着王小谦胳膊的手也放开了。

"课是补不成了，你准备回一中吗？"

"不回！"王小谦语气坚定地说，"原以为他们会来保释我的，结果呢？"

"这就不对了，你犯了事，你得承担，学校可以帮助你，也可以不帮助你，他们没有这个义务。"林小洁语气也很坚定，"这是深圳教会我的。"

"可是……"

"没有什么可是，人生的路靠自己。"

王小谦点点头，这些天变故让他思想有了很大的触动。

"不回一中也好，对呀，打个电话问问深圳实验中学，怎么这么久了还没有消息呢？"林小洁突然记起了这事。

"还是你打吧。"

"行。"林小洁停住了脚步。电话打通了，是华主任接的，华主任在电话里是一阵抱怨："你们是怎么回事呀？那么努力争取，关键的时候却掉链子，我们都联系王老师两天了，电话一直打不通。"

"对不起，现在还来得及吗？"林小洁连忙道歉。

"哪来得及呀，前天我们笔试已经结束了。"主任还是有些生气。

"主任，王老师的手机丢了，这不，用的是我的手机呢。"林小洁只能撒个谎，这几天的事她一时解释不清。

"现在已经没有办法了，以后看看吧，还有机会哩。"华主任情绪也过去了。

他们通话的内容一字不落地进入王小谦的耳里，也字字敲打在他的心里，王小谦刚好转的心情又阴沉了，刚出派出所的那一份喜悦瞬间消失殆尽，他傻子一样地站在深南大道与沙河东路交叉口的红绿灯处，似乎什么都听不到，什么也看不见。

"王老师，王小谦！"林小洁摇动着他的胳膊。

"唉。"王小谦长叹一声，短短一个月却经历了人生喜怒哀乐，从希望到失望，再到希望，又到失望。

申哥这一拳头，把王小谦的理想打得支离破碎。

绿灯再次亮了，王小谦苦笑着说："人算不如天算，富贵在天。"

"一个打击你就消沉啦？"林小洁说，"深圳有的是机会。"

王小谦沉默了。

林小洁再次挽起王小谦的胳膊说："你还有我这个姐，只要你不灰心。"

王小谦心中有一股暖流。

他们走了十五分钟，回到申记小店。小店虽然没有关门歇业，但锅灶一片冷清，与歇业并无多大区别。林小霞在店里坐着，见到王小谦回来，跳起来说："终于回来了，不用灰心，这叫'天将降大任于斯人也，必先苦其心志，劳其筋骨，饿其体肤，空乏其身，行拂乱其所为，所以动心忍性，曾益其所不能'。"

"谢谢你吉言。"王小谦笑了笑，问道，"圆媛呢？"

林小霞说："在楼上看书，她每天都念叨你呢。"

谦谦书屋卷帘门上的封条还在，王小谦忍不住看了一会儿，打开卷帘门，洗个澡，就坐在小店里想着后面的日子该怎么过。中午，林小洁来叫他吃饭，他这才站起身来。

林小洁说："喝点啤酒怎么样？"

"不喝了。"王小谦说，"下午不是还得去办理房产登记吗？"

"那就不喝吧，晚上喝。"林小洁依了他。

下午两点，林小洁与王小谦去华侨城售楼部办房产手续，林小洁换了一身衣服，荷绿色宽大短袖衬衫，白色短裙，愈发显得高挑而又丰姿绰约。王小谦再次问道："你的车呢？"

"平常不怎么用，每个月还得花一千多元，卖了。"林小洁坦然地说。

林小洁把车卖了，其实王小谦早就想到了这点，猜想被证实之后，王小谦很难受。多好的女人，要不是自己胡作主张，林小洁她一定还开着她的车，过她平静的生活；如果自己不认识林小洁，此时一定在青石一中的某个角落读他的《全唐诗》。王小谦突然问自己：是我王小谦破坏了林小洁的生活？还是林小洁颠覆了我王小谦单一的日子？这就是改变人生轨迹的深圳吗？既然如此，我又何必耿耿于过去呢？申哥跑了，我就应该像个男人，帮助林小洁挑起生活的担子。王小谦突然心疼起眼前这个女人，暗下决心我要让她做一个幸福的女人，从今天起我要着手经营这家小店，从明天起做肠粉，把申记小店再开张起来……他突然想起了海子的《面朝大海，春暖花开》。

> 从明天起，做一个幸福的人
> 喂马、劈柴，周游世界
> 从明天起，关心粮食和蔬菜
> 我有一所房子，面朝大海，春暖花开
> ……

这一瞬间如醍醐灌顶，打破了所有的困扰。不再彷徨，不再难过，只有满满的自信，唯独有一点遗憾——我王小谦要从一名教师成为一名厨子了。

在王小谦胡思乱想之际，他们已经来到华侨城售楼处。交房的手续很简单，房产证他们也就看一眼，作为抵押被银行收走，银行给了他们两张复印件。拿到了两把钥匙后，王小谦向天空抛接着，说："就因为你，你这让人喜欢让人愁的家伙。"

林小洁没有明白王小谦的心思，但感受到王小谦的情绪，冲他莞尔一笑。

"我们看看房子吧。"林小洁并不是与王小谦商量，先进了电梯，王小谦跟了进去。两部电梯六户，王小谦是A户型，林小洁是C户型，中间隔一个B。

"先看我的。"林小洁还是没有商量的语气就开了门，虽然是毛坯房，但四面与顶棚都用白灰粉过，只留墙脚与地板是水泥。先是大客厅，客厅的左侧是一个过道，三个房间，外加一个洗手间。主卧里还有一个洗手间，林小洁看了看，说："这里安一个浴缸怎么样？"她看着王小谦。

"睡觉前可以好好泡一个热水澡。"王小谦赞同地说，"想想都幸福呀，虽然经历波折，但你，我亲爱的林姐，终于拥有自己的房子了。"

王小谦突然情绪高涨起来："我王小谦居然在深圳也有了房子，哈哈哈，想想都解气呀。"

林小洁突然拉起王小谦的手，王小谦看到林小洁的眼睛里有一种他从来没有见过的坚定而又迷离的光芒。

王小谦愣了。

"林姐……"

林小洁用嘴唇把他的话堵住了，身体也依在他怀里。王小谦不由自主地搂住了林小洁，感觉到林小洁凹凸的躯体在起伏，闻到林小洁淡淡的体香。王小谦突然想到了南南旅馆的情景，但他在林小洁耳边轻轻地说："林姐，我不想你这样。"

林小洁抬头看着王小谦。

"我要光明正大地娶你。"王小谦捧起林小洁的脸，"让你成为一位幸福的女人。"

第三章　行路难

12

林小洁二人回到白石洲是下午三点，太阳没有一点倾斜的样子，火辣辣地烤着人。申记小店电风扇开到四档，在呼呼的风扇下，王小谦开始熬粥，先用铁锅，熬出来的不是粥而是稀饭，而且有焦味；他改用砂锅，熬的也不是粥；又尝试着用高压锅，结果也不行。林小洁柔声地说："我们就不做砂锅粥吧。"

熬粥的主意是王小谦出的。

王小谦说："不行，我一定要做出来。"

广东人熬粥的最高境界是见粥不见米，想让米粒完全消失靠的是火候。王小谦把米放入高压锅内，等高压锅开始排气时，关闭煤气，把气排掉，往高压锅里面加水煮第二遍，打开高压锅，发现米粒少了，出现了粥的模样。他开始熬第三遍，第三次打开高压锅，发现高压锅里面已经不见米粒，出现真正意义上的粥了。

王小谦兴奋得想要抱住林小洁，要不是林小霞在旁边的话。他把熬好的粥倒入大铁桶里面，去准备各种配料，无非是海鲜、猪肝、瘦肉、鱼片，佐以香菜、葱花。

王小谦用三尺红纸写了五个遒劲有力的大字——"林氏砂锅粥"。林小霞把它贴在门口，把原来的小炒名单取下。

"我把'申记肠粉店'改名为'林氏砂锅粥'，你没有意见吧。"王小谦笑着问。

"只要重新开张，叫什么名字有什么关系呢？"林小洁微笑着说。

"改了名就等于是你的店了。"王小谦看着林小洁。

"本来就是。"

"林氏砂锅粥"在一串鞭炮声中开业了。晚上卖出了一百多碗的砂锅粥，歇业多日的小店重新热闹起来。

晚上不到八点小店打烊。林小霞快乐地说："这叫浴火重生。"

"还凤凰涅槃呢。"王小谦也高兴。林小霞带着申圆媛上楼看电视,林小洁与王小谦在打扫卫生。

王小谦说:"明天早上我们还是继续卖肠粉,虽然肠粉的利润低。"

"行。"林小洁笑着说,"先过了眼下这道关。"

"我不会炒菜,但我可以卖粥,有了钱,我们可以开一家牛肉火锅店。"申哥把全部积蓄带走之后,林小洁身无分文,借了钱、卖了车才把王小谦保了出来;王小谦身上更是一个子也没有。要开一家牛肉火锅店眼下是不可能的,卖粥是唯一的,也是最经济的经营方式。

卫生还没做完,王小谦接到父亲王玉宝的电话。王玉宝说:"出来啦?"

"什么出来了?"王小谦装糊涂。

"还想骗我?一中的江主任说,你被公安局给抓起来了。"父亲在电话里大起嗓门。

"谁给抓起来了?"

"还不承认?江主任会骗我们吗?昨天、前天给你打电话,一直打不通,你妈快急死了。"父亲大着嗓门。

王小谦老老实实地说:"不是怕你们担心嘛。"

"出来就好,刚才在泉州吃饭,明天早上就可以到深圳。"父亲也平缓了语气。

"你来深圳?"王小谦叫起来。

"我哪知道你出来了?"王玉宝说。

"爸,你不用来了。"

"到泉州了,你让我怎么办?"

"好吧,明早我去车站接你。"

"就这样。"王玉宝挂了电话。

王小谦愣了一阵子。王小谦与王玉宝的通话,林小洁都听到了。她说:"来了正好带他老人家看看深圳。"

"江主任太不像话了。"王小谦生气道。

"没关系,明早三点打个车到布吉汽车站。"林小洁安慰他说。

"我还是查一下公交线路。"

"十二点之后没有公交了。"

"担心我爸说我乱花钱。"王小谦的确囊中羞涩。

"打车过去,坐公交回。"林小洁说着递给王小谦三百块钱,这是今天卖粥的全部收入。

王小谦收下两百元。

"你先睡，到点了叫你。"林小洁说。

"我定个闹钟。"王小谦说着，一边手脚麻利地收拾起桌椅。回到谦谦书屋，却怎么也睡不着，回想着下午发生的一幕，心房仍然怦怦乱跳。"我要保护好她。"王小谦暗道。

凌晨两点半，王小谦在深南大道拦了一部的士，三点半到达布吉汽车站，从江西来的大巴正在下客，车站热闹了一会儿。王小谦想到他刚来深圳的那一天凌晨。

凌晨四点，从青石来的大巴准时到达。王小谦看见父亲提着一个旅行包下车，略有些佝偻的身体似乎更弯，他赶紧迎了上去。

王玉宝说："等了很久了吧？"

"没有，刚来。"

"有公交车？"

"打车来的。"王小谦接过旅行包。

"很贵吧。"

"一百元。"其实是一百二十元。

"哦。"

灯光下父亲花白的头发清晰可见。王小谦想，要不是为自己，父亲估计一辈子也不会来深圳。

"几点有公交车呢？"

"五点半。"

"我们就在车站里歇会儿吧。"

父子两人就在候车室的长椅坐下，灯光有些昏暗，人不多，估计也是等公交车到关内的。

王小谦说："你带边防证了吧。"

"到公安局打了，我都问好了。"王玉宝说，"说说是怎么回事？"

王小谦说："其实没什么事。"

"没事公安局会把你抓进去？"王玉宝又有些激动。

"没有抓进去。"王小谦不想让父亲知道详情。

"现在全县的人都知道了，说一个一中的老师被深圳的公安抓了，不好好地在一中跑到深圳做什么？"

王小谦看到父亲从来没有过的严肃的脸，低声说："一中老师不是要分流了吗？我不想到乡下。"

"你好好干能被分流出去吗？乡下中学也比建筑社强。"

王玉宝原在建筑社当工人，建筑社的全名是"福建省青石县大桥（镇）建筑社"。他是一名手艺很好的木匠，带了很多徒弟。以前建筑社是一个好单位，按月领工资。后来有了个人建筑公司，大桥建筑社江河日下，王玉宝只好与工友自己找活干，今天在张家，明天到李家，收入不固定。这对于已经习惯于固定工资的王玉宝来说，是莫大的打击。

王小谦能理解父亲希望他有一份稳定工作的心情。

沉默了一会儿，王小谦说："你饿了吗？"

"你饿了？包里有馒头。"王玉宝开始掏旅行包。

"不饿。"

又沉默了一会儿。王玉宝说："不是说要罚款七万吗？你怎么交的呢？"

"同乡帮助交的。"王小谦补充了一句，"在白石洲开饮食店。"

"我们把钱还了，下午回去。"王玉宝说。

"你带钱了？"

"江主任让我带七万块来深圳保你，家里两万都没有！是你的那些叔叔们看你可怜，大家一起凑的，你安庆叔身体不好，把身上仅有的三百块钱都给我了。"说到这里，王玉宝有些哽咽，"你还是早点回去吧。"

又是沉默。

王小谦说："回去怎么说呢？"

"认个错。"

"你不是说，全县的人都知道了吗？"

"不回去，那工作呢？"王玉宝又急了。

沉默。

"不管怎么样，先认个错再说。"

"得把这里的事处理一下。"

"还有事？"

"我买了一套房。"

王玉宝愣了，说："在深圳买了房？哪来的钱？在深圳买房做什么呀？"王玉宝又急了。

"爸，你别急，房子都买了，还能怎么样？"

"这么大的人，做事怎么都不动动脑子呀？"王玉宝站了起来。

"你先坐下。"王小谦小声地说，"要不这样，我们把房子装修起来，租给人家，这多少有点收入。"

轮到王玉宝沉默了。

王小谦说："要不先看看房子吧。"

"有人租吗？"

"有，一定有。"王小谦肯定地说，"深圳基本上是外地人，住白石洲里的都是租客。"

父子两人一起沉默了，在车站里打了一会儿盹。

七点半，他们回到白石洲，虽然倒两趟公交，但便宜。王小谦把父亲带到谦谦书屋说："这是我租的，原来用来补课。"

王玉宝看了看只有一张靠在墙边的小床与几张餐桌的小屋，说："这怎么住人呀？"

"不就是睡觉吗？"

王小谦让父亲洗把脸，就带他到林氏砂锅粥店。林小洁在忙着做肠粉，陶姐也在帮忙，林小霞收钱又端盘子。看到王小谦领着王玉宝来，林小洁说："王老师，把你爸接来了？"

"是呀。"王小谦大声回答，"爸，吃肠粉吧。"

"她就是你说的同乡？"王玉宝问道。

"是，我们都叫她林姐。"

林小洁说："叔，您坐，我给您做肠粉。"

王小谦让父亲坐下，然后也帮忙起来。

"你陪你爸吧。"林小洁低声对王小谦说。

"没关系。"

吃肠粉的人很多，林小洁先给王玉宝来了一盘。王玉宝吃过早餐之后，看到小店还有很多顾客，就动手收拾盘子。

九点，王小谦告诉林小洁，带父亲去看房子，但没有说装修的事。进入华侨城，王玉宝说："这里与白石洲不一样，像农村，但农村没有这么密的树，也没这么整齐。"

王小谦说："城里有农村的环境不好吗？"

看了房子之后，王玉宝说："这房子质量真好。"

王玉宝在建筑社干了三十年，在房子里，这里看看那里摸摸，边看边说：

"算你有眼光,有眼光。"阴暗的脸有了喜色。

"那装修不装修?"王小谦问。

"不是说要出租吗?不装修怎么出租?我打电话把你发阳叔、高庆叔叫来,你陪我去建材市场,先把材料备下。"王玉宝吩咐起王小谦。

王小谦说:"你把发阳叔他们的电话给我,我联系他们,林姐的那一套也要装修,可以赚点钱回去。"

"你怎么会有她家的钥匙呢?"王玉宝疑惑地问。

"她给我的。"

13

王小谦带着王玉宝回到白石洲时,林小洁到市场买粥的配料也回来了,之后两个人分头忙碌起来。王小谦把熬好的一锅粥放在谦谦书屋的餐桌上,忙着去熬另外一锅,他要赶在午餐之前把两个高压锅的粥熬出来;林小洁忙着制作配料。在他们忙碌的时候,曾在谦谦书屋补课的两个小学生陶大宇与曹其云骑着滑板车来到谦谦书屋附近,他们看见王小谦就问:"王老师,为什么不给我们补课呀?"

"学习要靠自己。"王小谦笑着说,"老师现在开餐馆了。"

他们两人"哦"的一声。

"我们可以在你的店坐一会儿吗?"陶大宇问道。

"当然可以。"王小谦一边忙一边应道。

两个孩子进了谦谦书屋,王小谦在林氏砂锅粥店那边忙碌,没注意两个孩子玩起滑板车。不知怎么回事,陶大宇的滑板车连人带车撞向课桌,刚熬好的一锅粥瞬间全倒在陶大宇的身上。王小谦听到惊叫声跑过来,看到眼前的场景,吓出一身冷汗,忙从洗手间里面提出一桶冷水倒在陶大宇的身上,一边高呼:"林姐,林姐!"

林小洁看到满身是粥水大声哭叫的陶大宇也惊出冷汗,对王小谦说:"快拨打120。"

另一个小孩子曹其云也被吓呆了,断断续续地说:"他骑着滑板车……把桌……桌子……撞翻了。"

在等待120救护车的时候,林小洁拨打了陶大宇家长的电话。救护车来之前陶大宇的母亲先赶到了,她见到孩子的模样号啕大哭,然后给孩子的父亲打电话。

救护车来了，王小谦抱起陶大宇上了救护车，孩子的母亲也跟上，王小谦对在一起忙活的父亲说："爸，把你的包带上。"

王玉宝把全部的钱都带上，在救护车揪心的鸣笛声中去了南山医院。陶大宇被送到急诊室，王小谦去挂号缴费，医院要求他们先预交三千块的住院费，多亏王玉宝带了现金。万幸的是米粥没有泼到脸上，王小谦的心情才放松一些，对父亲说："你留下来陪他们，我还得赶回去。"

"行，你忙去吧。"王玉宝挥挥手，然后又把王小谦叫住，给了他一百块钱。

王小谦赶回林氏砂锅粥店，一下就懵了，整个店铺一片狼藉。林小洁蜷曲在一个角落里，脸色苍白，显然是受了惊吓。王小谦急忙跑进店里："林姐，怎么回事？"

林小洁突然放声大哭。

王小谦扶起林小洁，让她坐下。很久，林小洁才平静下来说："你们走了之后，陶大宇他爸就来了，带着一帮人把店铺给砸了。"林小洁突然又哭起来，"那是一群五大三粗的男人，我怎么也拦不住他们呀。"

王小谦抹去林小洁的眼泪，说："砸了就砸了吧。你报警了吗？"

"没有。"

"你休息，我收拾收拾，盆盆罐罐也值不了多少钱，桌椅也砸不坏，坏了我们就添置一些，我爸带着钱呢。"

"听你的。"林小洁虽然还带着哭腔，但已经站起来了，"难不倒我们。"

"对。"王小谦笑着说，"晚上我们照常卖粥，卖砂锅粥。"

"他们带着工地的铁锤、钢条，我是被吓着了。"林小洁说。

"都会过去的。"王小谦说，"小霞与圆媛呢？"

"我让她们回屋了。"

动手收拾被砸坏的东西，林小洁这才问："医院那边怎么样？"

"我爸在那边，陶大宇的妈也在。我们交了钱，医生说不是太严重，可能会留下疤痕，起码要住一周。"

忙碌了一个下午，又添置了一些东西，晚上砂锅粥店还是营业了，生意比昨晚差点，但经历意外之后能有这样的收入，王小谦和林小洁已经很高兴了。

下午，王小谦给父亲打过电话，问了医院的事情，王玉宝说："你忙，医院里面有我，孩子妈还通情达理，医生说，住几天就可以出院了。估计得赔一些钱。"

王小谦说:"你再陪同他们一会儿,晚上我们过去接你。"

晚上,林小洁跟王小谦忙完店里的生意,赶到南山医院已经是九点了。陶大宇的母亲说:"你们都先回去,医院里有我就行了,小孩子不懂事。"

林小洁说:"都怪我们没有给孩子交代好,出了这样的意外,我们都很难过。"

三人一起返回白石洲,公交车上都没有说话。回到白石洲小店,林小洁对王玉宝说:"叔,辛苦您了。"回头对王小谦说,"王老师,带你爸去旅馆休息吧。"

说到旅馆又让王小谦想起了过往,他没开口,王玉宝先说了:"不用了,我就在小谦这屋睡一睡。"

王小谦说:"爸,你睡床,我把桌子拼一拼,睡上面好了。"

林小洁从出租屋拿来床单,铺在桌上,王小谦就在桌子上躺下。

父子两人开始没有说话。后来王玉宝忍不住问道:"林姐老公呢?怎么不见人呢?"

"十天前回去了。"王小谦说,"说是建房了。"

"哦。"王玉宝说,"现在建房子?把老婆孩子放在这边不管了?"

"谁知道呢。"

"不会跟你有什么关系吧?"王玉宝犹豫了一下还是说出口了。

"跟我有什么关系呢?"王小谦有点不耐烦地回应道,"爸,你也累了一天了,早点睡吧。"

"我看你还是早点回去。"王玉宝说。

"行,房子装修好了,就回去。"

"你还有心思装修房子?"

"不装修,那房子不是空置了吗?再说发阳叔、高庆叔都已经订了明天来深圳的车票。"

"车票可以退。"王玉宝说,"我向他们解释。"

"爸,你真是糊涂。"王小谦说,"我们现在需要钱。"

"你有钱装修?"

"这个你不用操心,我已经联系了建材店。"

下午,王小谦对林小洁说:"陶大宇被烫伤,肯定得赔偿,我们先把房子装修起来,看看能不能搞一个装修公司。"

"怎么想做这个呢?"林小洁问。

"不是逼上梁山了吗？我爸是搞装修的，上午我把他的老同事都叫来了，他们有手艺，华侨城有房源，我们只要穿针引线就可以了。"

"我们连买装修材料的钱都没有呀。"

"戴老板，你不是熟吗？"

这话提醒了林小洁，"天天装饰建材商店"离林氏砂锅粥店不过三十米，戴老板经常到他们的小店喝点小酒，虽然是申哥炒菜的时候。

戴老板是一个胖胖的广东人，也是一个精明的生意人，他对林小洁说："林老板，大家在白石洲住了多年，算是邻居，赊点建材没问题；今天的事我们也知道，只是我们都是做小本生意的，赊账时间长，我生意也不好做。"

林小洁说："戴老板，你放心，我们给你计利息，以两分的利息给你。"

他们签订一份协议，以一个月为限，如果超过了一个月，林小洁以每天两分的利息给戴老板。

这事王小谦没有告诉王玉宝。

三天后，也就是8月15日，王小谦的房子开始装修。木工王玉宝与他的徒弟陈强，泥水工发阳叔与他的徒弟刘方，水电工高庆叔，一共五个人。王小谦的想法是把他们安排在林小洁待装修的房子里暂住，等王小谦的房子装修好了，他们住过来，然后装修林小洁的；吃喝在林氏砂锅粥店。

王玉宝认为，两套房子同时开工，既省钱又省时间。房子早点装修好，他们早点回去。装修期间他们可以先住到谦谦书屋，挤挤就对付过去。

房子开始装修，王小谦说："爸，你看，这里很多房子都没有装修，如果我们弄几套来装修是不是有活干呢？"

王玉宝也看到了这点，但他一心要王小谦回青石县。他说："你先回去上班。"

"你们可以留下来继续装修。"

"人生地不熟的。"

"这好办，贴广告。我们把自己的房子装修得漂亮点，做成样板房，如果他们来参观，生意不就来了吗？"王小谦说。

"房子装修好了再说。"王玉宝没有立即答应。

"装修好了就来不及了。"王小谦已经决定放弃一中的工作，现在回去，欠下的债务还不了，也对不起林小洁。想起林小洁，王小谦有点发愁，她毕竟是有夫之妇，她真的离婚了，自己没有工作，也没有一技之长，有什么条件与她结婚？王小谦放弃了最后的一点挣扎，当务之急是寻找业务，一旦父亲他们回去了,一切就都黄了。

王小谦在每个楼层都张贴装修广告。这一招有效果,有人打电话问是哪里的装修公司。王小谦赶紧介绍:"我是三栋的,给自己装修,只是顺带看看大家要不要装修。质量绝对放心,您不妨到我家看看,觉得好,就找我们;觉得不好,也没关系。"王小谦接到第一个电话显得有些语无伦次。

打电话的人十分钟后就来了,同一楼二十五层姓马的先生,六十多岁,胖圆的潮州人。王小谦与林小洁的房子都在装修,他看了现场,又问了装修进度与价格等问题,说:"手艺是不错。"

王小谦笑眯眯地说:"马哥,如果你赶时间,我们可以暂停这里的,明天就给你装修。价格你放心,材料您自己选,我们只赚工钱。"

老匠人的手艺马哥是一眼就看到了,但他是一个精明的人,说:"我先了解了解。"

王小谦正要解释,手机响了,也是要来看装修现场的,王小谦说:"马哥,你考虑好了就告诉我,我们是邻居,抬头不见低头见。"

马哥说:"小王,你要办一个装修公司,有资质我们好放心,有了公司,客户也就多,你们手艺好,也得宣传嘛,酒香还是怕巷子深嘛。"

王小谦说:"马哥,您就是有经验,听您的,我们成立一个公司。"王小谦没有告诉马哥,他正在筹建公司。

办装修公司的手续交给林小洁。她说:"开这个饮食店就是我跑工商部门登记的,我们有办公地点,你爸有装修资质,办个证应该不难,你想好公司的名字了吗?"

"深圳小小家装修设计公司。"

林小洁说:"为什么不叫'谦谦装修公司'呢?"

王小谦说:"你有一个'小',我有一个'小',不就是'小小'吗?"

林小洁笑着说:"小气了。"

"你说一个。"

"负负得正,小小为大。"

"就叫'深圳大家装修设计公司'。"

14

一周后,陶大宇出院,王小谦给他们支付了五千元的医药费。陶大宇的父亲来了，说以后的治疗还有很长时间，要王小谦保证以后的费用。

王小谦说："你直接说要多少钱。"

"五万。"陶大宇父亲一脸黧黑，手里拿着一顶红色安全帽，"一次付清，以后就没有任何纠纷。"

"行。"王小谦答应了。双方签订了协议，这五万块钱是王玉宝从老家借来的。

陶大宇的事情了结之后，林小洁的心情舒畅了许多。一周之后，她领到了工商局给的"企业名称预先核准通知书"，之后与王小谦到银行以"深圳大家装修设计公司"的名义开一个临时账户，到工商局办理了工商营业执照，刻了公章。前后二十天，"深圳大家装修设计公司"成立了，王小谦与林小洁的房子也装修完成，王小谦的房子成了公司办公场所。

公司成立之前接到的第一单生意是马哥的。因为户型一样，马哥说就按照王小谦的房子设计装修，时间越快越好。他儿子准备10月1日结婚，房子要做婚房。王玉宝打电话又叫来三个工友，日夜赶进度，新的楼盘，没有管理处严格的时间控制，两周时间房子就装修好了。马哥一家都很满意，装修简单环保。这单生意公司赚了两万多块钱。

公司成立后接的第一单生意是同一栋楼同一楼层B户型的业主，业主是香港的沙女士，她无意中看到王小谦的深圳大家装修设计公司，一番了解后，把房子交给了王小谦。沙女士说，一是环保，二是高档，她希望用二十万来装修，她说："周末来深圳时住住罢了，希望房子有一种清闲的风格，有家乡的味道。"

这是一笔大生意，但王小谦不会设计。林小洁说："我们花钱请深圳大学建筑系的老师设计。"

"可以吗？"王小谦有点胆怯，还是心理上有落差。

"在深圳，有钱都不是问题。"

王小谦摇头说："请深大教授不如请深大学生，教授不一定接我们的活，大三的学生也有水平，而且容易找。"

白石洲到深圳大学不过三个公交站。王小谦与林小洁是第一次到深圳大学，他们从深大北门进校园，问了才知道建筑系在南区，便借机逛了校园。校园里浓绿叠翠，特别是红色的簕杜鹃点缀在绿叶当中，虽然不多，却别具风格。

"深大真是漂亮。"王小谦感慨地说，"当大学教师真好。"

"是不是还想着当老师？"

王小谦叹息道："估计无缘了。"

"再找机会吧。"林小洁知道这事又落到王小谦的心坎上。

"无所谓了,在深圳饿不死人的。"

两人都笑了,从北门穿过校园到了南区,找到了建筑系。虽然是假期,但校园里依然有很多学生,他们在教学楼前面举起"招聘室内设计人员或设计方案"的牌子。他们印了名片,王小谦是总经理,林小洁是副总经理。一会儿工夫就有学生来询问,但多数也就问问走了,王小谦正思考这个方法行不行的时候,一对年轻人过来了。

王小谦给了名片,两位同学做了自我介绍,男同学叫徐虎,女同学叫李格,大三的学生,学的是建筑,包括室内设计。

徐虎说:"你们公司在哪儿?"

林小洁说:"华侨城。"

李格说:"公司大吗?"

王小谦实事求是地说:"不大。"

徐虎说:"我们想去一个大公司实习。"

"去大公司当然好。"林小洁说,"小公司也不妨去看看,如果你们设计的方案,我们公司通过了,还可以投到大公司,不是一举两得吗?"

"她说得对,我们去他们的工地看看,就当作实习。"李格看着徐虎,"我就喜欢室内设计。"

他们打一部的士回到华侨城。为了打消徐虎的疑虑,林小洁随意指着楼盘说:"这里五栋楼,我们承包了好多层的装修任务,现在就看你们的设计方案,我们给你们每套一千元的设计费。"

王小谦说:"你们先看房子结构,我把业主的要求说给你们听,你们按业主的要求去设计。"

他们一起看了二十四楼B户型的结构,又听了王小谦介绍,李格说:"客厅设计成中式风格,电视墙为白色,两侧用棕色的木材做装饰,电视下放一个一尺宽的案面,同样为棕色。沙发可以设为白色或者灰色,两侧可以有明式家具,前面茶几设计成明式,沙发后面为镂空的棕色木格子,但不是把一面墙铺满……"李格滔滔不绝。

林小洁平静地说:"业主看效果图。"

他们又看了主卧、次卧、书房、厨房、洗手间。之后两个年轻人离开,他们说三天后把设计方案给王小谦。

香港的沙女士很满意李格的设计,一次性把十万港币交给了王小谦,这是王小谦收到的最大一笔工程款。业主说，二十万港币装修，但要保证质量。王小谦先把戴老板的钱还了，装修工人的工资还欠着。

王玉宝计算过，这套房子硬装的材料费四万就够了，软装费用是业主自己考虑的，整套装修下来，扣除工人的工资，可以赚到五六万。王玉宝对王小谦说："你手上有宽裕的钱，还给人家，已经借了一个多月了。"

王小谦却另有打算，在裙楼买下一个二十平方米的店铺，店铺的价格比房子要贵，二十平方米就得二十万元，首付同样可以做到一成。

店铺买下后，王小谦的按揭还贷也水涨船高。公司名义上是与林小洁一起办的，林小洁的砂锅粥生意只够维持日常生活开支，还贷都得由王小谦来支付，每月的还贷就得一万元。王小谦要扩大业务，但装修工人只有八个人，四位都是六十岁左右的老人，勉强分为两个工程队，还是捉襟见肘，王小谦需要更多工人。

王小谦找父亲商量招工的事，说："再来两个工程队，如果我们有四个工程队的话，应该可以了。"

王玉宝又叫来了大桥建筑社的一批工友，讲的是包吃包住。

林小洁说："我搬到华侨城，白石洲的房子空出来让工程队的师傅们住。"

"白石洲的房子要多少租金呢？"

"如果我们多接一些工程，这两三千的租金算什么呢？"

"也是。"王小谦笑着说，"这段时间被钱压得喘不过气来，都不知道怎么算账目了。"

林小洁有些心疼："都是我拖累了你。"

有自己的装修队，一周时间，店铺就装修好了，深圳大家装修设计公司有了自己的门店。

王小谦想到了矗立在蛇口的一句话："时间就是金钱，效率就是生命！"

这是2001年的9月26日，王小谦来深圳七十五天。

15

9月26日晚上，王小谦与林小洁在华侨城海鲜酒楼宴请工程队的师傅们，一共摆了两桌，工程队有泥水工王发阳、刘方，水电工王高庆，木工安守正、安庆、陈强等一共二十个人，加上王小谦、林小洁与小圆媛。林小霞开学时回宝安幼儿园上班了。

这是王小谦来深圳之后最高兴的一天。

王小谦给大家斟满酒，举杯说："等10月1日林姐搬到华侨城，大家就住到林姐租住的房子，师傅们大胆地在深圳买房子，公司有业务，大家一起赚钱。"

师傅们说："房子买不起呀，再干几年，干不动就回青石。"

林小洁说："工程队有活干，你们就有钱。"

陈强对刘方说："我们去'海岸城'那边看看，听说比这里便宜。"

刘方说："你有钱吗？"

陈强说："林姐不是说了吗……"

王小谦说："你们嘀咕什么？"

刘方说："强哥说买房。"

林小洁说："好呀，我支持你，有困难找你们的小谦哥。"

"好，我全力支持。"

"年轻人不知天高地厚。"师傅安庆批评自己的徒弟，"你家里还等你寄钱呢。"

陈强低下了头，王小谦忙安慰说，"没有什么不可以克服的，忙完这两天，我带你们去看房。"

刘方说："真的？"

"哥会骗你吗？"

大家又开心地喝酒了。

9月29日早上，申哥回深圳。七点半到白石洲，看到已经面目全非，易名为"林氏砂锅粥"的申记小店时，他一时愣了，立在店门口一动不动。申哥感觉世界变了，他经营五年的申记小店，他的拿手好菜在短短不到两个月就消失了。

申哥情绪瞬间失控，他大声喊叫："谁把我的小店搞成这样的，谁挂了这个'林氏砂锅粥'？"

在店里面埋头吃饭的工程队师傅们都抬头看着他说："这人谁呀？神经病！"

陶姐说："申老板回来了。"

师傅们这才知道是林姐的老公申哥，年轻人说："怎么这样子？一来就生气。"

几位年长的师傅站起来说："申老板回来了，快进来。"

陶姐接过申哥的一些行李。

申哥问："怎么变成砂锅粥了？"

"您得问老板娘。"

老师傅们对申哥说："申老板回来了，先来吃饭。"

大家一客气，申哥的情绪也就平静了，放下行李，脸也不洗就坐下来吃饭。饭桌上，发阳叔问："听说申老板回去建房子，房子建得怎么样了？"

说到建房子，申哥高兴："建好了，四层，全是钢筋水泥，过些日子装修。"申哥反问发阳叔，"你们是做什么的？"

申哥的话让在场的师傅们都愣了，申哥居然不知道他们是做什么的，看来林小洁没把这里的事告诉申哥，这夫妻怎么回事？

大家都埋头吃饭。

发阳叔说："我们是来搞装修的，小谦办了一个装修公司。"

转到申哥愣了。他打了王小谦一拳头后就回老家，冷静之后他有点后悔，但他还是在老家换了一张青石电话卡。两个月时间都没有与林小洁联系，怕林小洁向他要钱，他以最快的速度把钱用到建房子上面。他想房子建好了，木已成舟，林小洁就无话可说了；再说建房子也是为了圆媛，他利用空闲的时间跟青石大厨学了几道地道的青石名菜，准备回深圳后施展一回，没承想小店改变门庭不做炒菜生意了。

发阳叔说："申老板，怎么啦？"

申哥摇头说："知道小洁什么时候回来吗？"

"估计是送圆媛上学了，可能一会儿还去买菜。"说着发阳叔站起来说，"申老板，你慢吃。"之后工人师傅们也都站起来上工去了。

只留下申哥一个人。

陶姐收拾了碗筷。申哥说："陶姐，这些日子，小洁不做肠粉了？"

陶姐说："做了一段时间，现在是工程队的食堂，晚上还做点砂锅粥。"陶姐继续说，"老板娘与圆媛都搬到华侨城了，楼上是工程队的师傅们住呢。"

连住的地方都换了！林小洁都没有告诉他，只在电话里说，10月1日要搬家。

陶姐说："老板，还做肠粉吗？"

"做！我还得把菜馆办起来。"申哥坚决地说，"你林姐什么时间回来呢？"

"八点半左右吧，平常都是这个点。"

申哥把从家里带来的两大包土特产解开，进行了分类，有的放进了冰箱，有的放到洗碗池。

八点半，林小洁回来了，她提着两袋子的菜，见到申哥，说了一句："回来了？"

"你怎么把菜馆改名了？"

林小洁没有说话。

"问你话呢。"

"没见我提着菜？"林小洁提着菜进了小店，对陶姐说，"陶姐，今天的菜都在这里了，你洗洗吧，我去华侨城。"

申哥说："还没有回答我呢。"

林小洁说："我不会炒菜，不改做砂锅粥，这店怎么开？"

"那你也得跟我商量一下。"

"怎么跟你商量，你一回去电话就打不通。"

申哥说："我回去，是我不对；但是你就不该瞒着我去买房。"

"都不说了好不好？"

申哥说："我今天回来，想把这个砂锅店改做菜馆。"

"为什么要改回去呢？"

"我只会炒菜，不会做砂锅粥。"

"你不会，我会。"

"我还是要炒菜。"

"爱炒菜就炒菜了，爱怎么折腾就怎么折腾。"

"你怎么这样说话？"

林小洁说："你说我该怎么说话，回去两个月一个电话也没有，把这一摊子都交给我，你说我该怎么说话？"

申哥说："回去不是为了建房子吗？"

"建房子就建房子，用不着把手机都关了，换了号码你也得告诉我。"

"不就怕你反对我建房子吗？"

陶姐忙劝说道："不说了，都不说。"

申哥说："明天，我还是把这个砂锅店改成菜馆，我还是要炒菜。"

林小洁说："你回头看一看在白石洲里面喝粥的人多还是吃小炒的人多？以前中午一点生意都没有，现在中午红火得很，好好的砂锅粥店，你又改回去？"

申哥说："我就是不做砂锅粥，就想炒菜。"

"来深圳都五年了……"

申哥说："厨艺不能失传，厨艺在身就不怕找不到吃饭的地方。"

林小洁说："好，这个店还给你，爱怎么折腾就怎么折腾，我现在要去华侨城,你去还是不去啊？"

申哥说："去,当然去,你的房子也是我的房子。"

林小洁走在前面。

申哥说："你的车呢？"

"还好意思说车呀,你把人家王老师打了,让他进了派出所,还赔了钱。我不卖车,拿什么钱把他赎出来？"

"补课的钱是他收的,跟我们有什么关系？"

林小洁站住,看着申哥说："你做人怎么这么差？我告诉你,你愿意待在这里你就住下来；你不想待在这里,就回去。"

申哥说："我说得有错吗？"

"你说得没错,我错了。"说着林小洁走了,申哥只好跟在后面。

到了华侨城,看到自己的房子,申哥突然不想离开了,这么漂亮的房子,这是他以前想都不敢想的。虽然在青石老家也见过人家的套房,但绝没有这里漂亮。他看了客厅、卧室、书房、洗手间,最后站在阳台上看着远处的海。他不得不赞口说："嗨,这房子真的漂亮。"

林小洁说："这个房间是你的,你自己收拾,我到楼下上班了。"

"上班？"

"王老师开了家装修公司。"林小洁尽量平和自己的语气,开门出去了,把申哥一个人丢在房子里。

申哥这里看看,那里看看,事实证明林小洁购房是对的,但男人的自尊又让他放不下这脸。这个"落难"的王小谦居然也买了房,而且还帮助小洁买房,还开了公司,这让申哥很不是滋味,也就更加坚定了他重开菜馆的决心,他关上门下楼。

王小谦与林小洁都在公司,深圳大家装修设计公司装修得古朴大气,的确有"大家"的韵味。见到申哥来了,王小谦说："申哥回来了。"其实他早知道了。

申哥说："王老师,以前是我不对,你大人不计小人过。"

王小谦说："哪里话,这还得感谢申哥,不然,我真的可能回青石了。"

"那也是。"

王小谦说："你家明天就要入宅了,都准备好了吗？"

林小洁接过话说："你有什么事吗？"

申哥说："就是砂锅店的事。"

林小洁说:"没关系,你改回菜馆好了。"

"行,我这就回白石洲,你们忙吧。"说着申哥真的走了。

看着申哥走了,王小谦说:"小洁,你们离婚吧。"

"你别说这个。"林小洁心里烦。

"砂锅店不做了?"王小谦问。

"不做就不做,同你没关系!"林小洁冲王小谦发脾气。

"怎么没有关系呢?砂锅粥店是我们合伙办的。"

"你签订合同了吗?"

王小谦只是看着林小洁,不是说好了一家人吗?怎么申哥一回来就变了。他没有说出口。

林小洁叹口气说:"你办你的装修公司,他开他的菜馆,你们没有任何关系。"林小洁缓和了语气,她怎么能对王小谦发脾气呢?但除了王小谦外她又能向谁发呢?

"行,迟早我把你娶进家门。"

王小谦想,怎么没有关系呢?公司你与我合伙,餐饮你与申哥合伙,这算什么呀。王小谦心里也有点堵。

"好呀,看你有什么办法。"

"我自然有办法。"

"你不会找他打架吧,你可打不过他。"

"那就走着瞧吧。"王小谦走了。

看着王小谦走远,林小洁心里更是乱成一团麻。她知道自己爱上了王小谦,那种已经深埋在心间十多年的情感又死灰复燃了,尚小光在她心中已经死了,但那埋在心中的情感为什么不死?难道就因为他们相似?难道因为他们都是有文化?但自己已经不再是十多年前的自己了,有了丈夫,有了孩子。她突然后悔自己为什么那么匆忙地结婚。与一个没有感情,只有婚姻的人生活,这是多么痛彻心扉的事。林小洁不恨别人,只恨自己。算了,该过去的情感就让它埋在心底吧,珍惜眼前的这份美好。她只能这样安慰自己。我已经是三十多岁的女人了,再也不是当年那个黄毛丫头。

10月1日,林小洁新宅入伙,放了鞭炮,工程队的师傅们都来了,在申记小店大家一起热闹了一回。申哥掌勺,给大家办了三桌丰盛的早饭。

申哥重新办起菜馆,承包装修公司的食堂,林小洁也不管菜馆的事,一心在公司上班。公司很大一部分工作是靠林小洁完成,她与客户交流远超王小谦,况且林小洁人长得漂亮，又能讲粤语。客户与林小洁交流得差不多了，王小谦就领他们去看样板房——他的家，也去参观正在装修的房子，客户既能目睹到装修之后的样子，又能体验到装修的过程。这种直接营销的方式，收到很好的效果，到公司咨询的客户，基本上都能与林小洁签订装修的合同。

公司的生意开始红火。

有四个工程队，公司可以同时承包十多套房子，装修的进度很快，半个月就可以装修一套，质量与速度上去了，深圳大家装修设计公司在华侨城有了口碑。深圳新楼盘越来越多，王小谦的业务也越来越多，收入也越来越多。但王小谦的心情并没有随着收入增多而高兴，有时还越发沉闷了，看着林小洁与申哥在一起，他就别扭，他没有权力要求林小洁离婚，林小洁也不想离婚。王小谦选择了逃避。

他萌生了两个念头：一是再买一个房子，避免住在同一楼层；二是自己另找一份工作。他想到了学校，于是他开始留意学校的招聘信息。

第四章　燕归梁

16

11月，王小谦看到海湾中学招聘教师的信息，瞒着林小洁去应聘。海湾中学一位老师离职了，临时要找教师，这是一个应急的招聘，王小谦只面试，不上课就通过了，成了海湾中学的临聘教师。

签订合同之前，王小谦给林小洁打了电话，说他在海湾中学应聘成功，现在要签订合同，问林小洁的意见。林小洁很高兴："都面试了，那还用问吗？签字！"

王小谦又成了教师，教高一语文。到了海湾中学，王小谦才知道海湾学校是个集团学校，有五个小学部、三个初中部、一个高中部。他也了解到在高中部同他一样当临聘教师的有二十多人，虽然都是教师，但临聘的待遇大不如正编的，这种情况直接影响教师队伍的稳定性。为此教育部门每年都会组织两次临聘教师转正考试，今年的第二次考试时间大约在学期结束的时候，也许在明年的二月份。得知了这些消息王小谦异常兴奋，通过考试成为深圳正编教师，那是王小谦的梦想。进入海湾中学后王小谦一边认真上课，一边埋头复习。有了这份工作，有了这个目标，王小谦情绪一下子就好转了，原本的心烦意乱全都不见了。海湾中学在蛇口，从华侨城到蛇口坐公交要一个小时，学校提供三餐，中午在学校午休，他回华侨城基本上是睡一觉就走，装修公司的事全部交给了林小洁。他想如果自己成了正编教师，公司就送给林小洁，法定代表人虽然是他，但在他心中林小洁已然是家人了。

王小谦动了在蛇口买套房子的念头，原想买一个二手房，看中之后，叫林小洁一同来看，是走楼梯的六层旧房子，房子在三楼。林小洁说："既然想买就得买好房，现在公司的生意不错，有钱。"

王小谦说："我每月也有六千元的固定收入。"

林小洁说："那更应该买一套好房子。"

于是他们改看新的楼盘，看中了蛇口一套一百四十三平方米的大房子，二十六层，站在阳台能看到大海，远处就是香港。虽然每平方米达到八千元，但林小洁说："就这套。"

王小谦说："有点贵。"

"贵正说明它好。"

"我们要供三套房子还有一个商铺，经济压力不小。"

林小洁笑着说："那不正有动力吗？"

王小谦还是有点犹豫。

林小洁说："你不是说要娶我吗？那就买下这套房子。"

"你能嫁给我吗？"

林小洁说："深圳这么大，好姑娘多着呢。"

王小谦说："好，就买这套，你说的呀。"

就这样，房子买下了。

之后，三个人在各自的轨道上平静地过日子。林小洁管理装修公司，王小谦上他的课，申哥开他家乡特色的菜馆。

装修公司正常运转，林小洁请了两个漂亮的小姑娘当助手，招待顾客，她似乎是块被唤醒的璞玉，一下子就显露出她经商的天赋，招待起顾客是顺风顺水。

蛇口的房子装修之后，王小谦住到蛇口，连周末也不回华侨城，他在认真地复习准备考试。

人事局通知将于2002年的2月举办临聘教师转正考试，海湾中学高中部招聘两位语文教师，报名的有四位，王小谦有50%的概率。

王玉宝与工程队的师傅们在农历十二月廿一回青石，他们都很高兴，每人的口袋都鼓鼓的，他们很感谢王玉宝，有五位师傅在深圳买了房子，其中就有陈强与刘方，虽然都是小套房。

十二月廿三，林小洁与申哥带着申圆媛也回青石老家，申哥在青石的房子建好了，借过年的机会办个酒席。春节的深圳冷清得很，王小谦一个人过年更是冷清。

华侨城街道两旁的落叶树木似乎一夜就掉光了，又仿佛一夜全都长出了新芽，嫩黄嫩黄的，让人心醉，阳光透过新芽筛下条条光线，明丽清新，让人倍感喜庆。新一年开始了，新学期的第一周就是转正考试时间，考试就一张试卷，两个小时，王小谦很顺利地完成了。他对自己的笔试成绩有信心。成绩于两周后公布，王小谦考了第一，接着是面试，王小谦是第二，但总分还是第一，王小谦高兴地跑回华侨城，趁着公司没人抱住了林小洁。

"有志者，事竟成，破釜沉舟，百二秦关终属楚；苦心人，天不负，卧薪尝胆，三千越甲可吞吴。"王小谦兴奋不已，"还有一句，'挥鲁阳之戈，奔曦可驻；骋山公之骑，余兴方遒'。"

"看把你高兴的。"

王小谦终于真正成了一名深圳的人民教师，但调动工作还得有一段时间，体检、材料审核到最后发出调令，最快也得两个月。王小谦也不急，这是迟早的事。

周末，王小谦回到华侨城，父亲王玉宝还住在白石洲，他说他高兴与工友们住在一起、吃在一起，干活在一起，三十年了分不开；何况申哥又能炒一手好菜，晚上累了一天的师傅们就在申记小店里喝点小酒，然后天南海北地聊天，日子过得舒坦。申哥也很喜欢这个气氛，经常不回华侨城，华侨城的房子虽然漂亮，但不自在，林小洁总是经常让他换鞋，客厅换一双，洗手间换一双，厨房又换一双，一天都在换鞋子，而且还不能抽烟。他经常借口不回华侨城，晚上有时喝多了，就在楼上与工程队的师傅们一起挤一挤，对付一宿。师傅们也习惯与申哥一起喝酒、打牌、聊天、抽烟。

申哥每天早上给师傅们做早餐，上午买菜，中午做午餐，下午好好地睡觉，晚上有客人来就炒菜做点生意，没有客人就与师傅们喝点酒聊天。唯一的、也是最大的心病就是圆媛读书，圆媛三年级了，他想让圆媛有一个好的学习环境，在深圳他是没有办法，好办法就是回到青石，可林小洁不想回去。申哥在暗地里策划回家的计划，他已经有一次成功的突围，当然这次得让圆媛乐意和他一起回去。他知道林小洁一定不会让他把圆媛带回青石，所以有时他就故意把圆媛在学校发生的一些小事件扩大了，说圆媛在学校受到欺负，老师又不负责还不如回去，等等，但没有效果；他有些郁闷，就请王小谦做林小洁的思想工作。

"你做一做你林姐的工作，让圆媛跟我回青石读书。"

王小谦说："你们夫妻都说不好，我这个局外人还能说得动她？"

"我看得出小洁信你，你说了她一定会听。"

王小谦摇摇头说："我也不赞成圆媛回去读书。青石弹丸之地，孩子一个人在家里读书，你放心吗？"

"我也回去。"申哥抹了抹脸说，"一些事你就不懂了，我们在外打拼，赚了钱不就是回家盖房子吗？在老家过日子才叫过日子，舒服！"

"圆媛在这边读书不比在青石好吗？"

"这边一流学校那肯定好，可白石洲学校是民办的，老师流动性大，教学效果不行，你也知道青石一小、二小都是一流的小学。"

"能进一小、二小吗？"

"所以呀，你得帮助我。"申哥停顿了一下接着说，"花钱也可以。"

"我帮不上，你就不要老想着让圆媛回去，真想回去，你自己回。"

"我回去没问题，圆媛在这边我不放心。"

"圆媛妈在这边，有什么不放心？"

"说你不懂吧，是圆媛在这边读书，高中毕业了还得回去参加高考，那考试能考好吗？"

"说不定那时候也可以在深圳高考呢。"

"拉倒吧，"申哥不屑地说，"哪有这样的好事，在这里读书的孩子哪个不都得回去？我们还得早做打算。"

王小谦知道他说服不了申哥。

王小谦到海湾中学当老师，申哥又找王小谦说："你在海湾中学当老师也有一段时间了，你替我想个办法，让圆媛上海湾学校的小学部。"

王小谦说："申哥，孩子有孩子走的路，也许在民办学校，更能锻炼孩子的独立能力。"

"请你帮个忙就这么难吗？你想想办法，花点钱也可以。"

"我现在还是临聘教师，再说海湾中学是高中，不是小学。"

"不是集团学校吗？校长说了不就可以吗？"

王小谦没有答应。

现在王小谦考上，马上成了正编老师，申哥又找王小谦说起申圆媛上学的事。"圆媛上学的事，我已经问过人了，人家告诉我。如果把圆媛的户口放到你的名下，就可以把圆媛带到深圳来。"

王小谦笑着说："这怎么可能呢？"

申哥迟疑了一下说："你跟小洁结婚，然后带着圆媛一起把户口迁到深圳来。"申哥在这方面一点都不笨。

王小谦忍不住笑了："你真会想办法，就不怕我把你老婆、女儿都拐跑了吗？"

"我回去一段时间，你是不是跟我老婆好了？"

"你说呢？"

"我知道你们两个人好。"

"是呀，不然我们也不会一起办公司。"

"帮一个忙吧。"

王小谦知道，申圆媛的情况的确像申哥说的一样，如果她的户口一直在福建，她就要回福建参加高考。深圳的课程跟福建的不一样，考试方式也不一样，这对申圆媛来说的确是不公平的。

申哥说："我回去跟小洁商量一下，如果她同意，就这么办；反正这是假离婚。"

"我们知道是假离婚，但是你要知道这个结婚证可不是假的，我把她拐走了，你就别怪我。"

"量你没这本领。"

"你太固执了。"

"你教你的书，你个教书的不懂这个。"

王小谦说："行，我不懂这个，你们回去商量吧，话已经说白了，结婚证是真的。"

"你在吓唬我？"

"我可不是吓唬你。"

申哥有些不耐烦地说："行，我明白了。"

两人还是说不到一块，各自回家。申哥把他的想法跟林小洁说了。林小洁说："你觉得这样妥当吗？"

申哥说："没有什么不妥当的，如果把圆媛的户口迁入深圳，我们就没有后顾之忧了；我就可以安心地在白石洲开菜馆，你就安心地搞你的装修公司。"

"装修公司不是我的，是王老师的。"

"不管是你的还是王小谦的。"

"如果圆媛落户深圳，你就不回去了？"

"圆媛都在深圳读书了，我还回去干吗？"

"家里不是有房子吗？"

"让它空着。"

"这事我做不了主，你觉得怎么办就怎么办。"

申哥说："就这样定了，先办离婚，你跟王小谦结婚，把圆媛的户口迁入深圳。"

林小洁说："结婚证可是真的，如果王老师到时不与我离婚呢？你想过后果吗？"

"想过。"

"想过？"

"不就是你跟王小谦一块生活吗？"

"你还真大度啊。"林小洁讽刺地说。

"这叫什么大度啊！做事就得有代价。"

林小洁说："连老婆都可以不要啊。"

"这不是假的吗？"

"是假的，却是违法的。"

"谁知道这是违法的？我们离婚违法吗？你跟王小谦结婚违法吗？法律上哪条规定我们不能离婚？又哪条规定你跟王小谦不能结婚？"

"要离就离。"

申哥说："我把王小谦叫过来，你跟他也谈一谈。"

申哥打电话把王小谦叫来。王小谦也承认："如果把圆媛的户口放到我的户口簿里，她是可以随我迁到深圳来。"

"你同意吗？"林小洁看着王小谦说。

王小谦有点忐忑地说："我不在乎。"他觉得这事做得不光明。

申哥说："就这样吧，也不用再商量了。"

林小洁说："这是违法的。"她的确也得为王小谦考虑，他毕竟没有结过婚，假结婚必定影响他以后的婚姻；自己想好同王小谦生活了吗？而圆媛的学习也是当务之急。林小洁一时思绪纷乱……

"你怎么这样胆小，离婚、结婚哪条违法了？"申哥的固执又体现出来了。

林小洁与王小谦都不吭声，他们都知道如果只是为了圆媛的户口而假离婚那就是违法的。他们也希望真的能走到一块，但不是用这种方式。

申哥对王小谦说："过一两天，我们一起回青石，我们离婚，你们结婚，然后就是迁移户口。小洁与圆媛做一个户口本，你与小洁结婚之后你们就是一家人。"

林小洁说："我还得考虑一下，这是婚姻，可不是儿戏。"

三个人都沉默了，三人的心思各不相同。

17

申哥给王小谦电话说："我回白石洲做晚饭，晚上八点一起在申记小店喝酒。"申哥还是挺高兴的，为他这个小小的计谋。他知道王小谦对圆媛的事不会不管，他也了解林小洁，虽然看起来风风火火，但骨子里就是个女人；又比王小谦大五岁，哪能与王小谦真正地生活在一起呢？王小谦是一名正编教师，倒是可以介绍给小霞，这样就成连襟了。

王小谦说："不去，我不喝酒。"

但他拗不过申哥。

晚上八点，王小谦到了小店，工程队的师傅们正在聊天喝酒，王玉宝也在。王玉宝都几天没见到王小谦了，知道王小谦忙。他最高兴的是王小谦又成了正编教师，这儿子有出息。见到王小谦来了，师傅们忙让出位子。王小谦知道自己多少也得喝几杯，于是就坐下。

师傅们说："我们都得感谢你呀，小谦，要不是你来了深圳，我们还在老家呢，现在深圳活儿多着呢，你一定得喝。"

这个师傅敬一杯，那个师傅敬一杯，王小谦就喝多了。师傅们也给申哥劝酒，申哥本来好酒，也不用劝，来者不拒，喝多了，嘴巴就把不住，他说："师傅们，过两天我们要回青石一趟，伙食你们要自己解决了。"

师傅们问："为什么回去呀？"

"你们问王老师。"申哥笑着说。

"你回去，怎么问我呢？"王小谦很不满地反问道。

"与小洁离婚。"申哥说得大声。

师傅们全都愣住了，然后又"轰"的一声全笑了，连酒杯都掉到地上。有师傅说："申哥，你喝醉了吧。"

申哥说："没醉，没醉。"

"为什么呀？"

"小洁要与王老师结婚。"

申哥的话把王小谦吓清醒了，他大声地说："申哥，你说什么呢？"

申哥不理会，继续说："这是真的，我还真的不想与小洁生活在一起，一回家就是让我换鞋，每天都得洗澡，衣服每天都得换，你说烦不烦？"

师傅们也喝多了，有的笑着说："让你每天洗澡，是不是还给你搓澡呀。"

"你说什么呢，反正小洁就嫌弃我脏，你们说当厨师的身上能没有油腻吗？"

"是呀，干活哪有不脏的。"师傅们都点头说。

"所以我不想与她生活在一起，我要与她离婚，离婚。"

有师傅说："怕是申哥看上别的女人了吧。"

说着大家都笑起来。

"这真的没有，"申哥摇头说，"但是我申哥找一个女人应该是可以的，凭着我这手艺。"

师傅们说："对呀，那申哥就给我们找一个好女人来吧。"

因为都是酒后的话，大家并不在意，但有一个人在意了，那就是王小谦的父亲王玉宝。他悄悄地把王小谦叫到外面说："申哥说的可是真的？"

王小谦知道这事不能瞒着父亲，瞒了一时瞒不了一世，于是说："是真的。"

王玉宝气不打一处来："你怎么能干出这样的事呢？人家林小洁与申哥在帮你，你却要拆散他们的家庭。"

"你不懂，我哪是拆散他们，我是帮他们，我与林姐结婚是假的，只是帮助他们把圆媛的户口迁移到深圳来。"

王玉宝说："你说出来听听。"

王小谦把事情说了。

王玉宝跺脚说："你糊涂啊，这事你怎么可以答应？以后怎么找媳妇啊？你有公司，又是深圳的老师，什么好姑娘找不到。这结婚证一领，哪个姑娘愿意嫁给你啊？"

王小谦说："你别说了，本来就是违法的。"

"你呀，就是被林小洁这个狐狸精搞迷糊了，平常就看你与林小洁不正常。"

申哥的行为让王小谦生气，父亲的话更是火上浇油，这一瞬间，压抑在王小谦心中的各种交织的情感火山似的爆发了，有对自己的懦弱，有对林小洁的爱恋，有对申哥的小伎俩的不满，也有父亲对自己不理解。他大声地说："是的，我是要与小洁结婚。"

王玉宝抬手给了王小谦一记耳光，说："你不丢人！"

王小谦也是喝多了，干脆破釜沉舟："我喜欢小洁！我就是要与小洁结婚！"

刚开始他们的声音还小，两人都喝点酒，声音一下子就大了，喝酒的师傅们都听到，连忙出来劝架。王玉宝在气头上，骂王小谦说："你读书都读到屁眼里去了，给我丢人！"

王小谦也高出声音说："我做什么丢人的事了？我就娶林小洁。"

王小谦的话让师傅们都愣了，平常他们没有看出林小洁与王小谦有什么关系，这时他说出这话来，看来他们两人还真的有关系了。大家的酒都醒了许多。

发阳叔说："王哥回去休息，不吵了，小谦，我送你回去。"

王小谦却不依，说："发阳叔，我今天把话都放到这。我王小谦有今天全都是林姐给的，要不是林姐，说不定现在我就在青石某个乡下当老师呢，能留在深圳吗？能在深圳开公司吗？能请你们来深圳做事吗？我被送到派出所，是林姐把车卖了把我赎出来，这恩情我能忘吗？"

"我们都知道，不用说了，小洁的确很好，你还年轻。"发阳叔点头说。

申哥这时也从小店出来了，他的酒也清醒了许多，说："王小谦，你还真敢这么想呀？"

"不是你出的好主意吗？反正是骗子，不是骗你就是骗深圳政府，与其骗政府，不如骗你。"王小谦几乎是喊出来了。

申哥冲出来要打王小谦，但被众人拉住了。

"有种，你来呀。"王小谦也是涨红了脖子。

……

他们还在吵，已经有很多人围观了，好在是青石方言，围观的人并没有听懂，以为是酒喝多了闹事。有人说："要不要打110呀？"

发阳叔说："酒喝多了，对不起呀。"与徒弟架起王小谦送回华侨城。

王玉宝被气糊涂了。开始还为王小谦高兴，没想到又弄出了这一出，这儿子真不是一个省心的料，读书读坏了。王玉宝蹲在那里生闷气，老师傅们在劝他。

一边的申哥独自坐在酒桌边，还拿着酒说："没事，没事，我喝得不多，再喝。"

师傅们不让他喝，申哥倒也不喝了，只是说："明天我就回去，你们自己动手，有好吃的，有好喝的。"

看来申哥也难受了，为这个自以为高明的计谋。

林小洁并不知道昨天晚上发生的事，因为是周末，她知道王小谦没有上学校，申哥晚上没有回来，估计又是喝多了，她也习惯了。一大早她就去找王小谦，昨晚她没有睡好，说实话，她爱王小谦，从看到他的第一眼起；但这事不行，明目张胆地做违法的事绝对不行。

申圆媛还在睡觉，林小洁脸也没洗就敲了王小谦的房门。

王小谦的确是喝多了，发阳叔把他送回来之后，王小谦还保持最后的清醒，说："发阳叔，你们回去吧，我没事。"然后就躺下了。

看到王小谦躺下睡着了，心想年轻人喝点酒睡一觉也就好了，发阳叔给王小谦盖上被单，就与徒弟一起回去了。

王小谦睡了一会儿，吐了，吐到了床头的衣服上，之后又迷迷糊糊地睡着了。早上林小洁来敲门时，他还没醒。林小洁用钥匙开了门，叫了两声"王老师",没有回应。进王小谦的房间,闻到一股浓烈的酒味,又见到一地的呕吐物。她把脏衣服提到了洗手间的水池里冲了一遍,把地板拖了两趟,开了窗,之后才坐到王小谦的床头,摇着王小谦。

王小谦醒了,看到坐在床头穿着睡衣的林小洁,一时恍惚,他使劲地摇摇头。

林小洁说:"昨晚怎么喝酒了?"林小洁的眼里满是关切,低头摸着他的脸。王小谦的眼睛正看到了林小洁睡衣里两个洁白的乳房,被压制的情感瞬间被点燃了,就像火山突然爆发,他一伸手抱住林小洁,林小洁没有防备一下子就倒在王小谦的怀里。

"小谦,不行,这是干吗?"

林小洁想挣开王小谦的双手,但是王小谦不放,他喘息着说:"小洁,我要娶你!"说着开始亲林小洁。林小洁明显地感觉到王小谦的热情,他的身子就是炭火,这火也把林小洁的身子给点燃了。

王玉宝一晚上没睡,一清早就来华侨城,他不希望王小谦与林小洁有什么关系,什么姑娘都可以找,唯独林小洁不可以。从道义上不可以,从年龄上不可以,从双方的身份地位上也不可以;但他万万没有想到的是,他进入王小谦房间时,居然看到王小谦与林小洁睡在一张床上。

两人更没想到王玉宝会一大早就来到房子,林小洁尴尬地连忙整理好衣服跑回自己的家。王小谦完全清醒了,对坐在客厅气咻咻的父亲说:"爸,你怎么这么早就来了。"

王玉宝想给王小谦一记耳光,但没有动手。他说:"如果我不来,你们是不是要睡到中午!"

王小谦说:"不是这样的,我昨晚不是喝多了嘛。"

"你不用给我解释,肯定是林小洁勾引了你。"

"爸,你怎么能这样说小洁呢?"

"都睡到你床上,还不是吗?"

王小谦说:"行,你爱怎么说,就怎么说,反正你也看到了。"

王玉宝看着王小谦说:"你真是个孽种。"头也不回地走了。这是王玉宝能说出的最重的话。

王小谦说:"爸,你这是去哪儿?"

"回青石。"

看到父亲气成这样,王小谦担心了,一边忙跟上,一边给发阳叔打电话,说他爸在生他的气,说要回青石,让他一定给拦下。

发阳叔说:"小谦,你放心吧,你爸爸在气头上,一会儿就好了。"发阳叔以为王玉宝还在为昨晚的事生气,哪知道早上还有这一出呢。

林小洁回到自己的家里,想起刚才发生的一切,她后悔自己没有把持住自己,王小谦的热情,让她一直的努力土崩瓦解。她突然明白,她心里真的有王小谦,她那深埋在心间的对美好爱情的追求并没有被时光湮没,她还有爱的权利,为什么不能够追求自己的幸福呢……林小洁不再犹豫了,一下子推翻了原来的想法。离婚!

她回到王小谦的房间,王小谦也回来了,看到站在客厅的林小洁,他说:"小洁,对不起……"

林小洁说:"你把门锁上。"

王小谦愣了一下,照办了,回头见林小洁把客厅的窗帘拉上了。林小洁镇定地说:"小谦,今天我就做你的妻子。"

18

后面的事与申哥计划的一样,最大的不同是假戏真做了。返乡前,林小洁把华侨城的房子给申哥,申哥说:"不用。"

林小洁说:"圆媛跟着我,才能把户口迁到深圳,房子以后给圆媛。"

林小洁把房子过户给了申哥。

6月份,区人事局出了王小谦的商调函。王小谦又回了趟青石县,心情格外地轻松,在大巴上读已经许久没有读的《全唐诗》,然后睡了一觉,醒来时天已经亮了,早上七点到达青石县城,下车后找个熟悉的地方吃了早餐。一个多月前,申哥先回,他与林小洁一起回,申哥与林小洁办了离婚手续,他与林小洁领了结婚证,把户口迁到林小洁的名下,王小谦、林小洁与申圆媛三个人就成了一家人。王小谦没有回一中,就与林小洁一同返回深圳。申哥没有回深圳,与林小洁生活在一起的确感到压力很大,离婚了反而轻松。申圆媛的户口如他所愿迁到深圳,他就没有什么可忧心的了,他说:"王小谦,你可不能亏待了圆媛。"

王小谦坦诚地说:"圆媛也是我的女儿。"

一年时间了,青石县城并没有多大的变化,古城依旧沉浸在历史的浓荫当中,唯一的新气息是城郊两个楼盘开始修建。从汽车站到教育局的街道还是原来一样窄小,在这个季节里,两侧的榕树越发青翠,躲在榕树后面的明清或者民国时期的建筑依旧在车声与人声中矗立，默默地注视着一切。王小谦其实还是对青石古城的历史风韵充满了感情，但又觉得尘封太久，与深圳风风火火的生活是两个世界，对于年轻的王小谦而言他当然更喜欢后者。

县教育局人事股干部李建看到王小谦的商调函后，才把名字与人联系起来，他说："从一中出去的老师去的都是好地方。"

"都去哪啦？"

"去厦门的有十多个，福州也有几个，也有去泉州的；你算是去最远的。'树挪死，人挪活'，你们都有出息呀。"

"在教育局当干部比我们当老师强。"王小谦笑着说。

"强什么呀，有本领的人都往外跑了，这年头谁有钱谁就有本领。"

王小谦笑笑。

李建说："王小谦，你调到深圳一个月能领多少钱？"

"五六千吧。"

"是我们的两三倍，真是个有钱的地方。"

"李股长也去深圳看看？"王小谦说。

"深圳是你们年轻人的天下。"说着话，李建把王小谦的手续办好了。政策规定所有干部调动的档案必须通过邮政途径寄到用人单位的人事部门。

办完手续，王小谦返回一中，这是他离开一年多第一次回到他曾经工作了六年的学校。门口的老榕树与往年一样老态龙钟却又生机勃勃，传达室的老潘见到王小谦，第一句是："王老师，你回来了。"

王小谦给老潘一包烟——他不抽烟，但身上带着。老潘问道："王老师，这一年你在哪工作？"

王小谦告诉他在深圳。老潘问了工资，王小谦笑着说，比一中高一点，也差不了多少。告辞了老潘，王小谦沿着校道走了一圈，正是上课时间，没碰上什么人，一中还是原来的样子。

王小谦走了之后，一中对他在深圳的活动并不了解，大家以为他真的在深圳犯了事，不好意思回家教书。一中把王小谦的工作关系转到教育局，教育局把他与从一中调出之后自己找工作的老师一起统一采用了停薪留职的措施。学校传出的结论："吃喝嫖赌"抽当中，王小谦犯的只有一个——嫖。因为深圳那个地方是改革开放的前沿，思想开放着呢。从一中分流出去的教师基本上都在城关其他中学，如果王小谦没有前往深圳，他大概也会在城关某个中学。

这是张涛在电话里告诉他的。

他去学校办公室办一些手续，比如单身宿舍要退、图书馆的书要还、欠的电费要缴……校办江主任与吕副主任都在，他们见到王小谦有些意外，但都忙打招呼："小谦老师，什么时候回来的？"

"刚回来，要办一些手续。顺便把房子还给学校，本来早就该还了。"王小谦站在门口说。

"没关系的，很多老师离开了都没退呢。"江主任说。

"下午就把房子退还学校。"王小谦先表明态度。

"请进，请进，不急，坐下喝点茶。"

王小谦坐下后，江主任说："这都是政策呀，办完全中学多好，非要把初中停办了，搞得大家都有怨气。"

吕副主任说："是呀，现在高中扩招，生源质量下降。让城关中学接收我们的初中学生，城关中学能与我们比吗？质量非要下降不可！"

江主任问道："你还在深圳吧？"

"是呀，也没别的地方去了。"王小谦笑着说。

"深圳多好，还用去别的地方吗？"江主任说。

吕副主任说："我儿子明年大学毕业，到深圳找工作时，要找你呀，你留个电话。"

"没问题，吃住都给解决。"

"小谦老师，看来你混得不错呀。"江主任笑着说，"还当老师？"

"这段时间才当老师，以前没有工作，瞎混。"

"以前那段事到底是怎么回事呀？深圳公安局为什么要抓你呀？现在大家还在猜测呢。"江主任忍不住问道。

"办了一个补习班，结果被家长告了，要退钱，那时身上没钱，结果就到派出所待了几天。"

"真的没有犯别的事？听说深圳那个地方，改革开放的前沿，花花绿绿的很多，你没犯在这上面吧？"江主任还是十年怕井绳地问道。

"你们把深圳看复杂了，深圳与家里一样，只是生活节奏快点，大家都努力赚钱。哪有你们想的那样呀。"王小谦笑着说。

"就是有花花绿绿的，小谦老师也不会在这上面犯错的。"吕副主任说。

说着大家都笑了。

王小谦离开办公室，在校园里碰上几位同事，大家打个招呼，说几句话，都表示祝贺他到深圳工作。

王小谦回到宿舍，他在这个十五平方米的单身宿舍里待了六年，洗手间在走道尽头的公共区域，吃饭在学生食堂。结婚的老师可以申请套房，但不是所有结了婚的老师都可以申请到。学校有近三百位老师，套房才一百五十套，一些老师结婚了还住在单身宿舍，张涛就是其中的一个。张涛与王小谦关系最好，他们一起从福建师范大学毕业，一起到了一中，只是张涛教高中，王小谦教初中，张涛现在是一中的骨干老师，前年结婚，妻子是他高中同学，怀远师专毕业的，在乡下中学当老师。张涛几次申请套房，都没有结果。学校的确没有空余的房子，一方面退休的老教师并没有退出房子，这些老教师在一中工作了一辈子，退休了就把人家赶走，在感情上说不过去，也没有哪位领导愿意做这个得罪人的事；另一方面，一些被调离的老师也不退，学校对这些教师也没有办法。结果是像张涛这样年轻有为的老师只好蜗居在单身宿舍。

王小谦回青石前给张涛打过电话，张涛说："你的宿舍不要退。"

"我都走了，还留着这宿舍干啥？"

"你把宿舍给我，这样我起码也有两个宿舍，孩子出生了，我父母来了也有住的地方。"

"我把东西整理出来，你与办公室打个招呼，他们同意了我把钥匙给你。"

"你死板！我与办公室打个招呼，料他们不敢不给。"张涛批评王小谦道。

王小谦回到房间，房间很干净，估计张涛经常来这休息备课，张涛手里有钥匙，王小谦手里也有张涛房间的钥匙。王小谦看着这个熟悉的房间，虽然只有一张床、一张书桌、一个布衣柜与一个书架，但还是倍感亲切。那时他就是读书、备课、上课，生活简单，也不与外界交往，几乎是与世无争的书斋生活。当时张涛的妻子周红给王小谦介绍了她的一位同事，一位挺漂亮的女教师，但对方嫌王小谦书生气重。后来又介绍了一个，对方很粗壮，这让王小谦对她心存敬畏。要不是初高中分离，估计王小谦还是过着这种平静的生活，房子、妻子估计也还都是空白。想到这些，王小谦从心里感谢政策，感谢一中，应了"挑战也就是机遇"这句话。

王小谦把书架上想带走的书挑选出来，发现有点多，除了《全唐诗》，其余的都放回书架，学校图书馆的书让张涛还上；布衣柜里的几件衣服，如果张涛不介意就留给他，他两人个子差不多，以前也经常换衣服穿。他看了一圈，除了《全唐诗》，别的都没拿，收拾好后就坐在书桌前等张涛下课。

张涛下课了，老远就听到他的声音"小谦，小谦"。王小谦在房间里应了一声，张涛跑进来，看到一身干净整洁的王小谦，说："还是变了，像个城里人了。"张涛双手都是粉笔粉。

王小谦说:"现在怎么样?"

"还能怎么样,在一中你又不是不知道,除了累还有什么?"

"跟我去深圳看看?"王小谦笑着说。

"我去得了吗?周红马上要生了。再说了,一中也不会放我走呀。"张涛摊开双手说。

"省骨干教师呢,不像我,被人家扫地出门。"

张涛笑了,说:"听说结婚了?怎么不告诉我们?"

"没办酒席,以后补上。"

"老婆是干什么的?"

"卖肠粉的。"

"肠粉是什么?"

"一种小吃。"

"口味与众不同呀。"张涛说着就哈哈大笑。

"也是青石的,帮了我,所以就这样了。"王小谦轻描淡写地说。

"这个房间就归我了。"

"我没意见。"王小谦停顿了一下,说,"你别把眼睛盯在学校上,自己到外面买一套吧,现在城区在建房子,随便买一套,不比住学校的强吗?"

"那得要多少钱?"

"一百平方米的不过二十多万,首付之后按揭还。"

"按揭也是负担,大家都住在学校,为什么要自己买呢?"

"买了就是你自己的呀,学校的毕竟是学校的。"

"住在校外每天还得骑车来学校,住在学校多舒服呀。"张涛摇头说。

"在深圳大家都是自己买房子,学校不给解决住房。"

"那是特区。"

王小谦说:"如果你缺少钱,我可以帮助你。"

"算了,你把这个房间给我就行了。"

王小谦见很难说服张涛,就说:"这房间里的东西我都不带走了,能用的就用,不能用的就帮助我处理吧。"

"都不带吗?"张涛探身问道。

"带上余下的《全唐诗》,不然就不全了。"

"中午我们一起去外面吃饭。"

"再叫几个平常我们玩得比较好的,我请客。"

"哪里要你请客,回来了,当然是由我们请客。"

中午,五位年轻老师就在门口的小餐馆里聚餐。一年未见大家都觉得亲切,酒过三巡,聊到学校的事情,几个年轻人意见都比较多,首先就是住房的问题,对学校一直不能解决年轻老师的住房十分有意见,直接把矛头指向陈校长。

王小谦说:"房子不要一直依赖学校,自己买,产权就是自己的。"

邓伟方说:"问题是有的老师占着房子不住,而我们却没有地方住,这是公平的问题。"

王小谦说:"哪有那么多的公平呀,很多问题都得自己去解决。"

陈春说:"小谦说得也对,我们自己去买套房子,不求学校。学校不要小谦,现在小谦不是比以前更好了吗?"

张涛说:"阿春,你说错了,不是学校不要小谦,而是小谦不要学校。"

"张涛,酒刚喝呢,就说酒话,都是从师大回来的,我们都上高中,为什么偏把小谦安排到初中?去年'分流',结果把小谦'分流'出去了,这不是学校不要小谦?"陈春很替王小谦鸣不平。

王小谦说:"离开一中对我来说未必不是好事。这事就不说它了,来,多喝点酒,我们兄弟难得相聚。"

"小谦说得对,学校的事不用管了,我们教好书就行。"刘国与王小谦一样,原来也是教初三,后来他上了高中,只是这五人当中他是教数学的。

王小谦说:"阿国说得对,以后大家到深圳,我管吃管住。"

刘国说:"对了,小谦,中考奖你领了吗?"

"没有呀,还有中考奖吗?"

"怎么没有呀,每人都是三千元,班主任另加五百元。"

"没人通知我。"

刘国说:"也许不知道你的电话,没通知吧,回头你去问问。"

"算了,人都走了,还在乎这一点钱。"

张涛说:"怎么是一点钱?"

邓伟方说:"这不是钱多少的问题,而是公平的问题,你应该去问问财务。"

张涛说:"不对呀,都快一年了,如果小谦这钱没领,那么财务的账是怎么做的呢?"

"这里一定有问题。"邓伟方肯定地说。

"也许还在财务那里,也许是谁帮助你领了。"刘国解释说。

王小谦说:"我想不用问,估计财务不敢领走,很可能学校领导就没有准备给我。"

"真是太过分了。"陈春还是替王小谦抱不平,"你不问的话,我问,这钱不能给学校贪污了,是我们劳动应得的。"

王小谦说:"阿春,如果真的能要回来,你们几个一起喝酒。"

"那不行,还是要还你。"张涛说。

"我给你们说句真话,我在深圳有两套房子,还有一个小店面,转正了每个月的工资就近一万,我还在乎这三四千吗?"王小谦喝多了有点忘乎所以。他的话把大家都给说愣了,一下子都沉默了。

张涛说:"小谦,你说的是真的?"

王小谦说:"开个玩笑呗。"

说着自己先笑了,大家也都笑了起来,但喝酒的气氛显然没有了,于是大家就草草地结束了午餐。

五个年轻人喝了一箱啤酒,二十四支,好在下午他们都没课,张涛要付钱,王小谦已经提前付了。大家说晚上再聚一下,王小谦说,晚上要回大桥老家一趟,母亲还在家里。大家说"等你回到城关时再聚"。

6月底,王小谦顺利地从区人事局拿到了干部调动的通知。这次王小谦没有回去,而是由林小洁回家办理。调动的手续特别简单,青石县教育局开个介绍信与工资凭证。教育局人事股的李建股长给王小谦办手续时,问了一句:"王小谦怎么没来?你是他的什么人?"

林小洁说:"我是他的妻子。"

李建认真地看了林小洁一眼,眼前这个女人长得漂亮,而且穿着气派,不由得赞叹道:"王小谦还真是不简单呀,调到深圳,还娶了漂亮的老婆。"

林小洁说:"小谦是从一中出去的,他做好了也是一中的光荣。"

户口迁移相对麻烦一些,但林小洁还是很顺利地办完了这一切,王小谦与申圆媛的户口一起迁移到深圳。

王小谦拿到县教育局介绍他到海湾中学工作的介绍信,真正成了一位深圳教师。

这一天是2002年6月30日。

第五章　谒金门

19

　　婚后，王小谦住在蛇口，林小洁与申圆媛住在华侨城，方便申圆媛上学与林小洁上班。申圆媛9月份要转到海湾学校小学部读书，林小洁考虑在蛇口再开一家装修公司，租或者自己买一个店面，华侨城的店就交给妹妹林小霞，反正林小霞也不乐意在宝安的幼儿园工作，她想上大学。林小洁说："等姐赚到钱就送你到国外读书。"

　　2002年7月10日晚上，王小谦回到华侨城，他没有与林小洁住到一块，主要是考虑申圆媛的感受。凌晨，还在睡梦中的林小洁被王小谦捏着鼻子叫醒："小洁。"

　　"几点了？"

　　"四点半。"

　　"来吧。"林小洁挪了挪身子。

　　王小谦只是笑，说："起来。"

　　林小洁起来，王小谦拉着她的手，说："你闭上双眼。"

　　"这神神秘秘地做什么呀？"但还是闭上了眼。

　　王小谦牵着她的手出了卧室，回到自己的家。王小谦说："现在可以睁开眼了。"

　　客厅里没有灯光，只有一片摇曳的烛光，众多的红烛围绕交叉成两个心，"心"中放着一大束红玫瑰。林小洁见到这般浪漫的场景，有些不知所措。

　　王小谦说："今天是我们认识一周年的日子。"

　　林小洁静静地看着王小谦。

　　王小谦有点不安地说："你不高兴？"

　　林小洁摇摇头，紧紧地搂住王小谦的腰，把下巴壳放在王小谦的肩上。

　　"我会用一生来爱你，小洁。"

　　林小洁点点下巴。

"你等等。"王小谦把玫瑰花拿起来，花上有一串钥匙。他把钥匙给了林小洁，"喜欢吗？"

是奥迪车钥匙。

"我让车行把车开回来，停在楼下。"

林小洁轻轻地说："小谦，我没有给你准备礼物。"

"不对，上天已经给我准备了最好的礼物。"王小谦真诚地说。

林小洁抬头看着王小谦。

"没有什么比你更珍贵的，你改变了我的生活。"王小谦说，"我回一中，见到了张涛等同事，我才知道青石与深圳的区别在哪儿，他们与我的距离在哪里。"

"在哪儿？"

"观念。深圳告诉我，幸福生活是自己打拼出来的。"

林小洁没有说话。

王小谦说："我还是原来的王小谦，只是一年时间，深圳却让我拥有了很多人一辈子也赚不到的财富，我要像你一样帮助我们生命中遇见的每一个人，特别是从农村来的……"

王小谦紧紧地搂住林小洁，生怕一松手她会消失一般。

许久，林小洁说："把蜡烛吹灭了，我带你逛清晨的深南大道。"

他们换了衣服，悄悄地把门带上。

开着崭新的奥迪，奔跑在绿树成荫的深南大道，他们朝着罗湖方向而去，那正是太阳升起的方向。

林小洁说："小谦，美吧？"

王小谦说："你是最美的。"

"学会贫嘴了。"说着要捏王小谦。

"注意开车。"

"放心，老师傅了。"

他们把车停在莲花山公园附近，进入公园，绿道宽广，两边的大树枝繁叶茂。虽然是7月，但簕杜鹃这种被称为"深圳市花"的三角形的小红花依旧开着猩红点点，点缀枝头。他们没在公园多作停留，沿着登山道拾阶而上，一米多宽的石阶整齐有序，两边的荔枝林中偶见青红的果实，登山人不少。两人很快到了山顶，山顶平台矗立着落成才一年多、阔步向前的邓小平同志的铜像。在上山前，林小洁说："我们应该买一束花。"

小平同志的铜像之前，已经放着两束鲜花。两人怀着敬畏之心把鲜花放到了铜像底座，他们从心里感谢小平同志。其实何止他们？如果不是这位老人家在中国的南海边画了一个圈，恐怕就没有现在繁荣昌盛的深圳，也就没有他们的相知、相爱、相亲。两人放下鲜花，转身站在平台上，俯视着对面的建筑群，正中的就是市民中心，它像展翅的鲲鹏，一红一蓝成波浪形的对称顶部就是鲲鹏的两只翅膀。鲲鹏的头正对着莲花山。市民中心两侧是林立的高楼，古代要形容城市繁华就是亭台楼阁鳞次栉比，但是这些词语用在眼前建筑就不恰当了。这里没有亭台楼阁，有的是一座座高耸的、玻璃外墙在阳光下闪着金光、没有屋檐的方方正正的写字楼。往东边可以见到镶嵌着绿色玻璃的被称为"深圳第一高楼"的地王大厦，它把周边的建筑都压低了一个身段；往西边也就是他们刚来的方向同样是高楼林立……

深南大道南边是林立的高楼，北边是绿树成荫、花团锦簇的莲花山公园，这种强烈的对比，构成了一幅建筑与自然和谐相处的美丽风景。设想一下，没有莲花山，四周都是高层建筑，那是多么单调啊。这让王小谦想起了故宫，故宫的对面不正是景山公园吗？故宫与景山，市民中心跟莲花山，二者何其相似。人们的休闲娱乐和城市繁忙在这里得到了和谐统一……

两人在莲花山上长久地眺望着，城市正沐浴在早晨的阳光之下，一片金碧辉煌。之后他们牵手沿着公路慢慢下山，怀着兴奋的心情，重新坐上崭新的奥迪回到了南山。

回到家里，申圆媛还在睡觉。林小洁说："我把圆媛叫起来，上午不是要去你的学校吗？"

早餐后，林小洁开车，带着王小谦与申圆媛去蛇口。申圆媛坐在副驾驶位子很兴奋，她说："妈妈，已经很久没坐你的车了。你的车是怎么来的呀？"

"你就问王老师。"林小洁的心情依旧激动。

"妈妈，你现在还叫王老师吗？"

"你说应该叫什么呢？"

"老公。"

"这丫头。"林小洁笑着说。

"你与爸爸离婚，与王老师结婚，我都支持；你有权利追求你的幸福。"申圆媛小大人似的。

"你这是从哪里学来的，圆媛？"林小洁问道。

"学校里，我们很多同学都这么说。他们都说，离婚有什么关系？多了一个爸爸或者妈妈嘛。"

　　林小洁说："你现在多了一个什么呢？"

　　"老师。"申圆媛说。

　　王小谦坐在后排一直听她们母女对话。这时他才说："圆媛说得对，以后我是你学习上的老师，也是你生活上的老师。"

　　"圆媛，王老师说得对。"

　　"是你老公。"申圆媛纠正道。

　　"对，我老公说得对。今天我们去哪儿，你知道吗？"

　　"看海湾学校呗。"

　　王小谦说："带你去看看你的新学校。"

　　申圆媛说："我的新学校？"

　　"下学期你就转学到海湾学校小学部。"林小洁说。

　　"为什么要转学呀？白石洲学校不是很好吗？我有很多好朋友。"

　　王小谦说："白石洲学校是很好，也有你的很多好朋友。你看王老师原来在青石一中当老师，在那里也有很多好朋友，但我还是到了深圳。深圳比青石更大，我一中的朋友没有减少，而且多了深圳的朋友，这不是更好吗？"

　　林小洁说："对呀，海湾学校比白石洲学校大，你到海湾学校，白石洲的朋友还在，还多了海湾学校的朋友，你说是不是更好呢？"

　　"行。如果海湾学校比白石洲学校大，我就来。"

　　到了海湾学校小学部，保安虽然不认识王小谦，但听说是高中部的老师就开了校门。学校已经放假，显得宁静而空旷。申圆媛看到这个比她原来的学校要大上好几倍也漂亮好多倍的学校时，第一句话是："我喜欢这里！"

　　"我们的家也得从华侨城搬到这里了。"林小洁说。

　　"那我们住在哪呢？"

　　"你和我都住在我老公家里。"

　　申圆媛看着王小谦说："王老师，你在这里有房子吗？"

　　"要不要去看一看。"王小谦说。

　　于是他们上车离开海湾学校小学部，到了蛇口那面朝大海的家。近一百五十平方米的四房，比华侨城的房子还要宽敞。申圆媛看中了最小的房间，说："这间就是我的。"然后很认真地对林小洁说，"妈妈，你老公对你真好，你们俩就住大房间吧。"

　　下午，申圆媛在家里看书。王小谦在家里摆了很多书，他的意思是，哪怕这些书孩子都看不懂，但坐在书堆当中就是文化熏陶。

王小谦与林小洁出去找装修公司的店面。中介带王小谦夫妇去的地方离家远，林小洁要照顾申圆嫒，要求店铺不能很远。中介说："你们有没打算买呢？如果想买的话倒是有一家，就在你们小区边上。"

商铺不错。王小谦对林小洁说："资金能周转过来吗？"

"车是怎么付款呢？"

王小谦笑着说："这是我送给你的，你不用操心。"

"你得告诉我一下。"

"按揭，十年期。我工资基本上不花，上班时间吃用在学校，周末又在家。"

"可以把它买下。"林小洁说，"蛇口的新楼盘还在建设，不用发愁没有房源，发愁的倒是工程队。"

王小谦说："爸不是说大桥建筑社还有师傅想过来吗？"

"抓紧时间与爸商量。"林小洁挽紧王小谦的胳膊，"你安心教书，我努力赚钱，日子就会越来越好。"

他们沿着工业路步行回家，王小谦说："华侨城的装修业务好，是由于我们有样板房。这里也应该有一个。"

林小洁说："现在房子开始涨价了，去年就应该多买几套。"

王小谦笑着说："深圳发展得越好，就有越多的人来深圳，房子就会越来越贵。"

"投资房子比装修来钱更快。"林小洁说。

"你看刚才这个店铺，才半年时间，他们一转手就赚了六万，一个月就是一万。"王小谦感慨地说。

"我们的房子每平方米也涨了一千元。"

王小谦说："动员师傅们买房，别只想着把钱寄回家。"

……

夫妻俩一路聊着回到家，申圆嫒还在看书，林小洁悄悄地对王小谦说："圆嫒转学是对的。"

"为什么？"

"记得上午圆嫒在车上说的？不到十岁的孩子大人似的，也不知道她在学校都学些什么，真的谢谢你。"

申圆嫒头也没抬说："浪漫回来了？"

林小洁说："圆嫒，这些话都是谁教的呀？"

"学校里都这样呀,男同学与女同学一起走路,我们都说,'你们浪漫回来了'。"申圆媛满不在乎地说。

林小洁对王小谦说:"我真的晕了,这孩子。"

王小谦说:"说出来比不说要好。"

夫妇两人利用暑假时间把深圳大家装修设计公司的中心由华侨城搬迁到蛇口,一个假期在忙碌中过去了。

20

一直为深圳大家装修设计公司做设计的深大学生李格与徐虎毕业了。李格与徐虎不一样,这个胖胖的圆脸姑娘不喜欢工地,不喜欢大工程,就喜欢精致的室内设计,但刚起步的深圳大家装修设计公司也不是她理想的场所,毕竟公司小。最后他们俩一起去了深圳市第三建筑公司。林小洁对李格说:"你到'三建'后,利用空余时间给我们设计,公私兼顾。"

李格答应了。

9月初,深圳大家装修设计公司蛇口分公司开始承揽业务,林小洁考虑到工程队的师傅都是从青石来的,就在湾厦村租了一个大房子,与白石洲的做法一样,楼上住人,楼下店面做成小餐厅,工人们吃住在湾厦村;她把王玉宝等第一批来深的五个师傅叫到蛇口,负责蛇口工程队的四个小队,汤建国负责华侨城的四个工程队。如此一来,原青石县大桥建筑社的全体工人都来到了深圳。

开学了,王小谦基本上不管装修公司的事。他在青石一中只教初中,对高中的教材并不熟悉,对深圳的学生也不甚了解,现在教高中还当班主任,上班时间基本上没有空闲,学校也规定上班时间不能离开学校。

海湾学校小学部离高中部不远,早上王小谦带着申圆媛到高中部食堂用餐,赶在七点二十分之前把她送到小学,中午把她接回午餐,午休之后又送到小学部,晚上又接回。如果没有晚自修,他们就一起回家;如果有晚自修,就在学校的食堂用餐,他到班级看晚自修,申圆媛在办公室写作业。

王小谦的确很忙,都在时间的赛道上。

林小洁也很忙,她想,如果不是偶遇王小谦,她现在还在白石洲卖肠粉呢,既然生活有了重大改变,那就来个更彻底,把公司的业务做得更大更强。林小洁把目光投向企事业单位,她经常早出晚归,回来时还带着酒气。

王小谦说:"你这是何必呢?少喝点酒。"

林小洁说："行，听你的。"但晚归时还是会带着酒气。

王小谦只好给她端热茶，放温水。但就是这样努力，林小洁还是接不到企事业单位的大业务，对方理由是公司太小。林小洁知道公司小是一个原因，更大的原因并不是这个。林小洁也没有办法，回家只能对王小谦抱怨几句社会风气不好之类。

王小谦说："我们的业务就定位在个人住宅装修上面，在深圳要接到大单位的装修业务，对于我们这些从农村来的个体小企业来说，那是很难的。"

林小洁说："我知道，但不试试怎么知道行不行呢？"

"你可要注意方式方法。"

"什么方式方法？话里有话。"

"你不能做违法的事。"

"你担心了？"

"我老婆这么漂亮能不担心吗？我给你放热水去。"王小谦给林小洁放好浴缸的热水，准备去叫林小洁，发现林小洁在沙发上睡着了。王小谦给她披上一件被单，看着还有些酒气已经沉沉睡着的林小洁，又望着一池子水的浴缸，他突然想起了在华侨城林小洁的家，那时林小洁笑吟吟地就站在浴缸前……而如今才多长时间？还不到两年。

王小谦望着轻轻鼾声的林小洁，想抱起她，让她睡到床上，但他一伸手，林小洁却醒了。王小谦说："到床上睡吧。"

王小谦顺手把她扶了起来。林小洁进了洗手间，看到一浴缸的水，说："小谦，怎么不把浴缸里的水放了？"

王小谦站在她身后："这是刚给你放的热水。"

林小洁这才似乎清醒了，她看着王小谦说："我有点醉了，你帮助我脱衣服，我想泡泡。"

10月份，申哥从老家来到深圳，他在青石继续开他的小菜馆，但生意不太好，房子还欠下一笔装修款，于是他给林小洁打了电话。

林小洁说："回来给工程队的师傅们做饭吧。"又让他带一个能做饭的师傅。申哥的房子暂时让给林小霞与公司的两个女同事居住，申哥就与华侨城工程队的师傅们住到一起。

林小洁负责蛇口分公司的业务，她又请了两个女孩子，也是青石来的。两位姑娘都长得漂亮，只是学历低点，但能很好地张罗业务，给顾客端茶倒水，招呼顾客，然后带他们去看样板房。在蛇口的样板房暂时只能是王小谦的房子，每天出门时，林小洁都得把家收拾得干干净净，每天让顾客上家里看房子毕竟不是长久之计。她又有了买房子的想法。由于6月份之后，第二套房子商业银行适当提高首付款比例，并按基准利率；而首套自住房最低首付比例为两成，利率下调10%；林小洁以林小霞的名义在蛇口买了套八十九平方米的小三房，把它做成样板房。她想以后不做样板房时就送给妹妹小霞。

林小洁精于经营，她说："装修房子绝对不是一锤子的买卖，口碑是一传十十传百传出来的。"林小洁建立了装修档案，对业主进行定期回访，保证出现问题免费维修，如此便与业主建立起朋友般的关系，装修一家多一个朋友，史芳是其中的一个。史芳的儿子在澳大利亚上初中，先生开一家纸巾厂，五六十个工人，收入不错。史芳生活清闲，家离林小洁的蛇口装修公司又近，就经常到公司坐坐。一天，史芳请林小洁吃早茶，闲聊时说："小洁，你公司专门搞住房装修太单一了，应该扩大经营范围。"

这话说到林小洁的心坎上了，林小洁说："人家单位根本不给机会。"

"机会还是靠自己争取的嘛。"

林小洁说："芳姐，你来深圳早，有门路吗？"

"装修搞不到，修缮总可以嘛。"

林小洁如梦方醒。

"政府各部门、各级医院、学校，每年都有维修经费，如果能与这些单位合作，收入就很稳定了。"史芳说，"我家是做纸巾的，我老公经常与学校、宾馆、酒店、政府部门的相关领导打交道，纸巾顺利进入很多企事业单位。"

"改天请庄哥喝茶，你做我们公司的顾问，我发工资。"林小洁抓住机会。

史芳的先生庄学武，为人豪爽，他说："做生意嘛，找熟人肯定是要得啦。"庄先生是地道的潮汕人，生意做得好，普通话说得就不怎么好。

"全靠庄哥了。"林小洁很高兴。

庄学武用手向后梳了梳原本不多的头发说："你不会喝酒，又不会打麻将，怎么搞呢？"

史芳说："除了喝酒、打麻将就没有别的吗？"

"洗桑拿啦。"庄学武双手拍了拍膝盖。

史芳说："这个可以呀，哪天你请几个，我们一起去。"

"一次只能请一个啦。"庄学武说。

周五下午，史芳打电话给林小洁说："你开车载我，我老公开车接客人。"

林小洁她们在桑拿城门口等了大约十分钟，庄学武的车也来了，同车客人四十岁出头。庄学武介绍说:"这位是廖哥啦,这位是林姐,以后我们就是朋友啦。"

林小洁伸手说:"廖哥好。"

廖哥点点头,礼节性地握一下手说:"林姐很漂亮,芳姐、庄哥认识的都是美女。"

"廖哥可不敢这么说,我老婆还在这呢。"

"芳姐可不是庄哥最早认识的吗?"

庄学武这才笑着说:"那是,那是,廖哥有水平。"

说着大家都笑了。

庄学武说:"我们进去吧。"

林小洁是第一次到桑拿城,略为有点忐忑。进入大堂有迎宾大声呼喊:"欢迎光临,男宾两位,女宾两位。"

服务生给他们换鞋,递手牌,送毛巾,分别领他们到男女浴区。

更衣室的两位漂亮女生帮助她们更衣,林小洁有点别扭,好在披上了大浴巾。冲凉的人很多,大家都光着身子,林小洁有些慌乱。芳姐很自然,她看着林小洁悄悄地说:"林姐,身材真好呀,怪不得王老师了。你看这里哪有你这样身材的,不是胖得下垂,就是瘦得没胸。"说着自己笑了。

在说笑当中冲了凉,进入桑拿房,雾气当中只见白色朦胧的躯体,林小洁蒸了一会儿就出来,不太适应。

她们又冲了凉,林小洁感觉不是舒服,而是累。服务生给她们换了浴袍,领她们上了二楼大厅。林小洁的第一反应是二楼像电影院,只是座位都成躺椅了,灯光也与电影院差不多,说暗又不是太暗,说亮又不太亮。大厅里已经有不少人,大家都是穿着一样的白色浴袍。史芳眼尖,一眼就看到坐在前排的庄学武与廖哥,两人正在聊天,面前一盘水果。庄学武说:"你们来了。"

庄学武又叫上一盘水果,林小洁与史芳在庄学武的左侧坐下。庄学武说:"先吃点水果,然后我们吃晚饭。"

他们就半坐半躺着,吃着水果。林小洁有点昏昏欲睡。迷糊中,史芳说:"林姐,我们吃晚餐去吧。"

晚餐也在二楼,他们点了些粥,外加一些清淡的食品。廖哥坐在林小洁身边,庄学武这才比较认真地说:"廖哥,林姐是开装修公司的,挺厉害的,开了两家公司啦。"

廖哥说:"不简单呀。"

"廖哥的亲戚朋友要装修,尽管说。"林小洁说。

"我家房子就是林姐装修的,挺好的。"史芳补充说。

廖哥说:"要装修,就请林姐帮忙喽。"

他们点了红酒,庄学武说:"林姐,喝点红酒好,可以美容;那些电影明星都是喝红酒的,才一个个保养得皮嫩肤白。《白蛇传》中演白娘子的就是喝红酒……"

"乱说,你怎么知道?"史芳白了一眼庄学武。

"香港人都这么说的,我再说一个给你们听……"有了庄学武,场面就冷不下来。

晚餐之后,他们又在大厅躺了一会儿。十点,庄学武说:"去推拿一把,做一个钟,怎么样?"

廖哥说:"十二点回家。"

庄学武说:"我老婆在这,我就不回去了,你要回就让林姐送啦。"

"没问题。"

廖哥说:"我打个车。"

"跟你开玩笑啦,大家一起出来,一起回去嘛。"庄学武笑嘻嘻地说。

推拿在三楼,林小洁与史芳一起由女服务生引到三楼的推拿房间,服务生问:"二位女士,你们是请女生还是男生来推拿?"

史芳说:"女生吧。"

两人到了房间,粉红的微暗壁灯,两张小小的推拿床。女服务生让她们各自趴到推拿床上,脸对着床上的一个圆洞。

服务生拿走了浴袍,林小洁感觉背后一凉,全身赤裸地趴在推拿床上。服务生给她披上了一件浴巾之类的,林小洁能感觉到,浴巾上到肩膀,下至膝盖,她紧张的心情才放松一些。女服务生说:"两位请稍候,马上安排人给你们推拿。"

一会儿,林小洁听到轻轻的走路声,接着轻轻的声音说:"女士,现在给您推拿。"

推拿女生先是拿起林小洁的左手,按摩她的手指,她把林小洁的手指放到自己的手指当中往外抽,到了指尖突然用力,林小洁能听到手间"啪"的一声,这样反复了几次,然后是她的手臂,一直推拿到她的肩膀,林小洁感觉到温暖的双手在她手臂上走过留下酥麻的感觉。

推拿生说:"女士,现在给您按摩后背。"然后把她的浴巾往下拉了一些。

林小洁感觉到浴巾到了她的腰际。

推拿生用香精油抹了后背,站在林小洁正前方,双手从肩膀开始向下轻轻地推拿,一直到腰际,手刀从脊梁轻轻推下,然后从两侧变掌慢慢地收回,力度轻重不一,速度快慢不同。

之后推拿生把浴巾往肩膀上拉,林小洁感觉到自己的大腿根露了出来。推拿生先是弯曲林小洁的左腿几次,然后从脚趾开始,而后是脚底,最后是小腿大腿。

"女士,现在你可以翻过身来。"

没等林小洁说话,林小洁已经感觉到身上的浴巾已经被拿起,她完全赤裸在推拿生的眼下。

林小洁说:"就这样吧,很好了。"

推拿生说:"那好,您先休息。"于是又把浴巾披到她身上,走了。

林小洁能听到史芳在推拿时不时发出舒服的轻叫声,她悄悄地瞥了一眼,推拿生正在给她做肩膀的按压,浴巾遮住她的胸脯到大腿,但能看到她高高的胸部。林小洁想,这推拿的确可以让人放松,但也容易尴尬。

等服务生走了之后,史芳说:"林姐,为什么推拿一半就停了?"

林小洁笑着说:"不习惯。"

"他们都是盲人推拿师。"

"怪不得推拿的穴位那么准了。"

"也有男盲人推拿师,下次你得体验一下。"

她们回到大厅,大概半个小时之后,庄学武与廖哥也回来了。庄学武说:"我们再吃点水果吧。"他们又聊了一会儿。

廖哥说:"时间不早了,得回家了。"然后对庄学武说,"你回不回?"

庄学武说:"回呀。"

他们下楼,林小洁要结账,庄学武说:"哪有让女士结账的呢。"林小洁也就不勉强。

林小洁开车送廖哥,廖哥住南头,庄学武夫妻开车回蛇口。

廖哥说:"林姐,开装修公司还是不错的嘛。"

林小洁说:"多亏朋友的帮衬。"

"我这边有一所学校要进行修缮,钱不多,就十万,如果你公司有兴趣的话,我可以介绍你们参与投标。现在所有的单位修缮都得进行公开投标,当然了,我们也会对这些参与投标的公司进行审核;一般都要求装修公司的资产在千万以上，你们就得在资质方面下工夫，毕竟大家都相信大企业的嘛。"

……

到了南头，林小洁把廖哥送到小区门口，开车返回蛇口。

到家已经是凌晨一点半了，王小谦在看电视，是电影频道播放的一部美国大片。但他似乎没怎么看，因为林小洁发现他正在揉着眼，显然是听到她开门的声音才醒。林小洁问："还没睡呀？"

王小谦说："怎么这么晚了？"

林小洁敷衍道："请一个客户，芳姐介绍的，芳姐没说走，我也就不好意思先走。"

"手机也不接。"

"落在车里了。"

"饿了吗？"

"饱着呢，你先睡吧，我洗洗。"

"行，我给你放热水吧。"

"不用了，冲一下就行。"说完去换衣服。

林小洁冲凉回到卧室，王小谦没睡。林小洁说："还在等我呀？"

王小谦说："原来是很困，现在反倒醒了。"

林小洁看到王小谦正看着自己，想到晚上在推拿房里自己裸着的样子，如果是男的技师来推拿呢？她突然有了冲动，对王小谦说："解下我的腰带。"

王小谦伸手，林小洁接住他的双手往自己怀里伸。王小谦说："你不累？这么晚了。"

林小洁斜着眼看着王小谦说："累了才睡得香。"

王小谦把林小洁拉到怀里，闻到她身上淡淡的体香，一下子就活跃起来了。

21

林小洁拿到了同仁学校的维修合同，虽然只有十万的维修经费，却是装修公司由住房装修迈入企事业单位的第一步，有了这第一步，林小洁就知道如何迈出第二步。

这是2003年的夏天。

扩大了公司规模，林小洁在蛇口租下了两层各三百平方米的办公室，楼房原来就是办公场所，她做了一些改动，公司下设公关部、业务部、设计部、建材部、工程部、财务处。

一直由李格兼职的设计部终于有了变化。李格结婚了，丈夫徐虎继续留在三建公司，她离开"三建"公司正式加入深圳大家装修设计公司。合作近三年，李格特别喜欢林小洁。李格有一个漂亮的设计室，上班没有严格的时间考核，时间灵活自由，林小洁还全权委托她招聘设计人员。设计室的任务不重，人又自由，工资不低，李格喜欢的就是这样的生活。

林小洁现在知道如何公关，在物色公关部人选上下了大功夫，首选是女性，年龄二十二到三十岁，身高一米七以上，为人大方。计划招聘两人，来应聘的有六个，林小洁留下两个，二十五岁的周千惠和二十三岁的欧阳小雨，同时招聘了大学刚毕业的师莹莹。林小洁对她们说："你们月薪一万，拿下一单按5%的提成。"这是很高的待遇。

应聘时林小洁与周千惠是这样对话的。

周千惠说："我从东北来的，我需要这份工作。"

"说说理由吧。"林小洁微笑着，望着这个身材特别好的东北女子。

"我从没有想过会离开东北老家，但是去年，我离婚了，家里三岁的女儿由父母看管，我希望在深圳有一份好工作，早一点把他们接到深圳来。"

"你什么时候到的深圳？"

"今年。一个老乡介绍的，在台湾人经营的工厂打工，工厂主要生产打印机、复印机之类的产品，我在生产车间，工作十二个小时，经常加班，工作累，时间长，工资不高。"

"怎么知道我要招聘公关人员？"

"来深圳半年了，我是第一次到'世界之窗'，看到公司在发放招聘公关人员传单，所以就来碰碰运气，希望能得到这个工作，因为你们开出的工资比我在工厂里面高出许多。"

"你有多长时间没见到你女儿了？"

"一年。没回过家，路费太高。"周千惠快人快语，就像竹筒倒豆子。

林小洁说："你就留下吧。"

周千惠她们果然不负林小洁所望，拿下的第一个大单是田岭学校的活。田岭学校已经建成五年，但可以容纳一千多名学生的演艺大厅一直没有装修，装修费用一千万。廖哥把投标的消息告诉林小洁，因为公开投标，廖哥建议林小洁参与一下。林小洁让周千惠陪同高哥打了几场麻将，高哥赢得不多，但心情比较好；欧阳小雨酒量好，给廖哥在商人朋友圈里挡了几回酒；师莹莹陪同他们打了几场高尔夫球。周千惠陪同李哥去桑拿城洗了两次桑拿，林小洁交代周千惠说："你要让李哥去贵宾室推拿一个钟，然后加一个钟。"

周千惠干脆说："后一个钟我给李哥推拿。"

参与投标的五家公司，三家资质审查没有通过，在最后的竞争中，深圳大家装修设计公司中标。

签订合同之后，林小洁高兴，在五洋大酒店订了一个包间宴请三位公关部的员工。美食过后，酒过三巡，也许是酒精的作用，也许是骨鲠在喉，妩媚的欧阳小雨说起她的过往。

"我是在河北小县城长大的，有两个姐姐。七岁时母亲去世，当时大姐十八岁，高中毕业后在长途汽车站当售票员，因为我爸是客车司机；二姐还在上初中。之后的很长时间我与二姐是由大姐带的。母亲去世后，我变得敏感，上初中时，大姐结婚了，姐夫也是一名司机，二姐上了大学。等我上高中时，大外甥女出生，二姐大学毕业后去唐山工作，我不想待在大姐家里就到学校住宿，十八岁我上了唐山财经学院。三年后老家的农业银行来招人，我通过面试回到老家的一个乡镇银行当柜员。工作期间我很少回到县城，家里也就父亲，他已经退休在家，我与他没有多少话要说的……"

周千惠默默搂住欧阳小雨的肩膀。

"从小，我就是个渴望被人爱的女子，也许是因为母亲的早逝，我经常会梦见一个男人在山雾缭绕的坡顶等我。"

师莹莹脸红扑扑地低笑着说："每个女孩都有这样的梦。"

"你也有过这样的梦？"

"是。"师莹莹还是低声细语说，"我经常做梦。"

周千惠说："为梦干杯。"

欧阳小雨说："来，为我们四个有故事的人干杯。"

师莹莹说："我可是大学刚毕业的。"

"算了吧，没有故事的人会独自闯深圳？"周千惠反问。

林小洁笑着说："先听听小雨的吧。"

"我是通过电话认识那男的。那是个无聊的秋夜，他在值班。他后来说，他随意地拨了个号码，而我正在电话旁发呆。他说他平生第一次听到那么美妙的声音，像山涧的清泉叮咚，清纯不带一丝杂质。他爱上我的声音，此后的每个晚上，他都给我打一两个钟头的电话，甚至更长。因为我们有共同的兴趣爱好，对事物对人生有共同的见解。两个月后的见面，他又爱上我的容貌。他说把女人比作花，我就是那长在幽谷的兰花；而他的才华也令我崇拜万分。"

"你们约会了？"师莹莹问道。

"是的，每次去见他，我总喜欢坐在他摩托车后，紧紧靠在他宽厚的背上，一起感受山野的清风。我生日那天，他骑了一百多里的摩托车，只为送我一套裙子和一个蛋糕。怕我消瘦，给我寄来各种零食与补品。每天的早中晚我都能收到他的问候短信。他给我写诗，他说，'我囚禁了一春的潮水，足足可以浇灌出一朵永不凋零的花，开一百年，永远那么灿烂'。我知道我渴望他的爱就像沙漠中的旅人渴望水一样。我忽视了他的家庭、他的年龄。我固执地以为我是在追求美好的爱情。"

"你爱上了有妇之夫？"周千惠惊叹道，"不是姐说你，这可是你不对。"

"千惠姐说得对，爱情的楼宇瞬间坍塌了，那是个寒冷不见阳光的周末。他的手机无意间打给我，我听到他与他老婆在一起吃饭说话。可是在那之前他一直住在外面，什么时候回到那个已经搬出去的家了呢？我以为他还睡在办公室，吃在快餐店，以为他依然跟家里人坚持下去，直到他们妥协。在他搬出来的这两个月里，我天天担心他的吃住，安慰他。"

"你醒了？"周千惠问。

"要是醒了就好了。"欧阳小雨说，"他一遍遍地打我电话，但我按了所有的电话。后来他就冲到我的宿舍，含着泪说，孩子念书落后了，家里父母年龄大了，一个人在外吃住影响很不好，很不方便……看见他那么真诚，我心软了，我相信了。因为他还说，再等一年他孩子就高中毕业了，他会处理好的；说他即使回家，也是一个人睡。我原谅了他。"

"你真的太善良了。"周千惠说，"他一定是骗子。"

"是啊。那天我路过那个小城一个人在街上走时，他老婆正巧迎面而来，在大街上对我破口大骂。我想打电话给他时，他老婆夺走我的手机并甩了我一巴掌，还一路拖着我。巨大的羞辱让我忘了手腕的生疼。新年的钟声敲响时，我站在十五层的高楼上。我看到很多很多的烟花在天空绽放，那炫目的美丽只一刹那。我想起两年前的新年，他在我耳旁说的'等我一年吧，我会做好的'，那时也是烟花满天。我知道我只能让自己永远无法思考，永远做梦。否则我依旧痛苦地渴望他的爱。我的眼前闪过一夜空幻的烟花，无声地熄灭。"

周千惠说："你没有跳是对的，为了这样的一个人不值。"

"于是我开始逃亡，我没有告诉任何人。"

"你爸爸、姐姐都不知道？"林小洁问。

"直到进入姐的公司，"欧阳小雨说，"我才打电话给我爸与姐。在电话里我爸哭了，我是第一次听到我爸的哭声，我妈去世时我爸都没哭，我才知道什么叫父爱如山。我知道我错了，我想有一天我在深圳扎下根，就让我爸在深圳过一个幸福的晚年。"

欧阳小雨说得平静，却把听的三位都说哭了。

"欧阳，你虽然痛苦，但毕竟爱过，只是爱错了对象。"周千惠说，"可我呢？没有爱，只有恨。那死鬼，结婚前拼命地追我，结婚后就完全变成另一个人，整天就知道赌钱。我劝他，他不听。我以为有了女儿之后会好些，结果他不但没有改变而是变本加厉，后来发展到动手打我。老娘也不是好惹的，于是我们家三天两天操家伙。后来我厌倦了，厌倦了这种生活，于是提出离婚。这个无耻的男人却说，离婚可以，你把房子给我留下，女儿你自己抚养。我答应了。我恨透了他。离婚后的第五天我就离开老家南下，先到广州，从广州到了东莞。"

师莹莹突然哧地笑了。

周千惠说："你笑什么？"

"东莞。"

大家都笑了。

周千惠"呸"的一声说："你们都想到哪儿去了，老娘是干那种事的人吗？我先在东莞厚街一个小工厂打工，是日资企业，干了半年到了深圳，后来的事我告诉姐了，就这样。"

欧阳小雨说："男人不是好东西，我不再相信男人。"

周千惠说："你上了一次当，就下这样的结论不对；我还是想找个男人，没有男人不行。"

大家都笑了。

师莹莹说："王老师就是个好男人。"

"是。"林小洁说，"还是要相信爱情。"

"曾经沧海呀。"师莹莹感叹地说。

四个人又喝了两瓶红酒。

"相信不用多久深圳就会疗好你们的创伤。"林小洁说，"以后，千惠与小雨继续在公关部，莹莹到办公室做文字资料，我看过她的文章。"

"没有问题，把那些臭男人全都搞定。"周千惠笑着搂住欧阳小雨的肩膀说，"妹妹，你有信心吗？"

"姑奶奶早已看破红尘了，听姐您的。"

周千惠说:"咱们姐妹联手没有攻不下的山头。"

"马克思说,资本的原始积累过程就是血淋淋的过程。"欧阳小雨说。

林小洁说:"你们说得太血腥了,我们是来深圳创业,不是拼杀。"

"姐,你的故事呢?"周千惠问。

"姐的故事,你们不都知道了吗?"林小洁说。

"不会这么简单吧?"周千惠说,"十五六岁就闯深圳的人,难道没有别的故事?"

林小洁转身对欧阳小雨说:"不管过去如何,还是要坚信爱情。"

周千惠笑着说:"姐一定有故事。"

林小洁沉默了。

22

凭借时尚又实用的设计、实打实的质量,深圳大家装修设计公司的业务很快扩大到各个行业,公司在深圳扎下了根。

王玉宝功不可没。

王玉宝对房屋装修质量的重视超乎想象。他负责工程验收,从不马虎,爱挑刺简直像鸡蛋里挑骨头。有一回,一套房子洗手间的瓷砖已经完工,他发现其中一处有略微的空鼓,立即把整面墙敲掉重来。

就算已经交付的项目,即便是有微小瑕疵,被他发现也不会放过。有位客户,交付那天,发现客厅里原本铺好的砖被挖去了一大片,原来是王玉宝觉得那里不对头,就重新铺设。

正是由于王玉宝这种吹毛求疵的工作态度,直接影响着整个装修队伍,林小洁也学会了在细节上下工夫,她对装修的每个细节都要仔细查看:材料必须用最好的,防水要比别人家多做两道……她凭肉眼能看出砖面衔接缝隙的误差、立面颜色是否和谐、地砖花纹是否协调、窗户弧度是否舒服……

大家装修设计公司设计有水平、装修有品质、质量有苛求,公司赢得了好名声。

公司的管理层都是女的,装修队伍全是男的,喜欢三国故事的安庆说:"我们公司是'五虎女将',小洁统帅,李格军师,千惠、小雨先锋,莹莹断后,我们这些就是摇旗呐喊的。"

"摇旗呐喊"的队伍出了问题:陆续有年轻的员工辞职,带头的是2001年第一批加入深圳装修队的五人组中的两个徒弟陈强、刘方。林小洁在房子乔迁时宴请装修队的师傅们吃饭，建议大家去买房，陈强与刘方在"海岸城"各买了一套小房子，之后在装修队里埋头干活。2002年年底，他们发现房子每平方米涨了三千元，一年时间，他们各赚了二十万，这在工程队里要干三四年才可能赚到的钱呀。

陈强说："倒卖房子，就能赚大钱，我们为什么不干呢？"两人合伙买了一套房子。到2003年6月，半年时间，房子又上涨了；他们把房子卖了，每人分到十万元。

陈强对刘方说："干脆就倒卖房子，不在工程队干了。"

刘方胆子小，说："倒卖房子行不行？"

陈强说："我们买了三套房子，都赚了，我相信如果再买还是会赚钱。"

"可是我们没有本钱。"

"把房子卖掉。"

刘方有点犹豫。

陈强说："你不干，我自己干。"他把房子卖了，还了银行按揭贷款之后，手上还有四十万现金，加上第二套赚的十万，他用这五十万购买了三套房子。

刘方说："我跟着你干。"也把自己的房子卖掉。

陈强赚了钱就不到工程队干活，刘方也不干了。两人炒房赚钱的事很快就在工程队里传开，一些年轻人心思就不在装修上了。装修是个细致活，如果心思不在，工程的质量就出问题，一旦返工那是劳民伤财。林小洁着急了，周千惠说："姐，管理公司除了人情还得有纪律，装修队里的师傅基本上是你的同乡，你顾及人情没错，但你现在是一个有一百多人的公司，放任自流，刚起步的公司很快就要倒下，所以还得有规章制度。"

于是公司开了大会。

林小洁说："小谦给我讲了这么一个故事，说有个老木匠准备退休，他告诉老板，说要离开建筑行业，回家与妻子儿女享受天伦之乐。老板舍不得他的好工人走，问他是否能帮忙再建一座房子，老木匠说可以。但是大家后来都看得出来，他的心已不在工作上，他用的是软料，出的是粗活。房子建好的时候，老板把大门的钥匙递给他，对他说'这是你的房子，作为我送给你的礼物'，他震惊得目瞪口呆，羞愧得无地自容。如果他早知道是在给自己建房子，他怎么会这样呢？

"师傅们，我们都是从青石来的，大家都知道深圳的房子有多贵，很多人一辈子就一套，房子就是他们的生命。从业主的角度来看，房子就不是一砖一瓦的简单叠加，它是被赋予感情与生命的。我们要像给自己装修房子那样去装修每一个房子。"

工人浮躁的心平静下来了。

林小洁在龙岗租用了一块地，修建了一个放装修材料的仓库。仓库修好之后，林小洁对发阳叔说："我想让磊华去看仓库，想听听你的意见。"

王发阳高兴得要掉眼泪，他有四个女儿，最后才生了儿子王磊华。王磊华先天残疾，走路跛脚，上学时一直很自卑，去年高中还没读完就跟着王发阳来深圳，因为身体的问题，在装修队里只能干一些轻活。林小洁让王磊华去看仓库是想照顾他，仓库管理员工作清闲，除登记公司进出的装修材料之外就没有别的事；但仓库管理员也很孤单，与他做伴的只有不能开口说话的建筑材料。性格内向的王磊华的确适合干这种活。

周三，史芳打来电话说："林姐，周末有空吗？"

林小洁说："有呀。"

"廖哥休假，我老公同他一起去香港休闲一下，你去吗？"

"去呀，怎么不去呢？"

"周六去，周日回来。"

周六下午，他们约好了在皇岗口岸见面，林小洁把去香港的事告诉了王小谦，只是说与史芳一起。周千惠开车送林小洁到皇岗口岸，她成了林小洁的得力助手，周千惠说："我还可以做你的保镖。"林小洁想带她一同前往，但周千惠的港澳通行证没有办好。

四个人在口岸碰面之后，一起过海关。四点到达海港城，闲逛一个小时，五点上船，船票是提前预订的，每位三千元。在游轮上的时间是晚上七点到第二天上午九点，船票是林小洁付的。庄学武说由他付款，林小洁不同意，说："难得大家一起出来嘛。"

游轮停泊在维多利亚港湾海港城，这个地方是拍维多利亚港湾风景最好的地方之一，史芳拍了不少照片。上了游轮，林小洁与史芳一个房间，庄学武与廖哥一个房间。林小洁是第一次上游轮，房间不大，两个铺位，铺位不宽，只能睡一个人；有写字台，卫生间可以淋浴。林小洁说："不错呀，很干净，还能看海。"

游轮的晚餐是自助，品种很多。史芳说："多吃些，晚上可能要玩到很迟。"

"玩什么？"

史芳笑着说:"我忘了告诉你上游轮是做什么的。"

"不就是在游轮上看看风景,睡一个晚上吗?"

"游轮上玩的项目多着呢,主要是赌钱。"

"赌钱?"

"晚上两个男人肯定就是赌钱,我们也跟着玩,定个额度吧,输赢就五千元。"

晚上七点半游轮起航,四人一起站在甲板上,两岸高楼火树银花,游轮慢慢地前行,高楼的灯火倒映在水面上,场面显得尤为壮观。火龙在水中游动,渐渐地游龙远去,最后成了一条线,慢慢地消失在黑茫茫的无边大海……

他们回到舱内,庄学武说:"我与廖哥先到七楼,你们可以逛逛商场、酒吧、歌厅。"

史芳说:"有什么好逛的?逛商场回到香港之后嘛,我们跟你们一道上去。"

游轮上的人很多,有喝酒的,有逛商场的,有在一起聊天的,庄学武碰上熟人,就打个招呼,聊上几句。

十点,赌场开放,他们到了七楼。庄学武对林小洁说:"七楼好,档次高。"

林小洁笑着说:"我不懂。"

"七楼有赌资要求,一次五百港币,三楼没有。"廖哥说。

林小洁以为去三楼的人多,没想到大多数人进入七楼。一行四人进入赌场,里面已经热闹非凡,惊叫声、喝彩声此起彼伏。林小洁看到赌客们用笔写着什么,庄学武也在一个表格里不断地填写一些数据。庄学武说,做分析用的,看得出他很专业。廖哥也是精神抖擞,两眼放光。

林小洁与史芳自行在赌场里走了一圈,她们选择了最简单的赌博,押大小。她们兑换了一千港币的筹码,挤在人群中下注。

凌晨两点,林小洁困了,史芳却兴趣浓厚。

三点,林小洁对史芳说:"芳姐,赌这一把,输赢我都回去睡觉。"

"行呀,我也赌这一把。你押大,我押小,这样总有一个赢。"

"干脆要么都大,要么都小。"

她们都押大,两人的一万元港币又送回了赌场。

最后史芳赢了一千元,林小洁输了四千元,史芳说:"本来我们都是赢的。"

"怪我,最后一把,把赢的送回去。"

"无所谓，玩得开心呗。"

回到房间，林小洁先洗漱。史芳去敲庄学武的房门，庄学武与廖哥还没有回来。于是史芳也就洗洗，上床睡觉了。

林小洁醒来时，太阳正从舷窗照了进来，看到史芳还在蒙头大睡，就到甲板上。海上一轮太阳已经升高了，海风吹着头发，脸上一阵清凉，林小洁感觉清爽了许多，在甲板上站了一会儿。

返回房间，史芳还在睡觉，林小洁把她叫醒。史芳洗把脸就去叫庄学武，庄学武与廖哥都没有睡觉，但精神很好。

庄学武说："廖哥手气不错，最高纪录赢到五十万，最后留到手里也就十分之一了。"

"你呢？"

庄学武说："刚开始是输，但最后还是赢了一万。"

早餐时，大家都笑林小洁，说："手气上第一次赌博的人都是赢，没想到你却输了。"

廖哥说："这次费用算我的，我请客。"

林小洁说："不行。"

廖哥说："有什么不行？我们一起出来就是玩嘛。"说着就把两沓的港币塞给了林小洁。林小洁不收。

庄学武说："林姐，廖哥是什么人，你还不知道吗？大家是朋友，这点小钱算什么。"

"行，我先收下了。"

他们吃完早餐，收拾一下准备下船，时间是九点。

廖哥的休假还没有结束，他与庄学武直接去了澳门，林小洁与史芳返回深圳。回到家里已经是中午了，王小谦在午睡。周千惠帮助林小洁把东西放到客厅，走了。林小洁在沙发上睡了一会儿，她突然想自己是不是走错了方向，不就是办个装修公司吗？为什么做得这么累呢？

她突然有一阵子的眩晕。

23

2004年7月10日傍晚，林小洁打电话给王小谦说："下班后，带你去一个地方。"

"圆媛呢？"

林小洁说："送她去小霞那边。"

"纪念认识四周年？"王小谦嬉笑着说。

"是呀，一个值得记住的日子。"

王小谦说："我也得送你一个礼物。"

"可以呀，下班后，在校门口等我，我接你。"

已经是期末了，学校没有放假等同于放假。五点，林小洁开车接上了王小谦。林小洁说："你是不是也可以学着开车？"

王小谦笑着说："假期去报名。"

"再买一台车。"

"关键是我上下班不用车。"

"可以开车送我呀。"

"我上班时，你还蒙着头呼呼大睡。"

林小洁撒娇地说："接我也可以呀。"

王小谦自嘲地说："开车接你？你哪天不是比我晚回家？我值班到晚上十点，你还没回家，经常是睡觉时一个人，醒来时，边上多了一个娇红的女妖。"

林小洁乜了王小谦一眼："看你，有怨气了吧。"

"圆媛还是孩子，你经常是几天没与她说过话。"王小谦认真地说。

"公司还在起步，以后就好了。"

"公司开大，会越来越困难。"

"你也知道困难？"

"我当然知道。"

"那就宽容你老婆吧，不能成为怨男。"林小洁说着拍拍王小谦的胳膊。

"注意开车呀，不能动手动脚。"王小谦说，"我们去哪儿？"

"桑拿城，你还没去过吧？"

王小谦说："我倒想去呀，圆媛不接了？"

"今天我请客，陪你。"

桑拿城还是一样，林小洁对它很了解了，但王小谦是第一次来，进入男宾室之后他还是有点忐忑。后来一想，与大学公共浴室有什么区别呢？不过多了服务生罢了。天气热，蒸不了桑拿，他就到二楼休息大厅，林小洁已经在二楼等他。林小洁叫了水果，说："怎么样？"

"让我想起了大学生活，到了冬天，我们都在公共浴室里光着身子冲热水澡，一眨眼，离开大学已经十年了，时间过得真快。"

"可惜我没上过大学。"

"没有什么可惜的，我上的也不是什么好大学，很多高中毕业生都不想上。"

"一直没跟我说过，你为什么选择师范？"林小洁问。

"可以不用交学费，那时我爸的建筑社发不了工资。"

"后悔了？"

"不后悔。我喜欢这个职业，每天接触的都是充满朝气的年轻生命，他们像春天里的花草树木，是那样的美丽。"

"一直没听你说起你的职业。"

王小谦说："我们说话的时间都少。"

"我书读得少，你给我说书里的知识，我可能就困了。"

"现在困了吗？"

林小洁笑着说："真有点。"

"睡一会儿吧。"

林小洁说："行，先睡一会儿，然后去推拿。"

王小谦说："这里的气氛适合睡觉。"

于是他们就在躺椅上眯了一会儿。

醒来时是晚上九点，林小洁说："我们去推拿。"

王小谦真不太适应这样推拿，光着身子就搭着一条毛巾，给他推拿的又是一个女孩。这一个钟，对王小谦来说是很漫长的。林小洁比他晚五分钟下楼，林小洁说："还行吧。"

王小谦说："来一次还行，知道什么叫推拿。"

"看来你不太喜欢。"林小洁笑了笑。

"不适应。"

"我们回去吧。"

林小洁开车，一路上王小谦没说话。林小洁说："困了？"

王小谦说："我想你呢。"

"没正经。"

"赤裸地躺着，一个年轻的女子在身上摸来摸去，你说我能想什么？"

"什么叫摸来摸去，还语文老师哩。"

王小谦不理会她，继续说："要不是你带我来，我就容易犯错误。"

"你说我犯错误？"

"真得犯错误，就不会带我来；我是担心与你一起来的客户。"

林小洁没有回应。

"小洁，你还是少请他们到这样地方。"

"听你的。"

"公司发展到现在不容易，公司大了，竞争的对手就强了。如果某个竞争对手动机不纯，心怀鬼胎，偷偷地雇用某些人拍照片之类的，对我们是不利的，一些客户是不能到这类场所的。"

林小洁起先还只是应付着王小谦，感觉是老师的迂腐，当说到偷拍时，敏锐地感觉到王小谦说得有道理。正所谓一句话点醒梦中人。

王小谦没有听到林小洁的应答，就说："小洁，你觉得我说得不对？"

林小洁说："你让我整理一下。"

公司现在越来越大，如何在业务上下工夫？下一步如何发展？林小洁一时也没了思路。

王小谦说："行，你专心开车。"然后笑着说，"看来我得快点拿到驾照。"

回到家已经是十一点了，王小谦说："要吃点东西吗？"

林小洁说："不吃了，又胖了。"

"在唐朝一定是林贵妃。"

"你嫌我胖了？"

"胖点才叫丰腴。"王小谦笑着说，"恰到好处。"

"还是说我胖嘛。"林小洁有点不在状态。

"我也不吃了，放一下浴缸水，你泡泡身子吧。"

林小洁斜眼看着王小谦说："如此殷勤，非奸即盗，你说的。"

"盗亦有雅盗。"王小谦说，"反正圆媛不在家。"

7月11日，王小谦与林小洁一直睡到十点，这是他们认识四周年的纪念日。阳光透过厚厚的窗帘把光线透了进来，林小洁说："醒了吗？"

王小谦说："没有。"

"没有醒还能说话？"

"说梦话。"

林小洁趴在王小谦的身上说："那你再说一些梦话吧。"

王小谦说："老婆，我爱你。"

林小洁笑着捏住王小谦的鼻子。王小谦把林小洁揽在怀里。

林小洁说："你昨晚说得有道理，我们的业务还得靠实力。"

王小谦说："我们有多大的能力就赚多大的钱，不去做勉强的事，我们依然主打住房装修业务，深圳房子越建越多，相信我们有能力拿到业务。企事业单位的业务我们能拿到多少就多少，你说呢？"

"听你的。"

王小谦说："想想四年前，我们在白石洲的日子，四年来我们生活变化太大了。"

"是呀，变化巨大，你也变化很大。"

"这就是深圳的力量。"王小谦说，"选好楼盘，替开发商装修样板房，我们可以做活广告；如果开发商不同意，我们买一套房子，作为样板房。"

"以公司的名义买房子不受政策约束。"

王小谦说："我老婆就是不简单。"

"那起床做早餐去吧。"

王小谦说："吃早茶去。"

在茶餐厅，两人遇上了很久没见到的陈强、刘方，他们同一个年轻的姑娘在吃早茶。刘方先看到林小洁与王小谦，站起来说："王老师、林姐，你们也来吃早茶。"

看到刘方打招呼，王小谦夫妇才注意到他们，陈强也站起来。两个人已经完全是城里人打扮了，高档的衣服，光亮的头发，陈强胖胖的脖子上挂着一条很粗的金项链，闪闪发亮。

"好久没见了。"王小谦笑着说。

"你们早呀。"林小洁也微笑着打招呼。

陈强有些不好意思地站着。

"你们坐呀。"林小洁走向边上的空桌子。

"林姐、王老师，如果你们不介意的话，到我们这一桌来，我请你们。"刘方相当客气。

林小洁迟疑了一下，王小谦说："行呀，吃大户的。"

陈强马上给他俩腾出座位，又招手叫来服务员。

"炒房赚翻了吧。"林小洁喝了口茶笑问，"这位是……"

"我女朋友小美。"陈强介绍道，"这两位就是我经常给你说的林姐与王老师。"

小美站起来笑吟吟地给林小洁、王小谦加茶水，说："强哥常说起你们，说是最早到你们公司做事的……"

王小谦说:"刘方瘦了好多,脸都方了;陈强胖了。"

大家都笑了。

刘方说:"炒房不是体力活,但比体力活还累。"

"手里很多房吧。"林小洁说,"看得出来。"

两人都笑,陈强说:"现在手上流转的房子有十二套。"

"我少点,只有七套。"刘方不无得意地说。

"不简单,大家都是从农村来的,能在深圳打拼出成绩不容易。"王小谦由衷地说,"谁能想到当初的两个小徒弟,摇身一变就成了大都市里的人了,深圳真的改变了人。"

两人都点头了。刚开始略有点拘谨的早餐气氛变得愉快起来。分别时,刘方说:"陈强很快就结婚了。"

王小谦夫妇高兴地表示祝贺,说:"结婚时别忘了请我们。"

第六章　踏莎行

24

2004年8月,一直在装修一线的老师傅安庆来到林小洁的办公室,师莹莹很客气地给安庆倒水。林小洁问安庆说:"叔,您找我是有什么事吗?"

安庆有些不安,但终于还是说出口了,他女儿安澜今年财经大学毕业也来到深圳,入职深圳南方财富证券公司,公司不提供三餐。他的意思是能不能让安澜在公司食堂吃早餐,安庆说:"早餐,我们可以交钱,我担心街上吃得不卫生。"

林小洁笑着说:"叔,就这点事呀?您放心,安澜有出息,我们都高兴。在食堂吃饭,我们高兴都来不及,哪能说钱的事。"

安庆高兴地走了,大家装修公司的食堂是免费给员工提供三餐的。

安澜早餐之后,打一个盒饭带到证券公司,晚上有时也在公司的食堂。林小洁对她说:"这么大的公司,多一人少一人吃饭一个样,自己食堂买菜自己师傅做饭,吃得放心。"

安庆特别感动,对女儿说:"一辈子也不能忘记林姐对我们家的帮助。"

林小洁在食堂碰上安澜也边聊边吃。

安澜说:"我们的收入是保底加提成。"

"你举一个例子。"林小洁随口问问。

安澜很认真地说:"与房产中介有些相似,交易一个房子佣金是3%,中介人员的提成为佣金的20%。"

林小洁微笑地说:"房子我熟悉,房子卖一百万,佣金就是三万,中介人员的收入为六千元。"

"就是这样,比如我开发一个两百万元的客户,佣金为万分之五,我的提成为30%,那么该客户交易一次的佣金为两百万乘以万分之五,也就是一千元,提成30%,也就是三百元。"

"是不是客户资金量越大,佣金就越高?"

"不是,客户资金量大,佣金就低,当这种客户的佣金接近证券公司成本时,我们几乎赚不到提成。反而是小额资金量的客户好,提成比较高,如果小额资金量的客户数量多的话,也是一笔不菲的收入。"

"不是说证券公司的人收入很高吗?"林小洁来了兴趣。

"如果能辅导企业上市的话,收入就很可观。"

"人家给钱?"

"给股份,给原始股,一旦上市,股票上涨,那收入就很可观。"

林小洁拍着她的肩膀说:"好好干,以后让你爸过上好日子。"

安庆中年丧妻,身体也不好,带着一儿一女生活。儿子成人后入赘到大桥镇一户开副食品商店的人家,与媳妇在镇上做些小买卖;安庆在深圳赚钱供女儿安澜上学。看到这对幸福的父女在一起用餐,林小洁替他们高兴。

10月,深圳还是夏天,深圳入冬难,入秋更难,一年似乎只有两季,春与夏。林小洁装修公司的业务随着房产供给量增加在提升;更可喜的是10月中旬,怀远商会派专人找到了她,同乡林为民秘书长说少一个副秘书长,请她出任这个职位。

怀远市属于地级市,管辖青石、路远、平东等九个市县,深圳市怀远商会前身是深圳市怀远同乡联谊会。商会在福田区贸易大厦购置了一处一百八十平方米的商住物业作为办公场所,会员企业有三百多家,涉及房地产、金融、印刷、制造、现代服务、进出口贸易、商贸物流、建材、珠宝等。商会成立时黄英谊任会长,薛利宝为理事长,陈为官为监事长,林为民为秘书长,黄东信等十位为常务副会长,三十位副会长,两百多位理事。这些企业中,亿元企业不在少数,以房地产为主的黄东信兄弟更是这些人中的翘楚。

商会成立那天,与会代表三百多人,包括在深圳政府各个部门任职的怀远籍领导与怀远市市长陈军以及怀远招商部门的领导。商会成立的目的是:一方面给怀远市政府提供招商引资的渠道,另一方面给在深的怀远生意人提供一个互助的平台。

商会成立之时,计划每月活动一次,后来活动慢慢地淡了,倒是林小洁的装修公司的食堂热闹起来,成了商会同仁经常聚会的地方,原因是申哥的一手好厨艺,特别是小吃,比如青菜兔子汤、锅边糊、盒子面等。长期在外的人最思念的恐怕就是家乡的美味。

申哥与林小洁离婚不到一年也结婚了,老婆麻小翠也是青石的,比他小十岁,在食堂帮忙。林小洁给他们夫妻开出不错的工资,申哥一万元,小翠五千元,夫妻俩每天就是完整的五百元。申哥感觉现在的生活比以前要好,不用操心女儿(申圆媛读书好,又有王小谦在一边看着)与生意(在装修公司的食堂干活比以前在白石洲开肠粉店要舒服很多),他更多的时间就做家乡菜。

林小洁第一次请商会的同仁在食堂小包间吃饭时,申哥就露了一手。吃惯山珍海味的大老板们突然吃到家乡的小吃,特别高兴。他们说,以后就在这个食堂聚会,不到外面了。

林小洁突然想,当年自己选择申哥没错,后来选择王小谦也没错,只是王小谦更理解自己罢了。林小洁给申哥加了工资。

林小洁在公司二楼装修了一间小会议室,会议室既作为同乡喝茶聊天的场所,也成了青石,乃至怀远来深的领导们与商会老板洽谈的场所。

林为民秘书长说:"你这个地方好,除了吃的,还有三位能应酬场面的女孩,三人性格也不相同,周千惠豪爽,欧阳娇艳,莹莹内敛,但都观之可亲。"

林小洁笑着说:"这是从秘书长身上学来的。各人性格不同,适应的场面也不尽相同,要说喝酒一定是千惠,要端茶倒水的一定是欧阳,如果是正式签约一定是莹莹。"

"越来越会做生意了。"林为民由衷地赞叹,作为商会秘书长,他特别希望在深圳的怀远商人们能够发展得很好,既能为家乡做贡献,也能为深圳这座高楼添砖加瓦。

林小洁与怀远商会的老板们相处融洽,大家也都照顾她的生意,特别是房地产的黄氏兄弟,他们的房子建造好之后,第一个进驻的装修公司一定是深圳大家装修设计公司。有商会的支持,林小洁的生意是青云直上,走在众多装修队伍的前列。

2005年夏天,黄氏集团立信地产董事长黄东信专门来到深圳大家装修设计公司。欧阳小雨给黄东信沏上上等的安溪铁观音。喝了一盏茶水之后,黄东信说:"这些年我们公司都是走修建毛坯房、卖毛坯房这条线。我想做部分精品装修房,消费者拎包便可入住。虽说现在房子不愁卖,但竞争毕竟存在,有竞争就得有创新,做高质量的精装房也许能把我们立信房产的特色体现出来,你们公司有兴趣吗?"

"黄老板指到哪儿,我们就奋不顾身到哪儿。"林小洁开玩笑地说,"您房子修建到哪,我们公司就装修到哪。"

"与你合作,是冲着你们装修公司这些老员工来的,他们手艺精湛,对装修质量要求苛刻,我需要这个。相信你们装修公司会把我们立信的房子提高到一个新的层次、新的高度。"

欧阳小雨娇声说:"黄老板说话都在点上,姐,咱们可不能辜负了黄老板。"

"有一千一万人可以辜负,唯独黄老板不可。"

"看你们两个一唱一和的。"黄东信说,"说说你们的想法。"

"每个消费者都有自己心中的房子,但房子装修无非是豪华型与简装型,风格上无非是中式、欧美、日式。只要我们能够符合中国人普遍的心理,消费者都可以接受……"说到装修,林小洁已经是行家了。

"具体方案你们定,我只需要最后的效果。"黄东信最后说,"现在的房价还在上涨,就是装修上有一些缺陷,消费者也会认可,但是我们要打造品牌就不能有缺陷。"

"这也是打造我们深圳大家装修设计公司品牌的机会,您放心。"林小洁十分自信地说,"希望消费者提到我们'深圳大家装修设计公司',都竖起大拇指。"

黄东信点头赞许道:"建房子的打造品牌,装修的也得打造品牌。"

"我们谨记黄老板的教诲。"欧阳小雨笑着说。

"不要给我嬉皮笑脸的。"黄东信并不介意,"今年市政府提出重点打造龙华、大运、光明、坪山四大新城,这意味着这四个地方房价必然上涨。"

"跟着您学了不少东西。"林小洁由衷地说。

"房地产企业就得跟上政府步伐。"黄东信说,"截至2005年9月底,深圳商品房空置面积为139.36万平方米,与去年相比,大幅度下降26.51%,在城市化速度突飞猛进的背景下,人口平均年龄只有二十五岁、每年新增移民三十万的年轻深圳,这个空置率相当危险。政府必将从增加供应、控制需求两方面同时入手稳定楼市;因此龙华、大运、光明、坪山就是我们的目标。"

林小洁点头。

"深圳土地资源储备极其有限,80%以上的可建设用地都集中在关外,深圳房地产市场的重心必将加速向关外转移,我们必须抢占先机。"

……

两家公司择了一个好日子,正式签订了合约。

立信地产虽然还进不了深圳房企二十强,但瞄准关外地区一下子成就了它。

深圳大家装修设计公司的业务由南山慢慢地转移到龙华、大运、光明、坪山,装修公司的业务在跟随着立信地产向关外不断扩展。

林小洁把公司赚到的钱投入到立信地产当中,公司的资金也越来越雄厚。

林小洁获得怀远商会颁发的优秀企业家奖——"怀远奖",也成了怀远市很多领导都知道的响当当的商人。

《特区商报》记者张雨扬,因为采访大家装修公司而认识师莹莹,他被这位高挑、沉默、内敛、办事干练的姑娘吸引了。他邀请师莹莹给他负责的《财经夜话》栏目撰稿,房地产、金融类、财经类文章都可以。

师莹莹开始收集跟房子有关的信息。原来只是单纯为了写文章而收集资料,后来慢慢地把这些资料进行归档,就形成很丰富的房地产发展趋势报表。她把自己整理好的资料给林小洁看,林小洁慢慢地对她的报表产生了兴趣——房地产的健康发展也就意味着装修行业的健康发展。

林小洁有时会开玩笑地对师莹莹说:"现在不写诗,改为地产观察员了,你迟早成为财经作家。"

师莹莹一笑说:"人生除了诗与远方,还有现实。"

林小洁说:"这资料有用,以后我们也进军房地产行业。"

"这是一个不错的选择,深圳的房地产是一片阳光。"

林小洁说:"正因为阳光灿烂,我们根本就没有办法加入。"心里却想,自己虽然没有进军房地产行业,但入股立信地产,同样等于加入了房地产行业。等到了某一天,有了一定的经济实力,也许可以自立门户,办一个自己的房地产公司。虽然自己的产业也可以用亿来计量了,但离独当一面还欠火候。

由于张雨扬的关系,师莹莹对房地产的了解更为深刻。

为了扩大装修公司网站的影响力,师莹莹除了转载房地产行业的文章,同时也上传自己的文章,有房地产的,有装修的,也有文学的。内容比别家装修网站丰富,既有对房地产业的宏观理解,又有微观上对深圳地产的把握,有大家装修公司设计装修的房子效果图与实景图,有记者的现场报道,还有文艺青年的随意涂鸦。

张雨扬因为追求师莹莹,也不遗余力地在网站上开设《财经记眼》栏目,邀请他的记者同行,做独家报道。

黄东信注入一笔资金,设立宣传报道立信房地产的专栏。

后来有文学青年在上面连载武侠、言情、玄幻小说,也算是为文学爱好者提供了一个展示自己的空间。

申圆媛对公司网站也感兴趣,她说:"莹莹姨,你的诗写得真好;让我当一个栏目的版主吧。"

"什么诗?"师莹莹问。

"《温柔倒下》。"

"《温柔倒下》?"

"我们都会背诵了。"申圆媛说。

> 候鸟执意向南方天空不停地飞
> 你身后北方一片霜白
> 如果忘记花桥头节节攀缘的常春藤
> 回首间故乡的雪花梅
> 依然朝你回家的方向开
>
> 风筝长着翅膀向着赤道不停地飞
> 老屋低矮的屋檐下细雨霏霏
> 如果在异乡的冬夜你安然睡去
> 我会为你憩息的小床站岗
> 你回家的梦一定不会受伤
>
> 或许南国的红豆树又发新枝
> 或许海棠花开了又蔫
> 你匆匆的脚步踏出一程风雨
> 我会在你回家时必经的小站
> 撑开一把伞或者
> 站成一种等候的身姿
> 等你归心似箭射中胸膛
> 温柔倒下。

"张雨扬写的。"

"为什么作者叫'萤火虫'呢?"

"你还小,不懂。"师莹莹说。

"张雨扬在追求你?"

"你这丫头。"

"那版主的事呢?"

"行,等你上了大学。"

2008年元旦，师莹莹与张雨扬结婚。在追求师莹莹的过程中，张雨扬由一个财经记者变成了一个诗人，师莹莹由一个文学青年变成了财经作者。

林小洁说："我跟王老师不如你们，王老师喜欢读古代诗歌，我读不懂；王老师开车就像蜗牛，我喜欢跑到一百公里。"

欧阳小雨说："仲生没有把我变成设计师，只是让我听懂了粤语。"

林小洁说："王老师到现在还没有听懂粤语。"

师莹莹说："我羡慕小雨姐。"

欧阳小雨与严仲生在2007年元旦结的婚。

深圳大家装修设计公司成立之后的第一单生意是当时与林小洁同一楼层的24B的香港沙女士，房子装修之后，沙女士周末偶尔来住住。

一天，她从香港回来发现，林小洁的房子里住进了三个年轻漂亮的姑娘，她好奇地问起了林小洁的去向。

周千惠说："老板搬到蛇口了。"

"你们老板人好。"沙女士赞赏道。

因为是邻居，几人很快就熟悉了。

沙女士叫沙月红，六十岁，深圳人，早年先生与她先后去了香港。她先在制衣厂里打工，后来自己办了工厂，回到深圳在南山开了一家制衣厂，香港设计，深圳生产，挂香港品牌，主要销往香港，部分在深圳出售，生意不错。她回到深圳也就是到厂里看看，厂里有她的兄弟。美中不足的是膝下无子嗣，在她眼中三个女孩就如同自己的闺女，每次来深圳，都请三人到外面聊天、吃茶点。周千惠、欧阳小雨本来就是从事公关的，说起话来深入人心，于是沙女士萌生了从她们当中收一个做干女儿的想法。

沙女士先请林小洁去喝茶，当她知道欧阳小雨从小失去母亲，就下定主意认欧阳小雨做干女儿。

半年后，她感觉时机基本成熟，单独约请欧阳小雨，告诉她自己在蛇口有一个制衣厂，生产"诺盛"品牌服装，想请欧阳去当厂长助理。她说："你到工厂，工资你定。"

欧阳小雨很惊讶："沙姨，'诺盛'服装是您生产的？太出乎意料了。"

"你愿意到制衣厂上班了？"沙女士很高兴。

欧阳小雨摇头说："我不能去您的工厂，林姐对我好，在她的公司我干得开心。再说我从装修公司转到工厂，一时也没办法适应。"

"这不重要，你是做管理层的，在装修公司你发展的空间有限，到了制衣厂发展的空间大，因为还有'诺盛'总部。"

"谢谢您看重我，我还是不能离开装修公司，找一位了解自己的老板不容易。"

沙女士说服不了欧阳小雨，找林小洁帮忙。

林小洁说："您的想法有些突然，小雨是一个成人，你想认她做干女儿，得从长计议。"

"我想让她到我的制衣厂，熟悉业务以后，我把制衣厂交给她。"

"小雨是我的得力助手，我也舍不得她离开。"林小洁沉吟片刻，"她到制衣厂，也许可以开辟另外一片天。你给她这个机会，我就得支持。"

林小洁找到欧阳小雨谈起到沙女士制衣厂的事。

欧阳小雨说："姐，你想赶我走？"

林小洁笑着说："不是赶你走，姐想让你有更大的发展空间，说不定某一天就成大老板了，姐还仰仗你呢。"

"沙姨生产的'诺盛'服装，一件就得上千块钱，赚钱的确快，但这并不是我想要的，我还是希望跟大家一块同甘共苦。"

"机会一定要把握住，如果当初你没来深圳，现在会是怎样？"

欧阳小雨最终去了制衣厂，担任厂长助理一职。制衣厂已经有一套完整的管理体系，整个流程是一个流水线的过程，她只负责看一看收支的账目，听听各个部门的情况汇报。

欧阳小雨一直没有见到沙女士的丈夫。

沙女士告诉她，她的先生是先她去了香港，与香港的一个女人结了婚，她去香港后，身份得不到承认。先生还算有良心，给她办了一个工厂，算是给她一个补偿。知道沙女士的婚姻遭遇，欧阳小雨感觉自己与她一样都是被人抛弃的女人，心一下子就近了，认了沙女士做干妈。

在沙女士认欧阳小雨为干女儿的仪式上，'诺盛'服装设计师严仲生———一位年轻帅气的香港青年疯狂地爱上了娇媚的欧阳小雨；欧阳小雨对他也是一见钟情。

一个月后，他们登记结婚。

林小洁高兴地说："这哪是去制衣厂上班，简直是找婆家。"

欧阳小雨结婚后户口入了香港。严家在香港是经济实力雄厚的"服装大王"。欧阳小雨嫁到严家，就嫁入豪门，而严家又只有严仲生这么一个男孩。

25

从2007年秋天开始，似乎是突然刮来了一阵寒风，吹得深圳房地产业像经霜的叶子，昨天还是好好的，早上一下子就蔫了；深圳几乎所有的楼盘的房价，不但不升，反而有下跌的势头。这势头一出现，本来有购房意愿的人就出现了观望情绪。这种情绪慢慢地弥散开来，就成了一股滚滚的潮流。这潮流也直接席卷着装修行业。深圳大家装修设计公司的业务随着深圳楼市不断地经受考验。

忙碌的林小洁突然不忙碌了，有些不自在。

王小谦安慰她说："古人说，物极必反，祸福相倚。说不定过一段时间，深圳的房价又开始上升，这不过是黎明前的黑暗。"

王小谦只是安慰林小洁，没想到林小洁突然说："我们干脆办一个房地产公司。"

王小谦吓了一大跳，而后摸着妻子的肚子说："你这个妊娠反应太大了吧？"

"你不是说，这是黎明前的黑暗？过了这一段黑暗，那就是黎明！以前房价一直飙升，突然跌入谷底，我相信房价很快就会回升。自己办一个地产公司，自己建房子自己装修，那才叫作畅快呢。"

"也对，大不了重返白石洲。"

"我们就搏一回？"

"搏个广厦千万间！"

夫妻击掌哈哈大笑。

林小洁说："好久没有这么快意过。"

"仿佛回到当初。"

"我们先办一个离婚证。"林小洁说。

"你想学申哥这一招？"王小谦大笑，"想抛弃我独自前行，成就一个富婆？"

"我就看不上老师。"

"请记住，奋斗的路上，我们分担寒潮、风雷、霹雳。"王小谦捏着妻子的鼻子说，"当然也共享雾霭、流岚、虹霓。"

林小洁依在王小谦的怀里。

黄东信听林小洁夫妇说想成立房地产公司时，很平静，呷了一口茶："如果你们注册成功，买了地，我的设计部门，施工部门，应有尽有，到时你尽管要过去。不过投资在立信地产的钱一时难以全部给你，想办法给你一半。"

在金融危机面前，怀远商人经营的地产不景气，但零售业、食品加工业、服装业还是有一定的经济实力。

林小洁找到欧阳小雨。

欧阳小雨说："姐，你要开房地产公司，我回去找仲生，他家在香港有产业。我再与干妈商量，把制衣厂、房子都抵押给银行；我有多少，就支持你多少。"

怀远商会的同仁，有的虽然对房地产业的前景不是很有信心，但对林小洁充满信任，大家多少都融入一些资本，一共融资三个亿；立信地产给了林小洁一个亿。欧阳小雨、严仲生夫妇说服"诺盛"香港总部，"诺盛"香港控股集团投资三个亿，董事长陈汉先生对欧阳小雨、严仲生夫妇说："你们说得对，深圳发展的潜力是无穷的，逆风而行就看出一个企业家的魄力。"

2008年3月，林小洁成立了"深圳大家房地产有限公司"。

早在2007年，银行收缩银根，严格谨慎对待房地产开发贷款，一些中小开发商资金周转紧张，深圳房价又持续下滑，开发商拿地也就相当谨慎。林小洁看准了时机，2008年4月，在无人竞拍的情况下以六点五亿元的价格拍下位于龙岗区宝荷路的一块地，建筑面积为242359平方米，楼面地价2830元/平方米，使用年限七十年。

陪同林小洁来竞拍的黄东信说："这块土地太便宜了。"

林小洁紧张的心情才平复下来。

事后，林小洁对欧阳小雨说出她逆势而上的理由："国家不可能让这么多的房地产业破产倒闭，我相信金融危机过后，深圳经济会再度繁荣，来深圳的人会越来越多，房子的需求也会越来越多，从装修行业者的角度，我看好深圳的房地产业。如果不是金融危机，房地产一定不会出现这一场困境。"

欧阳小雨笑着说："姐的眼光独到。"

但前景并不像林小洁估计的那样乐观，深圳的房价还在下跌，新房均价从2月份的每平方米一万六千多元的高点以曲线坠机式下滑，三个月后，跌至一万一千多元。

林小洁说："看来我们真的要回白石洲了。"

王小谦说："这是至暗时刻。"

2008年7月5日，林小洁在浸信会医院生下了双胞胎男孩，孩子出生后是香港户口，主要涉及计划生育政策。这是他们认识六周年最好的礼物。

王小谦的生活变得忙碌了，他带了两届高三，成绩很优秀，第二轮高三之后，他被评为"南粤优秀教师"，加入"深圳市名师工作室"主持人行列。有了从全国各地来的著名老师加盟深圳，王小谦也就有了更多学习的榜样。海湾中学有三位语文特级教师，王小谦初到海湾中学师从特级教师宁越老师。宁越老师在全国都有知名度，到深圳之后说了一段让王小谦刻骨铭心的话：深圳很容易销蚀人的，特别是教育界，但也容易成就人，因为这里有非常优秀的土壤，只要你肯努力。王小谦记住了这句话，到海湾中学三年后他当上了年级长。

孩子出生之后，他向学校申请暂时不担任班主任。温校长不同意，说："年轻人正是干事业的时候，怎么可以不当班主任呢？"

王小谦被提升为年级主任。

担心岳父岳母两老人带两个孩子吃不消，王小谦要请保姆。两位老人不同意，说可以自己带外孙。王小谦只好把母亲也叫来，三个老人带两个孩子。

2008年8月14日，深圳房地产业中出现了最不可能却偏偏出现的一幕：老业主打出"老业主维权，还我血汗钱"等大幅标语状告开发商黄氏集团立信地产，一些业主开始阻挠深圳大家装修设计公司的装修业务。

装修工人说："为什么？"

准业主们说："只要立信地产把高出二期的房价退还给我们，你们就可以装修。"

林小洁生了双胞胎刚满月，还没上班。周千惠与师莹莹出面调解了多次，准业主们就是不听。

师莹莹说："市政府刚刚出台《深圳市建筑废弃物减排与利用条例（草案修改建议稿）》，规定普通住宅将全面实现'装修'交房。他们不让我们装修，就是不让我们按期交房，如此就有理由退房。我们必须在规定的时间内把房子装修好，时间就是金钱。"

周千惠说："那些老人就站在机器旁边，很危险，装修实在没有办法进行。"

"我们得多想想办法。"林小洁看着两个助手说，"搞了七八年的装修，这是头一遭。"

周千惠找装修队的年轻人商量："说说你们有没有什么好点子，眼看工资就发不成了。"

装修队的安锡前看到那些干扰装修的老人心里就烦，装修进度直接影响他的收入，他想给老人几个耳光，但被同伴拦住了。

"六月天"楼盘五栋27A的业主派出一个七十岁左右的老人，一直在干扰装修。安锡前对同伴说："你们出去。"

陈向钱说："可不能动粗，这事千惠姐没招，老板也没招，我们能有什么办法？"

安锡前说："你们放心，老板待大家如何我心里清楚，我只想跟这个老头说说道理，如果道理说不通，你们再劝说，反正不能干等。"

大家都出去了，反正死马当作活马医。

安锡前把门一关，说："老人家，我们搞装修的就是做一天工赚一天钱，你明白这个道理吧。"

老人固执地说："你们装修你们的。"

安锡前说："我先给你看两样东西。"他从身上掏出了两份白纸，对老人说，"您认得吧。"

老人戴上老花镜看了看说："判决书。"

"认得就好，你再看看这个被判的人是谁？"

"不认识。"

"没有关系。"安锡前说，"我告诉你，这个人叫安锡前，他因为打架斗殴两次被判刑，现在刑满释放，在深圳一家装修公司当装修工人。"

老人瞪大眼睛看着安锡前。

安锡前笑着说："我就是这个被判两次刑的人。"说着脱下上衣，露出花花绿绿的文身。

"你还不知道，我三十岁了还是孤身一人，来深圳就是想赚钱。你知道我不会动你一根指头，但是我可以动你儿子两根指头。我知道你的儿子叫吴惠实，我会跟踪你，跟到你的家，你知道这是什么后果吧。"

"你……是……在……吓唬……我？"老人害怕了。

"我没有吓唬你，我是威胁你儿子。我不但威胁你儿子，还要威胁你儿媳妇，还有你孙子。你想想我就一个人，你是一家人，你算一算哪一头合算？道理我说明白了，我不给谁出头，我只想赚钱。你们不让我装修也行，打工一天三百块；你给我每天三百块钱，你爱怎么躺就怎么躺。给你儿子打个电话吧。"

老人看到安锡前满脸横肉，五大三粗，身上文得花花绿绿，早就害怕了。他知道这些装修工没有文化，惹急了，说不准会干出什么事来。

老人给他儿子打了电话，吴惠实在电话里对安锡前说："你敢动我老爸一根毫毛，我就报案。"

安锡前说："公安局抓了我两次，法院判了我两次，顶多再进一次。"

吴惠实说："你想怎么样？"

"前两次是因为打架斗殴，这一次也许是，也许不是。"

电话那头沉默了。

安锡前接着说:"你不要阻碍我赚钱,我们装修工命就贱,比不上你们;我们没文化,不比你们大城市里的人有钱有文化,我们就光棍一条,你看着办吧……"

电话那头还是沉默。

安锡前说:"你在听吗?"

对方说:"我在听。"

"那就好,你把老头叫回去,不要干扰我们。"

"行,我让我爸回家。"

"好。"安锡前笑着说,"这就对了,相安无事最好,深圳满地都是钱,大家都想办法赚钱嘛。"

老人真的回家了,安锡前很高兴,师傅们也高兴,就怂恿他把其他的老人也弄回家。安锡前旗开得胜,拍着胸脯:"这事包在哥身上。"他用同样的手段把另外几个老人都"请"回家。大家都说,这回安锡前可是立了大功。到吉利饭馆吃了一餐,安锡前的女朋友在饭馆当服务员。

装修队的师傅们铆足了劲,加快装修进度。

半个月后,林小洁突然接到法院的传票,"六月天"业主状告深圳大家装修设计公司雇用刑满释放人员对六月天业主施行人身威胁,要求装修公司停止六月天房产项目的装修,并赔偿精神损失费共计一百万元。

林小洁接到传票,先是愣了,但很快就明白了。师莹莹告诉过她,公司开始时工作难以开展,后来突然出现转机,而且极为顺利。她问原因,师莹莹说,她先是百思不得其解,后来问了工程队,才知道是安锡前把人家"请"回去。林小洁也就没有往深的想。

收到传票,林小洁派人找来了安锡前,安锡前倒是干脆,他把事情前后一一告诉了林小洁,他说:"是我威胁他们,不威胁一下他们能走吗?"

林小洁说:"他们告到法院,法院已经送来传票了。"

"我和他们谈话的时候都是单独的,他们没有证据。"安锡前说。

"既然能告到法院,说明他们手里有证据。也许你跟他们通话时,他们做了电话录音,不然是不会告到法院的。"

安锡前有些吃惊,说:"城里人这么狐狸,居然搞录音这一套。"

"他们不规矩是他们的,我们搞装修得讲规矩,毕竟是法治社会。"林小洁还是开导。

"本来想替公司分担一点,没想会是这样。"安锡前有些懊悔。

"也不见得是坏事,事情到了眼前想办法解决就是。"林小洁安慰安锡前说,"你放心,有公司呢。"

安锡前的确有些忐忑,毕竟他是两度进监狱。

法院没有进行判决,而是选择调解。对方果然做了通话录音。

安锡前作为当事人,林小洁作为公司负责人带着助手师莹莹出现在法院的调解席上。安锡前说:"这些话是我说的,与公司没有关系,是我个人行为。"

林小洁说:"虽然是安锡前的个人行为,但他毕竟是我们公司的员工,这事还是由公司来承担。"

最后双方达成和解:深圳大家装修设计公司即日起停止"六月天"楼盘的装修业务,并且赔偿每个家庭精神补偿费一万元,共计十万。安锡前不服,林小洁说:"十万虽然不是个小数目,但和解好。"

出了法院,安锡前瞪眼看着吴惠实他们,后者不敢吱声就走了。之后,黄氏集团立信地产的精装房由于不能在规定的时间交付业主,一些业主以房子不能按期交付为由,退了房子。

这场纷争以业主取胜而告终。

26

2008年9月申圆媛考上高中,她中考成绩很优秀,可以进入"深圳四大名校",但她还是选择了海湾学校高中部。这一年深圳的中小学正在进行一场如火如荼的课程改革,而其中重要的一个内容就是课堂组织方式的改革。申圆媛所在的高一(2)班四十八位同学,班主任丁福兴老师把他们分成八个小组,每小组六个同学,六张单人桌,前三后三,课堂讨论的时候,前排的三位同学转身跟后排的三位同学构成面对面的讨论群。这样改变最大的优点是避免教师满堂灌,学生有讨论时间。

申圆媛、郑修敬、郑紫宁、小蔡、吕级、华林分在同一个组,郑修敬与郑紫宁是双胞胎兄妹。郑修敬是小组里话最多的一个,受到老师的关注多,表扬多,批评也多。

语文老师崔标上课经常迟到,吕级说:"标哥怕是晚节不保。"小蔡说:"标哥还要保吗?"郑修敬说:"标哥还有节吗?"全班同学正在哄堂大笑。崔标老师正好进教室,听到最后一句,结果郑修敬自然被请到办公室喝茶。

生物老师罗帅说:"尿嘧啶……英文Uracil……"

郑修敬说："就是U里面有个尿……尿壶知道吧……"

又是一个笑场。

罗帅无语，说："郑修敬说得对。"

某天晚修，小蔡嘀咕了一句"感觉身体被掏空"。郑修敬若无其事地重复了一遍"感觉身体被掏空"，全组"嗤"一声乐了。值班老师莫名其妙地看着他们，之后说："修敬同学是你吗？"

郑修敬激动地跳了起来，然后对着化学老师傻笑。

第一节晚修下课，前面组的志杰开始和钢铁打闹，钢铁娇羞地说："人家是女孩子啦，不要这样对我……"郑修敬说："请自行脑补一下，你知道吗？只有长得漂亮的女孩子才能自称'人家'，像你这种只能称'俺'。"

结果教室又闹翻了天。

周五，打扫卫生。郑修敬在黑板上大书："请各位珍惜劳动成果（尤其是我的），不要在拖得干干净净的教室晃来晃去，你的脚印很美，然吾乃俗人，难明大雅。"

结果教室里全是脚印。

周一，班主任丁福兴老师说："修敬，修敬呀，你是咋搞的卫生呀。"

同学们齐声说："修敬没做卫生，罚背《离骚》。"

……

于是郑修敬就成了郑小宝，是从"活宝"委婉而来。连老师也叫他小宝。

小组中只有申圆媛与郑紫宁两个女生，两人成了闺蜜。2008年年底学校例行有一个迎新晚会，有教师节目，也有学生节目，节目要求原创。学生的节目要通过年级筛选，每个年级上报一个，高一年级上报的节目叫《古代现代服装秀》。申圆媛编剧，小宝、申圆媛、郑紫宁、小蔡、吕级、华林等同学演出。

（古典音乐起，着古代服装的同学上。）

（第一组四位武士佩剑，在台上舞剑，之后立于舞台两侧。）

小宝扮演皇帝，穿上龙袍，戴衮冕；申圆媛扮演皇后，戴凤冠，在古典音乐中，牵手，缓缓上台。吕级、华林倒拿扫帚对称交叉权当团扇，紧跟后面。

老师与同学笑翻了。

（第二组八位女同学着古代服装，长袖飞舞飘飘而上，表演舞蹈。）

皇帝：众爱卿，今天是什么日子呀？
臣子：回皇上，今天是元旦。
皇帝：有什么活动吗？
臣子：回皇上，海湾中学正在搞新年大联欢。
皇帝：好，以后要多搞。
臣子：谢皇上。
皇帝：有事上奏吗？
臣子：回皇上，有一事，不知当讲不当讲？
皇帝：说。
臣子：回皇上，发红包。
皇帝：准奏，着长天校长办理。
臣子：遵旨。
皇帝：众爱卿，在台上待着，朕与娘娘看戏去了。

"着长天校长办理"一句又让老师与同学笑翻。

（皇帝退到边上，现代服装上，现代音乐起）
（第一组中山装、第二组西装，第三组休闲装，第四运动装，依次上。）
……
臣子：皇上，这节目如何？
皇帝：这节目，我看行。

温长天校长忍不住问："这扮演皇帝的是谁呀？"
德育处主任王贤说："高一（2）班郑修敬。"
"这孩子有意思。"
高一（2）班的节目一时传为海湾中学的美谈。
期中考试之后例行的家长会，王小谦是年级主任，主持家长会的大会场，班级的小会由班主任主持。
林小洁来参加申圆媛的家长会，在班级分会场，家长坐在孩子的座位，林小洁于是认识了郑小宝、郑紫宁的母亲董欣。
董欣说："我这男孩就是话多，女儿文静。"
"我女儿说你儿子脑子快。"

两人聊得投机，董欣才知道王小谦是林小洁的丈夫，林小洁也知道了郑小宝、郑紫宁双胞胎兄妹的爸爸郑良礼，在刚刚成立的前海城市规划与建筑设计研究所担任所长。

家长会后，林小洁请董欣到她的食堂吃夜宵，王小谦也一同去了。话题从孩子的读书延伸到前海。

董欣充满感情地说："我在前海当过边防兵，那时的前海修有铁丝网与哨所，我们的任务是巡逻。"

林小洁说："那时候的深南路两侧还是野草丛生，前海更少有楼房。"

"是呀，边防巡逻时要么横穿滩涂，要么走在鱼塘之间，边防线点少面长，一些渔船经常走私海鲜、油品、电子垃圾，等等。"

"还充满了危险。"

两人属于老深圳，回忆往事成了共鸣。

董欣到家，郑良礼问："家长会怎么开得这么晚？"

董欣说："与班主任丁老师聊了一会儿，紫宁偏科，修敬话多，都是老毛病。与紫宁的同桌中圆媛的家长吃了夜宵。"

"话多的毛病还是遗传了我。"郑良礼自嘲地说。

董欣也笑了。

郑良礼与董欣青梅竹马，双方父母是战友，高中毕业郑良礼考上中国人民大学，董欣去了部队。

郑良礼大学毕业，在省委政策研究室工作五年，之后到省委党校学习。1992年小平同志南行后，广东省省委书记谢非来深圳考察，郑良礼作为政策研究室的成员一同来到深圳。由深圳科技局带着参观深圳一批高科技公司，谢非非常兴奋，认为深圳应从简单粗犷"前店后厂"格局转移到高科技产业上来。在这样的背景下，郑良礼回到深圳任深圳科技局计划处副处长，六年后升为副局长。

2007年11月，前海定位为深圳"城市双中心"之一后，深圳市委领导找郑良礼谈话，让他出任前海城市规划与建筑设计研究所所长。

郑良礼有点忐忑，因为前海还只是一片滩涂，但他还是欣然上任。

研究所一共十名成员，他们的前期工作就是从制度设计、建设规划、政策制定、招商引资等方面进行策划。他们组织了多个部门实地考察，就地规划，又把每个项目分解成多个研究专题，内容涉及前海的定位、产业发展等。在不停修改、不断完善、逐字逐句敲打中，前海的前景就慢慢地浮现出来：大银行、交易所、保险公司、大公司总部……鳞次栉比的高楼林立，绿树成荫，大道两侧，衣冠楚楚的白领步履匆匆……

27

2008年初开始，黄氏集团立信房产公司的楼盘就有些卖不动了，房子卖不动就直接影响了资金链，集团开始打折售楼。

深圳大家装修设计公司赚到的利润，都投资入股到立信地产，原本每个季度都有很乐观的分红。现在房子卖不动，分红没有了，装修的业务也减少了，资金也出现困难。

黄东信电话里对林小洁说："你们公司有一百多个员工，动员员工购房，房子有打折，他们有利，我们有利。"

近几年黄氏集团立信地产与深圳大家装修设计公司互相成就，两家合作十分愉快，实现过"双赢"的局面。

林小洁又召开公司全体员工动员大会："立信地产对我们公司的帮助，大家有目共睹，深圳所有的房地产业都出现了房子卖不出去的现象，立信地产也在其中，我们应该伸出援手，哪怕是买一套房子……"

员工们在底下议论起来了。

林小洁继续说："立信地产为了表示对大家的感谢，凡我公司员工购房全打九五折。"

公司员工基本上是从青石来的，几年来他们跟着装修公司赚了不少钱，也切身感受到跟立信地产合作之后公司蒸蒸日上的大好时光；滴水之恩都得涌泉相报，何况购房也是为了自己在深圳有一个立足之地。于是王发阳第一个报名，员工也根据自己的实力签约了不同面积的房子，一共五十二套。

林小洁很感动。

失去立信地产精装房的业务，装修公司只好另辟蹊径。

虽然公关部的周千惠等人很努力，但接到的单子越来越少，业绩越来越低迷，出现了工人无活可干的现象。

深圳大家装修公司投资立信地产中的资金没有办法回笼，投资到房地产更是倾囊而出，掏空家底，装修公司无活可干，每个月发放的百万工资、房租、水电、场地成了最大的缺口，林小洁只好东挪西借了。

到了年底，装修公司几乎歇业，立信地产资金断裂，深圳大家装修公司资金随之断裂。安锡前与十多个年轻员工找财务要钱。

财务周童说:"公司账目上已经没钱了,老板说,希望大家能坚持一下。"

"我是公司的工会代表。"安锡前喝了不少酒,"代表全体被拖欠工资的员工找师莹莹要钱。"

安锡前不敢找林小洁。

"拉倒吧。"周童说,"你还能代表全体员工?"

"我怎么不能代表?"

"你才来几年呀?"

"三年!"安锡前理直气壮地说,"大家选我当代表的。"他指了一下同他一起来的年轻工人。

"来公司八年的老员工都没说话,你好意思天天要钱。"

"有什么不好意思?公司欠我们工资,就是欠我们血汗钱。"安锡前对周围的一群工人说,"你们不想要回工资回家过年吗?"

"想。"有工人响应,也有工人鼓掌。

"安锡前,我警告你不要喝点酒就带头闹事。"周童说,"不要忘了,去年喝酒闹事被公安局带走,是谁把你从派出所保释出来的,是谁替你付了对方的医疗费。"

周童原想让安锡前能反思喝酒的危害,能想到公司的好处,想到林小洁的好;没想到这话却触痛了安锡前。他突然冲过来直接给了周童一巴掌。周童是一个弱不禁风的小女孩,一巴掌就把她抢倒了,额头撞到了办公桌上,一下子就流血了。

安锡前吓了一跳,酒也醒了不少。跟他一起来的工人有的跑了,有人给林小洁打电话。因为孩子小的缘故,林小洁不经常在办公室。接到电话,她赶紧赶到公司。周童被周千惠送到医院还没回;安锡前还在公司,他的父亲安守正正冲着儿子在叫骂。安锡前倒不说话,任由父亲痛骂,几个老员工正在劝安守正。见到林小洁来了,安守正说:"林姐,这不成器的儿子。"

"安叔,这事不怪锡前,"林小洁说,"是公司欠了大家的工资。"

林小洁想,如果不成立大家房地产公司,如果不花费用六点五亿元拍下位于龙岗区的一块地,公司也不会困难重重。

"林姐,你可不能这样说。"安守正说,"大桥建筑社倒闭了,是你把我们叫到深圳来,这几年你待我们如何,我们清楚,我们感恩都没来得及。"

"我们是要感恩。"安锡前说,"可是银行却不给我们情面,不还款房子就要断供了。"

"这么年轻，好手好脚，不会去找点事干。"安守正又开骂了。

"安叔，别骂锡前，银行还贷的确不能拖欠。"林小洁大声地对在场的几十号员工说，"我得感谢锡前，不然的话，我还真的没意识到拖欠了大家的工钱。大家想一想，我们来深圳为了什么？就是为了能过上好日子。辛辛苦苦赚来的钱被老板拖欠了，心情会是怎样？如果换作我，心里也是不舒服，所以锡前说了，避免了我成了欠薪的黑老板。过年前，我一定把拖欠大家的工资还清，请你们相信我。"

发阳叔也到了现场，他说："林姐都这么说了，大家都散了吧。"

安锡前的父亲安守正跟王小谦的父亲王玉宝一直在大桥建筑社当工人，大桥建筑社倒闭之后安守正也一直跟着王玉宝做木工。安锡前从小就调皮捣蛋不安分守己，初中没毕业就跑到社会上去瞎混，当时安守正说："你跟我一起去打工。"安锡前说什么也不干，后来独自到外面打工，结果在工地上打架，致使对方轻伤，老板报案，安锡前被抓，判两年有期徒刑。刑满释放，回到家乡青石县之后，并没有改变原来的习性，好吃懒做，再次打架被抓，进去后判了3年。再次出狱之后，找不到工作，青石县他是待不下去了，安守正也不好开口对林小洁说把安锡前带到深圳来，倒是王玉宝说了："锡前都快三十岁的人了，这样下去不是办法，就让他来我们公司吧。"

安锡前来到深圳，先是做泥水工，他从来没有干过这类活，一切都得从头开始。装修工人基本上是青石的老乡，大家对他帮助得多、关爱得多。安庆说他就是《说唐》中的程咬金，《三国》中的猛张飞，《水浒》中的黑旋风。

安守正用在装修公司里赚的钱，买了一个小套房，把老婆从青石接来，一家三口就在深圳过上日子。安锡前到深圳的第二年，因为在酒馆喝酒与人发生冲突，拿起酒瓶砸伤了人。因为是酒后闹事，派出所对双方进行调解，最后安锡前赔了对方的医疗费和误工费总计一万块钱，赔款、协商都是林小洁与师莹莹出面的。周童说这事，让已经被酒精浇兴奋的安锡前很愤怒，这等于揭了他的伤疤。

其实安锡前到深圳后，看出大城市日新月异的变化，感觉到自己以前是在瞎闹，就老老实实地跟着工程队干活，把赚到的钱都给了父亲还按揭贷款。安守正夫妇在琢磨着给他找一门媳妇，安锡前已经喜欢上了在白石洲吉利饭馆打工的湖北姑娘丁玉溪。安锡前上次跟人打架，与丁玉溪有关。那天他到饭馆里吃饭，其实是到饭馆里看望丁玉溪。有人喝了一点酒，对丁玉溪有言语上的骚扰，安锡前忍不住，就出手伤了人。事情和解了，但安锡前心中还是有一个结，明摆着对方无理在先，怎么还得赔钱？所以一提这事，他就怒从心生。

林小洁曾对员工们说："人们都说，'到北京才知道官小，到深圳才知道钱少'，我们到深圳为了什么？就是为了能踏实地赚钱，在深圳有一个立足之地。"

　　安锡前理解了林小洁这些话的含义，在深圳很需要钱，这些日子他正筹备婚礼。办酒席要钱，置办家具要钱，加上房贷，一想到这些他就急上眼。

　　林小洁对王小谦说："年关了，银行也贷不了款，工人的工资一定要还，我们把小霞名下的房子卖了吧。"

　　"不行。"王小谦说，"那是给小霞的，要卖就卖华侨城的房子。"

　　王小谦计算过，华侨城的房子顶多也就是三百万，不够发员工两个月的工资，他说："我们搬到小霞名下的那套小房子，把这套房子也卖了。"

　　"这两套房都是你奋斗出来的。"林小洁说。

　　"先过眼前的难关。"王小谦笑着说，"只是委屈你与孩子们了。"

　　"如果不办房地产公司，不把钱都放在一个篮子里，哪要变卖房子呀？"林小洁自责地说，"我们只要守着这房子就够生活了。"

　　"遇上一点困难就退却，这可不是我老婆的风格。"王小谦搂着妻子的肩膀说，"想想白石洲的日子，是不是比现在要困难？我们不都挺过来了吗？再说了，我们也过上几年有奋斗有梦想的日子。"

　　王小谦夫妻把两处房产处理了，虽然价格低了很多，王小谦却很乐观，他说："起码比买房子的时候贵了，而且让我们免费住了这么多年。"

　　年前，公司员工的工资全部还清，林小洁终于松了一口气。"只是我们又要回到以前一穷二白的日子了。"

　　王小谦说："我们还有一块地皮，还有一大笔资金在立信地产，我就不相信黄氏集团就这样垮下去。"

　　地产公司尚未开工，装修公司暂时关门，林小洁召集全体员工开了一次会。

　　她说："各位师傅，装修公司经营八年，关闭只是暂时的，我替师傅们想了三条重新就业的路子：第一，回到青石，立信地产在青石有产业，他们投资了十多个亿开发房地产，你们可以继续从事装修行业，我在青石注册了一个装修公司；第二，年轻人可以自谋职业，我给你们交社保。卖菜、卖水果、摆夜摊做宵夜都行，大家都是从苦日子中出来的；第三，我准备把公司的食堂改作'林氏砂锅粥'，在座的老师傅们可能还记得在白石洲的时候，我与小谦曾经办过'林氏砂锅粥'饮食店，虽然时间很短，现在我想重操旧业。房产可以歇业，但吃饭的地方永远不会歇业。餐厅是现成的，厨房是现成的，师傅愿意留在公司食堂，就留下,优先考虑老师傅,毕竟做餐饮用不上一百多个服务员。总之,只要你们留在深圳一天,我林小洁保证你们一天的口粮,饿了就到砂锅粥店里来吃,困了在店里支下一张床……"

林小洁给每个员工发个小红包,算是给大家拜年。

"林氏砂锅粥"在深圳大家装修设计公司歇业后的第三天开业。相比于白石洲的小店要气派多了。早上做早茶生意,中午做午茶生意,晚上就做"林氏砂锅粥"。林小洁保留了三十位老师傅,同时还是保留了一支二十人的精干装修队,林小洁的理想还在装修上面,她相信装修公司很快就会有业务。

林小洁说:"我只能给师傅们提供三餐,每个月三千元的工资;如果生意好了,我给各位师傅们加工资。"

老师傅们都没意见,虽然比当装修工人时少了好几千,但在餐厅里工作轻松,最起码比当保洁工人要好很多。他们心里清楚,餐厅根本不用这么多的员工。

楼市危机还在继续殃及装修公司,林小洁专心地经营她的砂锅粥店。砂锅粥生意出现繁荣景象,怀远商会的同仁经常光顾,林氏砂锅粥店依旧是怀远商会企业家云集之地。

安锡前也在深圳办了结婚酒席。安守正怕夜长梦多,他希望儿媳妇能够把安锡前这个不让他省心的孩子给拴住。

林小洁与工程队的师傅们送来了贺礼,欧阳小雨提前送来了新郎、新娘的礼服。

林小洁说:"装修公司不景气,主要是深圳楼市不景气,楼市一旦景气了,我给锡前补上一份厚礼。"

大家都笑了,说:"一定会景气的。"

安守正说:"为了大家,您把房子都卖了,我们……"

林小洁说:"以后有了钱,还可以买回来,房子是供人住的,有一个地方住就可以了。"

一直在炒房的陈强、刘方也来了。

陈强结婚时宴请了林小洁夫妇以及工程队的师傅们,在五星级的大酒店摆了十桌,引得工程队的师傅们赞叹不已,说要跟陈强炒房,当然也就说说,并没有人真的去炒房。2007年房价开始下跌,两个人手上的房子倒卖不出去,但欠银行的钱要还,只好低价把房子卖了,到了年底,手上的房子也只剩下两套。

陈强对林小洁说:"姐,回头看一看,折腾了这么多年,留在手上的也就是两套房。"

刘方说："炒房不是那么简单。姐，我还想回到工程队。"

王小谦笑着说："娇生惯养了这么多年还干得动？"

"别听你哥瞎说，有活干了，请你回来。"

刘方嘿嘿地笑了，说："两套房足够了，父母住一套，我们夫妻一套，打点工赚点生活费。"

林小洁心里还是高兴，装修公司虽然关闭了，但公司的员工成家的成家了，创业的创业了，过上了城里人的生活。

深圳房地产果然就像林小洁预计的一样，她在深圳房价低谷的时候，加入房地产行业，而当她把一切准备就绪时，房地产业已经突破黎明前的黑暗，迎来了第一道曙光。黄东信以及怀远商会的同仁们都很佩服林小洁的胆识。2009年春节之后，"荷风雅院"项目破土动工，林小洁借用了立信地产中的所有建筑部门，一边建造楼盘，一边成立了自己的建筑部门，她把装修公司精耕细作的管理体系移植到房地产公司。她对员工说："万科是我们学习的榜样，但我们要超越万科，做不出精品，你们跟我上街要饭！"与师莹莹轮流蹲守工地，这个项目必须一炮打响，在深圳高手如云的房地产业中竖起她林小洁的一面大旗。装修公司可以办得风生水起，房地产公司同样可以办得生龙活虎，林小洁有这样的信心。

这场涉及全球的经济危机反而成就了林小洁，她由原来装修公司的老板变成了房地产开发公司的老总。

王小谦慷慨激昂地说："因为困境，我离开一中；因为困境，我们办起了装修公司；而如今，同样是困境，我们有了大家房地产公司；在困境面前如何把握机遇呢？关键得娶到好老婆。"

"哈哈哈。"林小洁开怀大笑，捏着王小谦的鼻子，"主要是嫁对了郎。"

他们喝了一瓶红酒。

第七章　如梦令

28

2009年五一劳动节。

林小洁对王小谦说:"我们一家到大梅沙走走吧,青青与石石都两岁了。"

王小谦给他们的儿子分别取名为王青、王石。林小洁嫌这名字不好听,王小谦说:"要牢记家乡。"

林小洁说:"那就叫王大与王桥。"

"更好。"王小谦笑嘻嘻说,"王大、王岗亦可。"

尽管林小洁不同意,但王小谦先叫起来,申圆媛也跟着叫起来,她说两个弟弟的名字好。林小洁没办法,有时也会叫声青青或者石石。

林小洁说:"学名我来取。"大儿子取名为王彧,小儿子取名为王玦。

王小谦说:"为什么取这么难读的字呢?"

"你不是说要牢记传统文化吗?"林小洁揶揄地说,"少了文化读不了这两个字。"

申圆媛说:"妈,这举案齐眉、相濡以沫、耳濡目染还是有效果的嘛。"

王小谦乐了,说:"遇上强手了吧。"

"再强还是我女儿。"

上午出发前,林小洁、王小谦双方的父母都改主意不去了。

王小谦记得第一次是林小洁开车载着他与申圆媛去海边游泳,一眨眼九年了,但一切都历历在目,仿佛就在昨天。

九点出发,林小洁开车,王小谦领到了驾照,但水平不如林小洁,只能坐在后排看着两个孩子,申圆媛喜欢副驾驶的位子。一路顺畅,很快就到盐田,林小洁把车开到离大梅沙不远的大梅沙村,在一个小巷停了车。

林小洁说:"你们先下车。"

王小谦说:"在这儿?"

下车之后,王小谦抱着王青,申圆媛抱着王石。

小巷不宽，两边的房子差不多是上世纪70年代修建的，有一层的也有两层的，房屋上都有门牌，写着"大梅沙村××号"。林小洁从申圆媛手里接过王石，带着他们往小巷里走，在一栋三层的房子前停下，透过镂空的水泥砖砌成的围墙，可以看到里面一块不小的空地上堆放着沙子等建筑材料，一株荔枝或者龙眼树枝繁叶茂。

林小洁说："到了。"推开虚掩的大门。

王小谦说："谁的家？"

林小洁说："我们。"

王小谦愣了一下。

申圆媛说："妈，这里怎么有房子？"

"先跟我进去，一会儿慢慢告诉你们。"

围墙里是围成一个"匚"字形的三座小楼房。林小洁叫了一声："曾姐。"

中间的房子里出来了一位身上沾有尘土但打扮时尚的四十多岁的女人，王小谦见过两次。曾姐是宝安人，地道的深圳本地人，做生意的，至于做什么生意，王小谦不知道。

曾姐看到这一家子就笑着说："林姐，果真全家总动员呀。"

林小洁说："怎么样？"

曾姐说："太好了。"

王小谦随着她一起进了房子，外表陈旧的房子，里面装修得异常精致。

林小洁说："内部都已经做好，外部我们就不装修了。"

曾姐说："低调点好。"

林小洁对王小谦说："你是第一次来，带你去看看。"

王小谦随着林小洁与曾姐一起到东边的那座，楼下是客厅与厨房，楼上两层都有客厅、卧室、洗手间，坐在三楼小阳台上能看到前面的大海。

曾姐说："王老师，风景不错吧？"

王小谦点点头。

"小洁说你喜欢读书，喜欢面朝大海，春暖花开什么的。"

王小谦说："与她说着玩呢。"

"黄姐一会儿来，我先下楼，午餐时叫你们。"

曾姐走了，林小洁说："1991年我们一起买下这栋房子，一人一座，一共二十万，曾姐居中八万，我与黄姐各六万。"

王小谦一时不知道怎么接林小洁的话。

林小洁说:"原本就是破房子,一直由曾姐管理,两个月前曾姐说要自己住,我就让工程队来装修。"

"怎么从来没听你说起?"

林小洁沉默了一下。"不愿说。"

王小谦一愣。

"圆媛,你先带两个弟弟玩一会儿,妈跟王老师说个事。"林小洁冲楼下的申圆媛喊道。

"特务接头吗?这么秘密。"申圆媛上楼说,"那你们要快点。"

站在三楼的小阳台,前面是大海,西边的几排屋子坐西向东,其他的屋子都坐北向南。

林小洁望着远处的大海,独自说开了:"1984年,我初中毕业,到青石县服装厂当学徒。1985年,服装厂在深圳开了一家分厂,挑选二十个女工到深圳,我是被选拔出来的优秀工人。坐火车整整一天一夜,绕过江西到了深圳。工厂在南头,叫'南头街青石服装厂'。当年整个深圳都是工地,人像潮水一般涌来,深南大道还叫广深公路,沙石路面都是坑坑洼洼,那是因为公路两边隔一段就有热火朝天的工地。我喜欢这种热闹的场面。

"服装厂经营不到一年关门了,厂长要求大家回去,我不想回去。

"厂长很生气说,你不回去,我怎么向你舅舅交代?我说,在深圳随便找个地方都能混口饭吃,为什么要回去呢?舅舅是县劳动局的干部。舅舅给我打来电话,我还是不想回去。厂长语重心长地对我说,你还小,一个人在深圳大家都不放心,青石服装厂起码是一个集体单位,有固定工资。我说,深圳多热闹呀,大家都来深圳,就说明深圳有前途,在街面上随便摆一个摊子都能赚大钱,卖稀饭、卖西瓜都行。

"他们回去了,我开始摆地摊。因为摆地摊的人很多,工商局管得很严,白天我用自行车驮着各种小商品,到各个工地叫卖;晚上就在南头古城摆地摊卖各种生活用品。辛苦是辛苦,但利润很高,一双人字拖,批发价五毛钱,卖价一块钱,有时还能卖到一块五。

"后来认识了尚小光,他跟我一样,也在南头古城摆地摊,他摆的是书籍,多是武侠、言情小说,都是盗版的。我们卖的东西不同,彼此还能互相照顾。他卖的书很受欢迎,很多像我一样打工的年轻人,消遣的方式要么跳舞,要么看武侠言情小说。武侠刚刚开始流行,我也是一边摆摊一边看言情小说。他带我去工厂批发日常用品,人字拖才三毛钱。

"他告诉我，他从韩山师范专科学校毕业，分配到揭阳乡下当教师，去了一年，不想去了，只身来到深圳。他会出一些奇招来推销他的书籍，他有一个返利手段，买一本书送一张他手写的盖章券，下一次买书时凭券便宜一毛钱；买五送一，买五本书送人字拖，人字拖就从我摊位上拿，顾客自己挑选。

"揭阳人很会做生意，我对他产生了崇拜之情。后来我们拍拖了。我们搬到白石洲，因为周围的工地更多，而且房租便宜，他教会我如何做生意，是我的启蒙老师。

"他除了善于经营小生意外，还热情、大方，偶尔还能幽默一下。我爱他，爱到不能自拔，我觉得我的生命中，别的都可以缺少，唯独不能缺少尚小光，哪怕我历经再大的困难。我们去摆摊，一瓶水也两个人轮流喝，那是一段美好又浪漫的时光。我们在白石洲租了一个房子，开日杂店，收入不错，特别是书籍、音响之类，也就是在那时，尚小光带我去大梅沙，我学会了游泳，虽然技术不是很好。

"1988年，我们准备结婚，在白石洲买了房，但我不够法定年龄。摆地摊时，尚小光说，我们摆摊的就像小偷，看到工商局的就跑，就在于他们是国家工作人员。我们到工地卖东西时，他说，你看，同样在工地上，有的是手拿图纸，有的是挥动瓦刀，差别在于文化。在我们经营日杂店的时候，尚小光说，我们不能就这样每天守着一个小店铺生活。他说深圳需要很多人，但他不要像蝼蚁一样，只为了口腹之需而整天忙碌。他有读研究生的想法，当年大专毕业是不能考研究生的，他只能先参加高考，结果考上了，去广州上大学。我替他高兴，他是个有理想的人。他说大学毕业之后再回深圳，到那时他的风光一定超过工商局的蓝帽子。1988年秋，他去上大学，我一个人在白石洲经营日杂店，进货渠道我早已熟悉，做起买卖并不困难。

"尚小光上大学之后变了，开始我没有感觉出来，最初他每周回来，后来是一个月回来。他说学习忙，我就相信了。原来差不多每天都给我电话，后来就成了我给他电话。那时还没有手机，我给他配了BP机。慢慢地我感觉到他对我的冷淡，我去了广州，去他的大学，我call他，他一直没有回。我到门卫室问到了新闻系男生宿舍，看门的大叔让我上去找他。宿舍的同学说，尚小光早已不在学校住了。我问，他会在哪？同学说，他们也不太清楚，问我是尚小光的什么人。我撒谎说是他的妹妹。同学才告诉我，尚小光跟他的女朋友在外面租房居住。那还是90年代啊。尚小光把我在白石洲辛苦赚来的钱，带着女朋友在外面居住，这对我来说是迎头一棒。我相信尚小光会做这样的事情，不用求证，凭我对他的了解。

如果他是一个安分的人，从韩山师专毕业后，他就会安心地在揭阳当老师；到深圳后，就应该跟我在白石洲经营日杂店。他上了大学，怎么可能安分呢？我没等到他，就从广州回到深圳。我以为尚小光会给我电话，但是他一直没有。我停止给他汇款，后来我们发生了争吵。他嫌我没文化，他要找一个有文化的人。他问我，你能上大学吗？如果你现在是大学生，我就娶你。我说，既然你那么看重文凭，当时为什么要喜欢上我？尚小光说，以前是以前，现在不一样了。

"就这样，我们分手了。严格地说，他抛弃了我，这是一段刻骨铭心的爱恋。如果时光能够倒流的话，我也许不会为那一段爱情付出那么多。我伤心欲绝，不敢把一切告诉家里，一个人在白石洲又待了一年，之后真的无法再坚持下去了，1991年初，我把房子与小店里所有的东西变卖了，买下了大梅沙这房子。之后回到老家，父母看我面容憔悴，就到处寻医。算命的瞎子说，冲喜可以治好我的病，其时我心灰意冷，也不忍心父母为我操心，1992年跟申哥结了婚，然后有了圆媛。在家待了一年，又一次来到深圳，回到白石洲，重开一家日杂店。后来申哥过来，我想开一个像样的餐馆，但申哥不那么想，最后我们的小店改为申记小店，做起了肠粉与小炒生意……"

林小洁叙述得平静，但王小谦能感觉到背后的情感起伏，尚小光永远是她的心痛，谁能忘却刻骨铭心的初恋呢？何况已经到了谈婚论嫁的地步。

"快二十年了，我从来不向人提及这段痛入骨髓的情感，连我爸妈都不知道。"

王小谦很后悔刚才说话的态度。

"这些事本来就应该让你知道……"

王小谦把妻子搂在怀里。

林小洁低语道："上天还是公平的，让我遇上了你……"

王小谦觉得很惭愧，说："我不应该让你回忆起这些。"

"说出来就轻松了。"

他们下楼，林小洁又恢复了往日的风采。

29

中午，曾姐的老公文先生也来了，三家人围在一起吃饭。王小谦一家五口，而其他两家都只有夫妻，黄姐的女儿原来说要来的，后来又不来了。黄姐说："现在的孩子不好管。"

黄姐的老公汪志谊经营生猛海鲜，带来了一大堆的海鲜。谊哥说："今天的蚝生吃最好。"

黄姐说："不喜欢生吃就烧烤。"

"我来烤。"申圆媛接过烤生蚝的活。

曾姐说："圆媛越长越像妈了，长得漂亮。"

"我一米六八了，比我妈高一厘米。"申圆媛得意地说，"我要减肥。"

"不怕一阵风把你吹走了？"

"你看我妈，多胖呀。"申圆媛说，"以为是唐朝哩。"

说着大家都笑了。

大家吃着海鲜，聊着天南地北的事。王小谦与他们不是很熟，但几杯啤酒下肚，也就不拘谨了。林小洁忙着照顾两个儿子。两个小孩子还都坐在儿童车里，能叫爸爸妈妈、阿姨伯伯。三个女人就围绕着两个小孩子，三个男人吃着海鲜，就着啤酒。申圆媛烤生蚝，一边烤一边吃，玩得不亦乐乎。

午餐后，申圆媛叫王小谦一起去游泳。

林小洁看着王小谦低声说："喝了酒，行吗？"

"两瓶啤酒。一会儿就回来。"王小谦笑着说，"放心。"

站在海边，申圆媛说："王老师，原来感觉海特别大，现在感觉小了。"

"因为你长大了，"王小谦感慨地说，"白驹过隙。"

申圆媛笑着说："第一次见你我才小学二年级。"

"你都高中了。"王小谦笑道，"往事不堪回首呀。"

"往事堪回首！你看你多幸福。"申圆媛说，"刚才我妈看你的眼神都不一样。"

"这丫头。"王小谦真想说，孩子，你哪知道你妈都经历了哪些情感挫折。

"以后我也当老师，语文老师，给学生讲《全唐诗》。"王小谦对申圆媛的广泛阅读有着很大的影响。

"只要你喜欢。"

申圆媛虽然长大了，但还是像小的时候一样，拉着王小谦的手跑进了大海。他们都坚持游泳，只是平时在游泳池。

游完泳回到小屋，申圆媛回自己的房间，王小谦冲了凉后与林小洁一起坐在落地窗前，玻璃窗外不远处是涛起涛落一碧万顷的大海，耳边有空调轻柔的声音与两个小孩子轻轻的睡眠声。

林小洁说："有你的电话，是青石一中一个叫刘国的老师打来的。"

王小谦回拨了刘国的电话。

刘国说："小谦，9月16日是一中建校一百周年，想请你回来参加校庆。"

"可能没时间回去。"王小谦说的是真话。

"是呀，正是上课的时候。尽量回来，我们多年没见面了。"

"听说当办公室主任了？"

刘国说："副主任，当差的。"

王小谦说："你给我一个账号，我转一些钱回去吧。"

"不必了吧。"

"我是一中的学生，也曾是一中的老师。"

刘国说："学校的网站上有捐款的银行账号，你就用那个。"

他们又聊了一会儿，挂断了电话。

林小洁说："一中校庆了？"

王小谦说："一百周年校庆。"

"一百周年培养了多少人才呀。"林小洁感慨说："我们捐五十万，成立一个基金，怎么样？"

"'荷风雅院'项目靠银行贷款，每天的利息以万为单位。"王小谦看着林小洁的眼睛说。

"既然每天的利息以万为单位，就不差这五十万了。"林小洁说，"如果装修公司恢复得快的话，可以捐多点；如果房地产公司赚钱的话，明年我们可以追加五十万。一百周年一百万，多好。"

王小谦不语，又一次把妻子搂在怀里。

林小洁依靠在王小谦怀里若有所思地说："我经常想起初中的班主任江小娥老师。有一次我生病躺在宿舍里，傍晚江老师来宿舍叫我，她说，小洁，到我厨房喝点粥。我说不用。江老师说，起来吧，喝了之后再回来睡。当时江老师已经结婚了，听说她丈夫是外地的，她有一个小厨房。她给我盛了一碗粥，煎了两个鸡蛋。她说，没有菜。但我感觉这是我一生中喝过最好的粥。"

"后来呢？"

"我初三毕业之后，江老师离开了十中，从此再也没有见过。之后回十中也问过，但十中的老师变动得厉害，大家已经不知道江老师了。"

王小谦点头说："老师须有仁心。"

"有让你感动的老师吗？"

王小谦说："程建新老师，我们都叫他'夫子'，他的古诗文水平在青石县是数一数二的。"

"老师的确要渊博，第一次见你，你拿着一本《全唐诗》，我就从心里敬重你。"

"不是喜欢？"王小谦抚摸着妻子的头发笑道。

"恨不相逢未嫁时。"林小洁也笑了，"也许当时还真有，不然怎么会叫你坐顺风车呢？也没有收你车费。"

"八年了，收利息吗？"

"教我唐诗。"

"唐诗宋词都很美，现在人聚会喝酒之后可能会去唱歌，而唐朝的文人喝酒之后是吟诗。比如过元宵节，就有《上元夜效小庾体》，说六个人一起游观上元节风景，大家都以'春'字为韵，长孙正隐还写了诗序；过中和节，有《晦日宴高氏林亭》，二十人参加高正臣举办的宴会，每个人都作诗；过上巳节就有《三月三日宴王明府山亭》。"

林小洁说："那么多节日吗？"

王小谦说："是呀。"

"诗是不是都写得很好？"

"都很好，过上巳节，韩仲宣有'沟垂细柳，岸拥平沙。歌莺响树，舞蝶惊花'之句；高瑾有'童冠八九，于洛之隈。河堤草变，巩树花开。逸人谈发，仙御舟来。间关黄鸟，瀺灂丹腮'句。"

林小洁说："怪不得你喜欢读诗。收下我这个学生。"

"五十块钱的讲课费用完了。"王小谦说，"接着要有束脩。"

"什么束脩？"

"就是要红袖添香。"

"骗我。"林小洁伸手捏王小谦的鼻子。

王小谦说："那是孔子收学生的故事了。孔子说'自行束脩以上，吾未尝无诲焉'，束脩就是肉干。"

"可惜我只有一身肥肉，估计你不会教我了。"林小洁有些娇声。

王小谦说："肥肉更要教了，先教学一首，你听：'溪上遥闻精舍钟，泊舟微径度深松。青山霁后云犹在，画出东南四五峰。'第一句'溪上遥闻精舍钟'是说诗人立于船头，负手而立，时闻渺渺钟声。'精舍'就是寺庙，读这句如见一扁舟浮于青溪之上，舟行、人立、钟声三位一体。第二句'泊舟微径度深松'，因钟声，所以泊舟，入微径、度深松。第三、四句'青山霁后云犹在，画出西南四五峰'，雨过初晴，青山更翠，云犹在飘逸，如丹青国画，勾勒在纸上。因为山水画卷，所以末句有'画出'之语，云遮雾绕，青山隐约，可见大自然为丹青高手。你看全诗闻钟声，入山林，见云雾，却未见寺庙，柏林寺何在？诗人心中，读者眼中。这就是唐人之诗。"

"你一说，还真是懂了。"

王小谦说："我试着作一首送给你：

窗前海水因风起，潮落潮平，潮落潮平，叶叶扁舟总关情。青衿绛帐杏坛事，语细言轻，语细言轻，句句依旧故园心。"

王小谦轻轻地揽着妻子的肩，林小洁听懂了，把头轻轻地靠在丈夫的肩上。

窗外海风吹拂棕榈树冠，屋内两人依偎看海。

青石一中校庆王小谦没有回去，但成立了奖励一中优秀教师的教育基金。王小谦没有想好基金会名字，一中早已给它取名为"小谦奖教基金"。

刘国说："学校的想法是希望有更多的一中毕业生能为母校做些有益的事情，你既是学生又是老师，这样就更有意义。"

王小谦在忙他的教学，林小洁在忙她的公司。深圳大家装修设计公司的业务迅速回升，林小洁工作重心转到总部设在龙岗的深圳大家房地产有限公司，砂锅粥店交给周千惠。林小洁说："你跟我多年，这个店就由你来经营，以后也有个退路。经营好了，一年赚个百来万没有问题。"

周千惠成了砂锅粥店总经理，她跟着林小洁，生活有了很大的变化，在蛇口有了自己的房子，女儿在海湾学校小学部上学，父母来了深圳。只是她还是过着独居的生活，有男友，但一直没有领证。林小洁说："你也老大不小了，结婚的事不能拖。"

周千惠说："先生活再谈结婚。"

"估计还是前一段婚姻给你留下的伤。"林小洁说。

周千惠说："四十岁之前吧。"

房地产、装修公司、砂锅粥店林小洁三驾马车并驾齐驱。

30

2009年夏天，二十五岁的林小霞经过努力通过了托福考试，去美国求学。林小洁说:"学费你放心,有你姐姐和姐夫呢。"

林小霞开心地说:"我相信自己的眼光,第一次见到姐夫就知道是个能给我们带来快乐幸福的人。"

暑假,王小谦接到原一中同事蒋和平的电话,蒋和平说,他也想来深圳,请王小谦帮助问问有没有机会。

校办公室查主任电话里说:"要招聘语文教师,如果王主任推荐的话,肯定错不了。笔试与面试的时间都定在7月25日,你让蒋老师先把资料寄过来。"

林小洁笑着说,"能录取吗?不会像你一样,还得参加转正考试吧。"

"他可以走绿色通道。"王小谦也笑了,"他的水平比我高。听张涛说,蒋老师在2006年评为特级教师,2007年评为全国模范教师。"

"优秀呀。"林小洁笑着说,"你得向人家看齐呀。"

7月23日,蒋和平来深圳,王小谦到布吉长途汽车站接他,与八年前一样,还是早上的四点多。王小谦提前半个小时到布吉站。

蒋和平下车就看到王小谦,说:"一个人来深圳,人生地不熟就得折腾一番。"

王小谦想,他初来深圳的心情估计与蒋和平差不多,不同的是当时他的前路还是一片迷茫。

天亮,两人到王玉宝的家,这是两室两厅的房子,不大,但干净整洁。王玉宝夫妇热情地招待了蒋和平,王玉宝说:"难得有一中的老师来。"

早餐后,王小谦陪蒋和平到海湾中学,学校不远,步行就可以,一路树木浓密,鸟语花香。蒋和平说:"深圳的环境真好,没来不知道;早几年来就好了。"

"来了都不算晚,只要敢来。"王小谦笑着说。

到了海湾中学,王小谦陪蒋和平在校园走了一圈,白色的教学楼,树木浓密的校园大道,蓝色的跑道中间是绿油油的草地,学校就如同一个公园。

蒋和平感叹地说:"真是气派!"

王小谦想,蒋和平现在的感受估计与他当年到深圳实验中学时差不多。

温校长与蒋和平做了两个小时的长谈,对蒋和平很满意,当即签订了协议。

查主任问:"蒋老师,你是想住学校的房子还是自己租房?"

王小谦说:"学校有哪些房子?"

"有一套一房一厅,五十多平方,你们要不要?"

"要呀。"王小谦替蒋和平应了下来。

"房租多少？"

"一千元，不包括水电费。"

出了办公室，蒋和平说："小谦，房租这么贵呀？"

王小谦笑着说："如果租给外面的人，每月至少得两千元。"

"这么贵？"蒋和平有点惊讶。

他们从总务处习主任手里拿到钥匙。

楼房总共十二层，房子在九楼，王小谦与蒋和平一起进入房间。前任老师搬家时，没有清理垃圾，地上废纸挺多，四面墙上有不少字迹。

"连床都没有？"蒋和平很吃惊。

王小谦笑着说："就是空房子。"

"我收拾吧。"蒋和平说。看到有一个扫把，就动手打扫。

"你不用忙，我叫个师傅来看看，装修一下，不然住不了人。"

中午，回到王小谦的家（蛇口的房子卖了以后，他们一家就住在林小霞名下的那套房子），王小谦说家里有点乱。在蒋和平看来其实并不乱，客厅里两周岁的双胞胎兄弟在地上玩玩具，两位老人在一边看着他们。

王小谦介绍说："小洁的爸妈。"

两位老人看到王小谦带着客人来，都笑着站起来。

王小谦说："这是一中的蒋老师。"

两个小男孩看到王小谦就跑过来，抱着王小谦的大腿，王小谦一手抱一个，两个小家伙就趴在王小谦的身上。王小谦对蒋和平说："蒋老师，你先坐。"然后冲厨房喊，"妈，午饭好了吗？"

王小谦的母亲在厨房里忙活。

林小洁的母亲端上一盘水果后，把两个小孩子带到房间。王小谦开了电视说："平常不怎么开电视，两个小家伙喜欢看。"

蒋和平说："秋秋小的时候也是天天看电视。"秋秋是蒋和平的女儿，叫蒋秋。

"秋秋读高几了？"

"大一了。"

"都上大学了，哪所大学？"

"厦大。"蒋和平说，"如果我能来，她以后也来深圳工作。"

"一定可以的。"

……

他们正聊着，听到开门的声音，王小谦说："小洁回来了。"

林小洁看到蒋和平，笑眯眯地说："蒋老师，欢迎你，早就听小谦说到你了。"

林小洁一进客厅，蒋和平感觉客厅一下子就亮堂了，不是因为林小洁有多么漂亮，而是她身上有着与众不同的地方，一身套裙显得得体端庄。

王小谦说："圆媛不回家吃饭吗？"

"跟同学玩去了。"

蒋和平说："圆媛读几年级？"

林小洁说："高一了。你们聊会儿，我去洗个手。"

王小谦的母亲推开厨房的门说："小洁也回来了？可以吃饭了，叫你爸妈一起来。"

王小谦的母亲把饭菜都准备好，又看孙子去了。

餐桌上就四个人。

林小洁说："学校那边都说好了吧。"

蒋和平说："都说好了。"

"你比我家小谦厉害多了。"

王小谦一边给蒋和平倒酒一边说："蒋老师是特级，我跟蒋老师没法比。"

蒋和平说："你们现在多好呀。"

林小洁说："你看小谦就是在混日子。"

王小谦一边给岳父倒酒，一边笑嘻嘻地说："像我就不错了。"

"你看看，你为什么不与蒋老师比一比呢？"

"以后我也努力弄个特级。"

"什么叫弄个特级？"林小洁说。

"那就对，当老师就得当个好老师。"林小洁的父亲也帮腔道。

"爸，你相信他的话呀？"林小洁说。

"怎么不信，我就觉得小谦比你踏实。"

王小谦笑着说："爸都这么说，我努力。先祝贺蒋老师，我们先干了第一杯。"

大家干了一杯。边吃边聊，蒋和平感到浓浓的乡情，在一中时，他是年级长，与王小谦并没有很深厚的感情，而且他们年龄上也有差距。

午饭之后，王小谦的母亲带蒋和平回去休息。老人说："深圳好，你年轻一定得来。小谦刚来的时候，什么也没有，现在一切都好了。"

蒋和平说:"小谦有魄力,是我们一中的骄傲。"

"多亏碰上了小洁。"老人颇为自豪地说,"去年装修公司关门了半年,损失不少,今年生意又好了。现在又多了房地产公司,每天都忙着,上班时是上班,下班时也是上班。我对他们说不用这么辛苦,一家人够吃够穿就可以了;小洁不听,还在香港买房,香港的房多贵呀,听说就我这么大的就得一千万元呢,说是方便两个小孩子上学,深圳多好,干吗还到香港上学呢?"

蒋和平想,人家说,到了深圳才知道钱少,还真让他体会到了。

老人说:"你来了深圳就先买房子,有一个自己的房子就有了一个家,租房总感觉那是别人的。"

蒋和平笑着说:"怕买不起。"

傍晚,林小谦一家请蒋和平到蛇口码头的"鲜来厚道"海鲜餐馆用餐,林小洁开车载她的父母和两个孩子,王小谦载着蒋和平、父母与申圆媛。申圆媛见到蒋和平第一句话:"老师好。"

王小谦说:"你怎么知道是老师?"

申圆媛说:"从老家来与您一道的,一定就是老师。"

"这孩子聪明。"蒋和平赞道。

餐馆是在一个空地上搭建的临时性建筑,布局简单,左侧是移动板房的包间,右边是用简易的工棚架起的两层房子,餐厅干净,食客挺多。海鲜全都放到玻璃柜里,有鱼有螺。一个经理模样的女人见到林小洁说:"林姐来了,在二楼'龙宫'。"显然她与林小洁熟。

包房挺大,也很空旷,在中间放一张桌子,桌子上放一个锅,锅有一半是嵌入桌子里。

申圆媛说:"我点了文贝、珍珠贝、小花甲王、进口竹蛏子。"

王小谦说:"就这些?"

"当然还有了,花虾、中红蟹、花螺……我还要了两个烧烤:鸡翅和鸡脆骨。"

王小谦说:"点菜的水平高了。"

"那是,林老板都听我的。"

林小洁说:"这个听你的,学习上可得听王老师的。"

"那是一定的。王哥,我是不是很听你的话呀,在学校表现是不是很好?"

林小洁的父亲说:"没大没小,整天叫王哥。"

说着大家都笑了。一会儿服务员就开了火,在锅底放了一点水,然后放入一点大米，上面放置蒸锅。另外一个服务员把处理过的海鲜都端了上来。

申圆媛说："先来石斑，这个好吃。"

蒋和平是第一次见到蒸汽海鲜，在老家吃海鲜也很少加佐料，但这样蒸海鲜还是第一次见到。海鲜在蒸锅上靠蒸汽蒸熟，不加油不加调料，名副其实的"原味"。几分钟石斑鱼出锅，几乎没有鱼的腥味。

蒋和平说："没想到海鲜可以这样吃，家里从来没有这样的。"

林小洁说："虽然餐厅简陋，但这里的海鲜很地道。"

晚餐一直延续到九点，两个小家伙困了才回家。

晚上，蒋和平睡在王小谦母亲家的书房里却一直睡不着，这一天，他眼界扩展太多。在青石他经常出差，也算是有见识的人，但看到王小谦一家的生活，海湾学校美丽的环境，他才觉得以前的生活真是单一孤陋了。在深圳像王小谦一家这样生活的人那一定非常多，晚上吃海鲜就花了三千块钱，那是他一个月的工资。

第二天，蒋和平返回青石县，王小谦送他到布吉汽车站。

31

2009年8月25日凌晨，蒋和平到达深圳，妻子邱晴陪同。邱晴也是一名语文老师，在城关中学教初中，她认为在青石就很好。

王小谦开车来接他们，蒋和平带的东西不少，衣服、被子、书，等等。王小谦认识邱晴，但不熟。

上车后，邱晴还是担心蒋和平调动的事情。

王小谦说："深圳与青石不一样，蒋老师要先到海湾中学上班，之后学校对蒋老师进行民主测评，公示后上报区教育局，区教育局上报区人事局，人事局同意后，通过体检，才发出商调函。"

"要多久？"

"少则三个月，多则一个学年。所以蒋老师得有个心理准备。"

"会不会调不过来？如果那样，两边的工作都没了。"

"凭蒋老师的身份，哪所学校不想要他呀？只是时间长短问题。"

"古人不是说嘛，树挪死，人挪活。"蒋和平说，"生活不能太过于平静。"

邱晴说："道理都是对的，但我还是担心。"

"您就放心让蒋老师跃一跃，说不定一下子就进了龙门。"王小谦依然笑着。

到了蒋和平居住的小区，王小谦送他们上楼，电梯有点旧，房门还是原来的房门。邱晴说："我还以为深圳都是高楼大厦呢，还有这样的旧房子。"

王小谦开了门，蒋和平愣了，那个凌乱又空旷的房间不见了，眼前的客厅原木地板，洁白的墙壁，沙发、电视、书桌、餐桌样样齐全。

王小谦又开了灯，柔和的灯光给客厅添加了一道温馨。进入房间，床铺、衣橱都是新的；厨房用具、洗手间设施也都是新的，如同一家高档的客房。

邱晴说："屋里这么漂亮，真是别有洞天。"

王小谦笑着说："让蒋老师住得舒服一些。"

"学校还真的不错。"邱晴由衷地说道。

"邱老师，深圳对人才是有特殊政策的。蒋老师的选择是对的。"

邱晴这才点头说："深圳的学校还是很有钱。"

蒋和平要说什么，王小谦拦住他说："蒋老师，你试一下设备，下午就不陪你们了。"

一切设施蒋和平都试了一遍，不明白的就问王小谦。之后，王小谦说："你们先洗洗，九点一起到餐厅喝早茶。"

邱晴说："茶就不用了，我们不习惯喝茶；我看冰箱里有菜，厨房有米，在家煮点粥就行了。"然后又补了一句，"学校考虑得真是周到。"

王小谦笑着说："你们先休息，到时我给蒋老师打电话。"

蒋和平说："我们就在家里喝点粥，明天我们一起去吃早茶。"

"邱老师难得来，晚上在公司的餐馆吃点老家的菜。"王小谦笑着说，"晚上我再过来。"

等王小谦走了，邱晴说"小谦人不错"，之后仔细查看了房子，有点惋惜地说："就是小了点，如果有两个房间就好，看来海湾学校还真是看重你呢，比一中强，一中的房子还得自己装修。"

蒋和平当然知道房子是王小谦给装修的，但没有说明。二十多年的夫妻，蒋和平对邱晴很了解，她就是一个把教书当成饭碗的普通老师，想的就是过安稳平常的生活。

坐了十多个小时的大巴，有些累，蒋和平先去洗澡。邱晴动手做早餐，冰箱里有王小谦给他们准备下的肉、鸡蛋、青菜，她炒了两个鸡蛋一盘青菜。早餐时邱晴说："以后早餐可以准备一些即食的东西，方便。"

蒋和平说："学校食堂有早餐，不用自己动手。"

"我给忘了，但周末还得自己做，早饭还是多喝粥，你胃不好。"

早餐之后，他们睡了一会儿，房间装修不到一个月，有些石灰味道，新床铺也有一些原木的味道，邱晴很快入睡了。蒋和平看着熟睡的妻子想，她真是累了。邱晴与他是同学，也是同龄，四十四岁的人还奔波，蒋和平觉得有点愧对妻子，更觉得愧对青石一中，是青石一中把他培养成一名特级教师，培养成一个全国模范教师，自己就这样偷偷摸摸地走了，虽然说自己走了对一中未必不是好事，一中也许会出现第二个、第三个特级教师，但总是愧对……蒋和平就这样胡乱地想着，也就迷迷糊糊地睡着了。

　　醒来时，看到邱晴正趴在身边看着他，蒋和平说："醒了？"

　　邱晴用肘顶着床，还是看着蒋和平。

　　蒋和平说："怎么啦？"

　　"以后就你一个人在这里。"

　　"嗯。"

　　"这里睡得比家里舒服。"

　　"是累了。"

　　邱晴说："你看王小谦，在一中时多么老实的一个人，来深圳不到一年就结婚了。"

　　"怎么啦？"

　　邱晴说："听说他把别人的老婆给抢过来的。"

　　"可不能乱说呀。"

　　"很多人都这么说，都说王小谦的老婆厉害，青石的领导她都熟，黄氏兄弟在青石投资了十多个亿开发房地产，都与她有关呢。"

　　"你们就喜欢咬舌头，谁家一点事都议论。"

　　邱晴说："你在深圳发展，是不是也想找一个'林小洁'？"

　　"看你胡思乱想呢。"

　　"你一个男人在外面谁知道你怎么想呢。"

　　蒋和平说："那我现在跟你回去？"

　　邱晴说："我就是说说嘛。"

　　"都老夫老妻了呢，还想这个呢。"

　　邱晴说："你一个人在深圳，我一个人在青石，想说话都难。"

　　蒋和平说："你别这样想。如果我调来了，你也能来，那该多好呀。"说着伸手把妻子搂在怀里。说到这不由得笑了，自己的调动还没开始就想着妻子的。

　　邱晴伏在蒋和平的怀里，突然说："我想呢。"

蒋和平没有明白过来说:"什么?"

邱晴说:"我想。"

蒋和平明白了,笑着说:"看来还是环境改变一切呢。"

天气实在炎热,蒋和平夫妻就待在家里,王小谦也没有打电话来。

32

晚上,王小谦来邀请蒋和平夫妇到装修公司的食堂吃饭。蒋和平原来以为食堂就像一中的食堂一样,没有想到是干净华丽的砂锅粥店,大厅里有不少食客。王小谦带他们进入小餐厅,林小洁已经在里面,看到蒋和平夫妇进来,站起来说:"给各位老板介绍介绍,这位就是我们一中的特级教师蒋老师,他的夫人邱老师。"

林小洁又为蒋和平夫妇介绍说:"这五位老板都是我们青石的,做房地产生意的黄东信老板、开服装厂的李中老板、车行的伍全老板、香菇加工业的姚远老板、经营石材的余天老板。各位老板的孩子或者亲戚朋友要补课就找蒋老师。"

寒暄、握手之后,林小洁请大家入席。邱晴偷偷看了看林小洁,真像电视里的女老板。一会儿,一位模样高挑俊俏的女人进来,给大家打个招呼。林小洁对她说:"千惠,人来齐了,上菜吧。"

周千惠微笑着点头出去了。

服务员端上了象鼻蚌、三文鱼片等海鲜做成的冷盘,王小谦给大家倒了酒。林小洁说:"我们先敬蒋老师与邱老师。"

蒋和平说:"不敢当。"

余天老板说:"第一次见面,敬蒋老师、邱老师。"

大家都说:"敬蒋老师、欢迎邱老师。"

邱晴是第一次吃生海鲜,不敢多吃,就多吃主食,很多菜都是青石的,但比家乡做得精致。

老板们都很豪放,频频敬酒,但都不勉强。蒋和平喝了不少,随着酒风渐起,大家很快就熟了,慢慢地热闹声就起来了。

邱晴只喝了点红酒,林小洁没怎么喝。

邱晴小声问林小洁:"这餐厅也是你的?"

"我开的,地方是租的,他们在喝酒,我带你到楼上办公室看看。"林小洁对喝酒的男人们说,"你们喝酒,我们去去就来。"

正好申哥进来敬酒，林小洁说："行，我们喝了这杯再走。"

邱晴看了申哥一眼，申哥肥肥胖胖，一眼就看出是厨师。

邱晴随林小洁到二楼办公室，就像在电视看到的那样：大办公室隔成一个个小的办公区域，站起来能看到大家，坐下来谁也见不到谁。

邱晴说："我们学校的办公室是二十多个人在一间大教室里，一个人一张桌子一张椅子，也没有电脑。如果办公室都像这样，谁不想待在办公室？"

林小洁说："这里与家里不一样，这里下班了谁也不会再干公司里的事了。"

"深圳就是不一样。"

林小洁的办公室挺大，老板桌、老板椅，大沙发，就是一个大老板的气派。林小洁说："这里是餐厅与装修公司的办公室，地产公司在龙岗那边，等'荷风雅院'建好了，请你与蒋老师去参观。这里都是以前装修的，谈业务时客户经常会在办公室里坐会儿，办公室就是门面。"

"你这么忙还请我们。"

"应该的。"林小洁微笑着说，"手下有不少人。"

"青石的人都说您能干，今天一见果然。"

"经历了不少波折。"林小洁笑了笑说，"我们喝点茶。"

说着要动手烧水，一位高高的穿着旗袍的斯文女人进来了。

林小洁介绍说："我的助理师莹莹，这位是邱老师。"

师莹莹轻轻地握了握邱晴的手说："邱老师好。当老师好，都是有学问的人。"

邱晴说："当老师辛苦。"

师莹莹嫣然一笑："但桃李满天下。"动手烧水，洗茶具、冲泡、沏茶，动作优雅。邱晴目瞪口呆，喝茶居然这般讲究。邱晴跟着林小洁呷了一小口，清香扑鼻。

师莹莹从文件夹里拿出几张纸说："姐，这是青石县政府办公室发来的青石县文化产业招商文件，你要不要看看？"

"大概是什么项目？"

"笋岗古镇、小洋镇千岭湖、松山村文化旅游等招商项目。"

"这不是巧了，东信老板不正是笋岗的吗？松山村是我的老家。"

师莹莹依然微笑着说："也许不是巧了。"

"这些人精明哪。"林小洁也笑。

"建设家乡责无旁贷嘛。"师莹莹还是笑吟吟地说。

"趁着老板们都在，速战速决，明天怕没有时间了。"

"行，我打招呼去。"师莹莹向邱晴点头出去了。

邱晴说："你忙，就不打搅你了。"站了起来。

"没关系的，都是同乡，你也去听听。"林小洁说，"一会儿，莹莹把他们请到会议室之后，我们再过去。"

十五分钟时间，师莹莹果然来请她们了。林小洁说："安排好了？"

"老板们都到会议室了。"

会议室不大，同样装修得精致，椭圆形的暗红色的桌子，皮靠背椅，空调的温度正合适，除了五位老板外，蒋和平、王小谦也都入座，周千惠在沏茶，欧阳小雨也来了，她在给大家倒茶，风情万种地娇声道："请喝茶。"

林小洁请邱晴坐下，自己也坐下了。

师莹莹给大家发了几张纸，林小洁说："这是青石县政府传给我们的，有钱的出钱，没钱的出力。"说着先笑了。

邱晴看到的是三份招商引资项目单。第一份是"青石县小洋镇千岭湖休闲旅游度假区项目"。

千岭湖休闲旅游度假区一期开园项目总体面积4.5平方公里（含水域面积），项目建设含水上摩托艇、拖拽伞、飞行器等水上游乐项目，以及20栋具有当地文化饮食特色的主题院落、茶道文化体验区、滨水特色餐厅等内容；项目二期在一期建设的基础上，建设庆典广场、温泉泡池、漂浮木屋、房车营地、会展中心等。

……

千岭湖湖面形态优美，湖水湛蓝明净，湖山景观诱人，是水上游乐、运动的理想场所。预计将来千岭湖休闲度假旅游区游客量将达到10万人次/年，成熟稳定期预计将达50万人次/年，经营收入8000万元，项目旅游投资回收期约7年。投资总额：2000万元。

看到两千万元，邱晴暗道，这么多呀。

"李老板，千岭湖休闲旅游度假区项目，你适合。"林小洁笑着说。

邱晴以为李老板会犹豫的，没想到李中老板说："可以，我投资这个项目。"

"第二个项目是五千万的'青石县笋岗古镇乡村文化旅游开发项目'。"师莹莹说，"我给各位宣传一下笋岗，那是东信老板的家乡。"

黄东信老板笑着说："这不用你宣传了。"

"重点是这个。"师莹莹扬了扬手里的纸,"是一篇古文。"

"哦,还有古文?"黄东信老板说,"你读读。"

师莹莹说:"今天不行,有三位语文老师在场。"

"有道理。"黄东信老板笑道,"小谦,看你了。"

"蒋老师是特级。"王小谦笑着说,"邱老师与蒋老师一起更好。"

邱晴忙不迭道:"不行,不行,还是王老师。"

王小谦说:"我同蒋老师一起来。"

蒋和平说:"小谦先来一段。"

王小谦读道:"笋岗,山之名也,以其上多竹笋而名焉,高氏先人避靖康之乱,举族至焉,而后伐木为屋,焚林为田,繁衍后裔……"

大家都笑了。

王小谦说:"不好吗?"

"王老师的普通话还是沉淀着家乡的味道。"周千惠笑弯了腰。

周千惠的话引得大家大笑,王小谦并不介意:"四年前我碰上香山学校的董主任,才知道我在香山学校应聘失败的原因就是这份'深沉的乡情'。"

大家笑得更欢。

"姐爱的就是你'深沉的乡情'。"周千惠忍着笑说。

"我觉得挺标准。"

"这叫爱屋及乌,是非不分。"周千惠说。

"来个东北的。"李中老板说。

"没问题。"周千惠豪爽地笑道,"合同您可得签呀!"

"肯定会签的。"欧阳小雨娇笑道,"姐,李老板你还用担心吗?"

"林姐,你这两位女将厉害。"黄东信老板笑道。

"关键还是李老板'深沉的乡情'。"林小洁笑道。

"何止李老板。"欧阳小雨莺声燕语道,"在座的老板哪位不爱家乡呀!"

"我可不爱家乡。"黄东信老板道。

"五千万的大单您都给留下了,谁还能说您不爱家乡?"周千惠嗓门依然有些高,"老板们,你们谁敢说东信老板不爱家乡?"

老板们都笑,黄东信说:"投资家乡是应该的。"

邱晴瞧了瞧这个五千万的项目:

笋岗古镇秉承"忠孝为本、耕读传家"祖训,文化氛围深厚,项目开发是为了保护和传承笋岗古镇文化，做强做大笋岗古镇文化旅游产业，推动乡村振兴发展。项目主要围绕文化传承和孝道，主要包含：笋岗颐养堂扩建、古村落文化保护与修缮（宗祠文化、名人故居、耕读文化、传统手工艺、美食等）、农耕文化展示馆、农耕体验园、亲子互动娱乐园。

……

项目投资总额是5000万元人民币。合作方式：（合作、合资、独资）构建"政府（主导）+笋岗古镇旅游开发公司（管理）+合作社（分配）+农户（合作）"四位一体的合作模式。

邱晴去过笋岗古镇，心想，会有这么多人去旅游吗？

"留下的一千万是我的。"林小洁说，"伍老板、姚老板、余老板。你们只好等下一次的招商项目了。"

伍全老板说："我回青石开个车行也行。"

姚远老板说："我可离不了家乡，我的香菇就是从青石来的，去年在家乡办个加工厂，产品直接出口日本。"

"需要石材的话，找我。"余天老板说。

周千惠干脆利索地说："给钱投资就行，不用回去。"

李中老板说："东北妹子快念念莹莹妹子找的那个古文。"

"行。"周千惠念道，"笋岗古镇经元明至于大清，已然人口稠密之巨镇；建镇之初，引清流入镇，修高氏宗祠，以宗祠为纲，列有八区，因水而分，为八八六十四之分区，水经之处，设浣衣洗涤之处；水侧为巷，铺以青石，方便往来……有铁石巷，其因铁铺多而得名，位于西街，日闻叮当之声；有杂货巷，位于东街，因其商贾集市面而名焉，日见人之来往，熙熙而乐；有书卷巷，因有书院而名焉；有戏台巷，因筑有戏台而名焉……"

"这东西不好念。"周千惠说，"莹莹就喜欢弄这破玩意。"

大家一致给了掌声，李中老板说："东北的比青石的好听多了。"

"最标准的估计还是河北的。"王小谦说，"欧阳来一段吧，难得回来一趟。"

欧阳小雨说："那我给大家助个兴喽，念一段我姐的'青石县松山村文化旅游发展招商项目'吧。

"青石县空谷山文化旅游发展有限公司创建于2008年，位于山羊岭南麓大岗镇松山村，青石溪上游省级风景名胜区君山脚下，距县城10公里。项目总占地面积370多亩，总投资2亿元。……项目建成后，日接待游客千余人，预计每年主要营业收入达600万元，总收入可达1000多万元，目前从业人员100人，经济效益每年以上升趋势增长，社会效益可直接带动周边农户200多人发展养殖业。建设选址：青石县大岗镇松山村，投资总额：1000万元人民币……"

黄东信老板说，"小雨的普通话柔美，柔美！生意一定也很好。"

"托各位老板的福。"欧阳小雨还是莺声燕语道，"需要服装找我，从中档到高端。"

"你们要抓紧喽，过一段时间小雨要回到地产公司上班了，届时她可是总经理了。"林小洁说。

大家鼓掌表示祝贺。

蒋和平感觉到，这些女人个个都不简单。

在大家的热闹与谈话中，这场特别的招商项目落下帷幕。

回到家里，邱晴突然说："这个林小洁张牙舞爪、盛气凌人、颐指气使的样子，只有王小谦能够受得了。"

蒋和平说："这是怎么啦？"

"你看她请我们吃饭，还请了那么多老板来，其实就是请老板们吃饭，让我们作陪。"

蒋和平笑着说："你生哪门子气？人家请我们吃饭，我们吃就是了；你看小谦可是凌晨到车站去接我们。"

"没说小谦，我说的是林小洁，你看她那个排场，还叫了三个女的，妖冶得不行，搔首弄姿的，难怪青石的人都说她是狐狸精。"

"你没喝酒吧？怎么尽说酒话呢？"

"我喝酒了，但我没有说醉话，我就看不惯这些有钱的人，张牙舞爪的样子，不就是几个钱吗？"邱晴还是很生气。

"青石县政府要招商引资，就是要他们出钱，你看林小洁一个晚上，就把政府引资的三个项目都做好了，一共是八千万元。这是了不起的成果，我们做得到吗？"

"那用不着在我们面前摆谱。"

"他们在我们面前摆谱吗？"

"不是吗？她们在说给谁什么什么任务，也不想想我们在场啊。"

"你以为做生意跟我们上课一样，一本书就好了？这里面的学问估计我们一辈子都不懂啊。"

"我也不愿意懂!"

"我们这样想,"蒋和平平和地说,"黄东信老板在青石开发房地产,那是我们县数一数二的人物;他能投资半个亿给家乡开发乡村旅游,这是多好的事情啊。"

"你不说这个黄老板还好,一说我更生气,你看他年纪也不小了,老是色眯眯地看着那个叫莹莹的女人。莹莹还好一点,你看那个叫欧阳小雨的,嗯,就是骚货。"

"我们今天能来这里,还不是小谦帮了我们吗?"

"没说王小谦不好,我说的是林小洁!"邱晴说,"我本来就不支持你来这里,谁知道后面会怎么样啊?"

"你看,又说这事了。人家做生意的有他们做生意的方式,有他们的生活方式,我们当老师的,有我们的理解思维;很多事,可能还是我们少见多怪了。我想如果每个在深圳的外地人都能像他们一样,能够投资家乡建设,那我觉得这样的商人就是好人。"

……

这边蒋和平和邱晴还在为林小洁他们的做事风格争论,林小洁却没有闲下来,送走了这些老板之后,她就跟师莹莹商量如何尽快敦促青石县人民政府与这些老板签订合同。生意场上瞬息万变,老板资金雄厚的时候,投资什么项目都果断;一旦缺乏资金,答应的事情恐怕也很难实现。县政府事先给林小洁发来引资项目,就是让林小洁摸一个底,避免到签约的时候,一个项目都没有拿下。林小洁已经不是第一次帮青石县政府做这样的事了,她当然希望青石能更富裕更美丽。

33

海湾中学给蒋和平做了民主测评,以100%的同意率上报教育局,教育局上报人事局,很快得到批复,蒋和平可以通过绿色通道直接进入教育系统。三个月时间,蒋和平顺利调入深圳,成了海湾中学的一员。校办公室告诉蒋和平,根据深圳市政府的人才政策,蒋和平凭借"全国模范教师"的荣誉可以申请认定"深圳市高层次人才"。一旦被认定为"深圳市领军人才",可以领到一百万元的购房补贴,还可以申请妻子调动。蒋和平上了深圳人力资源网站查看,发现各行各业都有认定的高层次人才,一共有两千多人,而且还在不断增加。他暗暗惊叹深圳政府有魄力，这是一笔巨大的支出，但他更相信深圳的眼光。

这就是深圳。

蒋和平领一百万购房补贴的前提是他购买了深圳的房子，邱晴也来到深圳。他们看中蛇口一套九十八平方米的房子，单价两万三千元，请王小谦夫妇当参谋。林小洁没时间，王小谦说这房子好。首付时林小洁借给了他们二十万，蒋和平顺利地在深圳拥有了第一套房子，邱晴特别高兴，蒋和平说："你别告诉同事说深圳政府给了我一百万。"

"我知道，怕人家心里不舒服。深圳政府真是好。"邱晴停顿了一下说，"只是这房子这么漂亮转给别人有些可惜。"

"我们有了自己的房子就应把这房子转给刚来的老师。你还不知道这房子是王小谦夫妇给装修的，他们一分钱也没要。"

"房子不是学校装修的？"

"房子给我时就是一个空壳。"

"这房子我们不退，得再住一段时间，把自己的房子出租。"

蒋和平说："初来乍到没有立身之地，是不是感觉特别地困难？今年肯定有新老师，我们得替他们想想。"

邱晴同意退房。

蒋和平的高层次人才证书下来之后，申请了购房补贴，同时也申请了邱晴的调动。购房补贴在他申请之后的三个月发放，首批发放三十五万元，其余的按季度发放。一个学期之后邱晴调到了海湾学校初中部，一年时间，蒋和平完成了从青石到深圳的移民，而且购买了房子。

邱晴正式调成之后，蒋和平说："深圳待我们不薄，我们不努力是对不住深圳。"

邱晴高兴得不用提了："没有想到四十五岁还能调到深圳。"

他们把自己的房子装修了，搬了家，把学校的房子退给了学校。电工小李检查水电时说："蒋老师，房子装修得这么好，不可惜吗？"

蒋和平说："留给下一位老师，让他来到我们海中就有家的感觉。"

小李把这事告诉了习主任，习主任把这事告诉了温校长。温校长来看了房子，在大会上表扬了蒋和平，说蒋老师不愧为特级，做事就比别人站得高。同时要求总务部门，把属于学校的房子都装修了，让来海中的老师有家的感觉；特别要求教师们，买到房子之后就得把学校的房子退出来，保证新老师有一个好的居住环境。

蒋和平受到表扬有些惭愧，找到温校长说起了王小谦替他装修的事。温校长说："小谦家开装修公司吗？"

蒋和平说："他夫人除开了'深圳大家装修设计公司'之外，还有一家'深圳大家房地产有限公司'。"

"这个王小谦从来不说，"校长打心里喜欢王小谦，"以后我们学校的小修小补就由他来搞了。"

温校长叫来了习主任，也叫来了王小谦。王小谦就陪同他们去了一趟装修公司，林小洁不在装修公司。师莹莹对温校长突然到来有点吃惊，责怪王小谦不事先告知。王小谦说："校长又不是别人。"

林小洁从电话里知道这事，让师莹莹吩咐周千惠准备午茶。自己也从房地产公司赶回来。温校长说："家里有地产公司，有装修公司，有如此华丽的餐厅，却能不骄不躁，静心教育，小谦呀，你有难得的品质。"

回到学校，温校长对习主任说："总务处还少一个人，以后就让小谦帮你分担点。"

"小谦老师来学校将近十年，当过年级长、年级主任，工作认真负责，让他负责总务，是可以放心。"习主任说。

深圳大家装修设计公司拿到海湾中学修缮项目，王小谦转任总务处副主任。原来的年级长索千里老师升任年级主任，蒋和平升任年级长。

2010年，深圳的楼市继续高歌猛进。虽然4月17日为了遏制部分城市房价过快上涨，国务院出台了"新国十条"，但在经历短期观望后，深圳的楼市逐渐回暖，还是在传统的楼市销售旺季9月达到了交易的顶峰。

10月份，深圳大家房地产公司的"荷风雅院"项目售罄，销售总额突破20亿，紧接着收购一个烂尾楼，这是一个没有按国土部门土地划拨用途而建起来的违章别墅群。

林小洁看中了它白菜般的价格外，更痛心白花花的银子变成杂草丛生、拆也不是建也不是、灰不溜秋的烂尾楼。她说："你看这里环境多好，虽然稍许偏远。"

欧阳小雨说："正是因为风景如画，才修建别墅。"

"既然如此，我们何不还原它的风景。"

欧阳小雨看着林小洁。

"烂尾楼我们是不能再重建，但我们可以把它做成主题公园，如此一来问题不就解决了？我们拿下它周边的土地，修成楼盘，主题公园与楼盘岂不是相得益彰吗？"

"高招！"欧阳小雨钦佩地说。

有了政府支持，公司顺利地拍下了烂尾楼周边的两块土地。

主题公园与一期三栋的住宅楼同步建设，两者重新组合得完美无瑕，接着推出二期、三期，楼盘被抢购一空。因为解决了久置的烂尾楼问题，为此"规土委"给公司颁发了"优秀企业"牌子。

紧接着公司建造"天峰一号""海山一色""舞青春"三个楼盘。

之后，林小洁把目光投向了前海。

经过城市规划与建筑设计研究所一年多的规划设计，《前海方案》通过了上级主管部门的审批，前海确立为珠三角现代服务业中心，粤港合作先导创新区。

前海在完成制度设计、规划设计、政策制定之后，招商引资也紧锣密鼓地同步展开，与之配套的前海的制度创新、前海的总体规划也在同步进行。

2010年1月，研究所悬赏五百万元全球征集规划方案。经过半年时间的征集，2010年6月，研究所主持的"前海合作区概念性规划国际咨询评审会"在深圳举行，经过三天的紧张评审。来自美国James Corner Field Operations提出的"前海水城"方案荣获第一名。

6月19日，研究所举行了新闻发布会。

林小洁她们参加了现场会，申圆媛也跟着去了，这一天正好是周六。

新闻发布会上，郑良礼所长说："填海而成的前海，与蛇口隔山相望，三十年前以袁庚为代表的创业者们在蛇口炸响了中国改革开放的开山第一炮，开山填海，筚路蓝缕，终于在乱石荒滩上建成了现代化的厂房、写字楼、住宅区……由此，蛇口把深圳带进了一个崭新的时代，而深圳则把中国带入了一个全新的纪元；三十年前蛇口带动了深圳，三十年后的今天我们坚信前海必将给深圳又一个精彩。"

现场响起热烈的掌声。

郑良礼所长继续慷慨地说："这次评审会只是评审前海地区的概念规划，接下来要把概念变为现实，研究所需要加快步伐，同步推进各项工作……大家对前海的期待非常高，有人把它类比纽约曼哈顿、东京银座或伦敦金融城；但我更想说，前海就是前海，既不是曼哈顿，也不是金融城，她是中国改革开放未来三十年的创新试验田，发展的突破口；它承担探索改革开放、科学发展的新路子，探索深港合作的新途径，探索转变经济发展方式的新经验等重大使命。"

郑良礼所长不用手稿，就激情澎湃地讲了一个小时。

"我明白了什么叫遗传。"申圆媛说。

林小洁与师莹莹不解地看着她。

"怪不得小宝整天嘴巴就没有歇过。"

"小宝不是出国了吗?"林小洁说。

"三个月了。"

"看来你挺想小宝。"周千惠大大咧咧地说。

"切,我才不想呢。"

"是呀,我家圆媛还是个小丫头呢。"师莹莹笑着说。

"哪个少女不怀春呀?"周千惠依然说道,"这是个开放的时代,圆媛,不要像你莹莹姨整天文绉绉的,要像我。"

"不跟你们大人说。"

"我请你喝咖啡去。"周千惠说,"以后想吃什么找我。"

"你呀,"林小洁笑对周千惠,"不像个当姨的样子。"

周千惠不服气:"怎么不像?"

林小洁回头对欧阳小雨说:"我们一定要加入前海。"

"我管好砂锅粥店,别的与我无关了。"

"行,你管吃的,我们三个管住的。"欧阳小雨说,"千惠姐要退隐江湖了。"

"少操心还是幸福的。"周千惠说,"圆媛,以后跟着我。"

"你请我喝奶茶。"

"圆媛不是一杯奶茶可以收买的。"师莹莹说。

"谁请我喝奶茶跟谁。"

大家都笑了。"虽然是高中生了,还是孩子。"

申圆媛则暗笑,鬼才是孩子呢。

第八章　步蟾宫

34

2011年6月,申国媛参加高考,高考成绩比一本线高出七十分,她选择了华南师范大学文学院。

"怎么选择师范呢?你没看到当老师很辛苦吗?"王小谦问道。

"我觉得你挺轻松,除了上课就是在办公室聊天,假期还能去旅游。"申圆媛轻松地说。

林小洁说:"你选择师范因为这个?"

"选择什么专业不都一样吗?"申圆媛说道,"毕业后就想在深圳工作。"

林小洁说:"你填深大,选择建筑工程学院,毕业后在公司上班。"

"切,我才不到你公司呢。"

"公司挺好呀。"王小谦笑着说,"好几个研究生。"

"要是能上中大还可以考虑一下建筑工程。"

王小谦与申圆媛都清楚,上中山大学得比一本线高出一百分。申圆媛最后还是选择了华南师范大学。

林小洁对王小谦说:"十年了,带出一个衣钵传承人,也算是功德无量。"

"算不算是女承父业?"

"副主任是不是也可以努力一下当个副校长?"

"到自己的初中学校有可能,"王小谦说,"我更想评一个特级。"

"机会是靠自己奋斗来的。"林小洁笑着说

"我追求你就是一个经典教材。"王小谦也笑了,"我曾是一个有为青年。"

9月份,申圆媛去华南师范大学上学。林小洁基本上都在深圳大家房地产有限公司龙岗总部办公。

一天,林小洁从龙岗回到蛇口装修公司的办公室,申哥夫妇来办公室找她。

林小洁说:"有事吗?"

申哥说:"有点。"

申哥与麻小翠坐下。申哥对麻小翠说:"还是你说吧。"

麻小翠白了申哥一眼说:"我与申哥想自己开一家餐饮店。"

林小洁愣了一下,说:"是不是嫌工钱低?"

"不是,炒几个菜有欧师傅,申哥在公司太闲,越来越胖;自己办个餐饮店,他就闲不下来。"麻小翠倒是快人快语。

"需要什么?你们说。"

申哥说:"没有。"

"资金少了点。"麻小翠说,"五万。"

"行。还有别的吗?"林小洁补充了一句,"还有别的需要帮忙吗?"

"没有了。"申哥站了起来。

麻小翠说:"我们明天就不来了。"

"明天?"林小洁心里有点不顺畅,辞职也得早点,"行,你们到千惠那里办理一下手续,毕竟她是餐饮部的经理。"

申哥夫妇下午就回到白石洲。麻小翠认为,白石洲离华侨城近,可以住自己的家不用租房,人也多,随便办个餐饮店都有生意。

麻小翠早有离开深圳大家装修设计公司的想法,原因是她看到林小洁就不舒服,看到林小洁对申哥讲话时不像对待别人那般客气时,麻小翠就更不舒服。她当然知道林小洁与申哥早已没有关系,但因为申圆媛,麻小翠勉强留在公司,现在申圆媛上大学了。

麻小翠提出自己开餐饮,申哥也同意,自己开店肯定多赚钱,毕竟还有小女儿艳艳,用钱的地方还多着。他们辞职之前已经租下了店面,在原来的申记小店对面。辞职后的第二天,他们就开门做生意,早上还是肠粉,中午、晚上做快餐,他的青石小炒在公司食堂大有用武之地,但在白石洲不行。麻小翠把父母、弟弟、弟媳都叫来,申哥在厨房,麻小翠在柜台,父母洗碗,弟弟、弟媳送外卖。

小女儿申艳艳在海湾学校幼儿园上学。王小谦说:"艳艳就住在我这吧,周末再回华侨城。"

麻小翠求之不得,暗地里感谢过王小谦千百回,要不是王小谦,申哥与林小洁也离不了婚,也就没她麻小翠什么事。申哥除了喜欢喝酒,舍不得花钱,脾气偶尔急躁点,也没有什么大毛病。男人喝点酒,麻小翠也支持;舍不得花钱,那是优点。麻小翠出生在青石偏远的乡下,从小生活在贫困家庭,用钱是一个子一个子地数着,遇上节约的申哥是志同道合。

申哥曾经想再买一套房子，麻小翠不同意："华侨城有一套已经足够了。"她把钱放到了银行。

　　申哥知道麻小翠把钱寄到青石乡下的娘家也不计较，孝敬父母是应该的，只要不乱花就好。后来深圳的房价猛涨，麻小翠有些后悔："要是当时听你的，就赚三四百万了。"

　　申哥说："我们没有那命。以后这房子留给艳艳，我们回青石好了。"心里佩服的还是林小洁，他从麻小翠身上看到以前的自己。麻小翠听申哥不埋怨，也就释然了。她把娘家人都接到深圳，一家七口人住在华侨城的房子，父母住小间，弟弟一家三口住客房，艳艳回来就得跟他们挤在一个房间。现在还可以对付，再过两三年就不行了，她要多赚钱，帮助弟弟一家买房。

35

　　暑假，大三学生蒋秋来深圳看父母，她的专业是金融财会。邱晴说："我们就不该把房子退给学校，小秋以后来深工作还得买房。"

　　蒋和平说："政府给了我们一百万，把你调到深圳，还不满足呀？"

　　"没说深圳不好。"邱晴说，"我们再去买套房子。"

　　"还买房？"

　　邱晴说："我们手里有三十万，向银行贷一些，向小谦借点，他们夫妻有办法。"

　　蒋和平同意了："买两房的，够我们住就行。"

　　他们看中一套七十五平方米的两居室，总价两百万。他们是二套，首付要六成，也就是一百二十万。蒋和平说："付不起。"

　　中介小钟说："你们办一个假离婚证。"

　　蒋和平说："这怎么可以呢？"

　　小钟说："很多人都这样。"

　　"你说说怎么操作？"邱晴来了兴趣。

　　"一种方法就是你们到民政局办离婚，离婚证是真的，但你们离婚是假的。"

　　"不行，不行，不吉利。"邱晴摇头说，"第二种办法呢？"

　　"我们给你们做一个假的离婚证。"

　　"假的离婚证可以吗？"邱晴不太相信，得到小钟确定后，说，"那就办一个假的。"

小钟说:"办一个假的要两百块钱。"

邱晴说:"不能便宜点吗?"

蒋和平说:"弄虚作假的事我们不干。"

"先听小钟说嘛。"

"还得做一个假的户口本,是给邱姐的。"

邱晴说:"为什么?"

"你们买的第一套房子是蒋哥的,第二套就只能是邱姐的。第一套如果不是蒋哥的,也做不成呢。"

邱晴说:"这假户口本能行吗?"

"放心好了,保证能过关。这就是做给银行看的,银行有人,银行过了就行。"

"房产中心不看吗?"

"不看,房产中心只看你名下的房子,不管首付的问题。"

邱晴说:"假的户口本要多少钱呢?"

"也是两百元,合起来办三百元。"

邱晴说:"就按你说。"

"我们再考虑考虑。"蒋和平说着拉起邱晴要走。

小钟说:"假离婚真买房的人很多,你们不用担心。"

蒋和平说:"不担心,但不做。"

邱晴说:"这也不算骗人。"

"怎么不算骗人呢?"蒋和平严肃地反问。

邱晴说:"不买的话,秋秋来了怎么办?"

"但不能用欺骗的手段。"

"你到底想不想买?"邱晴不耐烦了。

蒋和平说:"凑齐了一百二十万再说。"

"向谁凑一百二十万啊?"

"借不到,不买。"

邱晴生气了:"我就不明白,六十万可以首付,为什么偏偏要凑到一百二十万?"

"我们是不是教师吗?"蒋和平低声对邱晴说,"如果我们都用上欺骗的手段,怎么面对学生?怎么教育学生?"

小钟说:"你们放心,没人知道。"

蒋和平说:"我们知道。"

"你们这些当老师的,还真是。"小钟摇摇头说。

"当老师的怎么啦?"

邱晴看到蒋和平真的生气了,就说:"算了算了,不买就不买。"

于是夫妻俩离开了中介公司。

路上,两人都没有说话。蒋和平的手机响了,是王小谦打来的。王小谦在电话里问:"蒋老师,今天晚上有空吗?请你与邱老师到公司吃饭,恰好圆媛回家了。"

蒋和平本想推辞,但想到申圆媛回来就答应了。

晚上,蒋和平夫妇来到砂锅粥店,小包间里就两家五个人。林小洁说:"知道蒋老师不太喜欢到外面吃饭,就在公司里做几道家乡菜,感谢蒋老师对圆媛的帮助。"

蒋和平说:"圆媛本来学习就好,也没帮上什么忙。"

申圆媛嘴巴很甜:"多亏蒋老师,不然语文考不上一百三十分的。"

"还是你努力的结果。"蒋和平笑着说,他很喜欢圆媛,"当然也离不开你爸妈的教育。"

"我以后也当老师了。"

……

话题回到了买房的事情上。林小洁说:"这些年跟房子打交道,深圳在高速发展,来深的年轻人越来越多,未来的几年房子还是要涨价。你们给秋秋准备一套房子,是很好的考虑。"

"中介说办个假离婚证可以做到首付三成,但蒋老师就是不肯。"邱晴还是有情绪。

"起码不能骗人。"蒋和平说,"你说呢?"

邱晴不说话了。

"首付不够,差多少我们给你们想办法。"林小洁说。

"那多不好意思啊。"邱晴情绪一下子好了。

"这有什么不好意思,你们有钱了还给我们。"

在林小洁的帮助下,蒋和平夫妇买到了第二套房子,因为是二手房,他们把房子继续出租,每个月收到四千元租金。

同事对他们说:"第二套房子买小了,为什么不买大的呢?"

蒋和平说:"有了两套房子已经很满足了,以后秋秋在深圳工作,把大的一套给她，我们俩住小的。"

2012年秋天，蒋秋厦大毕业，与男朋友胡亚军一同来到深圳。他们本可以在厦大读研究生，但放弃了，选择深圳一家会计师事务所。蒋和平和邱晴高兴，一家都成了深圳人。没想到的是蒋秋工作半年辞职了，准备出国留学。邱晴不同意："全家都在深圳，有房有车有工作还出国干什么？"

斯文的蒋秋这次却很固执，她说："爸，妈，你们在青石不也工作得好好的吗？为什么跑到深圳？你们四十多岁还要跑，我二十多岁就不能跑？现在不抓紧以后就没有机会了。"

邱晴没有理由反驳，只说："你一个女孩子跑到英国，人生地不熟，我们不放心。"

"去英国，又不是去阿富汗。"

邱晴说不过女儿，不说了。蒋和平说："出国也好，去英国一年半，也就四五十万，回来就是硕士研究生，在深圳'海归'还是很吃香的。"

蒋秋辞了工作，男朋友胡亚军留下，他说，他要先拿下会计师资格证，说不定以后也出去。

蒋秋去了英国。她对父母说，也许硕士毕业后还继续攻读博士学位，等她博士毕业了回国。

邱晴忧心忡忡地对蒋和平说："博士毕业了，估计她还不想回来。"想想自己一心给女儿经营着深圳的窝，结果鸟儿连窝都不瞧一眼就飞远了，自己老了也许还得回青石，邱晴的自信心大受打击。

蒋和平倒是乐观："女儿不回来就不回来，如果她喜欢英国，就让她留在英国吧。我喜欢深圳，老了要么在深圳，要么回青石。"

邱晴觉得蒋和平说得也有道理，蒋和平有理想，女儿就不能有理想？女儿这点像她爸，于是也就释然了。

电话里，蒋秋说："要不，你们来英国看看？也许你们也会喜欢上英国。"

邱晴不想去英国，如果女儿真的留在英国，到时再去也不迟。蒋和平说："现在女儿在英国，我们正好去；如果女儿回来了，我们想去也去不了。"

"怎么去不了？跟随旅行团。"

"跟随旅行团哪有自由行方便？"蒋和平虽然这样说，但也没有去英国的实际行动。

36

林小洁经常有事没事就去一趟前海，看到滩涂上泥头车往来穿梭，各种大型机器设备不停运转，她联想到三十年前蛇口的开山第一炮，今天的前海像极了三十年前的蛇口。她说："三十年前，蛇口一声炮响为深圳的大改革揭开了序幕；前海的轰鸣必将引领深圳的下一个30年。莹莹、千惠，我们跟上前海！"

师莹莹点头说："这片被推土机的轰鸣声唤醒的土地，价值无与伦比。"

周千惠说："赚钱的机会就要到了。"

2010年5月，深圳前海深港现代服务业合作区管理局也相应成立，郑良礼完成前海前期规划编制工作，调往汕头任职。

2012年12月，师莹莹给了林小洁一份新闻剪报，新闻剪报详细收集了习近平总书记的深圳之行。

林小洁说："前海要腾飞了，这是百年难得的机遇，小雨，我们开会。"

深圳大家房地产有限公司成立之后，欧阳小雨回到了公司担任总经理一职，也是港资的代表。

在管理层会议上，林小洁说："总书记选择前海，前海就会成为改革开放再出发的一个高地，前海的定位是'依托香港、服务内地、面向世界'，香港必定会参与前海建设，港资企业必定会得前海管理局的重视，小雨，你这个港资代表一定让'诺盛'集团做好前期准备，先期在前海注册'诺盛'公司，以工业产品研发设计的名义，在前海放手一搏……"

香港盛世投资（深圳）有限公司于2013年3月18日成立，注册资本八千万元，法定代表人严盛世，股东为林小洁和严仲生，对应股权49%和51%，它的母公司是香港"诺盛"控股公司。

2013年10月10日，深圳市土地房产交易中心发布公告，公开挂牌出让位于前海深港合作区十八单元六街坊的T103-0245、T103-0246两地块土地使用权。要求竞得人为已在前海注册成立的香港企业，母公司或实际控制人须为上年度资产总额或营业收入不得低于五十亿元人民币。

参加T103-0245竞买的公司，除香港盛世投资（深圳）有限公司外，还包括建滔前海投资有限公司、敏华总部有限公司。香港盛世投资（深圳）有限公司经三次举牌后拍下了T103-0245土地，成交价为24.33亿元，建筑面积为十五万平方米。

欧阳小雨说："折算下来，楼面地价1.62万元/平方米，地面地价19.08万元/平方米，寸土寸金。"

林小洁说："我亲历了深圳翻天覆地的变化，前海改革开放再出发，我们得放手一搏，这就是机会。"

……

2014年9月的一日，史芳专门从蛇口跑到龙岗找林小洁，到了五楼办公室，关上门，急切地对林小洁说："林姐，廖哥出事了。"

"廖哥怎么啦？"林小洁很长时间与廖哥没有联系了，毕竟廖哥现在是大领导。

史芳说："听老公说廖哥昨天就失联了。"

"怎么回事？"

"可能问题比较大。"史芳说，"你真聪明，这几年公司业务都不与廖哥往来。"

林小洁说："廖哥职位越来越高，不好找他。"

"我老公还是跟廖哥黏在一块，不知道工厂会不会受到影响。"

"估计没什么问题吧。"说这话时林小洁也没底，现在中央不是说老虎苍蝇一起打吗？而且她的房地产公司也不是小公司。

史芳说："希望如此吧。"

没过多久，林小洁从中央纪委监察部网站看到消息，廖哥因涉嫌严重违纪问题，正在接受组织调查。林小洁没有把这事告诉王小谦，王小谦却先告诉她说："廖哥出事了。"

林小洁说："廖哥严谨不够，出事是正常的。"廖哥这一进去，估计出不来了。林小洁也担心自己的公司受到影响。

2015年1月5日，史芳对林小洁说："儿子找了个澳洲姑娘，不准备回国。庄哥已经关闭工厂，变卖资产，准备以投资移民的方式去澳洲。"

林小洁说："出国前，我给你们夫妻饯行。"

"不用了，也没心情。"

林小洁说："我派人送你们到机场。"

史芳笑着说："去机场随便叫一部车就好了，也没什么东西，到那边再联系你。"

史芳就这样出国了。

史芳一出去音讯全无，庄哥也联系不上。林小洁对师莹莹说："这不像史芳的行事风格。"

师莹莹说:"联系她的儿子吧。"

"不知道联系方式,再等等吧。"

前海开始新一轮土地拍卖。

竞拍的是位于前海深港合作区七单元的一块商业用地。该宗地的土地面积为32485.15平方米,建筑面积为19.5万平方米,挂牌起始价31.5亿元,折合楼面地价为1.61538万元/平方米。

林小洁与欧阳小雨也来到拍卖现场。

拍卖十多分钟便结束,嘉里置业以38.6亿元夺下该地块,楼面地价为1.97万元/平方米。

欧阳小雨说:"我们当时拍下的楼面地价为1.62万元/平方米,一年时间一平上涨了三千五百元,计算我们拍下的地块,节省了五亿多。"

"抓紧时间把大楼建好。"

"届时,我们二百八十米甲级写字楼与六栋大型商办综合体,一定会成为前海的一颗耀眼的明珠。"欧阳小雨信心满满地说。

林小洁说:"还是深圳给了我们机会。"

37

2015年1月10日,林小洁正在公司办公,前台打来电话说:"林总,有两个客户要见您,但他们没有预约。"

林小洁说:"问问他们是做什么的?"

"他们说是信托公司的。"

"请他们上来吧。"

一男一女两个年轻人到了林小洁办公室之后,就关上门,出示证件,对林小洁说:"我们是纪委的,我叫唐卡,他叫鲁明。我们是奉上级的命令来请你协助我们调查一个案子。"

林小洁吓了一大跳,纪委怎么找上门来了?但她很快镇静下来说:"我这就跟你们一块去,能不能把公司的事情跟我的助手做一个交代?"

唐卡说:"对不起,暂时不可以。你这两天有可能属于失联状态,如果协助我们调查的案子跟你没有什么关系的话,你很快就可以回来上班。"

林小洁什么也没带,就随两个同志一起出办公室。唐卡说:"我们下楼时,请你不要跟任何人说话,万一有人问起,就说我们出去办一点信托上的事情。"

在大楼里他们碰到公司的一些管理干部,他们看到林小洁打一个招呼,说声"林总好",林小洁微微点点头,就乘坐电梯下楼。前台的工作人员说:"林总,您出去吗?"

林小洁点点头,突然想:"是不是廖哥的事?史芳与庄哥是不是跟我一样,也被纪委请过去了?以前是与廖哥有来往,那都是办装修公司时的事,都十多年了"。

上车,到了纪委的办公地点,林小洁确信史芳夫妇没有出国,后来才知道他们在机场被纪委的同志给拦下来,原因就是跟廖哥有关。

办案的同志倒是很直接,开门见山地就问林小洁说:"你跟廖志宽认识吧?"

林小洁很坦然地说:"认识,我们认识十多年,当年我开一家装修公司。"

"说说你们的认识过程。"

"我与我先生开了一家装修设计公司,一开始只做居民房子装修,后来为了拓展业务,通过庄学武认识了廖志宽⋯⋯"

师莹莹到办公室没看到林小洁,电话联系不上,打电话问王小谦,王小谦没接。师莹莹到欧阳小雨办公室,欧阳小雨说:"我今天没见到姐,刚才打她的电话,也联系不上,我还正想问你。"

"这可是从来没有出现的事,会不会出事了?"

"会出什么事?"

师莹莹说:"我听姐说,史芳姐与庄哥出国了,但一出国就联系不上,难道跟廖哥有关?"

欧阳小雨抓起电话问了前台,前台的接待员说:"林总跟一男一女两个年轻人出去的,他们说是信托公司的。"

电话致信托公司,那边回说:"没有这事呀。"

两人都抽了一口冷气。

当年她们在装修公司跟廖哥有交往,欧阳小雨还陪他打过麻将,师莹莹也同他一起到高尔夫球场打过几场球。

廖哥的事可是大事。两人一同回顾了与廖哥的交往,都是陈芝麻烂谷子的事。自从开办深圳大家房地产有限公司之后,除了开业典礼上廖哥与其他领导一同来剪彩之外,她们就没有跟廖哥有联系,当然她们也不完全清楚林小洁是不是私下里与廖哥有来往。

师莹莹说:"公司没有必要找廖哥,所有的手续都是合法合规的。"

欧阳小雨说:"如果姐真的有事,公司就麻烦了。"

她们想起了近期发生的与地产公司有关的案件。

华润置地公司执行董事和董事会副主席王宏琨被带走调查;重庆市协信集团董事长吴旭被传接受调查。雅居乐主席陈卓林被昆明市人民检察院批准执行指定居所监视居住;佳兆业集团主席郭英成"失联",房源被锁……

公司的两个高管面对面坐了好一会儿。师莹莹说:"这事暂时不能告诉别人,如果有人问起,就说姐临时出差了。"

王小谦给师莹莹回了电话。

师莹莹说:"姐临时有事出差了,她让我给你先打个招呼。"

王小谦说:"什么事这么着急啊?去哪了?"

师莹莹说:"香港。"放下电话。

欧阳小雨说:"这也不行啊,去香港不是晚上就回来了吗?"

"只能说姐去香港,跟团出国了。"

"但是出国不可能电话联系不上,在这个时代,电话没有,起码QQ还在呢。"

"先不管这些了,如果公司里有什么紧急的事,我就说,姐已经全权委托你了。"

这一天,这两个一起跟随林小洁从装修公司打拼到深圳大家房地产公司的高层都忐忑不安。

晚上,师莹莹与欧阳小雨去了一趟王小谦的家。她们把林小洁可能被纪委带走的事情告诉了王小谦。

"我们公司干干净净,经得起调查。"王小谦嘴上这样说,心里毕竟不踏实。他突然想起当年自己办补习班的时候被家长告发,结果进了派出所,那还只是钱的问题,而林小洁被纪委带走就不是钱的问题。哪怕林小洁没有任何问题,但调查肯定得有一个过程,这个过程一旦漫长,公司就会陷入困境。

第二天早上,林小洁给王小谦打来电话说:"正在配合纪委做一些调查,你放心吧。"

王小谦赶紧把消息告诉师莹莹,师莹莹与欧阳小雨才放下紧张的心情。师莹莹想,人平安,这就是最大的好事。大家房地产与大家装修两家公司一切都正常运行,林小洁不在公司,有欧阳小雨和师莹莹。

但是很快公司内部就传,老板可能出事了。因为之前花超大厦房源,超样年华在深圳"华乡家园"的项目等都已经被锁定。

林小洁被带走之后,深圳大家地产"华乡家园"项目一百套房源被锁定。

各种消息在公司炸开了,一则"大家房地产已破产"的消息在微博上传开,都说这轮"锁房"风波第一个倒下的可能会是大家房地产有限公司。

师莹莹连夜赶写一篇文章《从"'大家'被破产"说起》,意在感谢也向大家报告"'大家'目前一切尚好"。欧阳小雨代表公司回应了新闻记者提问,说:"只是原来有一些客户跟公司存在的一些纠纷,所以房源被锁,公司还在正常运转。"

当问及公司老总林小洁时,欧阳小雨说:"公司是公司,林总是林总。"

但是房源被锁风波继续发酵。

师莹莹把整理出来的文档给了欧阳小雨,她说:"截至16日,有18245套房源被锁。被锁房企已经超过三十家,涉及房源有两万多套。遭到锁盘的地产上市公司,股价纷纷受到不同程度的影响,大海地产跌幅0.6%,超样年华股票跌了5.8%,佳兆业在去年12月份更是暴跌47%。"

山雨欲来。

购买了华乡家园项目的业主集体聚集至大家房地产总部门前,虽然没有手舞小旗,但四面拥来的人群,惊动了当地公安部门。

群情激动。

经公安部门协调,选出三位代表进入总部大楼与公司代表协商。

车先生说:"华乡家园楼房被锁,能保证我们准时入住吗?"

欧阳小雨说:"市规土委明确表示,主管部门只是临时锁定相关房源,待事项办理完毕后再解除锁定。"

"你们到底做了哪些不合规的事情引发市规土委要锁房?"这问题很直接。

欧阳小雨笑着说:"规土委称,'锁定'主要有五种情况:一是因关联业务办理要求,需要暂时停止销售;二是预售合同签订,上传数据后未即时备案,系统也会自动锁定;三是因涉嫌违法违纪,正在进行调查处理或其他调查案件;四是因司法或其他调查案件的问题;五是法律法规规定的其他情况。我们也在等待结果。"

"如果你们撑不住倒闭了,后续的工作谁来接手?"

"公司不会倒闭。"欧阳小雨说,"至今,深圳没有一家房产公司倒闭,国家也不会让我们倒闭,你们不相信我们,难道不相信国家吗?"

"只有房产证办下来了,我们才能放心。"

"请你们相信我们，房子已经建好了，不用担心它会消失，我们的家也都在深圳。"

"我买的是三期，预计建成要等到2016年，还能确保如期建设吗？当时所承诺的优惠条件还能兑现吗？"有人又提出新问题。

"建议你们到项目现场查看一看，现在所有的项目仍在如期施工，你们放心吧。"

……

代表们向聚集的人出示大家房地产有限公司银行流水还有十个亿流动资金后，聚集的人群终于解散了。

欧阳小雨召集了公司管理层、施工部门的负责人开会。欧阳小雨明确表示："林总的确是被纪委带走协助调查，但不代表林总有问题，也不代表公司有问题。在这个关键时刻，请大家保持冷静，完成自己的本职工作，不传谣，不信谣。房源被锁不是我们一家，大海地产、中粮地产以及超样年地产等上市房企也纷纷发声申明，管理局锁房只是暂停销售。网上的信息很多，大家可以自行解读，如果我们都不相信自己，那干脆就回家，公司给你们高薪又有何意义呀？"

欧阳小雨表现出了她凌厉的工作作风。

1月21日，林小洁回到公司，还是把她带走的两个年轻人送回的。他们对林小洁说："感谢您对我们工作的支持，您的事情经过调查取证，正如您说的一样，大家房地产公司是很遵纪守法的公司。虽然调查可能影响了您正常的工作，但也给你们公司一个提醒，不管从事什么行业，第一条就是守法。"

"这也是我们公司自证清白的好机会。"林小洁说，"我们都得引以为戒。"

回到公司，林小洁顾不上休息，就开了公司高层会议，她说："我回来，就证明公司是清白的，请大家放心。也许部分房企确因调查而陷入困境，但更让我们看到希望，经历调查之后，相信我们的地产公司会比以往任何时候都更健康、更加充满阳光。反腐犹如一缕清风，吹走了房地产行业的很多潜规则，从而给行业带来新活力……"

之后，深圳大家房地产有限公司被锁房源全部解锁，市里还送来一个"诚信守法企业"的牌子。

林小洁举办了一个小小的管理层酒会。她说："今年有很多的房地产企业出现了这样那样的问题，被锁住的房源不少，涉及的企业也不少。而我们经过纪委部门的调查之后，市国土委给我们送来了这个'诚信守法'的牌子，这牌子看起来平常，但它的分量却很重。我已经跟欧阳总经理商量过，我们公司借机着手准备上市。"

大家报以热烈的掌声。

欧阳小雨说："现在上市并不容易。但是有了这样一个牌子，证监会在我们资质审核时，就会开出绿灯，从明天起，我们就着手上市前的准备工作。南方证券公司的安澜女士从明天起进驻我们公司，对我们公司的年度报表、财务状况做全面评估。争取在一年时间内能够上市。今年很多房企会面临的诸多问题，但对我们来说，这就是机会，我们借机把公司提升到更高层次，想当年我们公司草创之时，也是在2008年全球经济危机之际，小型房地产企业面临着破产危机，林总却能把握机遇，筚路蓝缕，才有我们公司的今天。相信在林总带领下，公司上市一定成功。"

电视台采访林小洁，她说："我先生曾经给我讲孟子与告子谈论人性的故事，告子说，人性如同一潭水，你在它的东边挖一个口，水就往东边流，你在它的西边挖一个口，水就往西边流。言外之意是往善良挖一个口，人就跟着善良走，往不善良挖一个口，人就跟着不善良走。孟子说，您说得很有道理，但您想过没有，这东西南北的水有一个共同的特点，那都是往下游流动，人性就如同水性一般，本质是善良的。深圳商人更是如此。"

2015年1月初，港丰地产的前实际控制人何建华，在广东省委巡视组巡视期间，因涉嫌违法犯罪被深圳市检察院逮捕。因何建华拖欠工程款、涉嫌"一房两卖"等行为，港丰地产多套房源被锁。

林小洁在庆幸自己的同时，更加坚定了守法经营的决心。

麻小翠通过林小洁的介绍买下史芳的一套小房子。房子过户不久，"3·30"政策出台，深圳的房价再一次飞涨，麻小翠捡到一个宝，整天都洋溢着幸福的笑容，也完成作为姐姐的最大责任。蒋和平的第二套房子一下子就飞涨到五百万元，邱晴很庆幸，在蒋和平的耳边说："来深圳五年，我们的家产也有一千万了，得感谢小谦夫妻，要不是他们，估计我们也来不了深圳；还真佩服林小洁，很有眼光，能看出房子的行情。"

"感谢的何止是王小谦夫妇，比如青石一中的领导，他们要是不让我来，还真的来不了；还得感谢海湾学校，是它接纳了我们。"

"还得感谢深圳政府，人家都给你一百万。"邱晴笑嘻嘻地说。

海湾教育集团总校长温长天对王小谦低调做事、勤奋好学的做人风格一直心存好感，认为他是一个有学识、工作认真、有教育思想的教师。2013年，王小谦升任教科处主任，他提出"教育即苦痛"的观点成为温校长"教育即享受"的基础。

王小谦"教育即苦痛"的说法，是作为深圳市名师工作室主持人的课题提出的，他就"教育即苦痛"的想法向温校长做了详细汇报。

王小谦说："教育的根源是痛苦的，对教育者与被教育者都是如此。这源于教育的终极目标，教育者希望通过他的教育使受教育者获取一种技能或一种本领，同时教育受教育者也是教育者谋生的一种手段，甚者很多的教育者想通过这一手段获得社会一定程度的认可，于是他们很认真地工作着。而受教育者则主动或被动地接受教育，从而被社会接受而获得了一种谋生的手段。这种终极目标必定使教育者与受教育者不可避免地产生痛苦与矛盾。回溯历史，可以有很多案例：孔子被尊为教育的第一人，可是他依然有痛苦，《论语·公冶长篇第五》中这样说，宰予昼寝，子曰：'朽木不可雕也，粪土之墙不可圬也，于予与何诛！'"

王小谦停了下来，温校长说："我听得懂。"

"宰予是一位了不起的人，与老师之间尚有冲突，何况一般的学生呢？只要是学习都会有痛苦，无论是主动还是被动。头悬梁锥刺股中的两位主人公是主动学习的楷模，逼迫自己挑灯夜战，精神与肉体都是痛苦的。闻鸡起舞、萤囊映雪等故事没有一个不痛苦，他们这样做的原因，还是与教育的终极目标有关，想被社会所认可。"

温校长没有表态。

"教育与培养技能在本质上是相同的，木匠、石匠、泥瓦匠等任何一类以掌握技能谋生的人，在学习阶段都是痛苦的。他们在学徒的阶段，干的是重活累活，还受到师父的指责，也正是经历了这种痛苦，他们才成才或者说获得了一种谋生的手段。教育亦是如此。

"书塾教育，估计没有一个学生不挨戒尺的，其实这是受教育所必须付出的。教育者能做的是在减少或者削弱双方的痛苦……"

温校长还是没有表态，王小谦有点尴尬。

温校长说："小谦，你是一位能思考的老师，听了你的讲述，我想改改你的课题名称。教育的过程可能有苦痛，但终极目标是享受；而且你也说了很多享受的途径与方法。'教育即痛苦'不如说'教育即享受'。你说呢？"

这一瞬间，王小谦有醍醐灌顶之感，顿感自己与温校长之间的差距，教育的过程的确有这样那样的痛苦，但教育的终极是快乐的，享受永远大于痛苦，王小谦脸红了，为自己的肤浅。

温校长站起来拍着王小谦的肩膀说："如果每位教师都能像你一样多读书、多思考，我们的基础教育必定一片光明。"

之后，"教育即享受"也就是"享受教育"成了海湾教育集团的办学理念，海湾教育集团"享受教育"的办学理念得到了深圳教育界的普遍认可。

2014年9月，王小谦到海湾学校第二初中部任副校长，负责全部校务工作，实际上就是初中部校长。2016年，温长天校长退休。

第九章 乳燕飞

38

  2014年12月，申圆嫒提前参加深圳市教育系统招考，成为海湾集团学校高中部的一名正编教师。对申圆嫒而言，一切都顺理成章，她笔试第一，面试第一，她知道这里有自己的努力，也有王小谦的功劳。

  申圆嫒二十二岁的人生平淡无奇，父母离异对她没有什么影响，父亲申德义虽然不与她生活在一起，但对她的关爱与日俱增，她还多了一份王小谦的呵护；从小学四年到高中毕业都在名校，华南师范大学虽然算不上顶尖，但也在名校行列。从小学到高中，她从来不缺钱，也从来没有过钱的概念，只要她说要钱，王小谦就会给；她也不怎么用钱，与同学出去也花不了多少。

  大学四年，她不算优秀，但也拿过奖学金。大学生活也平静，谈过一场恋爱，不算轰轰烈烈、刻骨铭心，男孩是她同学。大四时，他准备考北京师范大学研究生，努力争取留在北京。他劝申圆嫒考研，申圆嫒说："研究生毕业了是不是还得工作？"

  男孩说："是呀。"

  申圆嫒说："那读研干什么？你看我父亲的学校六个博士，都是名校的，我毕业了回海湾中学。"

  "当一个中学老师就是你的理想？"

  "这理想不对吗？"申圆嫒说，"那你来华师干吗？"

  "人生还得有诗与远方。"

  申圆嫒说："德拉说过一个渔民的故事。一个渔民在海边晒太阳，一位绅士走过来对他说：'天气这么好，为什么不去捕鱼呢？'渔夫说：'先生，捕鱼干什么呢？''捕鱼你就能挣很多钱啊。'渔夫说：'挣钱又为了做什么呢？''挣钱你就可以买一艘更大的船。''先生，买大船又做什么呢？''这样你就可以打更多的鱼，挣更多的钱。''那又能怎么样呢？''这样你就可以像我这样，在海边晒太阳。'渔夫说：'先生，我现在正在这样做呢。'"

"你就想当一名渔夫？"

"你想当一名绅士？"

"你的理想太现实。"

"你去大学当辅导员吧。"

他们散伙了，男孩如愿考上北师大研究生，申圆媛回到深圳。

招考之前，林小洁对她说："要不要跟你小姨一样出国，读个研究生回来，多少也算一只'海龟'。"

"我读的是汉语言文学，到美国读中文？没文化。"

"你妈就是没有文化才想让你有文化，不去我还省一大笔开支呢。"

王小谦说："回海湾中学吧。"

"最好不要与你同校。"申圆媛说。

"去高中部。"

申圆媛说："我还是喜欢到初中校。"

王小谦说："为什么？"

申圆媛说："不用上晚修。"

林小洁说："你这孩子，怎么一点苦都不想吃，你看他。"林小洁指着王小谦。

"王老师是男的，当然要努力了。"申圆媛攀着王小谦的肩膀说，"王老师，你说对不对？何况现在王老师也跑到初中部，不用上晚修了。"

"行吧，如果你想与我同校就到初中部。"

申圆媛说："我想想吧，当你学生还行，当你同事有点别扭，算了，去高中部。"

林小洁说："你考虑清楚了，别后悔。"

申圆媛说："就这样。"

2015年8月，深圳大家房地产有限公司总部在前海蛇口自贸区的前湾区挂牌成立。总部有两个牌子，另一个是深圳大家装修设计公司。装修设计公司由师莹莹管理，业务扩大到工业设计、品牌设计等领域，规模更加宏大，门类也更加齐全。

申圆媛说："可以招聘更多的网上设计师，不管是现代简约、轻奢时尚还是欧式古典、典雅中式、北欧极简都可通过网络交易，公司节约成本，也提高效率。"

师莹莹拍着申圆媛的头说："丫头，可以呀。"招募到了一百位设计师，这些设计师也是别的公司的设计者；但施工队还得靠技术工人，林小洁与深圳技工学校合作，出资委托培训青年工人。

9月，申圆媛正式成了海湾中学高一的一名语文老师，与她一起加盟海湾中学的还有英语专业的方静、化学专业的江一叶。方静毕业于北京师范大学，正式招考的；江一叶毕业于华中师范大学非师范专业，属于购买服务，她想成为正编教师还得参加考试。

三位年轻女教师都安排在高一，但不教同一个班级。学校给她们安排了导师：申圆媛的导师是特级教师蒋和平，方静的导师是特级教师丁福兴，江一叶的导师是化学科组长吕民。学校希望通过名师指引让她们早日成熟。申圆媛很高兴，当蒋和平的徒弟那是再好不过，蒋老师视她为女儿。

蒋和平对申圆媛说："给你布置一个任务，每周听我三节课。"

"行呀，干脆听你五节课，这样我就不用备课了。"

蒋和平笑着说："你干脆带一个录音机。"

"还真是呀。"

蒋和平说："什么真是呀，我只让你来听课，不是让你来照搬我的课。上课还得有自己的风格，学生不同，你与我个性也不同。"

"哦，那好吧，我就按您说的去听您的课。"

蒋和平语重心长地说："辛苦三年，以后就幸福了。"

"真的吗？那就认真三年，以后一劳永逸。"

"又当真了。"

"我知道您开玩笑。"

蒋和平说："你这孩子。"

申圆媛每天拎着椅子去听蒋和平的课，蒋和平开始挺高兴，后来发现，申圆媛真的不备课，都是听一节搬一节。蒋和平说："圆媛，可不能这样上课。"

申圆媛说："蒋老师，我觉得您的课真好，我怎么备课也达不到您的水平，不如直接学您的。王老师也说了，让我多听您的课，说您水平高，知识渊博，课上得好。"

"去去，不用假借小谦的话来拍马屁。"

申圆媛说："我说的是真的。要不，我每天给您端水杯。"

"行，以后你就天天给我拎水杯。"

"好咧。"

蒋和平说："看小谦把你给宠的，学校检查教案怎么办呀？"

申圆媛说："还得检查教案？"

"当老师能没有教案吗？"

"那您的借我一下。"

"教案你得自己写。"

申圆媛说"好咧"，但她还是没写教案，每天跟在蒋和平后面。上完课，就坐在办公室与学生聊天，聊得不亦乐乎。同办公室的老师说："圆媛真与学生一样。"

学生经常给她叫外卖，她让学生在她办公桌卡位上充电，学校明令学生不准带手机，但申圆媛似乎都不在乎。

蒋和平说："圆媛，不要带学生到办公室。"

"是的，我也不喜欢他们来，但他们说有问题要问。"

蒋和平只好摇头："典型的'深二代'，娇生惯养。"

说到"深二代"，蒋和平也郁闷，女儿蒋秋虽然不是"深二代"但也差不多，好好的工作不要，偏要去英国，还要读博士！

申圆媛的工作态度，王小谦也忧心，2015年快结束了，申圆媛一节公开课没上。王小谦对她说："你要上公开课了。"

申圆媛说："行呀。"但就是没有行动。

王小谦再劝申圆媛。

申圆媛说："我都跟着蒋老师，我的课有什么好听的。"

"你得有自己的课堂风格。"王小谦耐心地说。

"行吧，明年我开课。"申圆媛应付道。

39

申圆媛在海湾中学最要好的朋友就是方静与江一叶，她课余生活并不丰富，周六上午基本上睡懒觉，晚上到外面吃东西，看电影，逛商场，这样的活动与方静居多。方静来自武汉，要考虑在深圳买房，高档商场她也不去。到外面吃饭都是申圆媛请客，她们两个要掏钱申圆媛不让，申圆媛的工资可以花光，不够还可以向家里要。

她们也去K歌，但比较少，毕竟都是女孩子。最常去的是咖啡厅，三个人各要一杯可以消磨半天时光；有时也去酒吧，喝点红酒，偶尔唱一两首歌，也基本上是申圆媛与方静上台。酒吧都是年轻人，听他们海阔天空地聊天，时间很容易从酒味中流逝。

申圆媛说:"我喜欢在酒吧里慢慢流逝的时光,最大的理想就是开一家酒吧。"

2015年12月31日,她们三个人去甜心酒吧,申圆媛说要一起跨年,酒吧与往常一样热闹,一群年轻人,申圆媛要了三瓶红酒。她说:"今天是2015年的最后一天,我们不醉不归。"

甜心酒吧有歌手,也可以自己上台。圆媛一个人就喝了一瓶半的红酒,借着酒兴跑到台上宣泄了一首《Anything But Ordinary》(《绝不平凡》):

> Sometimes I get so weird
> I even freak myself out
> I laugh myself to sleep
> It's my lullaby
> Sometimes I drive so fast
> Just to feel the danger
> I wanna scream
> It makes me feel alive
> Is it enough to love?
> Is it enough to breathe?
> Somebody rip my heart out
> And leave me here to bleed
> Is it enough to die?
> Somebody save my life
> I'd rather be anything but ordinary please
> ……
>
> 有时我很古怪
> 我甚至会麻痹自己
> 我笑着哄自己入睡
> 这是我的摇篮曲
> 有时我把车开的超快
> 只是为了体验危险

我想大声尖叫
这可以让我觉得自己还活着
这样去爱就足够了吗？
这样呼吸就足够了吗？
有人撕碎了我的心
留我在这里独自流血
就这样死掉？
有人救了我
什么我都愿意，就是不甘于平凡
……

  这是一首让人热血沸腾的歌曲，圆媛先英语后中文高着嗓子歇斯底里地唱出，得到了一片热烈的掌声、呼叫声伴有尖叫、高喊："再来一首，再来一首。"

  圆媛把方静拉上台，方静原本是武汉少年合唱团的，对她而言唱歌比上课容易。她也是先英语后中文，唱起《Never Gonna Give You Up》（《永不放弃你》）。

We're no strangers to love
You know the rules, and so do I
A full commitment's what I'm thinking of
You wouldn't get this from any other guy
I just wanna tell you how I'm feeling
Gotta make you understand
Never gonna give you up, never gonna let you down
Never gonna run around and desert you
……
关于爱情，我们并不陌生
你我都知道爱情的规则
我已经准备好全身心付出了
这是其他人给不了你的
只是想告诉你我的感觉
必须让你明白：
永不放弃你，永不负你

　　　　永不离开抛弃你
　　　　……

　　方静嗓子甜美，英语味道也浓，掌声俨然成了海浪，尖叫声是此起彼伏："美丽的姑娘，再来一个。"后来就演变成了："美丽的姑娘！""美丽的姑娘！"……
　　申圆媛说："一叶，来一个。"
　　江一叶说什么也不上去。
　　方静说："我们三个人一起唱。"
　　江一叶说："只唱中文歌。"
　　申圆媛说："中文就中文。"
　　于是她们来了一曲汪峰的《怒放的生命》。

　　　　曾经多少次跌倒在路上
　　　　曾经多少次折断过翅膀
　　　　如今我已不再感到彷徨
　　　　我想超越这平凡的奢望
　　　　我想要怒放的生命

　　酒吧里所有人一齐接唱：

　　　　就像飞翔在辽阔天空
　　　　就像穿行在无边的旷野
　　　　拥有挣脱一切的力量
　　　　曾经多少次失去了方向
　　　　……

　　酒吧成了歌的海洋，还没有唱完，男生就拼命地开始送花，也有人来敬酒。申圆媛的酒量遗传了申哥，来了就喝，场面到了白炽化的地步。
　　沸腾的场面随着她们回到台下才渐渐平息，但依然有人来献花。她们在台桌吃点水果，平息一下兴奋的心情。一个中年男子过来自我介绍说："三个小妹妹，我姓崔，酒吧的老板。"

申圆媛眼都没抬，方静低头吃水果，江一叶站起来说："老板好。"

"一叶，坐下！"申圆媛抬眼说，"什么小妹妹！"

"三位对不起。"崔老板有点尴尬，"习惯了。"

"说吧，什么事？"

崔老板说："三位歌唱得非常好，特别是英语歌曲。"

"你坐下说。"

崔老板说声"谢谢"坐下了。

申圆媛指着方静说："合唱团的，留英回来，能不好吗？"

"难怪。"崔老板停顿了一下说道，"三位有兴趣到我们酒吧唱歌吗？"

"唱歌？"申圆媛看着对方。

"是呀。"崔老板笑道。

"多少钱？"

"一百块。"

申圆媛摇头说："不干。"

"你说个价。"

"两百。"

"行。"崔老板回答得干脆。

方静低声对申圆媛说："我们跑到酒吧唱歌，行不行呀？"

"八小时以外嘛，不影响上课。"申圆媛满不在乎地说。

"三位是老师？"

江一叶说："海湾中学的。"

"名校的老师呀，有眼不识泰山。"崔老板抱拳道，"你们最少唱一曲，最多五曲，我们赠送酒水。"

申圆媛说："先试试吧。"

"行。"崔老板很高兴，"今晚你们的酒水免单。"

江一叶说："谢谢老板。"

她们约好晚上八点到酒吧，九点半回家。

酒也喝了，歌也唱了，还意外地获得一份唱歌的副业，这个跨年过得充实。三人又喝了一瓶酒，之后回到方静、江一叶的宿舍，她们的宿舍以前是蒋和平住的，后来没有新来的特级教师，宿舍就给了两位年轻教师。

申圆媛歪倒在沙发上，江一叶去烧水。方静喝得少，她说："圆媛，行不行？"

"躺一会儿就没事了。"申圆媛说。

申圆媛喝多了。

方静说:"我们送你回去。"

"有什么好回?"申圆媛不高兴地说,"就我一个人,空荡荡的。"

申圆媛一家三代七口人,双胞胎兄弟已经上幼儿园,两兄弟一回来就像小马驹没有闲下来的工夫。林小洁担心影响申圆媛备课,给她买了一套九十八平方米的房子。申圆媛也想有自己的空间,但一个人住一套房子有些空旷,就经常跑到方静这里,宁可睡沙发。江一叶就经常模仿某句台词:"人与人咋就差别这么大哩?"

江一叶从厨房烧水回来,问道:"睡着了?"

申圆媛说:"你才睡着呢。"

"喝点水吧。"

申圆媛喝了水之后,说:"新年快到了,你们都说说新一年的理想吧。"

方静说:"我最大的理想是在深圳拥有一套眼前这么大的房子。"

申圆媛说:"与一叶住在一起不好吗?"

"我睡房间,一叶睡在客厅。我男朋友来了,一叶就到学校备课。"方静停顿了一下说,"你想回父母身边有自己的房间,想独处有一套一百平方米的三房。"

申圆媛说:"要不,一叶搬到我那儿。"

方静说:"她搬走了,学校还会让新的老师住进来,还是一样。"

"我最大的理想是调入海湾中学。"江一叶说,"圆媛,你命最好,'深二代'就是幸福。"

"我真的幸福吗?以前的目标就是考大学;当老师了,反而失去了目标,现在连上课都没有干劲。一叶,你想教出好成绩,学校为你设置岗位,通过考试转正,这目标多明确。方静,你努力地攒钱准备买房。我呢,什么都不用操心,上大学顺利,进海湾中学顺利,我的人生一开始就有人给我铺好。你们说,我还追求什么?我还有什么可追求的?想房有房,想钱有钱,想工作有工作。大家都说我工作不认真,可认真有什么意义吗?"

申圆媛真的喝多了。

方静她们是第一次见到申圆媛说出这样的话。

"喝点水吧。"方静又给她倒了一杯开水。

"圆媛,有话说出来吧,这样就舒服点。"江一叶扶着她。

"你们都有目标，而我的目标又在哪儿呢？"申圆嫒说，"我也爱过，可是他认为我没有追求，我们就分手了。有时真想离开深圳到一个别人都不认识我的地方，可我没有勇气。我知道离开父母，可能就真的生活不下去；但我又不想这样生活着，没有目标的生活！你们知道吗？"

申圆嫒突然哭了，又趴下了。

方静不知道怎么安慰她，江一叶给了申圆嫒一个热毛巾说："圆嫒，没事，没有目标就是目标，你的生活就是我与方静的目标。方静，你说对不对？"

"对呀，对呀。"方静连连说。

申圆嫒说："王老师对我特别好，就是因为他是我的养父，他怕伤着我。"

"王校不是你爸呀？"江一叶有点吃惊。

"八岁时我妈与我爸离婚了。"申圆嫒发了一会愣说。

"你爸呢？"江一叶又问。

"在白石洲开餐馆，也组建家庭了，妹妹在我们小学部上四年级。"申圆嫒又愣了一会儿。

"原来是这样呀，大家都说你是王校的女儿。"江一叶点点头说，"我就奇怪为什么姓不一样。"

申圆嫒说："王老师与我妈的故事可以写成一本小说。"

方静说："这么传奇呀？"

申圆嫒突然来了劲头，坐起来，似乎一下子酒醒了："是呀，我妈与我爸原来在白石洲卖肠粉，一次我妈从老家回深圳时结识了王老师，于是他们三人的生活就彻底改写了，我的生活也改写了。"

"是你妈看上王校，还是王校先瞄准你妈？"江一叶问道。

"对呀，王校有风度，你妈妈有气度，到底是谁主动？还是两情相悦？"方静也想平复申圆嫒的情绪，其实她不是一个喜欢八卦的女孩。

"肯定是王老师看上我妈，我记得当年王老师是一脸的老土。"申圆嫒说，"我妈多漂亮呀。"

江一叶说："我觉得也是，看看我们圆嫒就知道了。"

"切。"申圆嫒说，"看你嘴甜。"

申圆嫒的情绪明显好转。

"说说他们的传奇爱情吧。"方静也很好奇的样子。

申圆嫒说："行，从王老师被我爸打讲起吧。一叶，你再给我倒一杯水。"

江一叶给了申圆嫒一杯热水。申圆嫒一饮而尽，突然倒在沙发上。

方静、江一叶吓了一大跳，急忙叫道："圆媛，圆媛，怎么啦？"

申圆媛迷迷糊糊中说："我困了，想睡觉。"

一会儿有了鼾声。

"睡着了？"

方静说："真的喝多了。"

"你去睡吧，我陪圆媛。"江一叶有些担心，问方静，"要不要上医院？"

"给小洁阿姨打电话。"

"没有号码呀。"

"用圆媛的手机。"

"给王校打吧。"江一叶从学校的通讯录中找到王小谦的电话号码，正要拨打，听到申圆媛说："我没事。"

方静说："我来打。"

申圆媛迷迷糊糊地说："你们敢打，我就与你们断了朋友。"

好在江一叶没有喝酒，方静也喝得少，她们一起陪着醉酒的申圆媛跨进了新年。

40

第二学期，申圆媛的生活如故，上课依旧，每周三个晚上去酒吧唱歌，江一叶是班主任去不了。申圆媛在酒吧里赚到的钱都归方静，她说："钱归你，能陪我，我高兴。"但到了"五一"出了意外。有人向学校反映，申圆媛与方静到酒吧当歌手。楼校长打电话把申圆媛与方静叫到办公室。

楼校长说："你们不知道到酒吧当歌手不对吗？"

"不知道。"申圆媛摇头说，"上班时间我在学校，下班做我喜欢的事，不违反规定。"

"是没有违反规定，但老师就得有老师的形象，不可以去酒吧唱歌。"

"哦，知道了，以后不去了。"申圆媛撇撇嘴。

楼校长说："方静，你呢？"

方静说："我知道错了，保证再也不去了。"

楼校长指着申圆媛说："肯定是你带方静去的，对不对？"

"不是。"方静站起来说。

"是我带她去的。"申圆媛老实地说。

楼校长说:"不管是不是,保证以后不能去了。"

申圆媛说:"不去了。"

楼校长语重心长地说:"你们还年轻,酒吧是鱼龙混杂的地方,你们就不应该去,更何况还当歌手。"

出了校长办公室。方静说:"哪一个乱咬舌头,真是的。"

"谁反映的不重要。"申圆媛有点泄气地说,"原来觉得当老师挺神气,现在才觉得束缚挺多,别的单位会管人家当歌手吗?"

方静说:"以为深圳很开放呢,其实还是一样。"

申圆媛说:"估计当老师到处都一样,不然怎么会有为人师表的说法呢?我不想当老师了。"

"别瞎说呀。"方静说,"校长也没批评我们,我们不去就是了。"

"和今天的事无关,我真的不想当老师了。"

方静说:"想想一叶,她还在为成为正编教师而苦苦奋斗呢。"

"我想自己开酒吧,做我感兴趣的事。"

"算了,别瞎想了。"方静安慰道,"在深圳当老师还是挺好的。"

"是不错,但我不想干了。"

申圆媛在酒吧唱歌的事王小谦也知道了,他对申圆媛说:"你可以去喝喝酒,也可以去唱唱歌,但当歌手的事就算了。"

申圆媛说:"我不明白,这与当老师有冲突吗?"

"没有什么冲突,是大众眼中的职业习惯。"

"当老师真的很难呀。"

王小谦笑着说:"其实不难,就老老实实上课罢了。"

"你不用告诉我妈,免得又数落我。"

"你觉得有必要就自己告诉你妈。"

申圆媛说:"算了,不想让她知道。"

事情过去了,申圆媛还是一如既往地上课,一如既往地与学生闲聊。

之后,蒋和平对申圆媛说:"我去听你的课。"

申圆媛还是老调子:"行呀。"

蒋和平听了她的课之后哭也不是,笑也不是,申圆媛就是抄袭他的课。让蒋和平有点安慰的是,期中考试,同一个年级九位老师,申圆媛教学的两个班成绩都是中上。一下课,一群小男生就围着她转,成绩能不好吗?

蒋和平想,成绩还真不是教出来的。

2016年暑假开始的前一周，申圆嫒突然回家对林小洁与王小谦说："妈，王老师，我想辞职。"

王小谦夫妇吓了一跳。王小谦说："怎么啦？"

林小洁说："发生了什么事？"

申圆嫒轻描淡写地说："会有什么事呢？就是不想当老师了。"

林小洁看着王小谦很不高兴地说："你这个父亲怎么当的呀？"

王小谦估计还是申圆嫒到酒吧当歌手的事，他不说话了。

林小洁追问："为什么？老师多好的职业！"

"太乏味。"

"才当了一年就乏味？"林小洁很生气，"王老师都当了二十年。"

"人不一样嘛。"

"不想当老师，你想做什么？"林小洁压下火气。

"开酒吧。"

"开酒吧？"林小洁站起来说，"放着好好的工作不干，你去开酒吧！你知道自己创业有多辛苦吗？你知道你妈开公司是多么不容易吗？几经沉浮！"

王小谦拉住林小洁说："坐下说，小洁，今天的情绪有点过了。"

"什么有点过！你们父女在学校上课，清闲呀！"

王小谦吃惊地望着林小洁："你怎么啦？火气这么大。"

申圆嫒说："更年期嘛。"

"我是更年期，你别给我说酒吧的事。"林小洁说，"不干也可以，到房地产公司上班。"

王小谦说："你让圆嫒说完吧。"

"进入海湾中学当老师的第一天，我就看到三十年后的自己，你说这样的生活有意思吗？"申圆嫒大声地说。

林小洁说："你说怎样的生活才有意思！"

"自己创业，我就想开一家酒吧。"申圆嫒脱口而出。

林小洁冲着申圆嫒大声地说："你爱干嘛干嘛去！"

申圆嫒也大声地说："这是你说的呀！"说着摔门走了。

王小谦追上去，在电梯口拉住申圆嫒语重心长地说："圆嫒，你不满意现状，我理解，当年我从青石跑到深圳，也是瞒着父母。你爷爷一直要我回青石，我没有，我们才成了一家人。如果听从你爷爷的话，我肯定在青石的某个角落当老师。"

申圆媛说:"您知道没有听从爷爷是对的,为什么不能听听我的呢?"

王小谦说:"我能理解你的想法,你们年轻人不想守着一份不咸不淡的职业过一辈子,这很正常,但你也要理解你妈。"

"你支持我吗?"

"真的不想干,为什么要勉强自己呢?如果有兴趣开酒吧,你就开。"

"真的?"

"王老师什么时候骗过你?"

申圆媛低头不语。

"你妈是个好人,善良,痴情,有爱心,有魄力。"王小谦像在自言自语,又像是告诉申圆媛,"她创办了青石一中优秀教师教育基金;汶川地震,她跟商会的同行为灾区募捐,表现出深圳商人应有的社会担当;她关注贫困儿童,帮助贫困家庭,她把很大一部分的钱用在慈善事业上。"

申圆媛还是低头不语。

"跟你妈相比,我自叹不如,你妈书读得不多,但做人做事是我的榜样。这些年是我对不起你,要不是我,你们一家三口也许现在还生活在一块,但我爱你妈,不单纯是因为她对我的帮助,而是对你妈有一份说不出、可能你也无法理解的情愫。你妈让我成长,让我变得大方,变得乐观。创业初期,我们走过曲折,但我们都很严肃认真地面对生活。你妈对你有一份愧疚,虽然没在你面前表示,但我懂她。我们一直想呵护你,让你能幸福地成长……"

王小谦把多年来积攒于心的话一下子都吐出了。

申圆媛抬起头,轻声地喊了声:"爸。"

王小谦一愣。

"对不起,在海湾学校,不管是小学、初中还是高中,我一直都叫您王老师,我不想让同学们知道你我之间……"申圆媛低下头。

"圆媛。"

"我错了,爸。"

王小谦眼角有点湿,才知道十多年来申圆媛一直有心结,他与林小洁都忽略了,她的确要放飞自己。

"我们回家吧。"

"我不回,妈正生气。"申圆媛低声说。

"行,我同你妈谈。"

申圆媛走了,王小谦回家,林小洁还在生气。

王小谦说:"还在生孩子的气?"

"这孩子哪里知道我们的苦心,多少人想当一名老师呀。有着现成的老师却不当,"林小洁叹口气道,"又不想去地产公司。"

"你知道圆媛刚才说什么吗?"

"说什么?"

"她叫了我一声'爸'。"

林小洁一愣:"她不是一直叫你王老师吗?"

王小谦说:"我们给她考虑得太多,结果压制了她。"

林小洁沉默了。

王小谦说:"想当年我瞒着一中、父母来深圳,只想过成为一名深圳教师,没想过当校长。你又何尝想过当一名企业家?生活还得靠自己去拼搏,否则人生的意义就没有了;圆媛是幸福的,但人得有自己的生活,你说呢?"

林小洁看着王小谦说:"我是有点急了。"

"你爱圆媛。"

"道理我懂,但我觉得可惜。"

"就是一份职业,如果她以后还想当老师,可以再考。"

"当老师的还是擅长做思想工作。"林小洁说。

王小谦说:"你同意了?"

"她想开酒吧就让她开吧,大不了损失点钱。"

"这才是从前的小洁同志。"

林小洁说:"你过来。"

王小谦坐到林小洁的身边。

林小洁说:"今天几号了?"

"28号。"

"再过几天就是7月10号了。"

王小谦搂着妻子的肩膀说:"好几年没过了。"

"是不是我老了?"

"我们都有点老了。"

林小洁说:"下一代的想法与我们真的不一样。"

"她不想躺在我们的怀里。"王小谦说,"这未必不是好事。"

"我想我真的老了。"

"哪里话,我老婆还年轻呢。"说着搂搂林小洁的肩膀说,"我给你放热水去。"

41

2016年7月，林小霞博士即将毕业，她希望王小谦夫妇参加她的毕业典礼。林小洁虽然很忙，但还是放下手里的活赴美。

申圆媛陪同王小谦夫妇取道香港乘坐国泰航空CX830飞往纽约，在香港机场他们认识了在费城从事贸易工作的美籍港人武先生。武先生说："深圳发展得很快，我回来是与深圳的一家企业签订电子产品合同。"

王小谦由衷地说："三十多年时间由一个海边小镇成长为国际化的大都市，是小平同志了不起的杰作。"

两人交谈甚欢，话题都是深圳与香港。香港回归同样是小平同志的杰作。

经过十多个小时飞行，一家人到达肯尼迪国际机场，出了机场大厅。林小霞早在大厅门口等候，还是原来的模样，白白净净的脸上多了一副黑框眼镜。她与林小洁长得像，只是瘦削些，还是那么天真活泼："姐夫，你与姐还是恩爱如初，患难见真情。哈哈哈。圆媛，不当老师就来美国吧。"

"你这丫头。"林小洁笑骂了一句。

"你还都记得。"王小谦也笑了。

"小姨，你说的。"申圆媛兴奋地抱住林小霞，她打小就与小姨亲。

林小霞自己开车来。车上，林小霞还是快人快语："圆媛，你跟小姨住；姐夫，姐，我安排你们住在一家华人家庭旅馆，让你们体验一下华人在老美的生活，你们意下如何？"

林小洁说："有睡觉的地方就行。"

王小谦说："不叫我们露宿街头即可。"

"担心我姐不习惯。"林小霞笑着说，"我姐现在可是有钱人哪，房地产大老板，总统套房也住得起。"

"看你贫嘴，你姐可是从白石洲出来的。"林小洁说，"我与你姐夫来准备接你回国。"

"我可不是来接你回去的。"申圆媛说，"我来旅游。"

"上次见你是四年前，我们都挺想你的，爸妈也想。"王小谦说。

"我还准备留在美国呢。"林小霞笑嘻嘻地说。

"美国有什么好！"林小洁道。

"美国不好吗？"林小霞大笑着反问道。

"我也没觉得美国有什么不好。"申圆媛的立场是站在小霞一边。

一个小时之后，他们就到林小霞为他们预订的旅馆。

"从外表看这家旅馆同其他的没什么不同，其实是黑旅馆。"林小霞笑着说，"姐，你担心吗？"

"你还能卖了你姐？"

"那是。我告诉你们，旅馆是中国人开的，是他们自己的房子。相对于大宾馆条件是差点，但便宜，每晚八十美元；我靠勤工俭学只能承担这个数啦。"

"你能自立自强就好。"林小洁说。林小洁有能力提供小霞在美国的学习费用，但林小霞大学毕业之后就不再花林小洁的钱，硕士、博士都是靠勤工俭学。这不是钱的问题，而是能力本领的问题。

旅馆是带有地下室的三层小楼，林小霞在前台报了预订的房间，一位中年中国女人带他们前往客房，女人的气质相当不错，看不出是接待。林小洁好奇地问："您是从内地来的？"

"是的，江西。"女人微笑着说，在前面引路。

楼梯很陡很小，采光也差。王小谦笑着说："小霞，纽约的'白石洲'。"

"是有点像，"林小霞也笑着说，"在美国还能住到'白石洲'，也算是重温往日时光了。姐，你说呢？"

"哼。"林小洁道，"就这样招待你姐？"

"勾起往事了吧。"小霞笑嘻嘻地说，"想当年……"

"你们小心点。"女人提醒道。

"美国的'白石洲'挺好的。"王小谦笑着说。

"我现在还是一个没有合法身份的人，也就是illegal immigrant（非法移民）。"女人以为王小谦是冲她说的。

"您是怎么来的？"林小洁接口问道。

女人笑着说："持旅游签证，到期了，没回去。"

林小洁开玩笑地对王小谦说："王老师，你是不是也留下来呢？"

"只要你留下。"王小谦乐呵呵地说。

女人说："你们是老师？"

"他是。"林小洁指着王小谦说，"在深圳。"

"我原来是中学音乐老师，先生是美术教师。"女人接口说道。

王小谦有点意外，问道："你现在……"

"没有合法身份，当不成老师，就在家庭旅馆打工，每月一千多美元，我先生改行搞装修。"女人略微有点忧伤，"在深圳当老师好呀。"

"你打算……"林小洁听到对方的语气，忍不住追问了一下。

女人说："还没想好，很多人劝我申请政治庇护，我知道这是能供我们选择的最可行的办法。但是中国政府并没有亏待我们，我们不能在美国法庭上违心地说中国政府的不是，您说呢？"

林小洁点点头。

女人接着说："朋友曾告诉我，一个逾期不归的中国女人为了获取绿卡，哭哭啼啼地在美国国会做证说，中国政府如何强迫妇女绝育，如何没有人性；说她亲眼看到计划生育工作队把妇女像杀猪一样按在手术台上阉割；说她如果被遣送回国，她的命运就会同这个妇女一样等等。你们说，这样的谎言我能说吗？"

王小谦夫妇等待着下文。

"最终她的眼泪博得了许多议员的同情；不久，她得到了绿卡。还有一个福建的乡下农民，普通话都讲不清楚，为了能获取绿卡，他向移民局编造说他参加过什么什么游行，如果被遣送回国会有牢狱之灾，美国移民局给了他政治难民的身份，他加入美国国籍。接着他把老婆和子女移民到美国。不久又把他的女婿和儿媳妇移民到美国；又过了不久，他的女婿和儿媳妇又把他们的父母移民到美国；而他们女婿和儿媳妇的母亲又将其留在大陆的子女陆续地移民到美国。"她又停了一下，"这样的事我做不出来，再说上法庭也得花费一笔律师费，眼下我们儿子正在美国读高中，还需要钱。"

王小谦夫妇想不出安慰的话来。

到了三楼的客房前，女人停了下来，说："等我儿子考入美国大学后，我就同我丈夫一起回国。我想念家乡，也想念父母。"

女人开门走了。林小洁对林小霞与申圆媛说："你看她身处逆境，始终坚守做人的原则，难能可贵呀。"

林小霞平静地说："在美国像她这样的人多着呢。"

"谁知道她说的与做的是否一样。"申圆媛说。

安顿好之后，小霞让王小谦夫妇休息一下，倒一下时差，自己带申圆媛下楼。王小谦夫妇坚持一起下楼，碰上一位六十多岁的老人，居然也是福建人。老人先同他们打招呼，他说听到三个人说着福州话。王小谦、林小洁送走小霞、圆媛后，用福州方言同老人聊起来。老人说："旅馆是我外甥开的，我是跟儿子来的，闲着无事，就帮助经营这家庭旅馆。"

老人很节约，他把房间让出来，自己住地下室。

回房后，林小洁很有感触地说："我还是希望小霞回国。"

"小霞与他们不同。"王小谦说，"她可是纽约大学金融专业的博士。"

"高学历有本领在深圳同样受欢迎，你看蒋老师，政府不但给了一百万元，还把邱老师调过来。"林小洁说。

王小谦看着林小洁说："我们是来参加小霞的毕业典礼，不是来当说客的，路还是小霞自己选择。"

"也是。"林小洁想到了申圆媛。

"深圳现在有'孔雀计划'。"王小谦说，"如果小霞回国，政府给的是一百六十万元，当然不是钱的问题，是政府对人才的态度问题，回国当然最好。"

林小洁说："上次来美国，住的是豪华酒店，看到的完全是另外一番风景，小霞真让我们体验一下'白石洲'。"

42

第二天早上，林小霞领他们到一家中式小餐馆用餐，申圆媛还在小霞的住处睡觉。餐馆供应油条、豆浆、米粥等，进门走道右侧就是柜台，顾客多为华人。一个中等身材西装革履、相貌相当英俊的中年白人男子走到林小霞面前，手中拿着一些零钱。林小霞看了他一眼掏出一美元给他，白人男子说了声谢谢，然后走向其他顾客……

这位外表风度举止完全像一个绅士的男子居然是个乞丐！王小谦夫妇颇为吃惊，他们想过美国乞丐，没想过西装革履的白人乞丐。王小谦看着他，白人男子耸耸肩走了。

喝豆浆时，林小霞说："没有什么奇怪的，乞讨也是美国的一种社会现象。不但有乞丐，还有许多Homeless（无家可归者）和流浪者，有的靠别人施舍为生，有的直接向行人乞讨。"

早餐后，林小洁对小霞说："你忙，先回学校去，我和你姐夫去逛逛唐人街。"

林小霞说："你们行吗？"

"我去过。"

王小谦说："就是电影上常说的唐人街？"

"是的，先生。纽约有两个唐人街：一个是旧唐人街，一个是新唐人街。旧唐人街在曼哈顿区，新唐人街在皇后区。旧城比较狭小，新城面积较大。先生您想看哪个？"林小洁有模有样地说。

"你上次去的是哪个？"王小谦笑着问。

"老城。"

"那就去老城。"

"为什么？"

"怕你把自己弄丢了。"王小谦开玩笑地说，"还把我弄丢了。"

"欺负我没文化是不是？"

"我英语也忘光了。"

"看样子，我是可以放心了，给你们一些零钱。"林小霞放心地回校了。

林小洁与王小谦坐计程车到曼哈顿唐人街，街道两旁熙熙攘攘的人群，几乎都是黑头发、黑眼睛的中国人，商店里顾客与店主也用流利的普通话讨价还价，霓虹灯和商店广告都是一式标准的简体汉字。

王小谦说："这不是回到国内了吗？"

"感觉身处福州市区的某个街道，都听到那柔和而带有乐感的福州话了。"林小洁说，"不用担心走丢的。"

王小谦开心地说："如果要在这里感受美国，你一定会失望；如果思念故土，这里浓浓的乡音、乡情、乡韵会让你的心灵得到暂时慰藉，让你暂时忘却思乡之苦……"

"是不是要赋诗一首？"林小洁挽着王小谦。

"要英文诗才行。"王小谦笑着说，"这么多人都是从哪来呢？"

"听说大部分来自我们大陆，也有来自中国台湾、中国香港和澳门，以及东南亚的一些国家。"

望着这些黄皮肤黑头发的人流，王小谦调侃道："我们回'福州'去。"

……

他们顺道去了华尔街，这完全是另一个世界，王小谦想到北京的王府井。

傍晚，他们来到布鲁克林大桥，夕阳穿过万千钢缆洒落在河面上，纽约河犹如一块盛满万千碎金的巨大玉盘展现在眼前，向西已经能看到曼哈顿灯火辉煌的影子，向东能看到布鲁克林上空那如梦如幻的夕阳余晖。夕阳西下，桥面上万盏灯火齐明，布鲁克林大桥如同一条巨大的火龙，把曼哈顿和布鲁克林的灯火连在一起，刚踏上大桥时那种沉甸甸的历史厚重感，瞬间被眼前的辉煌替代，仿佛穿越了两个国度。

"这梦境一般的夜色真是太美了。"林小洁感叹道。

"布鲁克林大桥完成时，是当时纽约最高建筑物之一，是当年世界上最长的悬索桥，也是世界上首次以钢材建造的大桥；它同帝国大厦、自由女神像一道并列为纽约市的三大市标……"王小谦的知识来自美国之行前的备课。

回到旅馆，林小洁说："明天还是让小霞带队吧。"

第三天清晨，他们一家又一次经过布鲁克林大桥，雄伟的大桥像一架巨大的竖琴横卧在纽约河上。万籁俱寂，唯有那宜人的风声、轻柔的涛声和桥上万千钢缆被滚滚车流晃动发出的低沉的相互唱和之声。从狭窄压抑的旅馆走向布鲁克林大桥，面对眼前这一片空旷、静谧的天地，王小谦说："再多的烦忧也会被眼前这架巨大竖琴所弹奏出的优美小晨曲一扫而光。"

"许多人每天清晨都喜欢到布鲁克林步行桥上走走看看，享受清晨片刻的安宁。东边的布鲁克林区是纽约市著名的贫民区，西边的曼哈顿区是纽约市富人聚集的场所，但享受布鲁克林桥的风光并没有贫穷与富贵之分。"林小霞说。

"一桥分东西，生计两不同。"林小洁感慨多多。

"深圳湾大桥比它好。"申圆媛说，"香港人到深圳购房，深圳人到香港购物，平等。"

"终于说了一句好听的话。"林小洁说。

……

他们沿着哈德孙河走到曼哈顿炮台公园，在那里坐渡轮前往自由女神岛。进候船厅，上船，和许多游客一起来到渡轮顶层。成群的海鸥在头上盘旋，它们胆大到俯冲而下，抢走游客手中的食物。

渡轮缓缓地离开码头，身后高楼林立的曼哈顿开始渐渐变小，当曼哈顿最后变成一座水城浮在纽约湾之上时，紧闭双唇、身着罗马古代长袍、头戴光芒四射冠冕的自由女神像就展现在眼前。女神气宇轩昂，神态刚毅，右手高擎一把巨大的火炬，左手紧握着一部书版，脚上残留着被挣断了的锁链，有凛然不可侵犯之气，又端庄丰盈，给人一种说不出的温柔亲切之感。

王小谦说："果然气度不凡。"

渡轮在观赏自由女神像最佳之处放缓了速度，林小霞以自由女神像为背景给王小谦一家拍了照。申圆媛给他们三人拍了一张，更多是申圆媛与小霞的合影自拍。

渡轮到了码头，下船后，他们沿着环岛水泥路慢慢走向女神像，在女神基座下抬头仰望，雕像仿若拔地而起。

"乘电梯可抵达第十层。"林小霞说，"要不要坐电梯？"

他们没有坐电梯，雕像内部是一个博物馆，沿着狭窄的螺旋梯拾阶而上，墙上陈列着许多当年建造雕像时的照片和模型，可以想象出当年建造这雕像所花费的巨大人力、物力和财力。

从自由女神像内部出来后，来到神像基座平台，他们绕着这座法国人赠送的雕像慢慢地行走。在基座的一侧，林小霞为王小谦夫妇翻译了镌刻在上面的美国女诗人埃玛·娜莎罗其那首脍炙人口的诗《新巨人》：

欢迎你
那些疲乏的和贫困的
挤在一起渴望自由呼吸的大众
你那熙熙攘攘的岸上被遗弃的可怜的人群
你那无家可归饱经风波的人们
一齐送给我
我站在金门口
高举自由的灯火
……

43

之后的几天，王小谦夫妇去过中央公园。

王小谦在日记中这样描述："进中央公园仿佛走进了美丽的田园，草地、树丛、独木、小桥、流水，因地势的变化而变化着，随意散落在公园各处的雕像似乎在向游人诉说着悠久的历史；隐蔽在树丛中合理布局的园内道路、宽敞多样的娱乐中心都让我们称奇。在高楼林立的曼哈顿能有这样一片开阔的天地，真是当政者的大手笔大智慧，让脱离华尔街后的人们尽情地享受着大公园带来的安宁，这才是幸福。在园中哥伦布环岛上，望着碧绿的湖水、湖边绿意盎然的树叶，以及公园围墙外耸入云天的摩天大楼，有一种超脱现实的美感……"

2016年7月10日　纽约　晴

今天去联合国总部大厦，走近这栋板式的39层建筑时，一眼就看到了大厦两边的旗林中那面鲜艳的五星红旗。进了大门，映入眼帘的是圆形池塘里矗立着已故秘书长达格·哈马舍尔德的青铜雕像，他是瑞典人，1953年4月10日担任联合国秘书长，1961年9月18日他在刚果从事和平任务时因飞机失事罹难……

门口台阶，有两座雕塑。南侧是卢森堡1988年赠送的一把枪管被打了结的手枪；北侧是意大利1996年赠送的由金属铸造的《破碎地球》，两者的寓意都很清楚，前者我把它列入考试题目。

进入秘书处前厅，有法国艺术家马克·夏加尔设计的彩色玻璃窗。

小霞告诉我们说："这是联合国工作人员和马克·夏加尔于1964年赠送给联合国，以纪念联合国第二任秘书长达格·哈马舍尔德和1961年飞机失事时与他一起罹难的其他15个人。"

我们穿过前厅步入正厅，墙上挂着历任联合国秘书长的巨幅画像，第一任秘书长挪威人赖伊，第二任秘书长瑞典人达格·哈马舍尔德，第三任秘书长缅甸人吴丹……

出大厅，来到了大厦外的绿化带，看到一群戴着宝石花黑帽子，穿着一式传统黑色制服、开褶裙子、黑色袜子和白色靴子，腰间别着一把手枪的队伍从眼前经过；前面四个队员吹奏管式传统西洋乐器，后面三个队员击打着一大两小的洋鼓。

小霞介绍说："这是纽约市警察局绿宝石仪仗队。"在他们后面跟着一大群人，他们手里都拿着蓝色的雨伞，大概是旅游团的，一个导游模样的年轻人正拿着喇叭在招呼着队伍，他们进了原先关闭的公共花园。

我们混到这支队伍当中。

在《铸剑为犁》的雕像前停了下来，导游模样的年轻人向我们讲解这座雕像的历史，然后又介绍了雕像《骑士刺杀恶龙》。除了雕塑作品外，园中还种植有许多来自世界各地奇异的花草树木，如日本樱花树、皂荚、伦敦悬铃木等；在花园林荫道两旁还种有圣栎、紫藤、杜鹃花、加州女贞、洋常春藤等。花园静悄悄的，没有一个人影，联合国公共花园似乎成了私人花园……

2016年7月11日　纽约　晴

今天，小霞领着我们参观她美国同学戴安娜的农场。天气很好，阳光也很热烈。小霞开车，到达戴安娜家时，早在家里等候的戴安娜从屋里飞出来给我们一人一个拥抱。

她母亲在厨房里忙碌，看到我们就放下手里的活，同样给了每个人一个热情的拥抱，她说："我知道中国的北京、深圳。"

戴安娜的家是平房，大约300平方米，位于树林边上。房子右侧是养鹿场，几十只鹿在跳跃；左侧是一片松林，许多松鼠或上蹿下跳，或在林间穿梭，或觅食，或嬉戏，一派其乐融融的景象。屋前是一块很大的草地，戴安娜说："平常可以进行聚会。"

屋后是一块大空地，那里有蹦蹦床，有秋千，有马圈，有狗舍。戴安娜说："那是我童年最喜欢的地方……"

圆媛高兴得像个孩子，她还真的是孩子。想想谁的童年不是美好的呢？

"我们什么时候也能把青石农村打造成一个庄园，也能像戴安娜的家一样，那么我们的国家一定是非常富裕的国家了。"小洁还是不忘她的故乡情结。

"我们要把深圳建设成花园，不要老是青石。"圆媛在这点上与她妈妈不同，她从小在深圳长大，深圳才是她的家，才是她的家乡。

午餐非常丰盛。所有的菜肴都是戴安娜母亲烹饪的。老人很健谈，虽然得小霞翻译，她强调："我女儿与小霞是非常好的朋友，希望小霞今后能经常光临我们的家。"

我们也很客气地邀请她们，希望她们能到中国看看。

老人说："一定会到深圳，听说那是一个传奇的城市。"

下午我们告别时，戴安娜母女又和我们一一拥抱。

我们一直没见到戴安娜的父亲，小霞说："戴安娜是单亲家庭。"

2016年7月12日　纽约　晴

今天去纽约大学参加小霞的博士毕业典礼。

在校园的草地上我们坐着休息，小洁对小霞说："纽约很漂亮，美国人也很热情，但姐觉得中国人在美国始终是外国人。姐还是希望你毕业后回国，回到深圳。"

"美国是一个发达的国家，中国也在强势发展，而我们又生活在中国发展最快的深圳，回去也是一个不错的选择。"我也帮腔说。

"我在美国7年了，对美国有感情，美国人民热情，但美国的政客就有些令人讨厌。"小霞说出她内心最真实的感受，"我会想念你们，思念祖国，就像你们说的一样，美国人民是非常了不起的，但美国的政客们却经常颠倒黑白、胡说八道。我会认真考虑以后的生活，我知道我自己该做什么，也希望自己接下来会做一些有益于深圳的事情，我已经想好了，现在深圳不是在继续招聘海外留学的人才吗？我跟美国的大学联系好，接下来会和深圳市南山区政府一起在美国开办几场大型的招聘会。我也是一个有上进心的深圳人。"小霞还是没变，说了几句还是忍不住咯咯咯地笑。

"这么多年了还没变。"小洁心疼地搂住妹妹的肩膀,"早点成家,也早点回家,爸妈都老了,也盼望着呢。"

"说实话。"圆媛笑嘻嘻地说,"纽约也不过如此,我还是为建设我们的大深圳添砖加瓦吧。"

"看你怎么加砖加瓦。"小洁说。

……

在美国加利福尼亚大学伯克利分校读书的郑小宝专程来纽约看望申圆媛一家。高二时,崔标老师退休,蒋和平老师接替,申圆媛、郑紫宁、郑小宝就成了蒋和平的学生。高二下学期,郑小宝、郑紫宁出国。郑小宝去美国加州,他把高中的所有课程都提前学完了,郑紫宁则去了英国爱丁堡。

虽然多年未见,郑小宝还是依旧活泼,他说他要成为爱因斯坦一般的科学家。

"像爱因斯坦那般伟大吗?"申圆媛调侃道。

"不、不,除了科学还有艺术,我要成为文学家。"郑小宝说,"你看爱因斯坦常常同普朗克一起演奏贝多芬的作品,普朗克弹钢琴,爱因斯坦演奏小提琴。除音乐外,爱因斯坦还推崇文学,在青年时,就常常同友人在一起朗诵海涅的诗。"

"我们在深圳等你载誉归来。"申圆媛笑着说。

"我们真心希望你学成归国。"王小谦从老师的角度很真诚地说。

"我一定回国。"郑小宝说,他高中时就喜欢申圆媛,但他怕王小谦。

十天后,王小谦、林小洁、申圆媛回国。

44

申圆媛开酒吧,安澜是铁杆支持者,给申圆媛支持了一大笔资金。她进入深圳南方财富证券公司,从客户经理做起,五年时间开发了然电子科技公司,作为上市公司顾问,她拿到了2%的股份,股票从发行价1.8元升到16元;她又协助大家房地产有限公司上市,同样持有大家地产股票,大家房地产有限公司从2009年起昂首向前,股票也飙升到25元。外人不知道安澜有多少钱,但肯定不少于一个亿。

安澜身家不菲，丈夫也在证券公司，孩子由当医生的公公与当老师的婆婆带着，日子过得舒服，也不忘给父亲安庆安个家。安庆说："年轻时都过来了，老了还找什么伴？"

最后安庆还是找了。申圆媛就笑，说："还有给自己找后妈的。"

安澜说："我爸挺辛苦的，以前。"

申圆媛说："那我就开好酒吧，让我两个爸、两个妈过上好日子。"

申圆媛的酒吧开在蛇口自贸区内工业路，林小洁看中自贸区，她同样看中自贸区，不过她想到的是这里的金融、商务、信息、科技、文化创意、国际商贸等新兴服务业，而这些产业的从业者都是有高学历、有技术的年轻人，年轻人喜欢到酒吧坐坐，放松一下心情。酒吧开在这里肯定错不了。

这些从业者平常都是坐办公室的，所以酒吧就不应该是办公风格。大门上霓虹灯装饰的"圆圆酒吧"在夜幕中很醒目，两扇工厂式大门正对吧台，吧台后面巨大的单体啤酒冰柜里放置着一排排或进口或来自全国各地的瓶装精酿；大厅里十二人座的大木头长条桌，四人座的圆桌，双人座的方桌，错落有致；整个酒吧做成工业风的复古空间。为了不让视觉上有单调感，申圆媛还在裸露的水泥墙砖上设计了绿色植物，吊顶上挂满的啤酒瓶在暗哑的吊灯下泛出微光，桌面摆上小小的鲜花；清新的感官体验如同回归了自然，在这样的环境下小酌一杯，的确有穿越街角小巷后回到旧时光的感受，又仿佛是在享受花房世界里的迷离之美……

酒吧于8月8日开业，申圆媛邀请海湾中学的同事来品酒，蒋和平是第一次到酒吧，他惊讶地发现居然有这么多品牌的啤酒，各式各样的外文让他眼花缭乱，暗道一声惭愧，同时也暗暗称奇。

方静说："蒋老师，这里酒类很齐全，从'比利时修道院'、各路小麦淡啤、果味增料再到'帝国世涛'、美式IPA，口轻的、口重的应有尽有……"方静吐出一串串英语单词。

酒吧热闹，但不喧哗，与蒋和平想象的不一样，年轻老师集中在长条桌，自行倒着各种啤酒或者各色鸡尾酒，低声却兴致浓烈地交谈；年长的老师三三两两找个方桌坐下，基本上是葡萄酒。

申哥夫妇也来了，安静地喝酒吃点心。王小谦夫妇陪着申圆媛到各桌敬酒，艳艳与双胞胎兄弟端着饮料跟着跑。敬到蒋和平跟前，申圆媛说："蒋老师，一年来让您费心了，书没教好。"

蒋和平笑着说："你的天赋不在教书。"

林小洁说："她哪有什么天赋呀，只会瞎折腾。方静多好呀。"

方静说:"圆媛是'深二代'的榜样,有魄力。"她向申圆媛晃晃拳头。

申圆媛笑着向她挤挤眼。

王小谦笑着说:"今天多喝点酒,以后还是少来。"

"有这样当父亲的吗?"申圆媛抱起王小谦的胳膊说,"蒋老师,你评个理。"

蒋和平只是笑,看申圆媛高兴,蒋和平也开心。

申圆媛说:"方静,你陪蒋老师。"

方静说:"蒋老师是你的老师,也是我的老师。"

王小谦说:"艳艳,陪你姐,敬大家一杯。"

双胞胎兄弟也举起杯子说:"我们也敬老师。"大家都乐了,干了一杯。

敬酒之后,王小谦与林小洁回到原先的"林氏砂锅粥店",他们在店里开两桌招待海湾学校中层以上的领导,毕竟申圆媛在学校待了一年。

王小谦与林小洁走后,申圆媛又领着申哥与麻小翠给大家敬酒,艳艳还是跟着。申哥难掩高兴,说:"多喝点酒,谢谢你们。"

方静见蒋和平杯里的酒不多,说:"蒋老师,我给你弄酒去。"

蒋和平说:"杯里还有呢。"

"难得尝尝不同的酒。"说着直接到吧台,江一叶在吧台帮忙。

方静端来四杯啤酒,蒋和平感觉到很平常的啤酒,但到了酒吧似乎就有了生命,倒到小杯,泡沫维持很久而且浓郁,热带水果的香气也瞬间飘散开来。方静说:"这是丁香小麦。"

蒋和平尝了一小口,有缕淡淡丁香味儿。

"您喝这杯。"方静换了一杯,同样是琥珀色的啤酒,但有着淡淡的啤酒花香气,苦甜均衡。

方静说:"这是NB小麦。"

蒋和平又喝了色泽呈艳红的树莓小麦酸啤,果酸搭配发酵乳酸,平衡了浓郁的果甜。

"同样是啤酒口味不同。"蒋和平说,"但不能再喝了。"

方静说:"您吃些点心,填填肚子。"

蒋和平说:"你不用陪着我,找年轻人一起玩去。"

"没关系,"方静说,"我陪您。"

蒋和平说:"喝酒吃水果我自己去拿。"

"那我帮一叶去。"

酒吧里年轻人喝酒的气氛越来越浓，一些老教师先起身告辞，蒋和平也趁手机响的时机向申圆嫒打个招呼走了，毕竟年龄大了，酒吧是年轻人的天下。

酒吧营业时间主要是晚上。申圆嫒一般睡到上午十点。有时九点起床回到酒吧，调酒师、厨师、服务员都没来，她就拿着一杯啤酒，在靠窗的桌子坐下，慢慢地品着，看着窗外阳光下急急行走的人们；那片刻她有一种说不出来的惬意。

酒吧开张一个月，她赚了当老师半年的收入，对她而言重点不是钱，而是生活，她可以按照自己的方式生活。她不是不喜欢教师这个职业，但老师的生活过于刻板；开酒吧则不用考虑顾客生活，不必为了他人着急，是为自己活着。

她有时也动手，或煎一块牛排，或焗一份鹅肝，或炸一份薯条，或煮一份清水豆角。一份简单的食物，一杯普通的啤酒或者饮料就可以打发一个上午的时光，她感觉自己已经有了隐身于大都市那份情愫了。

十点，调酒师郑紫宁、厨师小胖、服务生大M与小M也来了。五个年轻人在酒吧里用餐，郑紫宁差不多每天都调一种不同口味的酒，每种酒她都介绍："NB丁香小麦由德式经典小麦研磨酿造，酒性烈而不腻，苦而泛香，是IPA和小麦巧妙的融合。"或者："皮特啤酒原产自美国，它有巧克力的馥郁和焦香麦芽的甘甜。"或者："这是'我的俄罗斯'，在伏特加中加入柠檬融入姜和芥末，有散逸清甜果香，你们细细品尝会发现除热带水果外，还有些许的辛辣，缓缓喝下，多重口感叠加会使浓郁酒香在喉间久久不散。"或者："这是'古巴风情'，用龙舌兰与橙子利口酒搭配，加入盐水和青柠；酒体醇澈浓烈，苦中带咸，在酒唇相触一刻，若闭上眼用心体味，或许会享受到如沐春风的快意满足。"

之后，每人一杯。

小胖也会很用心地烹饪美食，比如鹅肝除了烤，他还会制作鹅肝酱。先用红葡萄酒腌制，低温烹煮后打成糊状，搭配坚果、饼干碎等，细碾成酱后和谷物面包共同蘸取食用，味道极美；有时他会给大家上一烤篮的食品。

大家随意坐着，在无拘无束的氛围中感受慢节奏生活的低调安逸，这时是五个年轻人最好的时光。郑紫宁比申圆嫒大一岁，在英国上完高中，然后上爱丁堡大学，毕业后回国。毕业证书是领到了，但她没有马上找工作的想法。申圆嫒在同学群里说她要开酒吧，郑紫宁就来了，毛遂自荐当调酒师。申圆嫒知道她能调酒。郑紫宁总在微信朋友圈里晒照片，她在英国时就喜欢学习调酒。申圆嫒说："每个月给你多少钱？"

"说钱伤感情，我也不是没钱。"郑紫宁眨着小眼睛说，"你是深圳有为的创业青年，作为你的同学，我就得义不容辞、义无反顾、两肋插刀。"

"别在语文老师面前摆弄成语。"申圆媛说,"先一个月试用期。"

申圆媛知道郑紫宁家不缺钱,她什么都不干也能过上安逸的日子。

郑紫宁到申圆媛酒吧,除了她是申圆媛的闺蜜外,她也真的喜欢与酒打交道,跟申圆媛就是跟上志向相同的人。小胖是郑紫宁叫来的,他们俩是初中同学,小胖没上高中去了职业学校学做厨师。大M与小M不是真名,大M叫毛凤珠,小M叫刘昕,她们是申圆媛招聘来的,工资每月七千元,比在工厂或者酒店当服务员要高。申圆媛不把她们当作打工妹子,而是姐妹。

午餐时光,他们会聊一些八卦,说一些趣事,大M与小M有时会玩一会儿手机。申圆媛开了酒吧之后就不玩手机,她说"不如看书"。

午餐之后,各人就准备各人的事。十二点就会有顾客,虽然不多,但提供服务与他们一起享受下午时光,在申圆媛看来是美妙的事;如果没有顾客,申圆媛就在一个角落读一些书。

晚上七点,酒吧才真正热闹起来,喝酒的年轻人三五成群地来。有时也会有一些年轻人喝多了,声音很大,圆媛会微笑地提醒。这种情况不多,毕竟每杯三十到五十元的酒,要喝醉的话得一大沓钞票。来酒吧主要是找一份感觉,光顾申圆媛酒吧的主要是年轻情侣,他们在酒吧温馨的氛围里过上两三个小时美好幸福的时光。九点酒吧进入高潮,座无虚席;到十二点才慢慢安静下来,凌晨一点酒吧结束营业,然后五个年轻人一起动手搞卫生。回家时郑紫宁送申圆媛到小区,再开车回家。

王小谦有时到申圆媛的酒吧坐坐,一般是上午,申圆媛给他一杯啤酒,一些小碟。申圆媛说:"你是偷偷溜出来的吧。"

王小谦说:"还是你这里清静。"

"以后就来我这读《全唐诗》,你已经很长时间不读诗了。"

王小谦说:"俗事很多……"

有时申圆媛会问:"爸,你是不是觉得我在浪费光阴?"

王小谦反问道:"你说呢?"

"我不知道,你看窗外人们步履匆匆,我却坐在窗内吹着空调喝着啤酒。"

王小谦说:"你打算开一辈子酒吧吗?"

"以后没了兴趣,就不开了。"申圆媛笑着说,"不过我想积累一些经验,以后做一个文化传播公司。"

"酒吧与文化传播公司怎么粘到一块呢?"

"从武侠到言情,很多故事都发生在酒店客栈。"申圆媛说,"以后我就拍我的酒吧生活短片，成为一个自媒体人。"

"有想法好。"王小谦说，"给他人创造一份美好的生活空间，也是给自己一份空间；以前我总想着面朝大海的诗意生活，在你的酒吧我已经找到了。"

"所以我不能去我妈公司，她的公司太忙了。"

父女俩面对面坐着聊着，窗外阳光正好，徐徐的秋风轻摇着青翠的榄树，筛下满地绿荫；有时他们不怎么讲话，慢慢地小酌着。

酒吧的生意不好也不坏，遇上周末、节假日热闹一些，平常冷清一些。郑紫宁有热情，经常搞点活动来吸引顾客，申圆媛不支持也不反对，开酒吧之初她就没想过赚大钱，只要开心就好。

申圆媛的生活就在平静而又充满趣味中一天天过去了。

45

然而危机悄然而至。

还得从头说起。酒吧开张之后的第二天，来了一位特殊的客人——六十岁出头的流浪大爷，头发花白，胡子乱糟糟的，仅露出的一点瘦脸上纵横交错，衣服略微能辨出原本的颜色。他把零钱放在吧台上，也不说话。申圆媛微笑着给他一杯啤酒说："大爷，你把钱收起来。"

流浪大爷并没有收起钱，端起啤酒杯走出了酒吧，在外面的榕树底下坐下，慢慢地喝着，之后心满意足地蹲在大榕树基座的石围栏边上，拿出一叠纸开始抄写起来。

他每天来一次，喝了酒之后就开始抄写永远写不完的东西。申圆媛让小M送一杯啤酒过去，流浪大爷喝完啤酒之后，把酒杯给送回来，小M把酒杯直接丢进垃圾桶。

申圆媛说："以后给他一听啤酒。"

流浪大爷除了在树底下抄写之外，还去捡拾塑料瓶、易拉罐之类的东西。申圆媛估计这是他生计的来源，回家把情况说给了林小洁听，林小洁整理了一包王小谦穿过的衣服给申圆媛。

郑紫宁说："让他到卫生间洗一洗，让小胖给他剪一下头发，不然影响我们酒吧的自然景观。"

流浪大爷说什么也不肯。

申圆媛说："大爷，你洗了澡、剪了头发，换了干净的衣服，就在我们店里面帮忙。"

流浪大爷虽然不说话,但听得懂。

王小谦的衣服流浪大爷穿起来虽然长了一些,但干净整洁。之后的时间,流浪大爷依然在门口的大榕树下坐着,不同的是每天早中晚他会准时到酒吧拖地,更多时候是用几个饮料瓶做枕头躺在树底下。小胖又把他家不用的一个塑料躺椅送给他。只要不下雨,他就在树底下过着神仙一般的生活,这是郑紫宁说的。

后来,申圆媛发现流浪大爷原来住在天桥底下的桥洞里,那里有被子、编织袋等家当;也只有下雨天他才到那边去。

冬天,申圆媛让流浪大爷住进了酒吧。流浪大爷等酒吧结束营业之后把躺椅放在酒吧的小角落,营业时又搬到酒店外面的树底下。

12月15日,深圳天气断崖式地变冷,酒吧的生意随着天气变冷也慢慢地萧条起来,申圆媛早早地回到家里。大概凌晨五点,申圆媛的手机突然响了,在迷迷糊糊中,她听到消防队的电话,说她酒吧发生了火灾。申圆媛吓得跳了起来,赶紧给王小谦打电话。林小洁说:"我们开车,接你。"

申圆媛说:"我打车过去。"

王小谦夫妇赶到时,酒吧已是一片狼藉,酒吧内一片焦黑。被烧毁变形的酒瓶、消防队扑火时留下的水迹。消防队员从酒吧里找到一具已经烧焦的尸体,放在酒吧外面的空地,用白布蒙着。消防队员揭开白布,申圆媛的眼泪就下来了,不是因为被烧毁的酒吧,而是这个相处一百来天的流浪大爷。

消防队员说:"起火的原因可能是酒吧里的人用火不慎。"

酒吧里除了啤酒,还有很多烈性酒,一旦着火,这些酒就是易燃的酒精。消防队还没撤走,殡仪馆的车来了,他们把流浪大爷的尸体运走了。

酒吧失火造成一人死亡,涉及刑事案件。消防队吩咐申圆媛说:"这几天你不能外出,随时接受公安部门调查。"

消防车也离开了。

酒吧失火时,酒吧对面的人家报的警。围观人群在议论与叹息声中也渐渐散去了,现场只留下王小谦夫妇、申圆媛,还有刚刚赶来的郑紫宁与小胖。五个人面对着废墟都没有说话。王小谦看到申圆媛在寒风中瑟瑟发抖,脱下羽绒服给她披上,说:"回到车上吧,这里太冷了,深圳说降温就降温。"

申圆媛对郑紫宁说:"你查了没有?"

郑紫宁小声地说:"查了。过失引起火灾,具有下列情形之一的,应以刑法第一百一十五条第二款规定之'情节较轻'来量刑,处三年以下有期徒刑或者拘役:

1.导致死亡一人以上或者重伤三人以上，2.造成直接财产损失三十万元以上。"

申圆媛对王小谦夫妇说："爸、妈，你们先回去吧，我让紫宁陪我到公安局。"

林小洁说："消防队不是说了吗？要你在家里待着。"

申圆媛说："还是我自己去吧，紫宁，你陪我去吧。"

郑紫宁点点头。

小胖说："我们一起去。"

申圆媛说："对不起，爸、妈。"

王小谦说："这个时候了还说这个。"

林小洁原想抱怨几句，但看到申圆媛这样子就不忍心了，说："我们还是先回去吧，等公安局通知。"

申圆媛说："我对不起流浪大爷。"

郑紫宁说："一片好心，没想到弄出这么大的动静。"

王小谦夫妇见劝不了申圆媛，就说："我们陪你去吧。"

"不用了，你们回去吧，还得上班。紫宁、小胖陪我去就好了。"申圆媛上了郑紫宁的车，郑紫宁开车与王小谦夫妇打了个招呼，先走了。

王小谦夫妇无言地站在焦黑的酒吧里。

良久，王小谦说："我们也回去吧。"

回到车上，林小洁说："我给紫宁妈打个电话，毕竟她是公安局的。"

王小谦说："现在还是凌晨呢，这时候打人电话不太好吧。"

"顾不上这个，出了人命啊。"

"既然出了人命，也不差这一会儿，等到七点或者上班时间。"王小谦想，不用到上班时间，紫宁肯定会给她妈妈打电话。

林小洁说："也是。唉，要是还在海湾中学教书，哪能出这样的事？"

王小谦作声不得，要是自己当时坚决反对圆圆开酒吧的话，也不会发生这样的事情。唉……

车上，申圆媛对郑紫宁和小胖说："不知道后面怎么处罚，酒吧肯定是开不成了，你们两人跟着我才几个月就这样结束了。"

郑紫宁说："不管发生什么事情，我都陪着你。"

小胖说："收留流浪大爷是我出的主意，那个躺椅也是我的，如果要判刑我们一起承担。"

申圆媛说："你别乱说，收留流浪大爷是我的主意，酒店是我的，跟你们没有关系。"

"从法律上应该属于'情节较轻'的，结论是处三年以下有期徒刑或者拘役。"郑紫宁说，"我与我妈说一声，问问法院会怎么处理。"

"就是一年也受不了。"小胖说，"紫宁，给你爸妈说一下。"

"看到流浪大爷焦黑蜷曲的身体，我……"申圆媛又哭了。

郑紫宁说："事情了结之后，我们还是一起开酒吧。"

申圆媛说："你还是去钓沙湾海天一色酒店吧，小胖，你跟紫宁一起去。"

之前，郑紫宁对申圆媛说过，大鹏半岛的钓沙湾海天一色酒店招聘一个经理助理，她妈让她去应聘，她想听听申圆媛的意见。

申圆媛当时没有表态，现在说这事，意味着酒吧的生涯结束了。

"行。"郑紫宁说，"之前，你不是要成立文化科技传播公司吗？那一定得有影视作品，钓沙湾是绝佳基地，我去海天一色酒店给你打先锋，也把小胖带上。"

小胖同意了："杨梅坑一带景色优美，大海辽阔，海岸线蜿蜒，陡峭的青山，青山与大海之间的海天一色酒店肯定错不了，我们给你探探路。"

"圆媛，你编故事的能力强，到时就看你的了。"郑紫宁故作轻松。

申圆媛去过钓沙湾，那里的沙滩被称为深圳最美的沙滩，没有之一。海天一色酒店她也去过，不过那时还没有正式营业，是郑紫宁带她去的，富丽堂皇的大堂，宽阔的平台下面是一个五十米长宽的游泳池，水色碧绿；游泳池之外是白色的沙滩，沙滩之外是碧蓝的大海，宾馆则隐藏在沙滩之后的树木当中，是一个非常理想的旅游度假场所。她曾对郑紫宁说，我们一起经营民宿如何？郑紫宁说，太小家子气了。

申圆媛不由得叹口气。

"没有什么大不了的。"郑紫宁说，"等这事过了，你也来海天一色酒店，我们组成'铁三角'，拍电影。"

到了派出所，申圆媛被拘留了。

第十章　好女儿

46

申圆媛被拘役十五天后,王小谦夫妇去接她回家,案件要等一段时间才能告一个段落。林小洁说:"先好好地休息一段时间,之后到妈的公司上班。"

王小谦说:"遇上一些挫折在所难免,我也有一段跟你一样的经历。"

申圆媛说:"我一想起流浪大爷,心里就难受。"

王小谦说:"该放下的就得放下,该过去的就让它过去。"

王小谦夫妇知道,圆媛一时迈不过眼下这个坎,从小娇生惯养一直顺畅的她突然遭遇这么大的事故,压力是免不了的,王小谦夫妇也就不再多说什么了。

郑紫宁已经在海天一色酒店担任经理助理,小胖在酒店后厨。

元旦之后,郑紫宁专门开车接申圆媛到海天一色酒店度假。郑紫宁说:"我妈说了,这事很快就会过去,你放心。之后你有什么打算?"

申圆媛说:"不知道,我妈让我到她公司上班。"

"你自己怎么想?"

"我在犹豫。"

"为什么?"

"我也不知道。"

"等你想明白了再说吧,先把所有的烦心事抛开。晚上带你去见一个人。"

"谁?"

"我表哥。"

"什么意思?"

"哈哈,你放心,我表哥的儿子比我还大呢。"

"我见他老人家干啥?"

"你猜。"

郑紫宁与申圆媛在海天一色酒店的咖啡厅刚坐下,郑紫宁的表哥就来了,是一位很精神的中年人。

申圆媛说:"叔叔好。"

李小波笑着说:"你跟紫宁一样,叫我表哥。"

李小波身上有着军人的气宇轩昂,即使穿着西装。

"我表哥当过兵。"郑紫宁说。

李小波笑着对申圆媛说:"你猜我当的是什么兵种?"

"中国人民解放军。"申圆媛说。

李小波一愣,随即哈哈大笑着坐下。

服务员上了咖啡。李小波说:"你听说过基建工程兵吗?"

"听说过。深圳改革开放初期,两万基建工程兵南下深圳,然后集体转业。"申圆媛笑着说。

李小波点点头说:"我是基建工程兵中的一员,也属于幸运地留在深圳中的一员。"

"他现在是三建公司副总经理。"郑紫宁说,"开会都要在海天一色酒店。"

"谈业务,不是开会。"李小波认真地说,"当年我们还是比较辛苦的,你们比我幸运,上大学呀、出国呀都顺利。"

"以前很多人没上大学,而是选择去当兵。"申圆媛说。

"我不完全是这样,说起来挺长的。"李小波喝了口咖啡说,"1981年,我高中毕业没考上大学,班上只两个考上:一个师专,一个技工学校。上技工学校的是因为他爸是工人,他是城镇户口。五十六个同学考上两个,比例很小,很多同学选择了补习,准备再考一年,考一个中专也可以。我要补习,我爸说'你补个屁'。我顶了一句'屁我也要补'。"

说完李小波先乐了,申圆媛与郑紫宁也笑了。

"我当时与你表嫂在谈恋爱。"

"高中就谈恋爱?"郑紫宁说。

"那时物质贫乏嘛。"李小波说,"我爸不给钱,我就向同学借十五块钱去仁始县一中补习。新学期在补习班就读的学生,四分之一是镇口中学毕业的。11月份仁始县里开始征兵,村里通知所有的适龄青年都得报名。我不想当兵,我的目标是上大专,上中专也可以。县武装部组织体检,很多同学过不了关,偏偏我通过了,我只能告别补习班,含泪告别你表嫂。学校退还了我的全部学费。你表嫂丹丹说,去军队好,说不定能提干或者考一个军校。"

"您上了军校?"申圆媛问道。

"上军校哪容易呀!训练三个月之后,我被分配到基建工程兵00019部队,驻扎马鞍山。到了部队，我发现理想与现实相差太远了，工程兵虽然是兵，但更偏向建筑工人。部队里面有机械连、汽车连、工兵连，我进的是工兵连。每天早上与战友们一起去基建工程单位施工。原想着在部队读一点书，考军官学校，但是现实是干完一天活之后，累得我只想趴在床上。我给丹丹写信，说自己没有希望了。丹丹告诉我，军队就是一个熔炉，能锻造一个人的品格，不管干什么工种，都是光荣的。

"1982年7月，丹丹如她所愿考上师专。我想如果自己不是在部队也许也能考上师专，我的生活就有了压力，担心丹丹看不上我。"李小波又乐了，"多亏我遇上了好机会。"

申圆媛与郑紫宁等待下文。

李小波说："8月，部队接到上级命令，要开拔到深圳参加特区建设，我乐坏了，因为可以返回广东。来到深圳，一下车，我就被眼前壮观的景象打动了，火车站全是跟我一样身着绿色军装、头戴军帽、肩头扛着用绳子捆绑结实被褥的军人。他们沿着铁轨整齐地行走，队伍长得一眼望不到头，我心醉了。"李小波沉醉在回忆当中。

"当年基建工程兵都住竹子林一带，'竹子林'的名字好像也是你们叫起来的。"申圆媛有了兴趣说，"上高中时老师说过。"

"是的，当时那一带叫黄牛垅。先头部队已经在里面安营扎寨，营房很简陋，毛竹支撑的框架，竹枝编织起来的墙，油毛毡封的顶，战友们说这就是'竹园宾馆'。'宾馆'的周围还都是荒山，长满了深圳特有的我叫不出名字的小灌木，灌木茂盛，周围有很多芦苇，同样长得茂盛，虫蛇经常光顾，蚊子更是形影不离。8月正是深圳天气最为炎热的时候，晚上睡觉时我们就拆掉一点竹墙，遇上下雨又重新补上。到军营的第三天，我们就承接了项目，每天早上六点，穿上统一的军装，戴上军帽，坐着解放牌汽车朝工地而去。我负责木工和搭脚手架的工作，有一定的危险，所以天黑就回军营；但遇上浇灌混凝土的时候就得连着二十四小时或四十八小时工作，工地没有大型建筑设备，运输材料全靠手推车，累了我就直接躺在地上睡一会儿，但我们的热情很高。"李小波说。

"听说好多基建工程兵后来都回老家了。"申圆媛说。

"是的，好在丹丹来了。第二年7月，丹丹师专毕业后，就来深圳看望我，在她心中军人还是有崇高地位的。按照规定，师专毕业生原则上回生源地教育局报到，之后由教育局统一分配到相应中学。丹丹想利用假期来一趟深圳，她还有个小计划，试试能不能到深圳教书。

"听到丹丹要来我喜出望外，向班长请了假，到火车站接丹丹。丹丹在粤北上师专，深圳热火朝天的工地让她也心潮澎湃。部队安排丹丹住在专门为探亲军属建造的营房。丹丹来了几天就说到工作的事。我们去找梁连长，连长建议我们先写申请报告，之后由连部上报团部。

　　"9月，丹丹直接被分配到福田区当中学教师，我高兴得无法用言语表达。丹丹入职后不久，我转业了，但还住在军营。两个月的一天，军营起火，半个小时，工棚全部烧毁……"

　　申圆媛这才明白郑紫宁为什么让她见李小波。

　　"只要志气没有被烧灭，一切都可以重来。"李小波说。

　　申圆媛点点头，李小波的乐观感染了她。

　　五年之后，深圳元宝文化科技传播有限公司根据李小波的故事，拍摄了电影《南下，南下》。故事讲的是一群南下深圳的基建工程兵在转业之后面临的种种困境。老兵班长曾友进带着三个战友到街上当挑夫，饶炎水去卖水，马志武去卖水果。李广贤老婆孩子四人断了粮，夫妇俩从批发商里拿到塑料鲜花，沿街叫卖。主人公梁连长带上十五个战友到私人工地找活干，那是通过他当中学教师的妻子才接到的活——有个学生家长是大包工头。包工头告诉他要承包工程得送"茶水费"。梁连长一拍大腿，操着山东口音说："娘的，这怎么可以呀？我们军营绝不能有这种不正之风，不但不能有，而且要坚决抵制……"包工头被连长骂了一顿，走了，工程也丢掉了。骂人归骂人，梁连长还是去找了团长。镜头里，团长正在烟雾弥漫的办公桌前来回踱步，政委也在。梁连长把情况如实地做了汇报。政委不说话，团长停止踱步，从办公桌上拿起一叠纸，摇晃着对连长说："这是合同，是千万元投资建设的合同；但人家明说要3%的茶水费，你说我们给吗？"团长花白头发下涨得通红的脸，还有暴涨的青筋。

　　这一情境让观众潸然泪下。

47

　　见过李小波之后，两人回到郑紫宁的宿舍。

　　郑紫宁说："深圳基建工程兵能白手起家，你我又为何不能呢？如果你不想去你妈妈的公司，就来我们这里，酒店少了一个行政秘书，我向总经理推荐你。"

　　郑紫宁到海天一色酒店之后，日子过得快活，她跟谁都能聊上天。一个月时间，上到公司老总，下到服务员，大家都认识郑紫宁。她有时跑到客房部，跟着服务员到房间帮助整理客房；有时跑到厨房跟着厨师掌勺，说要学煮饭。她甚至跑到前台说，我的英语是地道的，跟外宾交流肯定是一流的。遗憾的是海天一色酒店来的外宾是有，但不太多，而且这些外宾能说一口地道的中国话，有的还能说一两句粤语。

总经理对她说："你要安静下来，要学会管理，学会协调酒店的各个部门。酒店管理最主要的是什么？"

郑紫宁说："服务。"

总经理又问："酒店哪个部门最重要？"

郑紫宁说："营销。"

"所以你每天要努力听取营销部门的业绩报告。酒店地理位置再好，服务再上乘，也得有人来住，所以如何做好营销、如何推广，是酒店的核心环节。"

"我知道，做广告。"郑紫宁顿了顿又说，"我想出了一个好办法，借酒店良好的资源，拍摄宣传片把我们的酒店推广出去。"

"你说说看。"

"把我们酒店作为拍摄视频的基地，就像人家影视城一样。我们有拍摄器材，又有专业人员。"

"行。"总经理知道郑紫宁的身份，年轻人让她自己玩一玩也可以，反正也花不了多少钱。郑紫宁得到了总经理的同意后心花怒放，就告诉了申圆媛。

申圆媛就开始编写剧本。

申圆媛表面上是行政秘书，实际上就是在办公室打杂，工作是每天早上各部门领导例行会议之前，把办公室的茶水泡上，摆放整齐，然后找一个角落坐下，会议开始时做好记录，整理成文档，做成简报，每周出一期。除此之外，就是接听电话。当然办公室主任、副主任以及办公室的其他人员随时叫她把某个文件复印一下，她也得立马照办。这些工作都很轻松，但每天都得准时上下班，办公时间不能离开办公室，除非上洗手间。办公室四个人：主任肖乐、副主任李牡丹，还有一个行政秘书周玉芳。周玉芳与肖主任的关系似乎不同一般，肖主任把重要的工作都交给她，而办公室的所有杂事都落到申圆媛身上。

郑紫宁是总经理助理，跟着经理，总经理有时候不在酒店，她就自由活动；申圆媛隶属于办公室，办公室主任基本上不离办公室，所以申圆媛也就不能离开办公室，有时郑紫宁来找她，她就得向主任请假。开始主任还都同意，请假多了，主任就说，小申，你是来办公室工作的，经常请假是不可以的。申圆媛就不再请假了。

整个酒店只有郑紫宁、小胖知道申圆媛的家庭与她的经历。申圆媛简介里的家庭关系很简单，父亲申德义在白石洲开小餐馆，母亲林小洁在大家房地产有限公司工作；自己2015年毕业于华南师范大学文学院，在海湾中学任教一年，然后开始自谋职业。虽然很多人知道地产商林小洁，但是很难把地产商老总跟申圆媛联系到一块。

在主任肖乐的眼中，申圆媛就是一个找不到工作在学校也混不下去的小姑娘，让她多干点杂事又有什么关系呢？

既然办公时间不能离开办公室，申圆媛就在电脑上编写剧本，虽然思路总是被打断，但可以借机休息一下。

一天，肖乐与周玉芳一同出去办事，副主任李牡丹就喊申圆媛："小申，你进来一下。"

申圆媛一落座，李牡丹就悄悄地问："小申，周玉芳是不是什么都不干？"

申圆媛说："我刚来，很多事都请教玉芳姐。"

"就你老实。"李牡丹说，"你没看出来周玉芳跟肖主任的关系？"

申圆媛笑着说："没看出来。"

李牡丹说："我知道你是不敢说，没关系，以后你就明白了。我看你人踏实，以后就跟着我。"

"李主任吩咐的我努力做好。"

"你有男朋友了吗？"

"暂时还没有。"

"我给你介绍一个。"李牡丹靠近了一下身躯。

"谢谢李主任。"申圆媛微笑着说，"现在不考虑这个。"

"我认识一个小伙子，可不错呢，家在杨梅坑，有两栋房子，都租给人家开海鲜店，家里就坐着数钱。"

"杨梅坑的确风景如画。"

李牡丹兴奋地说："可不是嘛。周末，我带你去看看。你爸是开餐馆的，对不对？"

"对。"

"门当户对嘛。"

"李主任怎么对他家情况这么熟悉？"

"实话告诉你，我就是杨梅坑人，海天一色酒店占用了我们家的土地，就安排我到这儿上班，我给你介绍的是我大哥的儿子。"

申圆媛没有答应李牡丹去见她侄儿，李牡丹就对她冷淡下来。申圆媛不在乎，还在编写剧本，正是编写剧本的缘故，总是在办公室的电脑上加班。肖乐又提醒她说，小申，下班时间就得下班，办公室的电脑是用来办公的。

申圆媛就把每天写好的内容拷贝到U盘带到宿舍，用自己的笔记本继续往下写。

郑紫宁说，写好了剧本，她们就以海天一色酒店为外景地进行拍摄，所有的器材设备都由她想办法。

所以申圆媛就夜以继日地干下去。

一天晚上，申圆媛发现白天写好的剧本没有拷贝到U盘，她到办公室开门时，门却怎么也打不开，而下班时她是最迟离开的。

申圆媛悄悄地离开，回头却发现办公室的灯亮了。

一周后，肖乐主任找申圆媛谈话："小申呀，在酒店工作，各个部门都应该熟悉一下，你在办公室干了两个月，接下来的时间安排你到营销科熟悉工作，你没意见吧？"

从行政秘书被转到营销科有被"下放"的意思，申圆媛也不在乎。

销售和办公室不同，营销科有十个人，科长叶佳是个长得漂亮很严厉的女人。她说："我们酒店开业时间不长，顾客对我们酒店还不了解，所以要求大家通过各种渠道宣传我们酒店。说白了，每人每月都得完成配额任务，任务完成好的，我有奖励；完成不了的，我要处罚。"她把目光转到申圆媛，接着说，"小申是从办公室下来的，肯定有经验，你给大家说一说，你准备怎么做？"

这显然不是欢迎之辞，多少有揶揄成分，申圆媛只好站起来说："我刚来，以后还请大家多多关照，如果有什么做得不对的，大家就批评。"

叶佳说："态度挺诚恳，但这没用，营销科靠业绩，不靠态度。"

申圆媛不知道是坐下还是站着。

叶佳说："坐下！"

申圆媛坐下。

叶佳说："先表扬上个月业绩完成好的刘然然与周源，你们一会儿到我办公室领取奖金。现在安排本月的营销任务，每人完成五万元的额度……"

会后，申圆媛问一起开会的小徐。小徐说："说归说嘛，酒店又不像推销产品，说卖了就能卖。"

申圆媛明白了。

申圆媛从办公室调到营销科,她也从郑紫宁的宿舍搬到销售人员的集体宿舍。同宿舍的叫孟悠然,孟悠然很热情,她一边帮助申圆媛整理床铺一边说:"这个床位挺干净的,原本是歌子睡的,她连续三个月营业额垫底,被开了。"

"你完成得怎么样?"

"我是倒数第二,下一个要走的人就是我了,营销科的宿舍是按业绩排位,我们宿舍是业绩排名最后两名。"

申圆媛说:"你现在已经几个月排名最后了?"

"如果这个月还是最后一名的话,我就要离开这里了。"

"你很珍惜这份工作?"

"珍惜有什么用呀?我是从农村来的,没有资源,埋怨不了别人,我也是在很努力地工作着。"

两人一起铺好了床。

申圆媛说:"这个月得加把劲。"

孟悠然说:"我知道,大学毕业谋一份工作不容易,如果真的被开除,还真舍不得,在这里起码衣食无忧。其实我很努力,不是那种吃白食的,我努力去寻找客源,但是很多公司我都不认识人,人家也不让我进。每天都在拼命地打电话,人家都以为是骚扰电话,打进去没说两句人家就给掐了。"

申圆媛说:"如果这样,我的压力也很大。"

孟悠然一笑说:"你就在这混吃混喝三个月,然后走人;反正这个地方风景好,就当作疗养。你有没有资源呀?"

"有是有,但不知道管不管用。"

"你就试一试嘛,我准备这半个月到市区不再回来了,如果20号我不能完成规定的营业额,我只能找下一家工作单位了,人总不能在一棵树上吊死,对不对?"

孟悠然第二天就背着双肩包去市区了,临走前她对申圆媛说"等我好消息啊",彼此加了电话。

接下来的一周时间,宿舍里就申圆媛一个人,她正好借着这个机会写她的剧本。营销科人员都在外面联系业务,也不用每天上班点名,申圆媛乐着待在宿舍。

20号,孟悠然打电话过来说:"我不准备回海天一色酒店了,完成不了任务。"

申圆媛说:"你完成多少了?"

孟悠然苦笑着说:"一个也没有,联系了很多单位都吃了闭门羹。"

"我给你一个电话,你联系一下,看一看能不能给你拉一些业务。"

"还是留着你自己吧。"

"我还有别的办法。"

第二天,孟悠然高兴地给申圆媛打来电话:"你昨天说的那一个客户真好,我们已经签约了。大概是二十个人的一个会议,我估计营业额不会低于八万元,我的任务已经完成了,你的呢?"

申圆媛说:"你不是说可以白吃白住三个月吗?我这个月不管了,下个月再说。"

孟悠然说:"回去请你吃饭。"

48

28日,营销科例行会议,宣布这个月业绩完成情况。完成最好的是小徐,有十五万营业额,孟悠然以八万的营业额进入前五位,申圆媛垫底。

叶佳把申圆媛叫到办公室,严厉批评道:"这里是销售科不是办公室,我们是跑腿,不是动嘴。大家每天都忙着联系业务,忙得不见人影,你倒好,不是整天待在办公室就是待在宿舍,如果连续三个月完成不了任务,对不起,你从哪里来回哪里去!"

申圆媛被劈头盖脸地批评一顿,孟悠然很过意不去,说:"下个月,我还去市区里面,我一家一家地去找,古人说,功夫不负有心人。"

申圆媛安慰孟悠然说:"没关系的,我忙完手里的活,就跟你一起往市区跑。"

但叶佳不同意,她说:"两个女孩子在一块不放心,一男一女OK。"

申圆媛只好与另一同事孙建穿着标准的工作服,乘坐公交车去市区。孙建带一个小推车,申圆媛说:"带它干吗?"

孙建笑着说:"秘密,到了你就明白了。"

"我们去哪?"

"科技园,那里电子科技企业密集,公司多。"

"为什么不去旅行社呢?"

孙建看了看申圆媛说:"你真傻还是装傻?旅行社还能等着我们?"

申圆媛就不再理他了,孙建是销售科排名前三的骨干。

到了大梅沙公交车终点站，下车后还得坐一个小时公交车，申圆媛说："打车吧。"

孙建说："你知道打车要多少钱吗？"

"不就一百元吗？"

"不就一百？你我一天多少工资？乘坐公交车两人才十元，大小姐。"孙建不太乐意带申圆媛出来，一个生瓜新手。申圆媛是漂亮，但销售科哪个姑娘不漂亮？

一个多小时后到科技园。科技园高楼林立，公司众多，虽然是上班时间，街道上依旧人来人往，车水马龙。

孙建先在一个超市购买了两箱饮料，又到菜市场买了散装苹果。他从小拖车里拿出小纸箱，把苹果装箱，每箱六个；把整箱饮料拆散，原来空空的小拖车就填满了。

申圆媛说："这是做什么？"

"敲门砖。"

孙建走在前，申圆媛跟着，他们先到圣水公司。

孙建说："看你的。"他从车里拿出两瓶饮料、一箱苹果。

申圆媛说："干吗？"

"想进入公司，先要搞定保安。"

"不要。"申圆媛抛下孙建独自上前。

大门的保安拦住她："做什么的？"

申圆媛说："来谈业务的。"

"有预约吗？"

"没有。"

"没有预约是不能进去的。"

"要与谁预约？"

"走吧。"

"走？"

保安说："你联系谁，就让谁来接你。"

"如果知道联系谁，我还叫你开门吗？"

"既然没有联系，就不能进。"保安看着申圆媛的衣着，"一看你们穿着就知道来推销的，领导就烦你们这号人。走吧。"

"不就是替人看门的吗？"

这话惹急了两个保安："你再说一遍？"

"难道不是吗？"

孙建忙上前解围说："大哥，不好意思，今天她心情不好，你二位消消气。"说着忙把手里的饮料与苹果递给保安。

保安用手一挡，苹果与饮料掉落地上，大声叫道："滚开！"

孙建连忙一手拉着申圆媛，一手拖着小拖车后退。

申圆媛摔开孙建的手。

孙建说："人家保安有他的职责，不让我们进也是工作，让我们进那是人情。"

申圆媛说："这保安真的是看门狗、神经病。"

孙建看申圆媛真的生气了，只好笑着说："你是少见多怪，我是司空见惯。人家不让进，我们就不进，犯不着与这些小人计较，惹得自己浑身不舒服。"

申圆媛不说话。

"下一家，跟人好好说话，给两瓶饮料一盒苹果，不过二十元钱。"

"我做不来。"

"那我来吧，你在后面替我看着小拖车。"孙建略带严肃地说，"人在屋檐下，不得不低头，你这样的个性不适合做营销。"

"我就没想做营销。"

"既然不想，你来干吗？"

申圆媛沉默了。

"到南川公司，你就跟着，不用讲话。"

申圆媛真的不讲话了，独自在前。

到了南川电子有限公司，孙建笑眯眯地对保安说："我是来你们公司谈业务的，两位大哥辛苦了。"他从小拖车里面拿出两瓶饮料、一盒苹果递给保安。

保安说："要登记一下你们的身份证。"

两人顺利地进了公司。

申圆媛承认了孙建的方法，也为了缓和彼此之间的气氛说："现在去哪？"

孙建说："公司开会、休假的安排基本上出自办公室，有的单位是工会管，也有的是老板管。南川电子有限公司我们是第一次来，是做不了业务的，先打个照面，彼此熟悉一下。你把公司的优惠卡拿出来。"

申圆媛说："给几张？"

"看情况，如果办公室人多，就一人一张；人少，就给主任。"

他们在电梯口把海天一色酒店的资料准备好，然后就去办公室。办公室就一个人。

孙建做了自我介绍。主任姓侯，侯主任说："你们把资料留下吧，我们有机会一定会去的。"

孙建说："主任有空的话就去那边看看，我们酒店环境很好的，主任先行考察，带一家人到那边先行感受一下。"

侯主任笑着说："哪有空啊？"

孙建说："周末我们可以派车来接你们，不知道主任一家几口？"

"还能有几口啊，一家三口吧。"

孙建从申圆媛手里拿过三张优惠券给侯主任，说："这优惠券可以免费吃住海天一色酒店的，如果主任用车的话，给我打电话。"

侯主任说："不用，我自己有车。"

"主任方便留个电话吗？到时我去接您一家。"

留了电话，他们就告辞了。

申圆媛说："这就完成了？"

"还想怎么样？"

"我还以为就能谈成业务了。"

"能收下材料，能够给我们电话号码，已经算是成功了。"

"原来销售是这样。"申圆媛摇摇头说。

他们去了下一家北建公司，孙建用同样的方法进去。办公室里面一个三十多岁的人看了看他们说："你们有什么事？"

孙建说："我们是海天一色酒店的。"

"酒店找我们干吗？我们正忙着。走吧，走吧。"

申圆媛说："态度怎么这样？"

主任看着申圆媛说："哦，教训我来了？"

申圆媛说："难道你们不到别的公司谈业务吗？"

"我们谈业务跟你有什么关系呀？"

"别人也这样赶你，设身处地想过吗？"

"走，走！"主任很不耐烦地挥手，说，"要不是看你是一个女的，早就叫保安来把你们撵出去了。"

申圆媛说："如果我是你老板，第一个炒的是你。"

因为他们的声音不小，引得几个办公室的员工伸出头来。

"走吧，走吧。"孙建推着申圆媛，一边回头说，"抱歉，抱歉。"

他们灰溜溜地出了公司的大门。

申圆媛是气呼呼的。

孙建说："这样的事经历多了，就心平气和了，我们是求人办事啊。你这大小姐的脾气得改一改。"

申圆媛停住了脚步说："只能这样求人吗？"

"你有什么好办法？"

申圆媛说："我不干了。"

孙建嘲讽地说："这真的是好办法。"然后拖着他的手推车走了。

"什么意思？"

"还深圳人，还不如我乡下人。"

"你站住。"

孙建站住了："我说错了，可以了吧，你们城里人有自尊，我们乡下人没有，行了吧！"

申圆媛突然把手里的公文包砸向了孙建。

孙建没想到申圆媛会做出这样的举动，一下子呆住了。

"就你这些小伎俩也值得我学？"申圆媛抛下孙建走了。

申圆媛去了茂业公司，换了一身衣服，把工作装往垃圾桶一丢，走了。

孙建抱着公文包赶紧跟上，随手还是把申圆媛的工作装捡回放到手推车里。

在东建给水公司大楼，一身华丽、神采飞扬的申圆媛微笑着对保安说："大哥辛苦了。"

保安傻笑着，没反应过来。

申圆媛夺过孙建的手推车，把小车上的苹果与饮料全放到保安的办公桌上，说："第一天来公司，以后还请大哥关照。"

保安忙点头笑着："不用，不用。"

申圆媛说："办公室在几楼呀？"

"五楼。我带你去吧。"

"值班室能离人吗？"申圆媛变得严肃。

"对，对。"

"上午老板来了吗？"

"你说的是冯总还是张总？"

"两个都得见。"

"冯总来了，张总还没见到。"

孙建要跟进来，保安说："你谁？登记一下。"

申圆媛说："跟我的。"

保安说："不好意思。"

他们乘坐电梯上了五楼，申圆媛并没有去办公室，而是直接去了经理办公室。她敲了敲门，甜甜地说："冯总，上午好。"

经理办公室里一个四十来岁半秃顶的男子站起来说："你是……"

申圆媛进了办公室给了冯总一张名片，冯总接过，请申圆媛坐下。

"冯总，深圳生活节奏快，竞争都很激烈，所以想请冯总到我们海天一色酒店做一个短期的休假。"申圆媛回头对站在门外的孙建说，"小孙，优惠券给冯总拿进来。"

孙建进来。

申圆媛接过公文包，从包里面拿出一叠优惠券，数也没数，直接给了冯总，说："周末，想请冯总带着家人好友到那边去休闲一下，我们负责全程的消费。"

冯总说："哪好意思呢？"

申圆媛还是甜甜地笑着说："有什么不好意思，冯总能光临我们海天一色酒店，是给我们酒店打一份有分量的广告。"又对孙建说："小孙，你向冯总介绍介绍我们海天一色酒店。"

孙建连忙给冯总递上资料，正要介绍，申圆媛笑着说："冯总哪有那么长的时间听我们介绍，百闻不如一见，冯总，您说哪一天有空，我负责。大车小车你说就行。"

冯总说："我们公司也正想利用某个周末去大鹏搞团建，你们来了不正好吗？我把办公室望主任叫来，你们跟他洽谈。"

冯总打电话叫来办公室望主任，交代说："你确定一个时间去大鹏做团建，这两位是海天一色酒店负责接待的同志，具体事项跟这位申小姐接洽。"

申圆媛起身，冯总给了她一张名片。

回到望主任的办公室。望主任说："你们跟我们冯总很熟吧。"

申圆媛只是笑了笑。

"既然冯总已经确定了，我们就把行程确定下来，下周五下午出去，周日晚上回来，时间安排两个晚上。"

申圆媛对孙建说："小孙，你把合同样本给望主任过一下目。"

望主任说："你这酒店有点贵。"

申圆媛笑着说:"葡萄酒有扫码价与销售价,扫码价传出去多好听呀;给水公司带领全体员工到海天一色酒店搞团建,传出去公司的名气就更不一样了。"

望主任说:"有道理。"

给水公司与申圆媛签订了一百人到海天一色酒店团建活动的合同,以八五折的优惠签约的。申圆媛离开时给望主任留下了一小沓的优惠券。

离开海天一色酒店时,孙建还以老员工自居,没想到只几个小时,申圆媛就给他上了一节生动的示范课,这次轮到他沉默了。

申圆媛说:"这个月的任务完成了吗?"

"完成了,两个人都完成了。"

"这一单算你的。"

"那怎么行呢?"

"有什么不行?要不是你带我出来,也不会有今天这一单。"

到了保安室门口,申圆媛说:"手推车还要吗?"

"不要了。"

申圆媛说:"还是带上吧,给一些小礼物,保安心情舒服一些。"

"接下来,我们去哪里?"孙建问道。

"不去了,吃饭去。"

孙建说:"去吃肯德基吧,我知道这附近有一家。"

"茶餐厅吧,我请客。"申圆媛说,"上午态度不好,你别介意。"

"哪能呢。"孙建说。

"体会到了销售人员工作的艰难了。"

"对你来说并不难。"

"我有优势,女的,长得还不难看。"申圆媛笑着说,"遇上女老板可能就行不通了。"

茶餐厅二楼,在靠窗的地方坐下,申圆媛点了菜。

"我忘了问你,你老家在哪?"

孙建说:"贵州毕节。"

"怎么想到来深圳?"

"想找一种别样的生活。"孙建诚实地说,"我觉得在深圳有拼搏就会有收获。完成了营业额就会有10%的奖励,如果是第一名就是30%的奖励。我上个月就拿到了一万元的奖金。工资还不算,我想如果我努力了就能改变我的生活。"

申圆媛说:"我很赞同。"

"能说说你的经历吗？"

"当了一年的中学老师。"申圆媛轻描淡写地说，"一直在深圳长大。"

"在老家，我其实也可以当老师，虽然学的不是师范，但有研究生的学历。"孙建笑着说，"如果一毕业回毕节的话，很容易找到一份工作，但我不想回。"

"你觉得辛苦吗？"

"比起我的父辈不算什么。"

"你赚到的钱最想干什么？"

"在老家给父母修一个房子。"

申圆媛点点头，想起父亲在老家修建的房子。

孙建说："其实你把老师这个职业放弃了是有一点可惜，如果是我，我就不会。当然了，凭你的能力，销售也一样会是风生水起。"

申圆媛说："还得感谢你这个师父。"

孙建说："你不会在笑话我吧。"

"我们生长的环境不一样。"申圆媛沉默了一下，说，"我父亲现在在白石洲开小餐馆呢。"

"那也不容易。"孙建点点头说，"下午我们再去跑两家公司，晚上你就回白石洲你父母家。"

"你要回去吗？"

孙建犹豫了一下说："在这边住一个晚上，最便宜的也得两百块钱。往返一趟公交车，不到二十块钱。虽然浪费一点时间，但还是值得。"

"我回我父母家，我的一个朋友有一个房子，你晚上就住到她的家吧。"

"你的男朋友？"

申圆媛笑着说："如果是我男朋友就不会让你住了。"

"那更不能住，你的闺蜜的家，我一个大男人住在那里，怎么行呢？"

"出国了，房子平常就空着，有时候我也去住。"

"看情况吧。下午再跑两家公司怎么样？这两家公司之前都已经去过了，确认一下就行。"孙建说，"一般情况下，上午是跑陌生的公司，下午去已经打过交道的。"

"你挺了解广东人的，早上开门和气生财。"申圆媛笑着说，"但在深圳开公司却不全是广东人。"

到了下午两点半他们又去了晶晶电子科技公司。

孙建说："这家公司我是第二次来。"

保安还认识他，孙建还是给了保安一小箱的苹果、两瓶饮料，保安笑着说："业务谈得怎么样？"

孙建笑着说："这不是来签合同了吗？"

他把小推车放在了保安室里，直接去办公室。办公室主任老李看到孙建笑着说："小孙，你又来了，还带上美女了。"

"同事小申。"孙建笑着说，"来看看李主任。"

申圆媛微笑着没有说话。

孙建从背包里掏出一包鱼干、一盒包装精良的紫菜，说："这是我从大鹏带上来的。"

李主任笑着说："你们的酒店真的很好，我们老板说了，过一段时间我们公司会有一个会议在你们酒店召开，到时还得麻烦老弟。"

孙建说："哪叫麻烦？还得感谢李主任呢，欢迎李主任再次光临。"

他们离开公司时，李主任也没说具体的日期。

申圆媛说："这明显就是骗人。"

"我也知道，但也不能逼他跟我们签合约吧。"孙建说，"要是之前跟你来，可能就不是这样了，我怀疑他根本就没有向上司汇报。"

申圆媛笑着说："也许'遇人不淑'吧。"

孙建说："下一家公司完全可以了，约好了今天来签约的。"

到了公司门口，申圆媛说："你进去吧，我不进去了。"

孙建说："我先联系办公室郝主任。"

郝主任在电话里说："小孙，不好意思，今天我在外面开会，合同的事等过几天我电话联系你，到时你再上来签好不好？"

申圆媛说："好了，这家大门也不用进了。"

孙建不好意思地冲申圆媛说："他也是在敷衍我。"

申圆媛说："明白了就好。"

"跑业务辛苦，丢人现眼，地位卑微，但我只能这样。像我这样来自农村的，我除了靠努力还能靠什么呢？"

"跑业务不是什么见不得人的事情。"申圆媛说，"我们得有信心，有尊严。"

已经快下午四点了。

孙建说："就到此为止吧，我现在坐公交车赶回大梅沙，然后转车回到海天一色酒店。"

申圆媛说:"不是说好了吗?晚上就留在这边,明天不是还得跑公司吗?"

孙建犹豫了一下。

"不要犹豫了。"

"那我晚上请你吃饭,你想吃什么?"

"不用。"

孙建说:"你朋友家有厨房吗?我们买一些菜回去,连明天的早餐一起解决。"

"你能煮饭?"

"试试吧。"

他们一同去了超市,之后回到申圆媛的套房。

"这么好的房子空着可惜了,为什么不出租呢?家里这么多酒箱呀。"孙建见申圆媛没有回答就说,"我先去厨房,你吃完晚饭之后再回你父母家。"

申圆媛在沙发坐着,孙建就开始在厨房忙碌起来。

申圆媛在客厅里看着电视,听着孙建在厨房里"喳喳"的洗锅声,忍不住到厨房瞧瞧:青椒炒肉片,颜色纯正;红椒炒包心菜,白色当中点缀几丝红色,十分夺目;豆腐炖花蛤,放上几许青葱。

孙建说:"米饭也好了,我给你盛一小碗?"

申圆媛说:"我自己来。"盛了一小碗。

"那就开饭吧。"孙建高兴地说,把余下的饭盛上,"你要不要再来一点?"

申圆媛摇摇头。

"我就不客气了。"

孙建煮菜的手艺不错,申圆媛从小就在餐馆长大的,口味相当的刁,但今晚的两菜一汤还是吃得挺香。

申圆媛说:"看不出来。"

"我跟着厨师学过的。"孙建说,"我喜欢做菜。"

"喝一点小酒?"

"那我去买。"孙建说,"应该庆贺一下。"

"家里有,你喝葡萄酒还是白酒?"

孙建说:"来一点啤酒吧。"

"这个没有。"申圆媛笑着起身去了客厅,拿来了一瓶茅台,说,"开过的。"

孙建只喝了一小杯,脸就红了。

申圆媛也就不勉强了,随口问道:"之前跟谁一起出来做销售呢?"

"叶佳科长。"孙建说,"叶科长看起来很凶,其实人挺好的,我们销售科要跑腿还得动嘴。李科长人长得漂亮,又能说会道,所以跟着她。"

"挺崇拜叶科长。"

"你一点也不比叶科长弱。"

申圆媛笑了笑。

"叶科长说,我们跑业务的就是脸皮要厚,腿要勤,嘴要甜,要放下身段。深圳这么多人,生活条件很优越的其实并不多,很多人都在奋斗。"

申圆媛点点头说:"是呀。"

晚饭之后,孙建收拾好厨房,说:"明天早上,喝一点粥,热几个馒头,你也过来吃吧。"

"不麻烦了,我就在我父母家。"

时间还早,申圆媛说:"我们到外面走走吧。"

49

深圳的夜色总是比白天好看,灯光璀璨,火树银花,他们沿着绿道慢慢地走着,孙建说:"这带我不熟悉,除了科技园。"

"我很熟,海湾学校也在这一带。"

也许是习惯,也许是心有所思,申圆媛领着孙建很自然地来到"圆圆酒吧"所在地。只三四个月时间,却已经把一切都抹去了,酒吧已经被一个牛肉火锅店取代了。自从酒吧失火之后,申圆媛是第一次来,她不由得停了下来。

火锅店里一片热气腾腾,食客们或交谈或涮火锅……

门口的小伙子看到了,跑出来说:"二位,要涮火锅吗?"

孙建说:"不用。"

申圆媛说:"有位吗?"

"有,有。"

孙建只好跟着申圆媛进去。在一个两人桌坐下,申圆媛点了三份牛肉两份青菜。在等待服务员上菜的过程中,申圆媛说:"这里原来是一个酒吧。"

"哦?"

"后来酒吧失火了。"

"你经常来这里?"

"是的。"申圆媛说,"可惜了。"

"怎么就失火了呢？有人伤亡吗？"

"不知道，听说死了一个人。"

"你这么一说有点聊斋。"孙建说，"有点让人恐慌。"

"烧死的那个人大概就在你我这个位置。"

"你别说。"孙建说，"怪瘆人。"

"逗你玩呢，"申圆媛说，"深圳速度太快了，快得你连过往的一个痕迹也找不到。"

"真的烧死人？"

一名小男生服务员端来火锅汤料，孙建小声地问道："这里发生过火灾？"

"没有呀。"小男生说，"听谁说的？"说完走了。

"看把你吓得。"申圆媛笑着说，"一点也不幽默。来，涮火锅。"

孙建看着申圆媛涮牛肉，却没有动筷子。

申圆媛说："怎么啦？"

"晚上吃得太饱了。"孙建，"哪知道你还要吃夜宵呢？"

申圆媛也没吃多少，就去结账了。孙建看着余下的牛肉片，犹豫了一下还是打包了。申圆媛叫了一部车把孙建送到小区门口，说："热水器有问题打电话，客房的空调遥控器与客厅同一个。"然后就回母亲林小洁的家。

跑了一天的业务，申圆媛真的累了，自己不掏钥匙而是敲门，开门的是王小谦。林小洁说："谁呀？"

"我。"申圆媛进门了。

林小洁说："今天怎么突然回来了呢？"

申圆媛并没有把销售的事情告诉他们，就说："回来看一看你们，明天我可能还得回到海天一色酒店。"

王小谦说："还没吃饭吧，我给你做去。"

"不用，已经与同事吃过。"申圆媛洗完澡，倒下就睡了。

林小洁看到申圆媛睡了，也就与王小谦回到自己的房间，夫妇一夜没睡。

第二天一早，孙建打来了电话，申圆媛不想起床，就在电话里说，有些头疼，不太舒服。

孙建说："你好好休息，我先去联系业务，你觉得身体舒服了再联系我。"

到吃午餐时间，外婆叫申圆媛起床吃饭，她才起床，说："外公呢？"

"登山还没回来呢！"外婆说，"你爸妈都来电话问你起床了没有。"

申圆媛笑着抱住外婆说："我只是有些累，睡好了。放心吧，晚上我可能还得回大鹏去。"

"如果不去大鹏还是回家。"外婆说。申圆媛与外婆并不亲，外婆是在她双胞胎弟弟出生后才来到深圳的，当时申圆媛都上中学了。

午餐后，申圆媛联系了孙建。

孙建问："你舒服点了没有？"

"现在可以。"

约好了下午三点一起去天一公司。这家公司也是孙建之前联系好的，今天也许可以签约。到了公司，办公室戚主任非常热情，他说："请坐，今天你们来得巧。"

孙建说："是不是可以签合约了？"

戚主任说："可以，可以，但你们也得帮我一个忙。"

孙建说："您说。"

"今天我们公司来的一个内蒙古的客人，他喜欢喝点酒。原计划让我们公司的晓瑜跟小罗去接待，不巧的是晓瑜出差了，小罗又身体不舒服，你们二位来正好。"

孙建说："陪客人喝酒？"

"是啊，是啊。"

"可我们都不会喝酒啊。"

"你们出来张罗业务的哪一个不能喝酒呀？"

孙建说："我们真的不会喝酒。"

戚主任有些不高兴："那你们就不想帮忙了？"

孙建说："不是，不是。"

戚主任的脸色就变得难看，说："那我们的合约就没法签了。"

孙建很尴尬，看看戚主任又看看申圆媛。

申圆媛笑着站起来说："不就是陪客人喝几杯酒吗？你说时间、地点，我们到时一定到。"

戚主任高兴地说："你看小申这态度就对了，你们也不用回去，到时你们跟我一块去，地点在天翼酒店。公司已经派人去接机了，大概五点就能够到酒店，预约吃饭的时间是六点。"

申圆媛说："你的忙我们可是帮了，那小孙的事情？"

戚主任说："那肯定的。"

申圆媛对孙建说："小孙，你把合同让主任过过目。"

戚主任说:"也不着急这一会儿。"

"现在大家都有时间,主任是大忙人。"申圆媛说,"反正我们也没地方去啊,五点就坐主任的车去天翼酒店。"

戚主任说:"那好吧。"

合同签了,天一公司一行十二个人的小型会议在海天一色酒店举行。虽然只住一天,但毕竟谈成了一笔生意。

戚主任与申圆媛、孙建到达天翼酒店的包厢时,来自内蒙古的浪腾格尔经理与他的助手已经就座了,两人是典型的蒙古人。天一公司的经理马西亚与秘书小东陪同。戚主任连忙道歉说:"塞车了,塞车了,不好意思。"

其实没有塞车,只是出门迟了。

戚主任介绍说:"小申与小孙,公司员工。"

浪腾格尔说:"上一次跟我们喝酒的那个晓瑜呢?"

戚主任笑着说:"晓瑜出差了,这不小申来了嘛。"

浪腾格尔说:"行,上一次我与晓瑜喝得畅快淋漓,希望今晚也能与小申喝个痛快。我今天带来了内蒙古的酒。"

"公司请客,哪有让客人自己备酒的。"申圆媛笑盈盈地对戚主任说,"戚主任,把我们备下的好酒都拿出来吧,让我们的浪腾经理选择。"

马西亚经理说:"就按小申说的。"

戚主任带有茅台、五粮液、习酒。

申圆媛说:"我不会喝酒,选茅台吧。浪经理,您选一个。"

浪腾格尔说:"行,茅台。"

菜上齐之后,浪腾格尔豪爽,就开始频繁地敬酒。酒过几巡,马西亚经理不胜酒力,已经脸红耳赤地趴下了;秘书小东与浪腾格尔的助手也喝得差不多了;孙建不会喝酒,喝了几杯已经上了三趟洗手间;戚主任酒量最好,但也不是浪腾格尔的对手。浪腾格尔有些遗憾说:"怎么这么快就倒下了?不痛快。"

申圆媛也喝了不少酒,但她最清醒:"浪腾经理远道而来,不尽兴就是批评。"

"好。"浪腾格尔高兴了。

"您说怎么喝好?"

"一对一?"

"浪腾经理,您是海量。"申圆媛微笑着,"我一杯,您三杯。"

"一对二。"

"好。"申圆媛说，"这一瓶喝了之后，我恐怕是找不到门路了，您估计也签不了合同。要不先签合同？"

浪腾格尔说："我们蒙古人一口唾沫一个钉，你们把合同拿来。"

戚主任一下子酒醒了。

签了合同之后，申圆媛让服务员把整瓶茅台酒倒在酒盅当中，对浪腾格尔说："我们就用它来喝，畅快淋漓。"

她一口气把五百毫升的茅台酒喝完了。

浪腾格尔愣住了，说："申小姐，女中豪杰，我浪腾格尔甘拜下风。"

申圆媛说："浪腾经理留些酒量明天再喝，如何？"

浪腾格尔非常高兴，于是结束了酒席。天一公司的各位领导陪同浪腾格尔回客房。申圆媛给方静打了电话，去洗手间用手抠着喉咙把酒吐了出来，又吃了几片饼干。孙建已经烂醉如泥了。二十分钟后，方静、江一叶来了，方静说："怎么喝这么多？"

申圆媛说："把他带到社康醒醒酒。"

方静叫来服务员把孙建扶上的士一起去社康医院。医生说："年轻人不能这样喝酒。"安排打了点滴。好在孙建酒醒了，他说："没事的。"

申圆媛说："一瓶茅台可是三千元，小孙，你喝少了，可惜了。"

"这么贵吗？"孙建摇摇头说。

方静打的把孙建送到小区之后，她们三个人回到宿舍。一到宿舍，申圆媛趴下就睡着了，是喝多了。

江一叶、方静轮流看护着申圆媛。

六点，申圆媛酒醒了，告诉两个好友事情的始末。江一叶说："原以为只有我们很辛苦，没想到还有比我们更辛苦的。圆媛，你赶快不要做了，回到你妈的公司去吧。"

申圆媛笑着说："我就想试一下一个人能走多远。"

方静说："你准备就一直干这一行吗？"

申圆媛笑着说："不可能。算是见识一下现实社会的艰难，其实我要完成销售营业额挺简单，给我妈打个电话就行。"

"你没有必要这么拼，身体可是自己的，哪有女孩子这么喝白酒的，即使酒量好。不过我还是很佩服你。"江一叶说。

上午，他们返回海天一色酒店，孙建的销售额已经遥遥领先，30%的奖金也是十拿九稳了。

郑紫宁开车把他们接了回去。

50

海天一色酒店举行消防演练讲座，要求全体员工到学术报告厅听讲座，申圆媛还是待在宿舍写她的剧本。消防员在讲座过程中播放一组PPT图片，介绍说："这是发生在我市的一次火灾事故，酒吧经营者出于好心收容一个流浪汉在酒吧里过夜，结果流浪汉用火不慎点燃了酒吧，自身也葬身火海。虽然经营者出于义举，但导致流浪汉身亡，从道义而言，经营者应该受到赞扬；但从法律层面来讲，经营者还得承担法律责任；所以酒店经营者需特别注意用火用电安全……"

消防员在讲解过程中，隐去了姓名。孙建突然想起那天跟申圆媛去的那间牛肉火锅店，以及套房里堆满的酒。

他把自己的想法告诉了坐在身边的叶佳。

叶佳说："十有八九就是她。"她让孙建在网上搜索这一事故，果然查到了酒店的经营者是申圆媛。

"小申在销售科，她一定是第一名。"孙建说。

叶佳去了行政办公室，找肖乐主任核查了此事，又把申圆媛叫到了她办公室，毫不掩饰地说："你就是'圆圆酒吧'的经营者，因为火灾导致了一名流浪汉死亡？"

申圆媛说："是。"

"你不适合在我们销售科，请你在三天之内自行离开。"

申圆媛说："就因为这个？"

"不是我要开除你，你的业绩太差，上个月你没有完成规定的营业额，这个月又到月底了，你的营业额依然是空缺。"

申圆媛说："我完成多少营业额才不被开除？"

叶佳说："开除不开除你是办公室决定的，跟我无关。如果你真有本事，三天内完成十万元的营业额，我可以帮你。"

申圆媛离开了叶佳的办公室。

郑紫宁说："出卖你的人一定是孙建，这个贱人。"

申圆媛说："我想也是他，不过只要在网络上一查也能查出。"

"像他这样的人就不应该帮他。"

"其实可以理解。一个从大山里出来的孩子，孤身在深圳打拼，不容易。"

"害怕你成为销售科的第一名。"

"担心也正常。"申圆媛停顿了一下，"我要拿第一名其实容易，但我依靠的还是我妈。我根本就没往第一名想。"

"你就这样走了？"

"还能怎么样？"

郑紫宁说："不能这么轻易放过他们。"

"这又不是复仇的故事。"

"我让我妈派一个团队来这里开会，把第一名拿过来。"

"你呀。"申圆媛笑着说："你知道你妈可是公安系统的，组织警察在这里开会，那可是违纪违法的。"

"我爸更不行。"

"如果真的快意恩仇，其实也容易。"

第二天，怀远商会给海天一色酒店打来电话，说他们一百多人的团队周末到海天一色酒店开会，请布置好会议厅，预留一百一十个床位。

申圆媛跃升为销售科第一名。

这时叶佳才知道申圆媛是大家房地产有限公司老板林小洁的女儿，一个家财万贯的千金小姐。

她说："不就是家里有钱吗？"但背后也不得不承认，像申圆媛这样的千金小姐能够到外面打拼，也是难能可贵的。

叶佳说："你有这么大的本领，为什么平常都不做一做？"

申圆媛说："这不是我的能力。"

这话叶佳解读为申圆媛的能力比表现出的还要强，就说："行，如果你真有大本事，我这个营销科科长的位置就是你的了。"

申圆媛想明白了自己终究还是要依靠家庭的力量，原计划离开家庭独自奋斗的梦想就这样破灭了。

孟悠然得知申圆媛的身份后十分高兴，她拉着申圆媛说："来，我们一起拍一张照片，我要让我妈看一看，深圳房地产大老板的女儿跟我同一个宿舍，也在做销售。"

"只要你妈妈高兴。"

孟悠然说："我原来叫孟优兰，以前觉得土，其实那才是我的根。"

"'悠然'的确比'优兰'舒畅。"

"你走了之后我会想你的。"

"都在深圳。"申圆嫒搂着孟悠然说。

孟悠然又变得乐观了,说:"千金小姐能与我同一个宿舍,痛快。"

申圆嫒身份曝光之后,在海天一色酒店也没办法待下去了。她跟郑紫宁说:"我们抓紧时间拍海天一色酒店的宣传片,完成后,我就回大家房地产公司上班。"

在离开之前,申圆嫒、郑紫宁与酒店靓丽的服务生一起自编自导自演了一个年轻人喜欢的唯美爱情短片。申圆嫒的编剧天才崭露头角。

郑紫宁说:"我们的作品就两个字——唯美。"

短片制作完成后,郑紫宁给总经理送去样片,她说:"现在人生活的压力已经够大了,给他们一个放飞心灵的空间,让他们把心灵的羁绊放下,我们就是给他们劳累的心灵送一碗鸡汤。所有的文学作品,可以赞美美好,批评丑恶,也可以什么都不用,就是让心灵得以放松。我们就从人性的角度,来关爱人,呵护人。"

看到短片的确拍摄得好,原来抱着让郑紫宁玩玩心态的总经理态度变了,他说:"这片子是你拍的?"

"编剧、导演都是申圆嫒。"

总经理说:"那位千金小姐?"

"她妈是林小洁。"郑紫宁说,"但她是她,她妈是她妈。"

总经理笑着说:"你们就继续拍一系列短片吧,有什么困难直接找我。"

郑紫宁又找来了老同学邓博、腾哥、小方。

于是,关于蓝天、大海、沙滩、钓沙湾一系列作品,在海天一色酒店的APP上播放,点击量很高;也在公交车上播放,这些唯美的画面吸引了很多人。

海天一色酒店成立了影视基地小组,郑紫宁要挽留申圆嫒,申圆嫒说:"我还是回我妈公司吧。"

51

离开海天一色酒店前夕,申圆嫒接到一个陌生电话:"圆嫒,你猜猜我是谁?"

"听不出来。"申圆嫒最不感兴趣的是这类电话。

"再猜猜。"

"要么你告诉我,要么我挂了。"

"别，别。"对方连忙说，"我是刘慧。"

"刘慧？"申圆媛错愕了一下。

"不记得了？"

"班长！"申圆媛十分讶异，"怎么跑到河源了？"

"毕业后就到河源了，现在邻水县水头镇挂一个副镇长。"

"从班长到镇长，走的还真是仕途呀。"申圆媛在电话里半开玩笑半认真地说，"怎么突然给我打电话了？"

"从紫宁那里得到你的电话，知道你跟紫宁一块拍摄宣传片，拍得好。"

"几个人凑在一块玩，以后就不干了。"

"那干啥去呀？"

"到我妈公司。"

"大公司，推荐一下吧？"

"行呀，职位一定在我之上。"

"好了，不开玩笑了。"刘慧说，"给你打电话，是想请你到我们镇参加一个活动，不知道老同学赏不赏脸？"

"不太想去。"申圆媛很直接，她不太想去粤东北山区。她的故乡青石县就是一个山区，她对深圳的热爱远远超过了对故乡的热爱。

"我们正在建设美丽乡村，要在举办一系列活动。你也知道粤东北经济比深圳要差得很远，所以就想请在深圳的老同学给我捧捧场，给我们做一些宣传，对我们扶持农村经济一定是大有益处……"刘慧却很有耐心。

刘慧是申圆媛高一时的班长，一个典型的女强人，她对同学的态度甚至比班主任还严厉。申圆媛有一次卫生没完成，刘慧当着全班同学的面大声呵斥道："今天谁值日？给我出来！"刘慧的学习成绩非常好，文理分科之后，申圆媛选择文科，刘慧选择理科。高考填报志愿，刘慧选择兰州大学，这是他们这一届同学中唯一去西北的同学。刘慧扬言，我选择西北，以后要留在西北，建设大西北，在深圳跟西北建立一座天桥，我就是这一座桥梁的建筑师。

申圆媛以为刘慧毕业后会留在西北，没想到她回到粤东北山区。即使没有留在西北，也同样让申圆媛对她有了敬意。

刘慧高中毕业时已经是中共党员，兰州大学毕业前夕参加广东省公务员考试，成了广东省公务员局录用的一万多考生中的一员。她报考的职位在河源，以优异的成绩成为市人民政府办公室的一名科员，两年后她到邻水县水头镇挂职副镇长，抓扶贫工作，负责三个贫困村，石礅村是其中之一。

石磕村是高山中的小平原，村子四面是不高的小山，房子都建在山脚，一条小溪把小平原上祖祖辈辈赖以生存的水田分为南北两片，这些水田原先都种水稻，收成不理想。全村一百五十户，七百多人，属于偏远山区的贫困村。刘慧调研之后认为石磕村适合种植反季节蔬菜，原来村里也种蔬菜，由于销售渠道不畅，菜就烂在地里。她挂点之后，联系了市、县相关部门，成立了蔬菜收购点，这些蔬菜瓜果直接进入市区的大型超市，企业派工作人员进驻石磕村进行种植技术指导。解决了销售问题，于是全村八成的水稻田就改种了蔬菜瓜果，收入猛增，年轻一代也不再出门打工，石磕村成了附近几个村里留村人口最多的村子。

石磕村变化最直接的原因是刘慧的挂点扶贫，但根本原因还在于石磕村优美的自然环境，良好的生态系统。

接到刘慧电话的第二天，申圆媛带着邓博、腾哥、小方，装上设备，开车前往水头镇。

刘慧在镇上的酒家个人掏腰包请四位老同学。

刘慧说："我联系了广州的一家旅行社，明天他们会来。今天下午我们一起去石磕村。圆媛，你是不是都没坐过摩托车？下午我带你飙一下。"

"你有驾照吗？"

"在农村要什么驾照？"

"我不坐。"

"放心，你是我们的宝贝。"

下午两点，太阳正热，刘慧骑摩托车载着申圆媛去石磕村，沿着乡村公路一路飞奔。改装后的摩托车很拉风，"呜呜"地鸣叫着一路向前，吓得申圆媛不停地惊叫："慢点！慢点！"紧紧地搂着刘慧的腰，山风在耳边呜呼呼地过去。

刘慧大声地喊叫："是不是很爽？"

申圆媛也喊道："爽！"她的确很少这样放纵，刘慧给她带来别样的生活感受。

刘慧哈哈大笑："在深圳见不到摩托，更不用说在这样的盘山公路上飙车。"

下午三点，她们在村口停车，坐在大松树下凉快一会儿。申圆媛摘下头盔，头发湿漉漉地趴在头上。刘慧个头比申圆媛要高大，她指着老松树说："这棵松树估计好几百年了，不知道还能活多少年。"

树下是砖头砌的两人高的广告墙，墙头盖着黄色的琉璃瓦，白墙上"石磕村无公害蔬菜基地"十个红色大字十分醒目，还有小字"张玉华题"。

"张玉华是谁？"

"我们的副市长，我的头儿。"刘慧说。

站在村口，村子的蔬菜基地一览无余，一畦畦品种不同、颜色深浅不一的青菜，让第一次见到菜园的申圆媛满心喜悦。

刘慧说："颜色深的是菠菜、花瓶菜，浅的是小白菜、生菜、皇帝菜，白色底部的是种植在小塑料袋的菜苗，原来只是种的玩，明天可以派上用场了。虽然现在无公害蔬菜发展势头良好，但我更要未雨绸缪，哪一天我调走了，市里的几家超市是不是还跟现在一样把石磴村作为农产品基地呢？所以广州、深圳是我的目标。如果石磴商标的无公害蔬菜能自由地进入广深流通领域，石磴村才有可能真正走向富裕的道路。明天想借广州的游客来观光的机会，把石磴推广出去。"

歇了十分钟，刘慧、申圆媛又上了摩托车，这次刘慧开得慢，沿着村上的水泥路慢悠悠地转，村道与各家的门前都很干净。申圆媛望着一片青油油的菜地，几块高出的瓜棚，其间几个走动的人，她突然想起小时候王小谦让她背诵的一篇课文："那些新芽，条播的行列整齐，撒播的万头攒动，点播的傲然不群，带着笑，发着光，充满了无限生机。一棵新芽简直就是一颗闪亮的珍珠。'夜雨剪春韭'是老杜的诗句吧，清新极了；老圃种菜，一畦菜怕不就是一首更清新的诗？"如果吴伯箫先生还健在的话，这里明朗的天空，热烈的阳光，青翠的山，青翠的菜地，还有安静的黑瓦土墙的房子，是否又能让他诗意流淌呢？

两位坐在门口休息的村民向刘慧打声招呼："刘镇长，您来了，太阳大着呢，进来喝口茶。"

刘慧笑着说："不用了，转转回村委。"

村民都在自家门前的树底下坐着闲聊。

刘慧说："到了傍晚，他们才忙碌，给蔬菜浇水上肥。到了凌晨两三点，他们从菜地里拔出带着露水的青菜，在小溪里清洗干净，送回村委大楼包装，专车送到市里的各大超市。"

刘慧带申圆媛在村子转了一圈回到村委会，村委会在西村。

刘慧说："村委会原是村上的俱乐部，以前叫大队部。两层，一层是个大厅，以前看电影时幕布就挂在台上，村民扛着椅子来观看；现在电影没人看了，台子还与原来一样。"

村委会门口站着一位老人。刘慧说："那是菜香阿婆，七十多岁了，儿子在外地工作，她自愿来看守村委，村子每月给她一百五十块钱的补贴。"

村委会隔壁是老人会，很热闹，老人们在闲聊、打纸牌、打扑克；门前的大樟树遮住夏日阳光。

"我每次来有阿婆陪伴。"刘慧说,"阿婆喜欢我。"

阿婆看到她们马上迎上前来:"刘镇长,听阿灿说你回来了,我正想着怎么不见你呢。"

"阿婆,这是我的同学。"刘慧介绍道。

申圆媛打招呼说:"阿婆好。"

阿婆很高兴地拉住申圆媛的手,笑眯眯地看着。

刘慧把摩托车推进村委会,从车上取下一箱花生牛奶,说:"阿婆,你喜欢吃什么告诉我一声。"

阿婆说:"刘镇长,我一个老人吃不了。"

阿婆接过东西后给刘慧、申圆媛倒了茶。两人在小方凳坐下,阿婆坐在她们对面,拿起一小盆子的青豆角说:"今晚给你们煮豆角,还有鱼。是溪里钓上来,阿八送来的,我给他钱,他不要。"

申圆媛听得懂粤语,但说不好。

她们陪菜香阿婆坐了一会儿,要回去办公了。进门左右两侧的楼梯可以上二楼,二楼是一个小厅,可以看到舞台,小厅左右是房间。现在小厅就是村委的办公室,房间是支书、村主任、秘书、妇联主任、团委的办公室。

在村支书办公室,刘慧向申圆媛介绍明天活动的细节。

刘慧给村主任秦汉光、妇联主任阿冰、团支书秦联中打了电话,

一会儿工夫三人前后脚来了,刘慧介绍了申圆媛。

刘慧说:"广州来的客人在我们石磜村只待两三个小时,我们一定要做好。"

秦汉光说:"我负责溪流的安全,找几个人先到溪里搜搜,看看是不是有瓶盖、玻璃等扎脚的东西。"

阿冰说:"村委的冲凉间给男生,学校的给女生。游客服务中心设在秦必涛家,他家门前的那块大空地可以乘凉休息,他家嫂子办过招待领导的农家宴,可提供饮食。"

秦联中说:"我负责蔬菜瓜果的包装。"

刘慧说:"明天是我们村乡村旅游开业的第一天,要办出气派。"

秦汉光等人分头忙去了。

邓博、腾哥、小方开着设备车也来了,他们先在镇子上拍摄一些素材。

吃过阿婆煮的晚饭,五个人在村道上散步。八点,村里就一片宁静,灯光也只是零星的一点两点,狗叫声倒是此起彼伏。"三五个同志趁着皎洁的月光,

坐在畦头泉边，吸吸烟；或者不吸烟，谈谈话；谈谈社会和自然的改造，一边人声咯咯罗罗，一边在谈话间歇的时候听菜畦里昆虫的鸣声；蒜在抽薹，白菜在卷心，芫荽在散发脉脉的香气：一切都使人感到一种真正的田园乐趣。"这种诗意并不存在，申圆媛有些遗憾。

刘慧说："回去睡觉吧。"

回到村委会，刘慧安排好宿舍，就去洗漱。

申圆媛洗漱回来，躺下与刘慧聊天，很快发现对方没有声音了，再看刘慧，睡着了。

申圆媛关了灯，静静地听着，村委会里一片寂静，时间仿佛停止。她想，如果自己一个人待在这个空旷，甚至有点阴森的大队俱乐部里，肯定是一天也待不下去，是什么力量支撑着刘慧呢？

52

第二天同样是一个好天，申圆媛起床没有见到刘慧，下楼发现石磴村的早上与晚上的宁静构成鲜明对比，村里一片热闹，各家各户如同办喜事一般，喜气洋洋。

在村道上遇到刘慧，她提着一篮菜。

刘慧说："搞一些青菜，让你们尝尝。"

她们一同返回村委会。

阿婆在一楼的厨房做早饭。邓博、腾哥、小方也都起床了。

上午，在村委会门口，刘慧把欢迎仪式彩排了一次。

下午两点，全村老老少少早早地来到村口，看热闹的，准备欢迎的，村口一片喜庆。红底黑字"热烈欢迎广州的贵宾莅临石磴生态旅游村"的横幅两端用竹竿撑住，两位姑娘扶着；老人会组织的唢呐队、锣鼓队穿红着绿；秦联中把鞭炮放在地上，手里点着一支烟。刘慧、秦汉光、阿冰站在一块，申圆媛、邓博、小方、腾哥在稍远处录像。

秦汉光对唢呐队、锣鼓队说："你们老人闲着也是闲着，先演一遍，热闹热闹。"

老人们说"好哟"，于是在"咚咚咚冷，咚咚咚冷"的锣鼓声中"嘀嘀嗒、嘀嘀嗒"的唢呐声就一起响了起来。

吹打了几分钟，秦汉光说："行了，行了，留点力气，客人来的时候，吹的声音要大点呀。"

大家都乐了,坐下来休息。这一年来村里变化很大,平常领导也来,但没有今天这个架势。

刘慧电话联系牛春燕。

牛春燕说:"很快就到了。"

欢迎的队伍精神又抖擞起来。两点半,一辆大巴出现在大家的视野,秦汉光说:"来了,来了,大家准备好。"

大巴前面还有一辆小车,秦汉光眼尖,认出是镇政府的车,他转头问刘慧:"书记也来?"

"不可能吧,我没有告诉书记。"

小车停下,后面的大巴也停了下来。

秦汉光说:"不管了,联中,放鞭炮。"

秦联中点起鞭炮,顿时爆竹轰响,碎纸飞舞,轻烟四起。鞭炮很长,响了很久才停息。老人会的乐队紧接其后,锣鼓齐鸣,唢呐高亮,奏的是《欢天喜地》。

鞭炮轻烟散去之后,刘慧看到从小车上下来的郑建斌书记、潘孝伟镇长,小跑着迎了上去。同车的还有镇政府的一干人员。

刘慧说:"书记、镇长,大家都来了,太好了。"

"你们几位干部瞒着我们偷偷地发展旅游呀。"郑建斌书记说,"听说还请了广州、深圳的朋友。"

"这些是我深圳的同学。"刘慧把申圆媛介绍给镇里的领导和同事,"她带着团队准备给我们的新产品做宣传。"

郑建斌书记握住申圆媛的手,说:"谢谢,谢谢。"

镇长他们也与申圆媛几个人握手。

秦汉光说:"感谢刘镇,年轻人干劲大,人脉广。"

"这样的干部很受欢迎吧?"郑建斌拍着秦汉光的胳膊说。

秦汉光呵呵地笑。

刘慧很开心:"担心策划不好,请领导多批评。"

郑建斌微笑着说:"批评就不用了,先欢迎旅行团去吧。"

刘慧与秦汉光跑到大巴前面。牛春燕第一个下车,手里拿着小旗子。游客们也都下了车,有五十多人,他们看到这热闹的场面也鼓起掌来。

阿冰说:"一、二、三。"

跟在她后面的老老少少就喊了起来:"欢迎光临石礅生态旅游村。"

声音并不整齐,引起了一片笑声。

阿冰说:"再来一遍,要大声。"

于是老老少少又大声地喊起来:"欢迎光临石礅生态旅游村。"这次整齐了,游客们笑得欢快,不停地鼓掌。

刘慧站到一块路边的大石头上,压压双手,现场就安静下来了。她说:"各位尊敬的、从广州来的客人,欢迎你们光临我们石礅村,我是水头镇副镇长、石礅村党支部书记刘慧。"

大家一片掌声。

"听说尊贵的客人来了,我们的郑建斌书记、潘孝伟镇长特地赶来了。"

大家又是掌声。

"请郑建斌书记给大家说几句话。"

郑建斌摇摇手说:"大家是来旅游的,不是来听我讲话的。"

大家都乐了。

"那么我们就一起进村吧。"刘慧加大嗓门说:"我们先进菜园,然后是果园,然后是小溪捕鱼,然后到农家乐休息,然后大家就可以带点自己喜欢的东西高高兴兴地回广州了。"

旅行团中有人说:"这么多'然后'呀。"

大家笑了。有人喊:"我们就叫她'然后镇长'吧。"

大家又哄地笑了。

老人会的乐队再次奏响,走在最前。刘慧与牛春燕在前,刘慧走得快,牛春燕开玩笑地说:"'然后镇长',你走慢点。"

又乐成一片。

邓博、腾哥、小方跑前跑后忙着录像。

申圆媛在队伍的后面,郑建斌、潘孝伟与秦汉光等人也在后面。潘孝伟问申圆媛:"你们都是小刘的高中同学?"

"是的。"申圆媛说,"她是我们的班长。"

"你们这个班长有能力。"潘孝伟镇长说。

申圆媛笑道:"镇长就送刘慧一面锦旗吧。"

潘孝伟也笑了:"一定的,年底先评她为镇里劳模。"

在大家的说笑当中队伍已经进村,眼前的菜地整齐一片,不能说一望无际,但也一片辽阔,高的瓜果与低的蔬菜错落有致,在阳光下发出多彩的光芒。

牛春燕说："想不到菜园也这么美。"

刘慧说："果园更美。"

队伍到了石桥停了下来。牛春燕站在桥面上，手持小喇叭对旅行团说："各位团友，这是我第一次接触生态蔬菜游，你们被眼前的景色迷住了吗？"

有人说："迷住了！"

有人说："能拔菜吗？"

"你们喜欢什么就拔什么，但玉米就不能拔啦。"

"我们知道啦。"大家又笑了。

牛春燕继续说："价钱可以问刘镇，但肯定不贵。"

有人说："应该是'然后镇长'。"

牛春燕笑着更正说："对，'然后镇长'。"

大家又笑成一片。

牛春燕继续说："'然后镇长'已经给我们准备好了菜篮子，你们现在可以提着菜篮子进菜园啦。"

游客们听说可以进菜地了，就争着提起菜篮子一下子进到菜园，拔菜的拔菜，摘豆角的摘豆角，摘茄子的摘茄子……场面好不热闹。村里的老人也同游客一起进入菜地，向他们解说各种菜好吃不好吃，遇上语言上不能沟通的，老人就连比带画，游客们欢笑不已。

小孩子兴趣点却是清澈的溪流，他们先是下水洗手，然后就跑到溪流中戏水，结果大人也下水。刘慧只好改变路线，说："每块大石头下都有小鱼，村里人叫它'石趴趴'，大家可以试着摸摸。"

听说溪水中有鱼，不拔菜的游客就挽起裤子下水与小孩子一起摸鱼。很快就有孩子摸到了"石趴趴"，他们翻动石头时，"石趴趴"就在水中慌乱地逃窜，水很清澈，它们的身影如同浮在玻璃上面，这更激起了大家捕捉的热情，但"石趴趴"在水中相当灵活，捉到它并不容易，于是就几个人一起合围捕捉。有游客说："我们不能动石头，一动就跑了，你们跟我学。"大家就跟着学起来；摸到鱼的小孩子开心得不行，不停地炫耀着手里的小鱼。

牛春燕说："'然后镇长'，你不下水吗？"

刘慧说："我看看就好了。"

"镇长得带个头，不下水可不行呀。"

"行，我下水。"刘慧回头喊道，"圆媛，来。"

申圆媛也脱下鞋袜，用脚尖试了一下水，水很温暖，于是就一脚踏进了小溪。牛春燕捉到了一条，高兴得像小孩子似的挥着小鱼。

"真希望你们以后经常来。"刘慧笑着对申圆媛与牛春燕说。

牛春燕说："一定来，一定来，这么好的地方怎么能不来呢。"

"能通高铁就好了。"申圆媛说。

"交通依然是一个瓶颈。"刘慧说。

郑建斌、潘孝伟、秦汉光，还有一些镇里来的干部都没有下水，他们看着游客们这般开心，也十分开心。

在水中活动的时间大大超过刘慧的估计，游客一下水就不想上来了。牛春燕好不容易把游客叫上岸时已经是五点半了，他们又都奔向村上的农家乐——秦必涛家。秦必涛与他的老婆准备的豆腐脑、绿豆粥、花生粥、青草小肠汤等饮品被一扫而空。

游客又在村里逛了逛，有人看中了漫步在村道的鸡鸭，于是这些鸡鸭在"咯咯咯""嘎嘎嘎"的叫声中身不由己地进城去了。快六点半，游客在快乐与满足中带上农产品，在鼓乐声中伴着夕阳离开了石磜村。

53

傍晚，忙碌了一个下午的一行人终于可以在村委会里坐下休息了。邓博说："刘慧，说说你怎么选择了河源？"

"我不想成为过江之鲫趋之若鹜，我想成为一只逆流而上的鱼！"说着刘慧哈哈大笑，"你们知道我的性格。"

"一支会思考的芦苇。"腾哥说，"毕竟是班长，来，以茶代酒敬班长。"

"想到基层做一些实实在在的事，我的性格也适合基层工作，跟他们打交道，可以大大咧咧，无所顾忌，开口就可以骂人。"说着又笑了。

申圆媛说："你真是这样。"

"是啊，所以我没有报考省一级的公务员，但报乡镇的又觉得有一些可惜，我毕竟是兰大毕业的，在大学还一直当学生会干部。我相信能考得上，所以选了一个比较适合自己职位的部门。"刘慧开心地说，"在这，多好，无忧无虑，又能发挥自己的特长。想起了一句话，人生的舞台，没有小角色，只有小演员；这里没有小舞台，只有大天地，农村就是广阔的天地。"

"虽然不是诗意世界。"申圆媛说。

"你们看到的是菜长得好看。"刘慧笑着说，"我看到的是能卖多少钱？"

"考虑回深圳吗？"腾哥问，他一直崇拜刘慧。

"在这里扶贫一段时间，再回到市里。以后的事，以后再说。"刘慧还是大刀阔斧，"先把这几个村经济搞上去，让村民们过上好的日子。在石墩村，我们搞的是生态旅游，在葛田村我搞的是另外一个项目。"

"搞什么？"小方好奇地问。

"冷水鱼，大黑猪，鸭子，山鸡。我把大黑猪往山上养。要不要再去看一看？"

"相信你这个大黑猪与你的生态蔬菜园一样，我们明天赶回深圳，回去策划APP。"邓博说。

"很近的。"刘慧说，"明天一早顺路，看一个村也行。"

"成立一个公司，刘慧。"申圆媛脑海中突然电光石火般地闪出一个念头，"做生态果蔬这一行，这么丰富的物产，不在深圳开超市真是太可惜了。"

"说说看。"刘慧有点激动地拍了一下自己的大腿。

"就叫'刘大姐'。"

"'刘大姐'？"

"就是'刘大姐'。"申圆媛说，"开出众多的刘大姐连锁店，专门经营这里的黑猪、冷水鱼、瓜果蔬菜，就像打造清远鸡一样；店铺可以小，但网点要多，价格要公道，蔬菜要新鲜，肉质有保障，打出品牌，相信会门庭若市。"

"说具体点。"刘慧兴趣大增。

"这里的蔬菜每天晚上十二点发车，到深圳大概是凌晨四点，早上五点各个小超市就可以销售。就卖特色农产品，标上地道的粤东北山区特产商标。只要菜好吃，肉味美，一传十，十传百，你这个刘大姐连锁小超市可以遍地开花。打出广告语，'不卖隔夜菜，地道河源'。"

"卖不完怎么办？"

"打折，晚上八点打七折、九点打六折，十点打五折，十一点打一折。"申圆媛的思路十分清晰。

刘慧点伸长脖子问："每个店铺的规模要多大？"

"二三十平方米足够了，三四个员工。菜的品种要多，让买菜的阿姨有选择的余地。"

刘慧停顿了一下说："好是好，只是前期的投入估计不小，村镇出不了这资金。"

申圆媛平静地说："我想办法。"

刘慧说："你做老板，我负责供应新鲜蔬菜、猪肉、家禽。一句话，凡是农村特色的我都供应，而且保证质量。"

"好主意。"腾哥开心地说，"我们每天都吃放心肉。"

申圆媛笑着说："我负责找店铺，装修。"

"我提供员工，农村的孩子纯朴。"刘慧兴奋得跳起来，"为老同学的鼎力相助，干杯！"她举起了茶杯。

"太小气了吧。"小方说。

"我去买啤酒。"刘慧拔腿就走。

申圆媛说："邓博，车上有两瓶茅台。"

一会儿，刘慧抱着一纸箱啤酒回来，还带来花生米。邓博也回来了。

五个老同学就在村委会门口端起酒杯。

刘慧说："喝茅台就着花生米，暴殄天物！"

小方说："圆媛眼中就没有'天物'。"

"我想赚钱了。"申圆媛说，"有钱才能办大事。"

刘慧哈哈大笑说："希望你早日成百万富翁。"

"回深圳就找店铺，像银行设网点一样布置。从南山区开始，蛇口、前海、南头、华侨城，设在规模大的小区，但不到城中村。"申圆媛对邓博、腾哥、小方说，"你们三个都得出力。"

"那必须的。"三人异口同声地说，"我们听老板的也听老班的。"

"谢谢老同学。"刘慧转头兴奋地对申圆媛说，"想不到念书的时候，你一个埋头只懂读书的丫头，居然深谙生意之道，我一直以为你就是一个会写一些文章喜欢风花雪月的小女孩。"

"逼上梁山啦。"申圆媛喝了不少酒，"相信'刘大姐'一定会赚钱，为'刘大姐'干杯！"

刘慧眼里有了泪花。

"相信能赚钱。"小方也举起杯子。

"你本来可以像我们一样在深圳找一份工作，不管体面不体面，毕竟是一线城市，然后过上小女人的生活，"申圆媛动情了，"但你偏选择一份艰难的事业。跟你相比，我是自惭形秽。以往老师、父母劝我努力向上，我都当成耳边风，但你的举动深深地触动我，让我明白什么是新一代的深圳人！"

申圆媛举起了大拇指。

大家都举起大拇指。

"小丫头，看你说的。"刘慧抱住申圆媛也动情地说，"也许说不定某天我还当上大官呢。"

腾哥说："大官从一线做起，本身就是了不起。"

菜香阿婆来喊他们吃饭，他们抱着酒走进村委会的食堂。

……

龙德村地处石墩溪下游，房子依溪而筑，又沿溪而升，分散多，连排少，下游的第一座房子到上游的最后一座有两里之长。因房子挨溪，家家户户就把溪水引入门前屋后的一方池塘之中，养起鱼来，村名也由鱼而来，以为鱼有龙德，故名龙德。溪水清冷，鱼品极好，鲜鱼很受欢迎。

刘慧把申圆媛四人带到龙德村，与在村子等候的马国放村主任一道从村子的第一家开始参观。

刘慧介绍说："池塘里养的鱼品种众多，草鱼、鲢鱼、鲤鱼皆有。溪流之中也养有鲤鱼。你们看，溪流平缓向上，大石立于溪旁，小石挡于中流，鲤鱼有天然护所，遇上山洪，鱼有洞穴藏身。两岸水草、小树木颇多，也是鱼群藏身之地。我计划在溪流两岸修好栈道，作为观光游廊……"

刘慧的计划颇为宏大。

"我们村做鱼菜也很有名气，清汤、红烧、清蒸……"马国放说。

"老马，"刘慧说，"说到吃，你露一手。"

"好。"马国放干脆地说，"做一道特色冷水草鱼。"

"这就对了嘛。"刘慧高兴地攀着老马的肩膀。

"吃就免了吧。"申圆媛说。

"圆媛，这就是你的不对了，吃完了再走。"腾哥兴致很高，"去吧，去吧，不差这一会儿。"

马国放的房子土墙青瓦，门前开着一方池塘，塘上盖着些许竹枝、树枝，塘里养着一群鱼。大家正在谈论着这些鱼的时候，马国放从家里拿着一个长竿网兜，一兜下去捞出一条三四斤的草鱼，又准备捞第二条，刘慧拦住，说："老马，一条就可以了，想看看你的厨艺，一条鱼，能做三样菜吗？"

马国放说："可以。"

进屋，马国放请刘慧、申圆媛他们在厅堂就座，泡上一壶茶水。

刘慧说："老马，你忙去，我来泡茶。"

马国放的爱人干农活回来，一进门就客气地说："镇长、各位领导，你们坐一会儿。"转入后堂的厨房。

申圆媛说:"是不是太麻烦马主任了?"

刘慧说:"他高兴都来不及呢。"

在他们闲聊、谈笑、泡茶的工夫,马国放上了一个电火锅、一把漏勺、一盘切得很薄的鱼片,马国放说:"这是火锅鱼片,锅里就一点猪油与盐巴,你们直接涮。"

马大嫂在每人面前放一个小碟子,碟里放着蒜头、醋。大家上桌,刘慧先涮了一勺说:"你们尝尝。"

大家纷纷动手,纷纷点头说:"鲜!"

刘慧继续涮鱼片,剁椒鱼头也上了,一个鱼头分开八块,红色的辣椒铺在青黑的鱼头上面,让人很有食欲。马主任送上第三道鱼——酸笋鱼骨汤,装成五小碗,汤呈乳白色,放了酒糟,有淡淡的红,碗里盛着一段鱼骨头与酒糟泡过的春笋。邓博先品了一勺子,微酸中带着鱼的鲜味,并有一丝胡椒的辣味。他赞道:"爽口!"

大家都说:"好喝。"

刘慧说:"三道鱼,你老马的厨艺可以得六分了,冷水鱼可以得十分。"

马国放很高兴说:"鱼能得十分就好。"

申圆媛说:"鱼好,顾客必定盈门。"

协商了鲜鱼运输、价格等细节问题之后,申圆媛一行人向马主任夫妇、刘慧道别。刘慧回石墩村,摩托车还在村里。返回深圳路上,四人都感慨不已,刘慧给他们上了别样的一堂课,这位曾经的班长、现在风风火火的副镇长。

"刘慧是不是还没有男朋友?"邓博说,"腾哥,加把劲。"

"不行,驾驭不了。"腾哥摇头。

邓博哈哈哈大笑,大家都笑了。

申圆媛说:"小心开你的车。"

"爱情不是驾驭不驾驭的问题。"小方说,"重点在真诚。"

"小方妹子说得多真诚。"邓博说,"圆媛,你说说看。"

"其实可以。刘慧虽然风风火火,但也得有人关心。"申圆媛说,"起码腾哥长得比她好看。"

"哇,这话我得告诉刘慧。"邓博说。

"腾哥不帅吗?"

"那是。"

他们一路谈笑返回深圳。

申圆媛要开刘大姐连锁超市出乎意料地顺利。林小洁也看好这个市场，她说："我们家开装修公司的，楼盘布置，人口密度、店铺出租都熟悉，落实好店铺，两周之内就可以装修好。"

事实上，寻找店铺还是费了一番周折，原计划开三十家刘大姐连锁店只好压缩成二十四家。申圆媛说："一边经营一边寻找吧。"

7月16号，二十四家刘大姐连锁超市同时开门营业，没有鞭炮，只是在门口摆上六个花篮。不过在装修期间已经做了宣传——"不卖隔夜菜，地道河源"，因此一开门，敞亮的店铺、杀好的鱼、一刀斩的黑猪肉、清洗好的青菜水果，就吸引了顾客。一周过后，新主顾就成了老主顾，生意红火起来了。一个月之后，刘大姐开始盈利。

申圆媛没有闲下来，虽然每个店里都有店长，而且都安装有视频监控，她在手机上就可以看到所有店铺的经营状况，但她还是开着王小谦的小车，从这家"刘大姐"到下一家"刘大姐"，开酒吧时可不这样。一把大火烧掉了父母一大笔钱，"刘大姐"还是父母投的资本，她不能不好好经营，再说也不能对不起刘慧。

她要求自己必须把"刘大姐"经营好。

在接连的奔跑中，她有了发现：买菜的多是老年人，老人买菜少而且挑剔。如何吸引年轻人呢？

"刘大姐空中超市"的想法就这样诞生了。

申圆媛找到高中的几个同学：中山大学计算机专业研究生杨斌，港大信息工程专业研究生欧爷，厦大学经济系的吕级、花仔，华南理工材料科学专业的希歌、华仔、立敏，深大广告设计专业的小蔡。他们开发了刘大姐APP。

刘慧很高兴，在电话里表示希望多开几家门店。

申圆媛说："你们的新鲜蔬菜能供应得上吗？"

"石磉不够，我有整个水头镇。"刘慧说，"我要让大伙走上特色农产品的康庄大道。"

申圆媛继续寻找合适的场地。

林小洁对王小谦说："这孩子终于让我们放心了。"

在申圆媛忙碌经营"刘大姐"期间，酒吧失火案件也有了结论：法院以"情节较轻"，处申圆媛六个月有期徒刑，考虑到案件的特殊性，缓期六个月执行。

大家都松了一口气。

一天，刘慧来申圆媛办公室，夸张地说："你的办公室比市长的还气派。"

申圆媛说:"你有鞍前马后前呼后拥的,还在乎办公室吗?"

"一定廉洁奉公不忘使命。"刘慧哈哈大笑,说,"'刘大姐'经营得不错,这半年我们都赚钱了。"

"正要与你谈论此事。"申圆媛说,"你在乡镇挂职不会长久,'刘大姐'却要永葆青春,所以要建立一个长久机制。"

"已经成立了合作社,我们不会自毁长城。"

申圆媛谈论到经营的事。

"生意的事我不管。你丫头就看着办吧。"刘慧哈哈大笑说,然后又一阵风似的走了。

申圆媛说:"请你吃饭。"早已不见刘慧的人影了。

申圆媛组建了"刘大姐"运营团队,成员有小蔡、杨斌、欧爷、华仔、王立敏等高中同学。

林小洁说:"想不到有一天我女儿会去卖菜。"内心满是喜悦。她算了一笔账,一家"刘大姐"一天赚一百块钱,现在有了四十家店铺,一年就超过一百万,如果翻一番呢?林小洁踏实了,孩子的路还得她自己走,即便也许会走一些弯路。

2017年年底,申圆媛就像当年的林小洁经营装修公司那样,真正拥有了自己的公司与资本。

54

一天,林小洁、欧阳小雨、师莹莹在林氏砂锅粥店喝粥,周千惠说:"砂锅粥店的原材料都由'刘大姐'供应,圆媛这孩子还真懂生意经。姐,圆媛继承了你的天赋。"

"二十四岁了,连个男朋友也没有,天天忙着'刘大姐'。"林小洁说。

"皇帝的女儿还愁嫁吗?"周千惠说,"你就是瞎操心,圆媛不当老师你操心,圆媛开酒吧你操心,现在'刘大姐'经营这么好,你又操心。"

"正因为这样才操心,"林小洁说,"高的攀不上,低的看不上。当老师时找个老师就好了。"

"也是。"周千惠说,"姐是富婆,圆媛就是千金小姐。"

师莹莹说:"我记得她跟那个叫小宝的关系挺好,你跟小宝的妈妈不是很熟吗?"

周千慧说："哎，这倒是门当户对。"

欧阳小雨说："我给圆媛介绍个香港的。"

"你嫁香港的，想找个同伴呀。"周千惠说，"我看那个小宝挺好的，他爸妈都是大领导，你大老板，两家联姻，就是'官商勾结'。"

"去去去，你的狗嘴里吐不出象牙。"

"你还香港佬呢。"周千惠转向师莹莹说，"让你家的大记者给圆媛介绍一个小记者。"

林小洁说："小宝我见过一次，那孩子还在美国呢。他双胞胎妹妹倒是跟我很熟。"

周千惠说："那就把小宝叫回来。"

林小洁说："你还不操心你自己的，天天操心别人的。"

"不对，刚才可是姐你先提起的。"周千慧说，"我命就是这样子。"

师莹莹说："我们可以给他们加一把火。"

周千惠说："还能加火？你也煮砂锅粥呀？"

"你以为就你会砂锅粥呀？"师莹莹笑着说。

周末，周千惠给申圆媛打电话说："你那闺蜜紫宁回来了没有？我请你们两个吃饭。"

申圆媛说："千惠姨，怎么突然想请我们吃饭？"

"还不是你天天给我们送来优质的蔬菜瓜果吗？原材料好才让我们的砂锅粥生意红火，滴水之恩当涌泉相报，对不对？吃水不忘挖井人，对不对？"

申圆媛在电话里咯咯地笑着说："行啊，我要看一看您怎么涌泉相报，怎么不忘挖井人。晚上我就跟紫宁到店里找您。"

申圆媛跟郑紫宁来到林氏砂锅粥店。欧阳小雨、师莹莹都在。

申圆媛笑嘻嘻地打趣道："今天可真是奇了怪，哼哈二将都在呀，当家的林大老板反而不见了？"

"小蹄子，这般放肆。"师莹莹笑着说，"过来。"

"我才不过去。"申圆媛却依着欧阳小雨坐下了。

"还像孩子一般。"欧阳小雨说，"你妈忙着呢。"

郑紫宁挨着申圆媛也坐下了。

申圆媛对周千惠说："千惠姨，你不会是请她们两个，顺便搭上我们两个吧。"

"是请你们两个，顺手搭上她们两个。"

"可见今天我们很重要。"申圆媛对郑紫宁说,"估计'凶多吉少'。"

"千惠姨,真的吗?"郑紫宁看着周千惠。

"假的。就是我们仨想看看你们这两个孩子。"周千惠说,"她们俩跟着你妈鞍前马后,我替你妈请她们吃个饭,也请你们,难得能在一起唠嗑。"

"请她们还是请我们有差别吗?反正都是吃饭。"郑紫宁对申圆媛说,"你妈没来,你爸怎么不来呢?我说的是王校长。"

"是啊,一群女的,男的都没有,有点冷清。"周千惠对郑紫宁说,"你打个电话,把你的男朋友叫来。"

郑紫宁笑着说:"哪有男朋友啊。"

周千惠对申圆媛说:"那把你的小男朋友叫来。"

申圆媛笑着说:"哪有男朋友啊,我觉得倒是可以把你的大男朋友叫来。"

"可以呀,我把我的大男朋友叫来,你们也得把你们的小男朋友叫来,怎么样?"

申圆媛笑嘻嘻地说:"我知道了,你们三个办了一个'鸿门宴',是不是我妈让你们给我催婚来了。"

欧阳小雨直截了当地说:"是啊,就想看看你有没有男朋友,如果没有的话,我让仲生给你介绍一个香港的。"

"真的吗?"

"小雨姨什么时候骗过你啊?你答应了,我们找个时间,把你们俩约出来。男孩家也是做生意的,跟你家算是门当户对的,以后可以珠联璧合。"

申圆媛笑嘻嘻地说:"那好啊,你约好时间把他叫过来,我们抓紧时间就把这婚事给办了,免得你们这些老人家整天提心吊胆的。"

周千惠说:"这不是提心吊胆,而是夜不成寐,所以你们都得抓紧时间,不然的话我们这些人都睡不着觉。"

师莹莹说:"小雨姐给圆媛介绍了一个香港的,我给紫宁介绍一个深圳的。"

郑紫宁笑着说:"哦,你们把我给带上了。"

"不是带上,我们就是这样计划的。"

"你不是喜欢拍电影吗?给你介绍一个跟新闻专业有关的。这样,你们两个就志同道合。"

"不是,我们俩今天就像待宰的羊羔。这砂锅粥我们还吃不吃?"郑紫宁想转换话题。

申圆媛说:"鸿门宴当然还得吃,你看樊哙还不是大块吃肉?刘邦不是后来顺利地出逃了吗？最后还把项王给拿下，建立大汉王朝。"

欧阳小雨说："我们先吃饭，吃完以后这事就定下来，回去我就让仲生约好时间。"

郑紫宁说："欧阳阿姨，这事你就不用操心了。"

周千惠说："必须操心。"

郑紫宁说："我还想让圆媛当我嫂子呢。"

欧阳小雨故作吃惊地说："你嫂子？你哥在哪？"

"你们不知道吗？我哥在美国啊。"

周千惠说："嗨，美国，指不定哪天给你带回个美国妞当嫂子呢。"

"不会的。"郑紫宁看了看申圆媛说，"我哥念高中的时候就喜欢圆媛。"

周千惠两手一拍哈哈大笑，说："啊，高中就谈恋爱了？"

申圆媛要拧郑紫宁脸颊："哪有啊，你别听紫宁瞎扯。"

郑紫宁躲过身子说："怎么没有啊，当年还给你传过我哥写的情书呢。"

"就算有。"欧阳小雨摇摇头说："也是陈年旧账了，哪个少年不多情啊？都过五六年了，谁知道呢，社会变化太快了。"

"现在就给我哥打电话。"

周千惠连忙拦住说："你这孩子这么性急。"

欧阳小雨说："如果你真的想圆媛当你的嫂子，那还得让你哥早点回来。我这边可真的给仲生说了。"

"我明白了。"申圆媛点点头说，"紫宁，不用管她们，你还看不出来吗？她们这就是在给我们下套，我们先吃饭不管她们。"

郑紫宁很认真地说："这还真不是下套的事。我觉得她们说得对，如果我哥真的找了一个美国妞，那我该怎么办啊？"

申圆媛说："那有什么难办的，叫嫂子呀。"

"不行，我一定给我哥说清楚。"郑紫宁说，"你不是有我哥的微信吗？你们平常不联系吗？"

"有没有联系，我还得告诉你啊？"

"哦，我明白了。"郑紫宁如梦初醒，指着申圆媛说，"暗度陈仓。"

"好，好。"周千惠说，"紫宁，先吃饭。"

"圆媛的事我不管。"师莹莹对郑紫宁说，"阿姨一定给你介绍一个，你们可以一起拍电影。"

申圆媛说："我说你们这些老太太们就别瞎操心了，我们的紫宁早就有意中人了。"

周千惠说："哦，那你告诉我，我请他来吃饭。"

郑紫宁说："如果他再吃，真的要变成小胖了。"

申圆媛摸着郑紫宁的头说："你这丫头，这么轻易就上当了？"

郑紫宁并不介意，笑着说："我觉得小胖挺好，他负责道具，一个人抵俩。"

申圆媛说："好了，我们的事情都解决了。千惠姨，轮到你的了。"她们把目标转向周千惠。

周千惠说："行，我把他叫来。"

离开林氏砂锅粥店，郑紫宁开车把申圆媛送回小区。

申圆媛说："晚上就住我家吧。"

"那我得给我妈打个电话。"

回到申圆媛的套房，郑紫宁说："圆媛，我觉得她们三个人说的也不无道理。我得赶紧让我哥回国。"

申圆媛说："不是说了吗？这就是'鸿门宴'。"

"不行，你这些姨个个如狼似虎，说不定哪一天就把你给嫁出去了，我后悔都来不及了。"

"你有什么后悔的？"

"丢了嫂子呗。"

"看你胡说八道。"

郑紫宁突然沉默了。

"怎么了，紫宁？"

"如果我真的跟小胖在一起，你说我爸妈会同意吗？"

申圆媛答不上来。如果这事落到她自己头上，会怎么处理呢？小胖初中毕业，学的是厨师，拿到手的只是中专毕业证，姑且不说与郑紫宁的爱丁堡大学的毕业证相距甚远，就是两个家庭的背景也相差很远。虽然小胖家不缺钱。

申圆媛沉默了一会儿说："要不然让小胖去进修一下。"

"小胖别的都好，就是怕读书。"

"担心过不了你妈这一关？"

"我爸还好说话。"

"换成我，我妈不会反对。"

"圆媛，你给了我信心。"

"想一想也能理解，我们也不能让小胖真的就一直这样下去，要么努力成为一个大厨,要么转行。"

"当大厨他不可能。"郑紫宁说,"让他转行做什么呢?"

"你不是说他做道具很好吗?"

"你不是不知道,在海天一色酒店,我们拍的只是一些小玩意,与真正的拍摄电影相差太远。"

"那我们就努力拍好。"

"钱呢?"郑紫宁说,"总经理要不是看在我爸妈的分上,不会让我大把地花钱去拍摄那些花花草草的东西。"

申圆媛沉思了一会儿,说:"我经营好'刘大姐',赚到的钱就投资电影。"

"我们自己也得努力,不能光等着'刘大姐'。"

"如果经营得好,'刘大姐'一年的收益就够我们投资一部小制作的电影。"申圆媛认真地算了一笔账,"设备已经有了,工作人员齐全了,剧本我们自己写。海湾中学毕业生中学习传媒的很多,从中选择导演与演员,这样几乎可以不用钱,他们也在找展示自己的机会。"

"我怎么就没想到从我们的高中同学中选择导演与演员呢?"郑紫宁转忧为喜。

"我们这一届有一个传媒班,前溯三届,后数三届,共有三百个毕业生,深圳其他中学还有多少传媒生呢?深圳要什么人才没有呀?"申圆媛停顿了一下说,"其实我是从王老师身上学到的,当年他与我妈开装修公司,请到的设计师就是深大还没毕业的两个学生。"

"李格老师?"

"对呀,她现在是大家装修公司的总设计师,当年也还只是黄毛丫头。"

"邓博、腾哥就是中戏的,小方是中传媒的。"郑紫宁说,"他们传媒班肯定有演员。"

"冯晓颖、张敏敏、李玉龙都是刚出道的好演员,成娟学的是导演,王大侠、章虹俪就是好编剧。让他们再组织一些同学朋友,人马就齐全了。"

郑紫宁一下子抱住申圆媛,说:"老板就是威猛!"

"让'刘大姐'变成'刘大妈'。"申圆媛也开心,"生出众多的钱儿子!"

"哈哈哈,这下子放心了。"郑紫宁放开申圆媛躺到床上说,"我要让我哥早点回来,不然这么好的嫂子就飞了。"

"羞不羞?"申圆媛笑着要打郑紫宁,"只是不知道小胖怎么想的。"

"他不支持我,我就抛弃他。"

"我就很奇怪，你学的是酒店管理，喜欢的却是调酒，现在想干的却是电影，你这是哪条筋跟哪条筋搭错了？"

郑紫宁笑着说："某人学的是师范，当了几天的老师却去开酒吧，现在去卖菜，你说你是哪一条筋搭错了哪条筋？"

"哈哈哈。"两人开怀大笑。

申圆媛说："我们拍什么故事呢？"

"关于深圳的本土电影。"郑紫宁在海天一色酒店工作了一年，已经有了较为丰富的拍摄经验。

"改革开放初期的故事，深圳已经拍了《命运》。"

"改革开放之前的深圳呢？"

"说说看。"

"给深圳人留下一段历史，或者说向深圳人普及一下深圳的过去。"郑紫宁说，"我爷爷的故事就是一个极好的素材。"

"好，我们就找你爷爷。"申圆媛说，"要不要庆贺一下？"

"反正某人家里有现成的美酒。"

"那就有劳调酒师把厨师叫来。"

"遵命。"郑紫宁拨通了小胖电话，"小胖，我在圆媛家，快点。"

郑紫宁的爷爷叫郑求和，已是耄耋之年，为人十分温和；奶奶叫程大娣，有一种老干部的威严。孙女领着申圆媛、王大侠、章虹俪来听他们的故事，两位老人高兴地让保姆赶紧沏茶。

郑求和说；"我老家在粤北山区，我爷爷叫郑宝贵，奶奶郑周氏，父亲郑裕钱，母亲陈梨花。我十八岁那年，妹妹小雪十六岁。爷爷给我说了一门亲，女方叫程大娣，是十里外岭头村的，就等黄道吉日办结婚大礼。我们一家人依靠门前山坡的一片水田与屋后的树林过日子，自耕自足，日子过得还自在。后来国民党抓壮丁，没办法，爷爷带着我跑到广州，本想去香港，地下党领导人吴道池安排我们在深圳镇设立地下秘密联络站——深圳镇同顺旅馆，于是我们就留在深圳。旅馆里工作人员先是爷爷与我，后来大娣也来了，领导人是老地下党林一群与刘循子。"

"爷爷很了不起。"申圆媛抓着郑求和的手说。

"还是解放军了不起呀。百万雄师过大江，国民党反动统治在广东的覆灭已成定局，中共宝安县委和县人民政府正式成立，黄永光任县委书记兼县长，同时成立宝深军事管制委员会，刘汝琛任主任，代表江南地委负责宝安县工作。1949

年8月底，宝安县地方武装大队成立，刘循子任政委，黄任发任大队长，我是副队长，归县人民政府直接领导。"

"国民党军队多吗？"

"当年宝安县内'三分天下'，并存着国民党、共产党和港英当局。国民党保安司令部下辖一个保安师和一些地方警察，数量大概五千人，固守沿海沙井、西乡、南头县城和深圳镇等几个据点；我们共产党游击队解放了周围大片乡村；港英当局则控制九龙海关大片地区。"

申圆媛三个人一边听一边都记录下来。

"10月13日，黄永光率领粤赣湘边纵队一支队、宝安县地方武装大队包围沙井乡，沙井国民党乡长望风而逃；15日，黄永光率部赶赴西乡，国民党县警第二大队起义；16日清晨，黄永光又率领部队兵临南头城下，地下党员温巩章、朱东岐分头引导队伍进城。国民党残军土崩瓦解，伪警察局缴械投降。黄任发与我率队以迅雷不及掩耳之势占领了宝安县政府，顺利接管国民党县政府机关和军警队伍。南头古城宣告解放！

"南头解放了，但深圳镇还没有接管，同顺旅馆地下党负责人游一群与刘鸣周一起召集了深圳当地有影响的人士，暗中布置迎接解放军进入深圳镇的相关工作。

"深圳镇是通向香港和国外的主要口岸，为避免边界冲突和国际纠纷，1949年10月19日下午，由刘汝琛率领，东宝税务处主任蓝杰、副主任何财，深圳镇镇长陈虹，镇警察所长蔡达，军管会秘书曾伯豪等军管会成员及一百多个换上警察制服的人民解放军，与60多位戴着'政工队'袖章的干部，从布吉乘坐货运火车直达深圳镇，以人民警察和艺术宣传队的名义，奉命接管。我是'政工队'的负责人。

"我们接管人员一到位于深圳镇边上的火车站时，几千名居民挥舞彩旗，鸣放鞭炮，击鼓舞狮，欢迎我们。我们举行了简单的入城仪式，随即占领国民党警察所和镇公所，接管火力发电厂、铁路东站、深圳商会、银行等重要部门。

"当日下午，深圳镇解放后的首任镇长陈虹、副镇长庄泽民随即带领五十多名武装人员接收了国民党的地方政权——深圳镇公所。在鞭炮声和欢呼声中，陈虹把'深圳镇人民政府'的牌子庄严地挂在当铺'共和押'前门。深圳镇正式解放。"

申圆媛说："爷爷，人家都说深圳是一个小渔村，原来并不是这样。"

"解放之前，深圳已经叫深圳镇了。"郑求和捋着长长的胡子说，"虽然很小。"

"爷爷，你在同顺旅馆的任务是什么呢？"章虹俪问道

"地下交通员。"郑求和笑呵呵地说，"说起来也很危险。"

……

王大侠、章虹俪很快就写成了以郑求和等地下党人的经历为蓝本的电影剧本——《同顺旅馆》。

郑紫宁说："为什么取这个名字？"

章虹俪说："《龙门客栈》好看吗？"

"好看。"

"这就对了嘛。"

《同顺旅馆》讲叙了深圳地下工作者林一群等人以同顺旅馆为秘密据点，并协助林大琪收复九龙关的惊心动魄的故事。

九龙关下辖蛇口、南头、罗湖、白石洲等十六个支关，拥有英美制造的大小舰艇以及趸船共四十艘，全关共一千三百余人。1947年秋天，地下党员林大琪从上海江海关调至九龙关工作，在同顺旅馆以打麻将的名义进行秘密活动。通过林一群与粤赣湘边纵队保持联系，掩护党的宣传文件和纵队所需军事物资入关，以及地下工作人员进出边境，并秘密成立党的外围组织——九龙关护关小组。

经过敌我双方明枪暗箭的较量，解放军终于在1949年10月21日正式接管深圳缉私总部，成立九龙海关接管委员会，结束了六十多年来一直由英帝国主义控制九龙关的屈辱历史。

第十一章　朝天乐

55

2018年6月，申圆媛电话郑紫宁说："紫宁，'刘大姐'可以投资《同顺旅馆》的拍摄了，但只能是小制作。"申圆媛略为犹豫。

小胖说："我去融资。"

小胖真名叫梁青，他回家对父母说要投资电影。

父亲梁富说："你不好好地在酒店当厨师，拍什么电影？你又不懂。"

"我不懂，有人懂。"

母亲张杏初说："有人懂与你有什么关系呢？"

"她是你未来的儿媳妇。"小胖犹豫了一下说了。

梁富夫妇一下子来了精神。

张杏初说："她是干什么的？"

"她爸是副市长。"

张杏初说："还有男的护士长？"

"什么护士长，我说的是副——市——长。"

"开玩笑。"梁富说，"就你这样子还能有副市长的千金看上你？"

小胖从手机里面找一则郑良礼副市长的新闻报道说："你们看，这不是副市长吗？就是他女儿。"

父母说什么也不相信，自然也就不肯掏腰包。

小胖只好请郑紫宁帮忙。郑紫宁虽然不是十分乐意，但想到电影，想到小胖的前程，还是决定与小胖的父母见面，地点选择在申圆媛的办公室。

申圆媛给小胖父母上了咖啡之后先离开了，说是去巡视下面的门店。

小胖对父母说："现在你们信了吧？"

梁富夫妇盯着郑紫宁看，这姑娘长得挺俊，只是眼睛小点。

梁富说："你们拍电影要多少钱？"

小胖说："越多越好。"

张杏初说:"越多是多少?"

小胖说:"家里有多少?"

梁富说:"五百万。"

张杏初说:"一千万。"

"到底是五百万还是一千万?"小胖说,"我算一下就知道,每个月的房租十万元左右,一年一百多万。你们手上肯定有一千万。"

"总不能把一千万全都投进去,"梁富犹豫一下,"也得留一点吧。"

小胖说:"留一点干吗?白石洲很快就拆迁了,拆完之后你们就成了亿万富翁。"

"总得留一点生活费吧。"

"还留什么?全部给你们。"张杏初拧了一下梁富的胳膊,冲郑紫宁笑着说,"为了儿子儿媳,舍得!"

梁富还是有一些犹豫。

"青儿,妈说了算。"张杏初又冲郑紫宁说,"你要帮助我管着青儿。"

郑紫宁只好转换话题,说:"投资电影不是打水漂,叔叔阿姨看过我们拍的小电影吗?"

梁富、张杏初都摇头。

"小胖,为什么不让叔叔阿姨先看一看我们拍摄的小电影?"

"现在就让他们看。"

"不用,不用。"张杏初说,"我们信你们。"

梁富说:"拍电影要花这么多钱吗?"

"这算多吗?人家拍电影都是几个亿。"小胖喝口咖啡说,"你们知道张艺谋吗?"

梁富说:"不知道。"

"你们知道成龙吗?"

"成龙知道。你们电影里有打斗吗?"梁富喜欢港片。

"你们投资多一点也可以,少一点也可以。"郑紫宁碰了一下小胖,"不能把叔叔阿姨养老的钱全都拿出来,以后白石洲拆迁了,房租收入就没有了。"

小胖说:"白石洲拆迁,政府给补贴的,你尽管放心,他们是坐着数钱呢。"

"拿,拿。"张杏初说。

梁富只能同意。

回到家里,梁富还是放心不下,他说:"一千万元可不是一个小数目,谁知道他们说的这个电影会不会血本无归？"

"呸呸呸！"张杏初骂道，"你这乌鸦嘴，孩子还没有开始拍电影，你就说晦气话。"

"不是担心吗？"

"你担心什么？我们的钱不给孩子给谁？晚给也是给，早给也是给，晚给不如早给。他们不是说，拍电影时儿子就是制片人，这跟市长的女儿不就平起平坐了吗？市长的千金小姐看上我们这个当厨师的孩子，那是孩子的造化。"张杏初指着梁富的脑门，"你就惦记钱，就没想过两个孩子的压力有多大呀。"

梁富老老实实地说："你这一分析还真的有道理，那我们就陪着孩子把他们的电影事业搞大喽，要做就做强喽。不是说投资的钱多就是大制作吗？干脆就给他们多拉些资金，做大做强！"

张杏初高兴了，说："这才像当爹的样子。孩子说圆媛会投资一些钱，但圆媛是圆媛的，虽然他们是合起来拍电影，但青儿的事我们还得自己多想办法，干脆让邻居们都给他们凑一些资金，拍成一个大制作电影，到时不仅有名，而且有钱呢。"

"你说我们向谁借呢？"

"当然是我们村里的人了，左邻右舍几十年，哪一个不知根知底啊。"

"也是，我们原来就是在白石洲里种菜种水果的农民，没想到有一天我们有这么多钱。"梁富说，"这事要不要跟两个孩子商量一下？"

"不用商量。"张杏初高兴，"给他们一个惊喜。"

梁富说："就跟我们村里入股分红一样，让他们入股？"

晚上，夫妻俩拟定了向邻居借钱的计划。

但是白石洲的老居民们对投资电影并不感兴趣，邻居张鑫良夫妇说："我们看着梁青长大，孩子要拍电影，我们支持，入股的事情我们不懂。你们说要借多少钱？利息你们看着给。"

梁富说："利息肯定要比银行高，你们也不用担心我们还不起，房子在这里。"

梁富夫妇写好了借条，向张鑫良夫妇借了两百万，一万块钱一天的利息是两块钱，一个月的利息共一万二千元钱，这样的利息不贵。梁富夫妇向十五个乡邻共借了两千万元。每家借的钱额度不等，利息也不太相同，主要是看与梁富一家的亲疏关系。

张杏初算了一笔账，一个月的利息在十一万元上下。

梁富夫妇把存有三千万的存折给了郑紫宁。郑紫宁说："叔叔阿姨，每个月还的利息这么高，万一电影赚不了钱，怎么办呀？"

梁富笑着说："没关系的，我跟你妈还年轻，再不济我去工地给人打工，已经很久没有干活了，动一动身子骨有益健康。"

张杏初说："我给你二姐带孩子去，吃住就在她家。只要你们能够拍出好电影，我跟你爸就高兴。"

梁富夫妻一唱一和，把"叔叔""阿姨"都替换成了"你爸""你妈"。郑紫宁只好默认了。

最终小胖父母投资了三千万元。"刘大姐"投资五百万元，申圆媛把全部收入投资到电影当中。深圳大家房地产有限公司投资了一千万元，海天一色投资五百万元，有了五千万的资本，够拍摄一部制作相对精良的电影了。何况导演、演员等制作人都是他们高中同学呢！

申圆媛说："有了这样的一笔资金，我们要拍出质量来。"

郑紫宁拍摄电影的事，她父母也都知道。

母亲董欣说："你哪来的那么多资金？"

"梁青家里投资了一大笔钱，还有圆媛的，还有圆媛爸妈的。"

董欣说："就是天天跟你在一块的那个小胖子？"

"不是小胖子，他有名字叫梁青。"

"不管是梁青还是小胖子。"董欣说，"我未来的女婿必定是一个有学识的人，这点我必须给你说清楚。"

"政治敏锐性很强。"郑紫宁说，"当年，你嫁给我爸的时候，我爸是人民大学的高材生，你就是一个兵妹妹。"

董欣说："是呀，我的儿子找一个卖菜的可以，但我的女儿不可以。"

"你就偏心。"

"我就偏心。"

"如果我哥娶圆媛呢？"

"我们是求之不得，圆媛这孩子多好啊。"

"圆媛有什么好啊，不就是一个卖菜的吗？"

"她能够自己创业，又开拓那么多的连锁店。"

郑紫宁暗喜，嘴里却是这样说："不对吧，你还是冲着她妈妈是房地产公司的大老总吧。"

董欣也不掩饰地说："也有这方面因素，我跟她的妈妈本来就熟。"

"紫宁，你说的这些都不重要，重要的是你们能够志同道合，相亲相爱。"郑良礼终于开口了。

"你看我爸说得多好。"

"你爸说的不管用。"董欣依旧坚持说。

但郑紫宁心里有底了。

背负着希望之光的年轻人们开始了拍摄他们的第一部电影《同顺旅馆》。

56

申圆媛、郑紫宁一帮高中同学聚会欢迎郑小宝回国创业。郑小宝带着博士头衔与技术回国，虽然实习的美国公司一直挽留他。郑小宝宣布他回国的计划：在前海蛇口自贸区成立"深圳芯片研发科技公司"。

"理想宏大，现实呢？"郑紫宁拍着她同胞兄长的肩膀问道。

"现实是同我一起回来的有三个博士。杨斌、欧爷、华仔、王立敏他们就运营一个'刘大姐'，大材小用。"郑小宝笑着说。

申圆媛说："我的队伍还是挺强大的，拥有中大、港大、华南理工等名校的毕业生。"

"我们是一拍即合。"杨斌说。

"沆瀣一气。"王立敏笑嘻嘻地说。

"贫嘴滑舌。"欧爷说，"褒贬不分。"

"本来语文就不好。"王立敏依然笑着说。

"还是理工科好，一身本领。"申圆媛说，"百无一用是书生呀。"

郑小宝说，"你不懂技术，但懂管理。"

"我与圆媛原打算成立一个文化科技传播公司，《同顺旅馆》的剧本你们看过了吗？"郑紫宁说，"圆媛虽然成了'菜农'，但我们有自己的团队了。"

郑小宝说："整合到一个平台怎么样？文科的做文化，理科的做科技。"

郑紫宁说："这都能整合到一个平台？风马牛不相及吧。"

"你俩一个理科天才，一个是文科才女，都能整成双胞胎。"华仔说，"还有什么不能整合的呢？"

"也是。"郑紫宁说，"那就整吧。"

"我文科也是很好的。"郑小宝说，"想当年……"

"算了，算了。"大家都笑了。

"义无反顾地支持你们。"郑紫宁说，"为理想干杯。"

几位老同学高兴地举杯。

申圆媛回家与王小谦、林小洁商量成立文化科技传播公司的事。

"成立公司的前提是有资源，我与你妈成立'深圳大家装修设计公司'是因为你爷爷从事装修行业；'大家房地产'是因为有怀远商会，后来才把地产公司与装修公司合二为一。"王小谦说，"你办'刘大姐'有刘慧的资源，文化科技传播公司你的资源优势在哪呢？"

申圆媛说："除了小蔡、杨斌、欧爷、吕级等已经在管理'刘大姐'外，高中同学中，华林是深大工商管理的，译文、文静是广外英语的，小超是暨大信息技术的，柏青姐是中大会计的，从事传媒的成娟、冯晓颖、玉龙已经开始拍摄电影《同顺旅馆》了，紫宁在海天一色酒店成立了影视外景地。小宝、肖砀、冯启醒三人都是加州大学毕业的博士。"

申圆媛在蛇口自贸区租下两百平方米的办公区域，由深圳大家装修设计公司负责装修，林小洁专门设计了一个小酒吧。

申圆媛把郑小宝拉到一边说："小宝，父辈为我们营造了良好的生活环境，我们受益太多，一代人要有一代人的使命。"

郑小宝说："深圳拥有着一流的交通、一流的物流、高端的科技、高层次的人才，我们有着众多高学历、学有专长的同学，还有着海外资源。我们的文化传播公司可以把世界上一流的文化介绍到深圳，甚至整个国家；反过来，我们也可以把我们优秀的文化介绍到国外去。"

"科技与文化融合到一块要做成样板。"申圆媛点点头。

"上一代人为建设深圳做出了他们的贡献，我们这一代人就应该把深圳建设得更加美丽富饶。我们也许不能像华为那样走出国门，甚至引领世界，但我们可以努力。希望你在文化上是一个引领者，我也希望自己在科技上同样是一个引领者。"

申圆媛又点点头。

"听说'深圳大家装修设计公司'最初计划叫'深圳小小家装修设计公司'，我觉得王老师想得含义深刻。"

"既然你崇拜王老师，你就给公司起个名字呗。"申圆媛嫣然一笑。

"笑里藏刀。算了吧，就叫'深圳元宝文化科技传播有限公司'。"

"以为你会起个'深圳宝圆文化科技传播有限公司'呢。"申圆媛乜着郑小宝。

"'元宝'比'宝圆'好听呢,也是一语双关。"

申圆嫒、郑小宝、郑紫宁、小蔡、杨斌、欧爷、吕级、希歌、花仔、老姚、立敏、玉龙、成娟、冯晓颖、王大侠、章虹俪等二十多位同学挂牌成立了"深圳元宝文化科技传播有限公司"。

公司分三个部门:"刘大姐"连锁超市,海天姐妹影业公司,深圳芯片研发科技公司。三个部门的负责人分别是小蔡、郑紫宁与郑小宝。申圆嫒是主要投资人,占据51%的股权。

郑紫宁还发挥"海龟"的优势,让在国外的同学把美国、英国等生活的场景做成影视短片,以文化传播的方式介绍到国内;广东外语外贸大学英语专业硕士毕业生译文、文静把中文版的短片做成英文传播到国外。"海天姐妹影业公司"有了广告收入。

他们全身心地投入电影《同顺旅馆》的拍摄。

57

深圳元宝文化科技传播有限公司成立之后,这是江一叶第二次来。她学校转正考试通过了笔试,特地来告诉申圆嫒。申圆嫒曾对她说:"你去我妈公司吧。"

江一叶说:"我能做什么呢?"

"端茶倒水百分之百没有问题。"申圆嫒开玩笑地说。

江一叶却很认真地说:"除了端茶倒水,别的真干不了,所以我得靠自己奋斗。"

江一叶果然通过奋斗取得了佳绩,在海湾中学的工作得到领导、同事、学生、家长的普遍认可,学校为她设置了招聘岗位,在全区六个笔试考生中,江一叶以第二名的成绩进入下一轮的面试。

申圆嫒由衷地为她高兴:"需要帮忙,你尽管说。"

"如果面试能超过笔试第一名,就能成为正编教师了。"江一叶一边喝着申圆嫒为她沏的茶水,一边憧憬地说,"那该多好呀,就可以多赚钱了。"

申圆嫒搂着她的瘦削的肩膀说:"一叶,上天不会亏待勤奋之人的。"

江一叶的确是勤奋,有人认为她比同龄的临聘教师幸运,其实申圆嫒知道江一叶为了转正比同龄人付出的多得多:父亲在她十岁时去世,母亲外出打工再也没有音信。2015年她大学毕业,南下深圳,一个月花费不超一千元,她把每个月余下的六千多元都寄回湖南乡下老家。家中有年迈的爷爷、奶奶与身有残疾的哥哥。

高一文理分科之后，江一叶主动申请担任理科实验班班主任，成了年级最年轻的班主任。她以极大的热情投入到工作，不用学校安排，自觉地开设公开课；参加区"百花奖"比赛，虽然只获得区二等奖，但已经是年轻教师中的佼佼者；接着又参加了深圳市教师技能大赛，获得了区一等奖，并代表区参加市里的比赛，获得二等奖。学校与区教研员都对她另眼相看了。

申圆媛说："应该请几位老教师辅导一下。"

江一叶说："吕民老师已经给我做了辅导。"

"一个吕民老师不够，要发挥全组的力量，还得请区化学教研员，他们有经验。"申圆媛说，"我们要打有准备之战，一战必胜。"

面试的前一天，申圆媛约江一叶在茂业百货见面。申圆媛说："你应该漂漂亮亮地上台。"

江一叶接受了，毕竟是一场改变人生的面试。

20日晚上，申圆媛对王小谦说："爸，明天上午还得借你的车一用。"

申圆媛经常借王小谦的车，因为有了限号，申圆媛不想买车。

"明天江一叶要参加面试。"

王小谦认识江一叶，见过她，开会时楼校长表扬过这个年轻教师。王小谦说："明天早上我送你们去吧。"

"我送她到职业学校，她自己回。你有熟悉的化学老师当过评委吗？"

"语文的有，化学的没有。"王小谦笑着说，"不用担心，如果是海湾中学设置的岗位，一般情况下学校会有一个评委。"

"化学组会是谁呢？"申圆媛还是不放心。

"不管是谁都会关注到江一叶。"

林小洁说："你操心别人远超过自己。"

"一叶家在农村，在深圳全靠自己。"

林小洁说："这孩子不容易。"

申圆媛说："妈，你明天也起个早，帮一叶打扮一下，人家都知道您打扮得时尚，一看就是行家。"

经申圆媛母女打扮的江一叶像换了一个人，比膝盖稍高的白中略带淡黄的连衣裙很好地秀出她匀称的小腿，脖子上挂一个黄色的小挂件，恰到好处地停留在略略隆起的胸前；扎起来的小马尾辫，略微修过的眉梢，施过粉底的脸颊，打上唇膏的嘴，把江一叶姣美的容颜呈现出来。

申圆媛说："妈，真是高手。"

林小洁说："还是一叶长得好看。"

"出水芙蓉呀。"申圆媛由衷地说。

江一叶望着镜子中的自己有些羞涩："谢谢阿姨。"

"祝你成功。"林小洁抱了抱江一叶。

江一叶突然哭了。

林小洁说："你这孩子，又得给你补妆了。"

江一叶破涕为笑。

还不到七点半，职业学校的门口已经有了很多参加面试的考生。江一叶对申圆媛说："你先回去，也不知道我是第几个面试。"

申圆媛说："等你进入考场之后吧。"

八点考点大门开放，江一叶进入考场。

九点半江一叶给申圆媛打来电话，说她面试已经结束，海湾中学没有评委，五位评委都不认识。面试的成绩是90.5分。

申圆媛说："让我爸找个人问问。"

王小谦还真的问到了，因为面试的只有五个人，成绩很快就出来了，江一叶的成绩比第二名高出整整五分，按面试占比60%折算，总分比第二名高出三分。

江一叶激动得哭了。

一周后，区人力资源局出了公示，江一叶果然以总成绩第一名进入海湾中学。

申圆媛说："晚上，我叫上方静，庆贺一番。"

江一叶说："我们K歌去，我请客。"

申圆媛说："就去我公司的小酒吧。"

晚上，方静叫上了男朋友罗晨。罗晨是方静的大学同学，在深圳实验中学当英语老师。他们三个人六点半就到申圆媛的小酒吧坐下。

申圆媛给江一叶上了一杯"日出特基拉"——一种色彩艳丽鲜明，由黄逐步到红，像日出时天空颜色的鸡尾酒。申圆媛说："希望你像日出一样艳丽。"

给方静与罗晨上了"梦里的味道"。申圆媛说："草莓鸡尾酒，草莓的甜与橙子的酸估计正是你们现在的味道。"

罗晨说："我们两人在一起是甜的，但我们马上就成了房奴，那就是酸的。"

"能买房，我当房奴也乐意。"江一叶说。

方静说："你转正了，当房奴是迟早的事。"

申圆媛说:"为你们三个房奴干杯!"她给了自己一杯"蓝色夏威夷"。

江一叶说:"'蓝色夏威夷'代表什么呢?"

"表示天空、海洋、湖泊和自然。"申圆媛莞尔一笑。

罗晨说:"为我们不同的理想干杯。"

四人干了一杯。

刚买下房子的罗晨还是有点兴奋,说:"房子在海湾中学附近,什么时候有空带你去看看。"

江一叶说:"我连想都不敢想。"

罗晨说:"转正了,也可以考虑了。"

"我就住学校的宿舍好了。"江一叶心满意足地说,"房子不是有点贵,而是太贵了,此生无望了。"

申圆媛笑道:"找个男朋友就有望了。"

方静说:"找个'深二代'。"

"哎,可惜圆媛不是男的。"

申圆媛说:"到我妈公司买一套。"

"太远了,不是龙岗就是大鹏。"

"给你介绍个'深三代'?"申圆媛说。

方静说:"有吗?"

"给我们调酒的那个行不行?"

江一叶笑着说:"君子不夺他人所好。"

申圆媛大度地说:"尽管拿去。"

"又不是希望工程。"方静说,"你与小宝是真是假?"

"都可以。"申圆媛说。郑小宝上班的地方就两个,一个是他自己的公司,一个是申圆媛公司这个小酒吧。研发芯片是一项很枯燥的工作,郑小宝解压的方式就是与他的伙伴们来酒吧,要么调酒,要么喝酒。

罗晨说:"你是幸福到不知道自己生活在幸福当中。"

"这么啰唆。"方静说,"这叫身在福中不知福。"

申圆媛站起来说:"我把他叫过来。"

"认识一下。"申圆媛把郑小宝叫过来,"小宝,正式介绍一下我的朋友。"

郑小宝说:"都见过,小方、一叶与罗老师。"

"你有'深二代''深三代'的同学吗?给一叶介绍一个。"

郑小宝说："我想想。"

申圆嫒说："把你介绍给一叶算了。"

郑小宝说："公司有呀,你确定个时间我就带他们来。"

郑紫宁与小胖恰好也从海天一色酒店回来,他们凑了过来。郑紫宁说："小胖不就是'深二代'吗?家里有房子呢。"

江一叶说："你们挺般配。"

郑紫宁说："小胖的爸爸是插队知青,妈妈是白石洲人,家境可好了。"

方静指着申圆嫒与郑紫宁说："你们就欺负一叶'两耳不闻窗外事,一心只教圣贤书'。"

大家都乐了。

"深圳还有插队知青?"江一叶并不在乎。

"插队知青不是去农村吗?怎么到深圳了?"罗晨也问。

"以前深圳就是农村。"郑紫宁说。

申圆嫒说："小胖,你给大家讲讲白石洲的故事。"

小胖说："是不是又要策划电影剧本?"

江一叶说："圆嫒,你妈妈的故事就是一部电影。"

"对呀。"大家都说。

"名字就叫《妈妈向上》。"郑紫宁说。

"狭隘了,应该叫《深圳向上》。"郑小宝说。

大家激情飞扬："把我们也写进剧本。"

"担心没有观众。"

"生活就是诗与远方。"申圆嫒说。

"你们看呀,白石洲从四个分散的小渔村变为国营沙河农场,再变为城中村,最后蜕变成现代化的社区,不正是深圳变迁的缩影吗?我们就拍摄白石洲的故事,拍摄一个从白石洲起家成为房地产公司老总的奋斗史。"小胖说出一段深刻又激动人心的话。

大家报以热烈的掌声。

小胖有点腼腆了,说："当然了,我最想与紫宁一起……打工。"

大家都乐了,说："暗示太明显了吧。"

小胖说："我先忙去了。"

郑紫宁说："一叶,男朋友的事包在我身上,一定给你找个'深二代'。"

江一叶说："不论是深圳一代还是深圳二代,最主要是有追求有理想;如果躺在父母的钱堆里就没有意思了。"

方静笑着说："就像我们圆媛一样。"

"还有小宝与紫宁。"江一叶说，"官宦子弟，又都是有为青年。"

"那是。"郑小宝说，"想当年……"

"算了。"申圆媛也笑了，"你们两人喝了一点酒就说醉话了。来，干一杯。"

江一叶说："不行，真的不行了。"

"改成啤酒。"郑小宝拿来了一大扎啤酒。

"一叶，不醉不归。"郑紫宁起哄道。

江一叶脸已经红了，一听说不醉不归急得她连话都说不连贯了。

方静笑着替她解围道："一叶，你别听他们的，大家走的路不同，都很了不起，大家或多或少都算是实现小小愿望了。"

罗晨说："对，都实现梦想了。"

江一叶说："我与圆媛一样的年龄，但我是'深一代'，还得努力！"

郑紫宁说："圆媛是'深二代'但很努力。"

郑小宝说："深圳的未来就在一代代人的手里，我们要成为有为的青年。"

"好，为我们的未来干杯，为我们这些有为青年干杯，为我们都是向上的深圳人干杯。"郑紫宁豪情万千。

六个年轻人好好地碰了一杯，小酒吧里柔美的音乐正在播放张靓颖的《我的梦》。

　　一直地一直地往前走
　　疯狂的世界
　　迎着痛把眼中所有梦
　　都交给时间
　　想飞就用心地去飞，谁不经历狼狈
　　我想我会忽略失望的灰，拥抱遗憾的美
　　我的梦说别停留等待
　　就让光芒折射泪湿的瞳孔
　　映出心中最想拥有的彩虹
　　带我奔向那片有你的天空
　　因为你是我的梦我的梦

申圆媛先跟着哼唱起来，大家也就跟着唱了起来。

> 执着地勇敢地不回头
> 穿过了黑夜，踏过了边界
> 路过雨路过风往前冲
> 总会有一天，站在你身边
> 泪就让它往下坠，溅起伤口的美
> 别以为失去的最宝贵才让今天浪费
> ……

58

2018年暑假，方静的房子交给深圳大家装修设计公司设计装修，她想早点装修好，腾出房间给江一叶。江一叶把爷爷、奶奶和哥哥接到了深圳，申圆媛对江一叶说："你们住我的房就好了，我搬回爸妈家里。"

"不行，我们一家都是农村的。"江一叶摇头说。

"我也是农村的。"申圆媛说，"他们什么时候来，你提前告诉我。以后你有钱了就自己买房。"

但江一叶最后还是在城中村租了一个房子，月租两千元。

到深圳第三天，两位老人去找工作，七旬老人只能到小区当保洁员，每月一千八百元。江一叶拗不过两位老人，只好同意。方静把江一叶的家庭情况反应给楼校长，楼校长说："只知道江一叶来自农村，没想到家庭这么困难，她爷爷奶奶不容易。"

学校决定方静搬走之后，不再安排新教师，江一叶不必租住城中村，每月可以节省两千块钱。申圆媛想通过王小谦让江爷爷到学校做保洁，江一叶拒绝了，她说："你们帮助我太多，很多事我得自己去拼搏。"

家里人全来到深圳之后，江一叶的生活有了很大的变化。方静搬走后，江一叶把宿舍做了仔细地规划：房间她用屏风隔开，安了两个床铺，大床给爷爷奶奶，小床给哥哥江一天。江一天患有脑瘫，头脑没坏，肢体却出现问题，跌跌撞撞的事时有发生，吃喝上还得靠爷爷奶奶照顾。江一叶把自己安排在客厅，她买了一个有上下铺的床，上面放东西，下铺睡觉。

她希望能给他们提供一个舒适干净的家。

一个月之后，江一叶觉得好生活与她想象的相去甚远。

首先是厨房脏了乱了。以前她与方静是不煮饭的，只有周末偶尔碰一下厨房；爷爷奶奶来了之后，每天三餐厨房烟火不断，剩菜剩饭摆满了整个灶台，引来了不少苍蝇蚊虫，她一回家就能闻到馊味。其次洗手间整天湿漉漉的，爷爷奶奶不喜欢用洗衣机，在洗手间洗衣服，水流得到处都是。

客厅是江一叶的卧室，又是餐厅，地板上总有掉落的饭菜，江一叶得一个个去捡拾。

每天晚上回到家，看到凌乱的家，心也变得凌乱起来，她不得不认真考虑接下来的日子，爷爷奶奶都是古稀之年，哥哥有残疾，怎么办？

江一叶很快从转正的喜悦回到严峻的现实，她觉得她应该要做点什么，不然的话往后的日子没法过了。爷爷奶奶说，要带哥哥回去，她不答应。在偏远的乡下，一旦爷爷奶奶生病了，连照顾的人都没有。她觉得自己应该马上找个男朋友，但找男朋友不是说想找就能找到；学校是个封闭的生活环境，除了学生、同事之外，再没有其他人。

一想到这些问题，江一叶就心烦意乱。她原以为转正了，就能过上幸福的日子，但现实呢？唉，生活为什么都这么难呢？

方静与江一叶虽然学科不同，但在同一个年级也就同在一个办公室。这一段时间方静一直沉浸在自己的幸福当中，结了婚，买了房，余下的就是生儿育女，如果她想过平凡生活的话。她很快发现江一叶近期情绪低落，忍不住问道："一叶，怎么啦？"

江一叶先是摇头，说没有什么，但经不起方静的再三追问，就把家里的情况如实地跟方静说了："我不是嫌弃爷爷奶奶和我哥，但我总觉得现在的生活跟我想要的生活完全不一样。"

方静搂着江一叶肩膀说："以前我们只想着自己生活，一人吃饱全家不饿，现在我们都长大了，你我都要承担责任了。我们去找一找圆媛，让她想想办法帮助你一把。"

江一叶摇头说："这事就不要告诉圆媛了，她也有很多事情。"

"别这么想。"方静笑着说起了大道理，"社会发展到今天已经不是艰苦奋斗、个人打拼的时代了，每一个体的发展都离不开群体，大到国家、城市，小到个人，哪个不是这样？只有大家互相帮助才能取得成功。就说圆媛妈妈，她的装修公司就是因为跟立信地产公司合作，才取得辉煌的业绩。圆媛创办'刘大姐'

也离不开她爸妈的帮助。你想帮你爷爷奶奶摆脱现状，让你哥自强自立，你就应该接受别人的帮助。身处改革开放的深圳，你没想到团结的力量，却想着个人艰苦奋斗，不是错了吗？"

方静这么一说，江一叶觉得自己的确有些狭隘，但还是说："你说得有道理，但在人生的道路上，很多事情还得靠自力更生，就你说的大到国家，小到个人，中国之所以能够立于世界之林，是因为我们国家能够自力更生，能够自主创新；深圳能够发展到今天，靠的也是自力更生，艰苦奋斗。如果什么都依靠别人，又如何谈得上自主创新，又如何谈得上自强不息呢？所以，我还是自己想一想办法。"

"这是两码事。"方静说，"你想出办法了没有？"

"暂时还没有。"

"跟圆媛商量一下总是可以的，三个臭皮匠顶个诸葛亮，大家商量了，可能就找到解决的办法。"方静说，"明天周五，我们去圆媛的公司找她聊聊，我们也有一段时间没去揩她的油了。"她还是很想申圆媛。

周五下班之后，江一叶、方静来到申圆媛公司的小酒吧，郑紫宁也在。申圆媛请她们坐下上了点酒水。

申圆媛接到方静的电话之后就联系了周千惠，说在元宝文化公司旁边开一家"林氏砂锅粥"分店。周千惠不客气地说："你要抢我的生意吗？"

申圆媛笑着说："抢你的生意还叫'林氏砂锅粥'吗？我的好姨。"她把江一叶的情况告诉了周千惠。

周千惠叹口气说："跟你妈一个德性。开砂锅粥店两个老人家肯定不行，她哥哥也只能管账，我从砂锅粥店派两个得力的助手协助他们吧，食材你负责提供。"

周千惠告诉申圆媛，先让江一叶的爷爷奶奶到林氏砂锅粥店做一个短期的培训，爷爷奶奶学会自主经营，估计得有一个月的时间。

申圆媛觉得，江一叶的哥哥只要经营下去，不赚大钱，起码可以自食其力。

计划说了之后，方静拍着江一叶的肩膀说："问题不是解决了吗？"

江一叶不知说什么好，只一味地点头。一个声音在说，什么难题在圆媛面前都能迎刃而解，我真的太没本事；另一个声音在说，或许我要改变一下自己了。

郑紫宁高兴："周末，我们一起去钓沙湾玩玩，我请客。"

江一叶说："我就不去了。"

郑紫宁说："别这样，我开车，正好五个人。"

"那小宝呢?"

"他忙着呢。"申圆媛与郑紫宁异口同声说道。

"哈哈哈。看你们。"方静开心地大笑。

她们约好第二天一早到钓沙湾海天一色酒店。

不久,深圳元宝文化科技传播有限公司边上多了一家名叫"林氏砂锅粥店蛇口分店"的小店,江一叶的哥哥江一天坐着轮椅在小柜台后面负责管账;爷爷奶奶煮粥,从林氏砂锅粥店来的两个员工协助他们,食材由"刘大姐"供应。

江一叶替她哥哥招聘了两个服务员,生意还行。爷爷奶奶与哥哥就住小店,大家都觉得轻松了。江一叶清楚,哥哥能自食其力比什么都重要,虽然生活中还有很多困难要面对。

59

2018年8月,蒋秋博士回国。在这之前,蒋和平隔着屏幕给女儿谈起了前海:"前海是习近平同志部署的,你回到前海,肯定有你施展才华的一席之地。"

蒋和平给女儿解读前海的优惠政策:"如果你回到前海办企业开公司,可以减除按15%的税率征收的企业所得税;如果公司缺少资金,可以获得前海综合试点项目一千万的扶持资金;如果还缺少还可以获取跨境人民币贷款,贷款利率低至3%;对办公场所的装修,还提供专项补贴。"

"还可以像你爸一样领到高层次人才补贴。"邱晴在一边帮腔道,"你爸是一百万,你是一百六十万。"

"我跟你妈在深圳已经生活了十多年,看到了深圳的变化,特别是现在的前海。我跟你妈没有赶上深圳改革开放的初期,你却可以赶上前海大发展的时代,我们希望你能够回国……"蒋和平发挥他语文老师的特长。

最打动蒋秋的是蒋和平的那句"你却可以赶上前海大发展的时代"。

蒋秋在前海自贸区注册了深圳禾火会计师事务所(普通合伙)。

10月10日深圳禾火会计师事务所(普通合伙)正式挂牌成立。胡亚军和一群朋友参加了揭幕仪式,场面简朴但热闹。蒋和平夫妇也别着礼花参加,用邱晴的话,他们不适应端着一个酒杯碰来碰去的场合,就早早地回到各自的学校。晚上他们在家门口的酒店订了一个包间,一来是祝贺女儿的公司成立,二来是感谢王小谦一家对自己的帮助。晚上赴席的有王小谦一家五口,申哥一家三口,再就是蒋和平自己一家四口。十二人正好围成一桌,凉菜上来之后,蒋和平先站起来说:"我先说几句,这话在我胸中藏了很久。"

大家都在等待。

蒋和平说:"我得感谢小谦与小洁,因为你们,我一家才有了现在这样好的生活。"

王小谦忙站起来说:"蒋老师,您请坐,感谢深圳政府,可别感谢我,你来深圳完全是你个人能力。"

"行,我坐下,你也坐下。"蒋和平还是有点激动,"我来深圳,邱晴也来了,然后小秋、亚军也来;根还在你那儿。"

"原来'始作俑者'是我呀。"王小谦诙谐地说。

大家都乐了。

王小谦接着很认真地说:"大家想过没有,真正的'根'是一位老人在这南海边画了一个圈,是这片开放的土地,是这座包容的城市;若没有她,又哪来的我们相识相知相爱共同创业共同奋斗呢?"王小谦忍不住看了一眼林小洁,林小洁也正望着他。

"王叔叔说得对,如果不是开放的深圳,也许我与亚军可能留在厦门。"蒋秋也站起来,"也就没有我后来的出国留学,更没有现在的禾火会计师事务所。"

胡亚军说:"如果不是深圳落地的人才政策,也许是我出国,而不是小秋回国。"

"现在我们三家人都这么好。"邱晴也激动了,"感谢深圳政府是应该的,但从我个人的角度来说,就得感谢小谦你了,我们一家都得感谢你们。"

"如果这样说的话,那就得感谢小洁与申哥了,他们才是真正的领头人。"王小谦笑着说。

申哥摇头说:"不,不,小洁才是领头人;我也是后来才来的,而且呢……不好意思。"申哥现在真正是心宽体胖了。

"有什么不好意思呀,我们没离婚,你能找到小翠这样的好媳妇?"林小洁把申哥没说出的话给说出来。

"那也是,小翠挺好。"申哥点头说。自从与林小洁离婚之后,申哥变了不少,麻小翠在生活上与他有很多相通之处,他也就幸福从容了许多,而且圆媛成才了,有了公司,有了男朋友。

麻小翠说:"我们的餐馆还是挺好的,可惜的是白石洲要拆迁了。"麻小翠也变了很多,这个改变是林小洁帮助她给弟弟买下了房子之后。

"到前海办一个高档餐厅。"申圆媛说,"小妈,你与我爸的生活质量也要提高,地盘我给你们找,装修让我妈来。"

"行,行。"申哥很高兴,女儿终究是女儿。他餐厅的食材全是女儿供应的,没有什么比女儿成功更让申哥高兴的,当年他们离婚不就是为了女儿吗?

"就担心他又胖了。"麻小翠说。

"胖了才体现我们有钱嘛。"申哥笑着说。申哥现在已经变得大方了,过上安静祥和的生活就是幸福。他从一个没有什么文化的农民到深圳讨生活,到现在这个水平已经很满足了,每年回家都可以请亲戚朋友好吃好喝一回。人生就是这么回事嘛。

大家都笑麻小翠的担心是多余的,申哥比以前瘦了。

林小洁突然想起了在美国旅游时那位江西女人讲的故事,一位福建人去了美国,而后把他家族里的人一个个叫到美国。自己不也是那个"福建人"吗?只是家族里的人不是去美国而是来到深圳。

"如果你小姨回来那就更好了。"林小洁有点遗憾地对申圆媛说。

"不回来也好,以后当圆媛公司的驻美代表。"王小谦笑着对林小洁说。

"这不是不可能。"申圆媛很认真地对王小谦道,"我们的公司越来越有生机了。"

大家都祝贺申圆媛。

双胞胎兄弟中的老大王青说:"妈,我饿了。"

老二王石说:"我也是。"

蒋秋坐在他们身边:"告诉姐姐,你们想吃什么?"

老大说:"我要葡萄酒。"

老二说:"我也要。"

"谁告诉你们要喝酒的?"林小洁批评道。

"姐姐。"老二说。

"圆媛姐姐。"老大补充一句。

"小家伙,姐什么时候叫你们喝酒了?

老二说:"在你公司的酒吧。"

蒋秋说:"你们两个还小,现在不能喝酒,等你们长大了。"

老二说:"长大了就可以喝酒吗?"

"是呀。"蒋秋问道,"你们长大了准备做什么呢?"

老大说:"开酒吧。"

"我也开酒吧。"老二跟着说。

申圆媛认真地说:"姐姐是开公司的。"

小学六年级的申艳艳说:"我长大了,要像蒋秋姐姐一样当博士。"

林小洁说:"你看小姐姐多懂事呀。"

"我也当博士。"老大说。

"我要当科学家。"老二跟着说,"我要发明光铁列车。"

"什么列车?"大家都惊奇地问。

"光铁列车。"老二自豪地说。

"什么叫光铁列车?"蒋秋好奇地问。

"我知道。"老大说,"就是有光那么快的列车。"

"不对。"老二说,"光铁列车以光的速度往返于两地,但不在空间里运行,而是借助于始端设备与终端设备把旅客输送到目的地。就像微信里聊天,我在屏幕上输入一个汉字,你的屏幕上就会显示这个汉字。"

"你怎么有这样的专业术语?"蒋秋很是好奇。

"科幻小说里说的。"老二说。

"那你怎么输入我呀?"王小谦也奇怪十岁的儿子怎么有这样的奇异想象。

"简单。"老二自豪地说,"把你转化成信号,通过光传输出去,在终端设备上把信号转化成图像,就好了。"

"这么简单?"王小谦微笑着说,"不担心你爸爸成了别人?"

"不会的。"老二坚定地说,"等我长大了我就要发明光铁列车。"

"好。"大家都鼓掌。

"我要发明光铁飞机。"老大说。

"孩子是深圳的未来。"蒋和平说,"为孩子们的奇异想法干杯。"

三家人一起举杯,在其乐融融中感受着美好的时光。

60

王小谦电话里问申圆媛:"你今天回家吗?"

王小谦指的是他和林小洁的家。

"有事吗?"

"有空就回来一下,我有事跟你商量。"

晚上申圆媛提前回家,双胞胎兄弟见到她,围着说个不停。林小洁说:"今天哪阵风把你吹回来了？"

王小谦把申圆媛拉到书房，关上门，给了申圆媛一叠文稿说："你帮我看看，从你们年轻人的角度。"

这是一份"建设湾区山水相融的一流校园"的方案。

申圆媛说："这是什么意思？"

"现在深圳对人才的要求越来越高了。城市的竞争、国与国的竞争不就是人才的竞争吗？人才来自教育，教育的地位毫无疑问地摆在第一。过几天，市教育局及相关部门要召开'大湾区经济与教育'座谈会，就大湾区背景下湾区校园建设、基础人才培养、教育与世界接轨等方面进行讨论，要求校长们发表自己的看法。"

"你们不是有校办吗？"

"他们哪会写这个？只会写一些面上的文章。"

申圆媛笑着说："那我好好拜读一下。"

"你书读得多，就想听听你的意见。"

两天后，"大湾区经济与教育"座谈会召开。

会上，从汕头重返深圳，分管文化和教育的深圳市副市长郑良礼说："……广东要抓住建设粤港澳大湾区重大机遇。截至2017年粤港澳大湾区人口达6956.93万，GDP生产总值突破10万亿元，约占全国经济总量的12.17%……未来10年，全市计划投入1500亿元，力争到2025年高校数量达到20所左右，在校生超过25万人，成为高等教育强市之一……"

"作为一线城市，我们市缺乏本土重量级高校。"与会的校长们纷纷议论。

"一直没有985、211院校。"

"再办八所、十所大学都不嫌多。"

"我们拥有的高校无论是数量还是质量，都远远落后于北上广。"

"深圳要建设创新型现代化国际化城市，要成为大湾区的领头雁，以前更多的是倚重市场和企业，今后还是要靠高质量、高水平的教育和高素质、高层次人才。"

……

郑良礼副市长说："现在准备引进和正在引进的著名高校，包括十七所985分校，一所本地211高校和六所港校……"

与会者纷纷鼓掌。

"这才是大湾区应该要的风采。"

"经济与教育两手都要硬,同时抓。"

"但也不能忽略基础教育。"

……

郑良礼副市长说:"基础教育方面,2018年全市新改扩建公办中小学校42所,新增公办中小学位6.29万个;2019年,深圳市将持续扩大基础教育学位供给,计划新改扩建义务教育学校17所,新增公办义务教育学位2.9万个……"

郑良礼副市长报告之后,王小谦做了主题发言,题目叫"建设湾区山水相融的一流校园"。

王小谦说:"深圳建设国际化城市,建设国际化湾区名城,物质建设与文化建设要并驾齐驱。只有高楼大厦,而没有文化品位的城市,那是荒漠的城市;有文化底蕴,而没有经济支撑的城市,那是落伍的乡村。聚焦湾区经济,打造更高质量的经济形态,提升深圳国际化质量,树立国际化城市新标杆的重要途径之一,就是要打造一流的教育,而一流的教育并不是升学率,而是人的质量、人的高端品质。高端品质的培养,离不开一流的环境,不求有'谢家之宝树'必得'孟氏之芳邻'。培养品质的重要场所就是校园,人的成长重要阶段都在学校,从幼儿园到大学,十三多年的最美时光都是在校园度过;所以打造一流的校园环境是打造一流人才的重要条件。南方特有的自然条件,决定了这里草木茂盛,绿树成荫,深圳的校园不缺乏鸟语花香;深圳高度发达的经济也决定了深圳校园高度现代化;深圳的校园唯一缺乏的是'水',深圳的校园建设普遍欠考虑的是'水'的元素。"

校长们在底下议论,深圳寸土寸金,哪能建设有"水"的校园。

王小谦继续说:"纵观历史文献,'水'在培养人品方面有着其他物质无可替代的功能。老子说,'上善若水,水利万物而不争',意思是最高境界的善行就像水的品行一样,泽被万物而不争名利,它使万物得到它的利益而不与万物发生冲突。又说'水德近于道',王夫之解释说,'五行之体,水位最微,不为其著,处众之后,而常得众之先,以不争争,以无私私'。水滋万物而无取于万物,而且甘心停留在最低洼最潮湿的地方。老子又说:'天下之至柔,驰骋天下之至坚。'水乃至柔之物,然而它可穿石运物;在当今高度物质化的时代,如果人品如水,还有什么做不到的呢?"

校长们在点头。

"中国人喜欢'风水'之说。什么叫'风'?战国时期的宋玉在《风赋》中有这样的话。王曰:'夫风始安生哉?'宋玉对曰:'夫风生于地,起于青蘋之末。侵淫溪谷，盛怒于土囊之口。缘泰山之阿，舞于松柏之下，飘忽溯滂，激飓熛怒。'这里的'青蘋'是一种水生植物，它的特点是叶有长柄，顶端四片叶。一有风吹水动，青蘋便会摇晃，这就是所谓的'风起于青蘋之末'。所以'风水'其实是离不开'水'的……"

大家都笑，说："王校长还是书读多了。"

王小谦当然不知道同行的议论，他还在他的理想国里。

"颐和园、故宫等所有的皇家建筑中都少不了水，水在这些建筑中不单纯是点缀风景，更多是放松心情、濡养心灵。孔子曰：'智者乐水，仁者乐山；智者动，仁者静；智者乐，仁者寿。'智者喜欢水，是喜欢水的灵动，仁者喜欢山，是喜欢山的沉稳。其实更可以把两者结合起来，以互文的形式来理解，就成了有智慧又仁爱的人，既喜欢水，又喜欢山。他们从水中得到了灵动，从山中得到沉稳；既能坚守原则，又能懂得变通。这种性格源于山水的启示，或者是山水长期濡染的结果……"

会场里安静了下来。只有王小谦带有福州味道的普通话，不管他的理想王国多么遥远，但所有的校长都感觉到这位饱读诗书的校长的文化情怀。这种情怀不正是深圳应该有的吗？

"山水结合的经典校园首推国子监……现当代还得说到北京大学与清华大学……说到剑桥大学，人们想到的是徐志摩，想起了'那河畔的金柳，是夕阳中的新娘；波光里的艳影，在我的心头荡漾'。康桥成就了徐志摩，确切说是康桥的水成就了徐志摩，反过来说，徐志摩也成就了康桥。

"这些有山有水的校园总会让莘莘学子向往，身处其间的他们也的确受到了校园山水的洗礼……"

大家给了王小谦以热烈的掌声。

郑良礼副市长对王小谦的想法特别感兴趣。十年前，他还是前海城市规划与建筑设计研究所所长，当年前海中心版图扩容，悬赏五百万元全球征集规划方案，最后摘取桂冠的是美国人詹姆斯·库纳设计的"前海水城"方案。"前海水城"的设计理念就是关注水和生态，重点是将水融入城市，赋予了"人本水城"的意义，满足人们喜好亲水的特点，增添前海城市灵性。王小谦的想法与库纳的想法何其相似呀，不同的是王小谦的依据都来自中国本土文化。

一周后，深圳市建委、市教育局的相关领导、部分专家开了一次小型会议，教育局邀请了王小谦，王小谦又做了"中国传统文化与山水校园的关系"的主题发言。

王小谦的想法虽然有点不切实际，但天马行空的想象总比墨守成规要好，深圳市给了王小谦施展才华的机会。深圳科技学校选址在深圳大鹏半岛山水之中，深圳设计院结合周围环境特点，采纳山水校园的理念设计了校园，王小谦负责筹划，深圳大家房地产有限公司负责建筑。

　　申圆媛替王小谦高兴，在电话里说："爸，你的理想蓝图通过我妈的手变成了现实，现如今是珠联璧合了。"

　　"山水校园也是你的理想。"王小谦说，"是深圳把我们的理想变成了现实。"

　　申圆媛知道王小谦是一个有理想的人，在大家还固守老家的时候，他能够放弃一中的工作独闯深圳，可见他不甘平庸；扎根深圳，又开公司又上课，虽然公司是由母亲负责，但王小谦没少在后面帮扶。他是一步一个脚印走到今天，深圳给了大家一个公平的机会，王小谦凭着个人的努力奋斗、独特见解，在众多教师中脱颖而出。筹建深圳科技学校是上级教育部门对他的认可，也是他实现理想的一个契机。

　　申圆媛说："爸，祝贺你，到公司酒吧来，我请你喝酒。"

　　王小谦在电话里笑着说："再忙也得去。你功不可没啊。"

　　申圆媛也笑了说："我的一切，你也功不可没啊。"

　　星期天，王小谦、林小洁一起到申圆媛公司小酒吧。申圆媛给父母送上两杯啤酒，一份烤鹅肝，一份炸土豆，一份水煮羊角豆。申圆媛举杯说："祝贺亲爱的老爸王老师实现了理想，再祝贺亲爱的老妈林大老板生意兴隆，公司越办越好；第三也祝贺本小姐生意更好，起码可以养活自己。"

　　林小洁说："老是没有一个正经。"

　　"学校筹办成功之后，"王小谦停顿了一下说，"积累了经验，我们还可以办一所自己的学校；当然现在时机还不成熟。"

　　"爸，我跟你算是志同道合了。"申圆媛笑嘻嘻地说，"妈，你就算了吧。"

　　林小洁说："你就嫌你妈没读什么书吧。"

　　王小谦说："你妈现在是'近墨者黑'，喝了不少的墨水，你给圆媛背几首唐诗宋词。"

　　申圆媛说："算了算了，估计就那唐诗三百首。"

　　林小洁说："深圳提倡读书，我现在正在练习写作。"

　　"好呀，书名就叫作《两个'小'人物传》。"

林小洁很认真地说:"深圳越来越重视文化,越来越成为一个有文化的城市,你妈不读书,就跟不上时代了,做生意不读书不行。"

申圆媛点点头说:"您这说对了,公司有'书吧',你有空就到我书吧来读书。"

"你爸书房里面有的是书,一辈子都读不完。"

"那祝福你们相濡以沫、翰墨飘香。"

林小洁说:"你也早点举案齐眉。"

申圆媛又笑了说:"妈,你也能出口成语,可喜可贺。"

"区区几个,何足挂齿。"

申圆媛笑得更欢了。

王小谦想,这就是自己向往的生活。

2018年7月,深圳房地产协会在深圳大中华喜来登酒店举办深圳房地产可持续发展研讨会。除了表彰深圳市万科房地产有限公司、深圳市地铁集团有限公司、深圳大家房地产有限公司等二十家房企对深圳地产可持续发展做出的贡献外,还发布了《深圳市2018年546个重大项目计划》,其中有深圳大家房地产有限公司建设的"深圳市大鹏仙丽文化创意产业园"项目。

林小洁把办公室移到大鹏新区。

欧阳小雨说:"我挺喜欢大鹏半岛,以后就住到这里,不回市区了。"

师莹莹说:"时代给予我们机遇,我们也将回报给时代以精彩。"说话还是有诗人气质。

林小洁笑着说:"我让圆媛来公司,她说,每个人来到这个世界都有他的使命,王老师去建设山水学校是他个人努力的结果,你的大家房地产公司是你奋斗的成果,我为什么不能有自己奋斗出来的一个公司呢?深圳的天这么蓝,深圳的地这么广,我要成为一只雄鹰。我觉得她说得有一定道理。"

2018年7月,郑小宝的"深圳芯片研发项目"正式列入深圳市政府重点扶持项目,大家都很高兴。申圆媛请安澜到公司酒吧喝酒,偿还了之前安澜投资酒吧的钱。安澜收下了,但又投资到深圳元宝文化科技传播有限公司。姐妹俩相差近十岁,但很多想法都很一致。

安澜对申圆媛说:"我协助你,把公司做成上市公司。"

"这是我的目标,只是路有些远。"

安澜微笑地说,"创业者得有浪漫主义情怀,也许有一天,一些现在看来不切实际的想法就变成现实了。你跟你妈一样又不一样,如果有一天你们母女的两家公司都在深交所上市,确实是深圳传奇。房地产、文化科技都是深圳勇立潮头的体现呀。"

"加上你的金融,那就全了。"申圆媛笑着说,"从事的行业不同,人生经历、人生际遇不同,想法必然不一样。你看我爸当年在青石建造的房子,现在请我大伯给他看着,大伯还不乐意呢。我爸说等他老了回去住,但真正老了走不动了,我们能让他回去吗?"

"是呀,每一代人有每一代人的想法,"安澜点头说,"你妈算是一位成功人士,但与你的立足点也是相去甚远。"

"她的家乡在青石,她的血脉里流淌着的是青石的血液,所以她会时刻关注着青石,一心希望青石更加美丽富饶;而我的家乡是深圳,我流淌的是深圳的血液,生我的是深圳、养我的是深圳,我当然责无旁贷地希望深圳更加繁荣昌盛。"

"说得很对。"安澜赞许地说,"我虽然不是在深圳出生,但深圳给了我无量的前程,我也深爱着深圳。"

两人不由得拊掌大笑。

"周末能坐在你的这个小酒吧,喝点小酒,与同道之人聊聊天,的确是一件惬意的事。"

"王老师也这样说。"申圆媛微笑着说,"他经常跑到这里,有时上课时间还溜出来呢。"

"当校长就是不一样,上班时间还能跑出来。"

"我觉得就应该这样。领导不能事事亲力亲为,否则那还设立各个部门干啥?"申圆媛嘻嘻一笑说,"诸葛亮就是累垮的。"

"真能替你爸找理由。"

"他书教得挺好,管理学校也好,只是这一段时间他老在工地。"申圆媛由衷地赞叹道,"他喜欢阅读,喜欢教书,每天都很享受教育。"

"从事自己喜欢的工作,就是幸福的人。"安澜说,"可能也只有深圳能为我们提供这样的生活环境。"

"我真喜欢深圳。"

"我真喜欢深圳了。"

两人又不由得笑了起来。

第十二章 沁园春

61

"林氏砂锅粥店蛇口分店"经过一年的经营，收入一般，但维持江一天与爷爷奶奶三人的生活绰绰有余。

江一叶对哥哥说："我们把小店改一个名吧，叫'林氏砂锅粥店蛇口天使分店'。"哥哥能办成小餐馆，全是依赖申圆媛她们的帮助，现在应该回馈一下社会。

在残联帮助下，一个听障女孩与一个哑巴姑娘成了餐厅服务员，三个残疾年轻人成立了"林氏砂锅粥店蛇口天使分店"。在残联与社会热心人士的帮助下，包括爷爷奶奶在内共七名员工的砂锅粥店生意有了大起色，除给员工发放工资外，还有结余，爷爷奶奶都很高兴。

江一叶已经有了交往的男朋友，是她的导师吕民老师的学生施家忠，在前海上班，两人见过几次面，彼此印象还都可以。江一叶担心深圳的房价，施家忠说："能付了首付，后面的就不是问题。"还说只要他找了媳妇，父母可以给他们解决首付，只是江一叶觉得这样有些亏欠施家忠。

2018年12月30日，江一叶电话里对申圆媛说："明天晚上你到我们天使分店，我们一起迎接2019年的元旦。"

申圆媛高兴地答应了。

爷爷、奶奶、江一天，看到申圆媛与郑小宝都非常高兴，端茶倒水忙个不停。

申圆媛第一次见到施家忠，这是一位很淳朴的农村青年，同时也有IT行业者的那份憨气。申圆媛说："要不要到我们的文化科技传播有限公司来上班？"

江一叶笑着说："我是请你来一起过年的，不是请你来挖人的。小施他们几个人在前海办了一个小公司，也是做科技的。"

"一叶，有眼光。"申圆媛真心为江一叶高兴。

方静夫妇也来了。江一叶说："圆媛，你还不知道吧，方静在今年的深圳市英语学科青年教师基本功大赛中,得了一等奖,而且还是第二名呢。"

方静说:"你都比我早一年拿到,我只算一个'后进'青年。"

申圆媛说:"时间真如白驹过隙,我们刚入海湾中学时还是懵懂女孩,如今每个人都有了自己的人生目标,也都有自己的人生归宿。晚餐之后,我们去唱歌,再高歌一曲如何?"

江一叶说:"可不能再喝醉了。"

申圆媛说:"醉不了,万一醉了还有你们俩。这一次,你得上台独唱一曲。"

江一叶说:"当了几年老师,脸皮也厚了。"

三个好友不由开怀大笑。

施家忠给她们送上精心准备的晚餐。

申圆媛说:"爷爷、奶奶、江大哥、小施,春节时你们都到我们家,我们一起过传统春节。"

方静说:"不邀我俩?"

申圆媛说:"邀了也没用,你俩不是在丈母娘家,就是在婆婆家。"

"羡慕了?"

"嫉妒恨。"

"哈哈哈。"大家都开心大笑。

2019年,为了得到深圳市政府的扶持,从事芯片研发的"深圳元宝芯片研发科技公司"从"深圳元宝文化科技传播有限公司"剥离出去,在附近的一个大楼挂牌成立独立的公司。

白石洲就要拆迁,一些租客也提前离开白石洲,梁富的租金收入减到了十万元以下。二十多年来一直游手好闲的梁富突然感觉手头拮据,就真的去找了一份工作——在学校当保安。他说,这样挺好的,吃的住的都在学校里,生活也有规律了。张杏初给她二女儿带孩子,吃住在女儿家里。张杏初说,没事,我跟你爸还都年轻。

他们期待的电影《同顺旅馆》终于杀青,正进行后期制作,准备在春节期间与观众见面。

让申圆媛、郑紫宁的电影制作团队没想到的是《同顺旅馆》遭遇2019年底的寒潮。由于新冠病毒的原因,所有的电影院停止运营,原计划上院线的电影只好改在了网络上播放,收益缩水,梁富夫妇投资三千万元的资本,两千万打了水漂。原以为能够借助电影出名赚钱的梁富夫妇像被霜打蔫了的茄子,生活开始入不敷出了。

申圆媛、郑紫宁没有时间沉浸在电影《同顺旅馆》的失利之中，与伙伴们一起把"刘大姐"的进货渠道进一步拓宽，扩大连锁店的数量。在疫情防控期间，延长了"刘大姐"空中超市上门服务的时间，市民使用刘大姐APP空中采购量直线上升，公司的利润随之直线上升。

林小洁说："卖菜强于造房。"

"民以食为天。"王小谦笑着说，"而后安居乐业。"

"衣食住行。"林小洁高兴，"我们占有前三。"

"小雨的制衣厂也是生意红火。关注百姓就是生财之道。"

春节之后，郑紫宁带着礼物上了梁家。

张杏初看到郑紫宁上门，失意变成了欣喜。她说："没关系，没关系，打水漂就打水漂，投资电影失败不是你们的过错，是那可恶的新冠病毒，我跟你爸都看了那个《同顺旅馆》，很好看的。你们过一段时间再拍一部给我们看看。"

小胖说："再拍一部？资金呢？"

张杏初说："怕什么？不是还有房子吗？"

梁富也被郑紫宁上门的喜悦冲昏了头，说："对，我们把白石洲的房子卖了。"说出这话时，梁富自己都吓了一大跳。

"我说嘛。"张杏初更高兴，"这是你爸一生中最英明的决定了。"

郑紫宁说："不，不，这不行。"

梁富不知道哪来的一番豪气，说："你妈说，这房子留下来也是给你们，晚给不如早给。我们这栋房子建筑面积有八百多平方米，白石洲改造按1比1.2的比例补偿，就是将近一千平方米，最保守的估价应该是一个亿，但是新房子交付估计还得五六年时间，等不及了，我想便宜一些，把这个房子卖了，在外面给你们买一套房子，余下来的钱就投资到你们电影当中。"

这次连小胖都觉得不行。

"这次我说了算。"梁富说，"只是不知道有没有人接手。"他突然打通了作为父母的一个要害关节：把钱给孩子，让他衣食无忧，还不如投资孩子们的事业。与其让他坐在家里无所事事，不如让他们奋斗一番，用自己的双手创造自己的财富。

梁富突然有了醍醐灌顶般的醒悟。

小胖说："这房子你准备多少钱出手？"

梁富说："八百多平方米，每平方米十万元出售，补偿来的20%也就是一百七十平方米，是他们的利润。如果每平方米售价超过十万块钱，他们赚的钱就更多。"

小胖说："即使你的计划是对的，可是哪有人能够拿出这么大的一笔现金？银行也不可能按揭贷款。"

张杏初说："圆媛的妈妈不是房地产公司的老板吗？她家想买的话，一个亿肯定没有问题。"

郑紫宁说："圆媛家里有钱也不会买，有点趁火打劫的嫌疑。"

梁富说："她妈妈是商人，商人是讲利润的。"

郑紫宁说："不行，我估计他们也没有这么多的流动资金。"

"你不妨问一问。"梁富说，"大家都不吃亏。"

小胖与郑紫宁应了下来。

大家房地产有限公司当然有钱，但所有的资金都在房子上面，动用八千万的流动资金也得时间。半个月后，大家房地产公司以八千万的现金购买了梁富位于白石洲那栋建筑面积为八百多平方米的房子。梁富用一千万元买了一套房子，还了邻居们两千万元的借款，余下的五千万元再次给了郑紫宁投资到电影。做完这一切，梁富感觉自己变了，他对张杏初说："我觉得这样的生活才有意思，我们不图孩子们将来大富大贵，但要让孩子们经历一些困难，他们才会知道生活不易。"

梁富夫妇卖房投资郑紫宁电影的事传到董欣耳里。董欣对郑紫宁说："看来小胖的父母是铁心帮助你们了，这样的父母难得，你们可不能辜负了他们。"

郑紫宁说："您的意思是可以接受小胖了？"

董欣说："你还是专心拍电影吧，妈妈看重的是有进取心的青年。"

晚上，董欣对郑良礼说："孩子们既然想拍电影，你又是分管文化教育的副市长，是否可以帮助他们在剧本上把把关？"

郑良礼说："让他们按正常的程序申报立项，如果审查通过了，我们再请专家把关。"

申圆媛、郑紫宁这一次变得谨慎了，把《深圳向上》剧本写出来之后，请了华南师范大学传媒学院的老师审读，修改之后上报深圳市文化部门审查，最后由深圳市宣传部门审核。出来的结论：这是一部反映深圳改革开放中期的比较成熟的电影剧本，填补了深圳最近二十年文学作品的一个空档。电影《深圳向上》得到了深圳市宣传部的立项支持，他们还请来了知名导演，更为强大的演员队伍，共同打造《深圳向上》。

时间在忙碌中飞逝。

2021年2月，电影《深圳向上》首映式在欢乐海岸影视城进行，深圳市广播电影局副局长黎永生等政府官员参加了首映式。观影之后，黎永生很有感触地说，"我们深圳的年轻人不简单，一群年轻人对深圳就有这么深刻地理解与热爱，难能可贵"，并表示以后有好的剧本，政府还是会大力支持。

郑紫宁表示一定会继续拍摄深圳本土电影，特别是反映大湾区改革开放大背景下的深圳，在主旋律的背景下挖掘大湾区儿女积极向上开拓进取的精神。之后电影《深圳向上》作为贺岁片在全国院线上映。

周末，深圳元宝文化科技传播有限公司在钓沙湾海天一色酒店召开了公司成立四周年庆典活动，暨高三（2）班毕业十周年庆典活动。孟悠然再次见到申圆媛，不用说有多高兴，她说："现在酒店生意挺好，我们不用再辛苦地奔波宣传了，欢迎你常来。"

"你愿意的话，可以到我们公司，'刘大姐'与'姐妹影业'都可以。"

"暂时不用。"孟悠然悄悄地说，"我男朋友也在海天一色酒店。"

"我就不棒打鸳鸯了。"申圆媛开心地说。

"孙建与叶佳结婚了。"孟悠然说，"叶佳离异时带着一个五岁的孩子。"

申圆媛想起自己的身世，就沉默了。

参加会议的除了公司成立之初一起创业的申圆媛高中同学外，还有近年招聘的十多个硕士研究生，以及电影《深圳向上》制作团队；特邀了海湾中学前校长温长天，老师丁福兴、蒋和平、岳翔、罗帅等十五位，一共一百三十人。按照日程安排，下午开会，晚上庆典，第二天上午自由活动，午餐后返回。

会议先由柏青代表财务部门做了财务报告，华林代表人事部门宣布表彰名单，申圆媛代表公司给大家发放数额不等的红包，少则十万，多则二十万，发放标准在公司成立之初就制定好的。申圆媛、郑紫宁等公司负责人给老师们奉上祝福的红包。拿着沉甸甸的红包，老师们在感慨的同时更是欣喜。

申圆媛宣布深圳元宝文化科技传播有限公司人事调整：郑紫宁担任公司副总经理，欧爷担任网络总监，吕级、小蔡主管"刘大姐"，花仔主管海天姐妹影业公司。各个部门主管发表了简短的发言，欧爷准备提升网络内涵，以短视频为主产品，推广传播文化，开通网络直播带货；小蔡计划扩大"刘大姐"规模，除了生鲜之外，还扩大到其他的商品行列，比如服装、日用品等；花仔汇报了电影《深圳向上》的上座率，票房收入为八亿元人民币，并做好拍摄电视剧的准备；应邀参加会议的刘慧最为高兴，"刘大姐"扩张就意味着她的绿色农业影响扩大，蔬菜瓜果销路更加顺畅。

会议中间，大家一起观看电影《深圳向上》。电影中"深一代""深二代"在挫折困难面前毫不畏惧、迎难而上的故事，让他们感动。很多同学在作品中找到了自己的原型，他们也被感动了。

刘慧说："为什么唯独没有我呀？"

郑紫宁说："以后给你专门拍一部电影。"

会议的最后一项是刘慧讲话，她说："我唱一首歌，代表我的心情。"

她唱起了庞龙的《兄弟干杯》：

　　今夜晚风吹，今宵多珍贵
　　兄弟相聚是幸福滋味
　　笑容与泪水，从容地面对
　　把酒当歌，笑看红尘，我们举起杯
　　今夜歌声醉，今夜月儿美
　　放飞梦想，难得几回醉
　　好久没有过拥抱的滋味
　　今夜我要痛痛快快陪兄弟干杯
　　看吧，兄弟，五星红旗迎着风儿飞
　　多少苦累不后悔，让失败化成灰
　　来吧，兄弟们，都举起手中的酒杯
　　好兄弟干一杯，我不醉不归

歌声把下午的会议气氛推到高潮，大家回忆了高中的生活，高中毕业十年，一切还都历历在目，特别是郑小宝众多的逸事。小蔡说："当年我们同一个小组，安静说：'小宝，给你两个数字，1和0，你选哪个？'郑小宝说：'……我选你'。"

"哈哈哈。"大家都大笑，说，"不知道现在安静在国外如何了。"

"我知道呀。"郑小宝说，"她准备回国了。"

大家又乐了。

"我再说一则。"小蔡说，"线线用手指挑着小可爱的下巴。安静说：'线线又在调戏小可爱。'线线说：'小宝也调戏过。'安静说：'原来小可爱这么容易被调戏啊。'这时，小可爱略微严肃地爆出一句：'你们是不是调戏我？'"

顿时大家又笑翻了。

"我记得,当时我就订正了,'你们是不是搞事啊'。"申圆媛也乐了。

有这么多的同学在一起创业,的确是幸福的滋味。

看到这么多有出息的学生,老师们幸福满满。

62

2022年1月5日,深圳商会在五洲宾馆和保利剧院举办全球深商大会,解读深圳建设中国特色社会主义先行示范区的内涵。三天会议,参会的人员除了深圳、珠海、汕头等市领导之外,就是深圳商界名流。这场盛会规模空前。

大会第三天为获评"第十二届深商风云人物"、"第十届深圳老字号"、"首届深圳最具影响力深商女企业家"、"首届深圳先行示范区青年企业家"、"'东鹏特饮杯'全民写作计划·深商故事大赛"获奖者等五个奖项进行颁奖。

下午会议颁奖之前的茶点时间,林小洁坐在座位没有起身,申圆媛站起来向左侧不远处的师莹莹挥手。大会有固定座位,师莹莹与张雨扬也一起挥手,相互表示祝贺。

她们团队三人获奖。

申圆媛坐下对林小洁说:"莹莹姨身上有一种我特别喜欢的超凡脱俗的气质,这叫'腹中有诗气自华'。妈,你要多向莹莹姨学习,人家那才叫气质。"

林小洁说:"你妈是你妈,学了她,你妈就不是你妈了。"

申圆媛笑着说:"深奥。"

林小洁说:"你千惠姨豪爽,作风泼辣;欧阳姨果断,办事干练;莹莹姨内敛,胸有城府。"

"您这是褒还是贬?"

"当然是表扬。"

申圆媛说:"我与莹莹姨气味最为相投,之前有事没事我就喜欢请莹莹姨到酒吧,她也乐意到我那地方消磨一下时光,偶尔还会把她的诗给我看,我把她的诗放在我的APP。现在写诗的人不多,读诗的人更少;但读书的时代并没有过去。"

"你莹莹姨的确影响了公司的上上下下,最为明显的是李格,她设计的房子,也多少有书香气质。所以装修公司的产品,总给人有一种高雅的气质。莹莹说，房子除了睡觉，还能陶冶人。这可能是你妈公司与别的装修公司最为不同的地方，希望我们房地产公司也有这样的气质。"

申圆媛说："您知道莹莹姨的诗作经常发表在'睦邻文学'上吗？那是深圳全民写作的一个平台。"

林小洁笑着说："我知道她得奖了。"

申圆媛笑着说："上个月我替您去颁奖现场了，她是第四次得奖，要么是'福田年度十佳'，要么是'深圳年度十佳'，遗憾的没有拿到年度冠军。不是诗的问题，估计是小说、散文受众更多。您给她发奖金了吗？"

"回去发。"

"就是没发呗。"

"张雨扬也两度获得'深圳《睦邻文学》的年度十佳'，这次又获得'"东鹏特饮杯"全民写作计划·深商故事写作英雄'称号，一家书香。"

林小洁说："深圳除了商业、科技，其实还有文化。"

"所以我的公司叫'深圳元宝文化科技传播有限公司'。"申圆媛笑着说。

会议开始，深商总会、深圳市商业联合会长李祥致辞：这是改革开放41周年之际的一次众志成城的大会，也是十九大春风拂过后一次谋势湾区、珠联璧合的大会，更是一次"深圳建设中国特色社会主义先行示范区"的研讨大会。大会携手大湾区，聚焦四十一年，唱响中国梦！作为中国改革开放最杰出"试验田"的深圳，在近四十一年的时间里，诞生了二十七家中国500强、六家世界500强企业，孕育了海纳百川、包容博达的商业文化，也诞生了一批"敢为天下先"的深商。他们是伴随改革开放步伐成长起来的商帮新锐，他们以深商独有的创造力和创新力，一次次地引领民营企业转型，成为深圳经济社会发展乃至中国经济大潮中不可或缺的商业力量……"

在热烈的掌声中，李祥宣读了获奖者名单。

中远集团CEO兼总裁张纪良被评为"2021影响中国的深商领袖"；刘春、房伟、任静等十人被评为"第十二届深商风云人物"；深圳戏院、百果园、深圳野生动物园等二十家企业被评为"第九届深圳老字号"；赵云卿、望心竹、林小洁等四十位获评"深圳最具影响力深商女企业家"；申圆媛、成宁、景浩等十人获评"第十二届深商风云人物·明日之星"；张雨扬、卫华、思韵等十人获评"深商故事写作英雄"。

深圳市委常委统战部部长林贤，市政府常务副市长郑良礼等领导给"木棉奖"获得者颁奖；深商总会理事会主席洪屏为"青檬奖"获得者颁奖，李祥给深商故事写作英雄颁奖。

林小洁作为获奖代表发言，她说："我爱深圳，这个我从十六岁融入的城市，它见证了我的喜怒哀乐，也见证了我人生的低谷、人生的高潮；我看到深圳的发展变化，深圳也见证我的成长历程，我的每一次喜怒哀乐，都跟深圳紧密相连。我一直在想，像我这样只有初中文化的女人，如果不是深圳，哪能有这样起伏跌宕又丰富多彩的人生呢？估计跟所有一直待在老家、守着一亩薄地的女人一样，过着平凡而辛苦的农田劳作生活。是深圳给了我很多机会，是深圳给了我向上的力量。我相信每一位来深的建设者都有一段不平凡的人生经历，我只是千千万万个平凡的深圳人中的一员，我相信所有的深圳人都会感恩深圳给予他们的力量，感恩深圳给予他们不平凡的人生经历。他们在这里经历的，不仅仅是人生的一段历程，更是一段人生的财富，有了这一段丰富的人生财富，以及深圳敢为人先的精神，他们会在不同的行业、不同的地方成为时代的佼佼者。所以我喜欢深圳，我热爱深圳，我热爱这片每天都充满生气的南国的土地……"

林小洁的发言，博得了会场近千人热烈的掌声。

深圳市副市长郑良礼这样总结："我想说一说深圳的血脉。深圳的血脉中流淌着两个支流：一个是红色文化，一个是商道文化。深圳并不是空中楼阁，它有着丰富的底蕴，'深圳墟'作为地名，最早出现在1688年清朝康熙年间的历史文献当中，那时它是个哨所，有着保家卫国的基因；抗日战争时，中共深圳总支部成立，开展抗日救亡运动；1939年4月东宝惠边人民抗日游击大队于12月1日收复南头，这是抗战时期广东首次解放县城的胜利；1941年1月中共宝安县委成立，县委机关先后驻扎樟坑、南头、西乡等地；1943年梧桐山游击队、白石洲游击队先后成立；1947年2月，成立了惠东宝人民护乡团；1948年4月，部队进行整编成立广东人民解放军江南支队，先后组织了沙鱼涌、山子下、红花岭等战役，取得了歼敌1500余人的重大胜利。我的父辈祖辈，也是解放战争的亲历者。所以深圳首先是一个有着革命血统的地方，一个奔腾着革命血液的土地。

"'墟'还有另外的含义，就是集市。清康熙年间，新安县内的'墟'已发展为固定的墟市，深圳墟虽不大，却已经成为'名墟'。西方传教士韩山明和韦永福都先后向其所服务的巴色会写过长篇的工作汇报，特别提到'东和'集市，说东和集市里没有住家，所有建筑都是商铺，共有五十家左右，其中六家是药铺；其余的为蔬果店和普通杂货店。深商文化由来已久。

"今天的深商在改革开放的历程中，不仅见证了深圳改革开放的历史，更昭示'深圳建设中国特色社会主义先行示范区'的未来。本次深商全球大会串联粤港澳大湾区九个城市和两个特别行政区，集中探讨'深圳建设中国特色社会主义先行示范区'形势下的大湾区经济合作，企业全球化、科技创新、专利知识产权、新经济模式、品牌传承等焦点话题，共谋湾区发展，共话全球未来……"

会议进入尾声。

林小洁回到台下，申圆媛说："妈，今天发言最好的是你与东信先生。你与东信先生都不念稿，都是肺腑之言。"

"说什么了？"

"他说，深圳改革开放四十一年，他跟深圳的交情却是四十多年。当年他从广州来到深圳皇岗村，半年后返回广州。一年后，皇岗村村长跟他说，深圳要进行改革开放了，他又一次来到深圳，创业就此开始。他特别感谢皇岗村，感谢深圳那些当地人，正是他们，才有了深圳的传奇。前一段时间，他在以色列的希伯来大学上学，惊讶地发现耶路撒冷跟深圳极为相似。开始他不得其解，后来才明白，以色列于1948年宣布独立，世界各地的以色列人都回到了耶路撒冷，耶路撒冷就成了世界的耶路撒冷。深圳自改革开放之后，全国各地的人涌向深圳，深圳就成了全国的深圳。它们同为移民城市，也就成了开放的、积极向上的城市……"

"记得这么清楚？"周千惠惊讶地说，"我只记得他说去以色列上大学，六十多岁的老头还留学，让人钦佩。"

"东信先生是我的偶像。"申圆媛直言不讳地说，"可惜我没能早生二十年。"

欧阳小雨、严仲生挽手站在申圆媛身后，他们以港资企业家的身份参会。

"早生二十年又怎么样？"欧阳小雨笑着问，"你看那边捧着鲜花的是谁？"

郑小宝捧着鲜花，身后是副市长郑良礼、怀远商会会长暨深圳商会副会长黄英谊先生。申圆媛笑着朝前跑去。

黄英谊会长笑着说："祝贺你呀，丫头。"

"谢谢会长。"申圆媛也笑着说，"谢谢市长。"

"考你一个问题，你如何看待粤港澳大湾区经济形势？如何看待深圳建设中国特色社会主义先行示范区？"

"您的问题，我可答不上来。"申圆媛笑嘻嘻地说，"不过，可以肯定粤港澳大湾区不是向左，不是向右，必定而且必须是向上；而'深圳建设中国特色社会主义先行示范区'必将引领潮流，对其他城市起到示范作用。"

黄英谊说："你这话虽然等于没说，但看出'深二代'的自信啊。"

"粤港澳大湾区不只是中国的大湾区，而是世界的大湾区，那么又有几个经济体能与之匹敌呢？"申圆媛补充道，"建设中国特色社会主义先行示范区，唯独深圳。深圳是我们的家，我们必将她建设得更加美丽富饶。"

"年轻人视野开阔呀。"郑良礼赞许道，"套用你的话，深圳应该而且必须是世界的深圳，大湾区正在崛起，必定会引领世界的潮流……"

郑小宝说："我把花给圆媛先。"

"迫不及待了吧。"黄英谊笑着拍着郑小宝的头说，"市长，时间留给年轻人，我们先走吧。"

郑小宝这才走到申圆媛跟前微笑着说："圆媛，祝贺你。"

王小谦捧着同样的鲜花拥抱着林小洁说："小洁，祝贺你。"

周千惠指着郑小宝说："你呀，还不如王老师。"

郑小宝傻傻地笑着。

申圆媛大度地说："来吧。"

刘慧突然冲了上来，一下子抱住申圆媛，说："我来啦。"她特地从河源回来给申圆媛捧场。

大家欢笑地走出保利剧院。

王小谦对申圆媛说："圆媛，不是你妈讲得好，也不是黄东信先生讲得好，而是他们的深圳情怀，所有深商的情怀感动了人。"

"王老师总结得好。"并行的欧阳小雨笑道，"难怪姐水平高。"

王小谦呵呵地笑，对欧阳小雨夫妇道："下一届'木棉奖'就花落欧阳家了。"

"我还是相夫教子吧。"欧阳小雨挽着严仲生笑道，"深圳已经给了我太多的财富了，生活不光是钱的事。"

欧阳小雨的生活的确很令人满意，事业有成，家庭和睦，儿子乖巧，父亲偶尔来深圳小住几天，干妈沙女士还能坐镇指挥制衣厂，在深圳办了几家出售自己品牌服装的门店，口碑极佳。欧阳小雨在"深圳大家房地产有限公司"担任总经理一职，同样是做得风生水起。王小谦知道，林小洁有今天的成就离不开欧阳小雨的鼎力相助，深圳在给林小洁大展宏图的机遇之时，同样给了欧阳小雨一片广阔的天地，她们都是不甘平凡的女人。

保利剧院外，师莹莹、张雨扬早于他们到了广场，张雨扬手里捧着鲜花。申圆媛一下子抱住了师莹莹。

"轻点，丫头。"

申圆媛放开师莹莹对张雨扬说："张大记者，军功章里是不是有我莹莹姨的一半呀？"

"是全部。"张雨扬微笑着说。

"外表内敛，内心火热。"申圆媛又冲张雨扬说了一句。

周千惠说："来吧，我给获奖者与获奖者家属拍一个集体照。"

刘慧大声地说："那我呢？"

"你同我一样，拍照，过来！"

刘慧跑过去接过周千惠的相机，周千惠一下子跑进队伍。

"骗子！骗子！"刘慧又大声地叫喊，回头看到边上的小伙子，一把逮过来，把相机塞给了他，自己也跑进队伍。

还没拍，突然哗啦啦地冲过来一群人，高喊："等等，我们也来啦……"深圳元宝文化科技传播有限公司的小伙伴都来了。

小伙子丢下相机跑了，丢下一句："你们请专业摄影师吧。"

"航拍喽。"腾哥把无人机升空。

"大家抬头笑一个……"

小蔡说："老板，我们是送花来的。"

申圆媛说："花呢？"

"保安不让进。一车呢，你一定高兴。"郑紫宁说。

"菜花呀？"

"对呀。"大家笑喊着，"'刘大姐'不是菜花是什么？"簇拥着申圆媛往停车场欢快而去。

林小洁望着他们说："这些孩子，还计划晚上聚餐呢。"

周千惠说："姐，我们庆祝我们的。"

"就听千惠安排吧。"林小洁说，"今晚老老少少都来。"

"晚餐后我们去前海。"欧阳小雨说，"让我们站在两百八十米的高空放眼日新月异的大前海，一片火树银花，保管大饱眼福。"

"好呀！"一群老深圳也往停车场而去，留下还是热腾腾的保利剧院。

申圆媛没有想到这竟是刘慧与大家见的最后一次面。刘慧骑摩托去石墩村的路上与一台运输毛竹的拖拉机发生交通事故，她的生命定格在如花的年轮上。

遵照刘慧父母的意愿，刘慧安葬在石墩村的绿水青山之中。申圆媛和她的高中同学们默默肃立在刘慧的坟前，申圆媛说："班长，你走得太匆忙了，我们知道你还有很多事情没有做完，你放心地去那边继续扶贫吧，这边就交给我们，我们会把'刘大姐'很好的经营下去；刘慧是走了，但'刘大姐'永不凋谢，而且会越来越充满生机……"

尾　声

郑求和95岁生日，董欣想让老人高兴高兴。郑良礼上面有两个兄长，大哥一家还在粤北山区，二哥一家都生活在香港。陪同郑求和夫妇的就他们一家。董欣给双胞胎兄妹说："爷爷过生日，你们要让爷爷高兴高兴。"

郑小宝说："什么叫让爷爷高兴高兴？"

郑紫宁说："那还不清楚吗？你把圆媛叫来嘛。"

郑小宝说："我觉得还是你把小胖叫来。"

董欣说："把他们都叫来，让爷爷高兴高兴。"

申圆媛来的时候带着一车好吃的菜鲜，然后就交给了小胖。小胖就在后厨忙碌了起来。当郑良礼、董欣夫妇下班回家时，一桌丰盛的生日宴席已经准备好了。

郑良礼说："挺好。"

董欣说："真的挺好。"

郑求和夫妇更是乐得合不上嘴，他说："这个生日过得快乐，你们年轻人最重要的就是要奋斗，想当年我从粤北山区郑寮厂开始参加革命……"

郑小宝说："爷爷……"

郑紫宁说："爷爷……"

郑求和说："好好，我不讲了。"

申圆媛说："爷爷，我要听听您的革命史。"

小胖说："爷爷，我还没有听说过呢。"

……

2022年3月3日，农历壬寅年二月初一，天气晴朗，盛世投资（深圳）有限公司"前海盛世"六座大楼全部竣工，林小洁携公司领导层站在两百八十米的写字楼上。

师莹莹先有一段激情的演说："同事们：最初的前海是寂静荒凉的，而后是轰轰的炮响，之后就是川流不息的人群、卡车、起重机、挖掘机。工厂、楼房、商场、宾馆如雨后春笋般地出现，蓝色制服的工作人员和四面八方的世界来宾，在这里开始交流接洽。蔚蓝的海岸线上繁华四季、绿意葱茏，充满未来主义线条的现代综合城市令人目不暇接，两百栋建筑主体结构封顶，卓越金融中心、前海深港创新中心、前海盛世等一百五十栋一批重大项目相继建成并交付使用。'绿色、低碳、森林、智慧、水城'的湾区水城就在我们的眼前……"

大家给予热烈的掌声。

林小洁说："莹莹是诗人，我说不出她那样好听的话，我就一句话，'撸起袖子加油干'。"

又是一片掌声。

金色的阳光洒满前海大地，总投资约两百亿元的前海华润中心，打造"亚洲曼哈顿"的卓越·前海壹号，三百三十米高的世茂前海项目……都沐浴在春日的阳光下熠熠生辉！

同一时间，申圆媛、郑紫宁带领着她们的影视团队在石磜村体验生活，她们准备拍摄一部名为《好女儿》的电影，这是一部完全由深圳元宝文化科技传播有限公司投资拍摄的电影。